漫漫搖滾路
LONG WAY ROCK NEO

"I don't know where I'm going from here, but I promise it won't be boring." - David Bowie

「雖然我不知道要往哪裡去，但是我保證絕對不會無聊。」——大衛・鮑伊

目次

01 Beside Myself 我不是我 011

02 Dive to Blue 潛入藍色 015

03 Heartache 心痛 020

04 The Calling 呼叫 024

05 Courageous 勇敢 031

06 The Swinging Man 擺盪人 040

07 Concrete Ball 水泥球 043

08 Complicated 複雜 048

09 It's A Long Way to the Top 搖滾夢 054

10 Almost Famous 成名在望 062

11 Good All Days 回憶 067

12 Interview I 一號訪談 072
13 Three Fools 三個傻瓜 078
14 Yushou 夭壽 083
15 No Reservation 蘇蘇大主廚 088
16 MMMbop 換帖 092
17 Tottoko of Rottnest 短尾袋鼠 099
18 Musicians' Playground 樂園 104
19 Flying Cotton 棉花飛 114
20 Longing for the Spring Breeze 望春風 121
21 L'Arc~en~Ciel 彩虹 126
22 Crush 驚陷 137

23 The Temper Trap 困獸 145
24 Quarterback 四分衛 152
25 Rabbit's Foot 迷幻之夜 158
26 Fight Club 鬥陣俱樂部 162
27 I Disappear 消失 169
28 Eruption 引爆 175
29 Breaking the Habit 無法承受之輕 180
30 Still Got the Blues 夜裡的藍調 189
31 Bad Romance 非關浪漫 196
32 Ark 諾亞方舟 204
33 Fate 命運 214

34 Bunker 碉堡 222
35 Guilty All the Same 罪惡地帶 231
36 Interview II 二號訪談 238
37 Action Figure 玩物 246
38 Interview III 三號訪談 258
39 Call Me Maybe 獨家 263
40 Youngblood 少年 269
41 Red Corner 紅色角落 277
42 What About Now 順流逆流 282
43 Say Isn't So 別鬧了 291
44 Scar Tissue 傷痕 295

45 迷惘與追尋 Lost and Found 303
46 醒來 Waking Up 309
47 普拿疼 Panadol 320
48 藏 Hidden 324
49 線索 Find the Way 330
50 相遇 Meet 334
51 四號訪談 Interview IV 339
52 麻痺 Sad Pain 344
53 白色的夢 From the Clouds 351
54 共鳴 Resonance 356
55 五號訪談 Interview V 363

56 In Between 咀嚼 371
57 Interview VI 六號訪談 378
58 Partners 羈絆 386
59 Catharsis 宣洩 390
60 The Messages 元氣彈 395
61 Tears In Heaven 鸚鵡螺號 408
62 Waiting for You 牽掛 415
63 Special Guest 特別來賓 421
64 Utopia 烏托邦 429
65 Manuka 麥盧卡 436

1. Beside Myself｜我不是我

炙熱的豔陽，在這陣子漸漸地淡去，像是橘紅色的顏料在調色盤上被畫筆揮弄，不斷暈開，那些筆觸線條就像被行星風系影響，絲絲寒意吹過。

這座南半球上的島嶼，即將面對來自南極的南風，這意味著島上農作物採收的季節也即將要結束，島上的農民與各國前來打工度假的背包客們，正努力把握這最後採收的黃金時刻，除了大量的蘋果，還有啤酒花、葡萄、莓類等作物。

這地方是塔斯馬尼亞島嶼東南方的荷伯特城市近郊。

與以往相同的是，每次採收蘋果，農場的收音機必定播送著激情的搖滾樂。

而不同的是，過去霸佔農場空氣的都是基於節奏藍調的主音和節奏的搖滾，像是澳洲最經典的AC/DC，或是年輕一代喜愛的Jet（噴射機樂團），而近年來這些歌曲幾乎都被當紅的「王者麥爾斯」（King Myles）給包辦了。

那微微沙啞的搖滾嗓音，語言不明的歌唱聲，還有那醉人的吉他旋律，總帶給人們複雜的情緒，那股滄桑感給人無限的慰藉，好像那音調完全了解你的心情，有種穩定踏實的感覺，可以支持這一整季蘋果採收的勞動，以及下一次，以及與未來的每一次，更進一步支持著每個人生旅途的前進……

大家都形容那是有魔力的搖滾樂，穿越了國度，也跨越了語言籬藩。

不只是荷伯特這座小城市，而是這整座島嶼，整個澳洲，大至全世界，彷彿都在享受著王者麥爾斯的搖滾奇蹟，雖然依舊有眾多人批評這樣的音樂，或是批評這樂團延伸的負面新聞，但是即便是討厭的人，可能還是會默默地認同這股浪潮，或著是背地裡聆聽而不願意承認罷了。

因為幾乎沒有人可以抗拒這樣特別的歌聲。

背包客棧的一間八人房裡，凌晨四點，一個手機鈴聲作響，而這鈴聲竟然是AC/DC的〈Back in Black〉前奏，這年頭不用王者麥爾斯的歌當鈴聲的年輕人算是少之又少。

「Fuck，把那該死的手機關掉。」房裡有人開始抱怨了。

「哈囉，請問……」一個女人的聲音從手機裡傳來。

驚醒的麥斯威爾一心只想趕快把聲音給消滅，沿著聲音伸手往棉被堆裡探索，終於抓到了手機。迷迷糊糊之間，竟然誤觸了接聽鍵，一看到畫面顯示接通的讀秒數，竟然也本能式地把手機貼在耳朵上聽，但是表情卻顯得十分錯愕，像是自己做了蠢事一樣。

「哈囉，請問你是麥爾斯嗎？請問——」

女人話還沒說完，麥斯威爾趕緊把電話掛斷並且關機，接著像是心有餘悸似地停頓了一下，然後沒有幾秒鐘的時間又迅速沉睡了過去。

不知過了多久，上半身赤裸的麥斯威爾因為體內一陣不適感而驚醒，坐起上半身後，隨即把頭探出床外，開始朝著地下乾嘔，他突然有種靈魂都要從喉頭處開始抽離的感受，那陣酸楚痛苦，使他表情猙獰，凌亂的長髮，深棕色地錯亂在臉上，滿臉厚重鬍子的模樣更是顯得原始而狼狽。

「Shit，昨天真的是喝多了。」他喃喃自語，聲調嘶啞，查看了一下身邊手機，已經沒電了，連開機都沒有辦法，但是他握緊手機，像是心心念念著什麼。

麥斯威爾打量四周，發現室友都已經離開了，肯定都去採蘋果了，他內心感到一絲絲罪惡感，但是身體的疲憊感馬上又告訴著自己，沒跟上就算了，他隱約發現房裡的上鋪，有一對睜得很大的眼睛盯著自己。

「哇塞，老兄，你……你長得有點像麥爾斯啊。」一位金髮青年說著，那對眼睛發亮的程度，像是發現了珍奇異獸。

「老兄，你不是第一個這樣對我說的。」麥斯威爾神態自若地一邊用著沙啞的聲線講，一邊從床底下撈出一只玻璃瓶裝的啤酒，用手旋開後就開始喝了起來，連嘴角邊的鬍子都沾濕了，喝澳洲的啤酒向來不需要開瓶器。

金髮青年從上鋪跳了下來，走近麥斯威爾床邊，細細打量著對方赤裸的上身還有面容，越靠越近：「哇嗚，你的聲音還真是……滄桑啊，昨夜喝多了吧，哇塞，要是沒有鬍子……你身材也很像啊，挺結實的……但是好像稍微瘦了點，天啊，越看越像，你簡直可以當麥爾斯的分身了……你知道我可是王者麥爾斯的超級粉絲啊，我看最準了。」

金髮青年拉撐自己身上的白色T恤，展示中間印著斗大的黑色Logo，正是王者麥爾斯在美國巡迴演出的圖騰，也是專輯封面的圖案，一個像是瞳孔的黑色圖樣。

麥斯威爾連抬頭看一眼的慾望都沒有，身上除了疲憊感，更有強烈的痠痛感，他往痛處望去，發現自己腹肌側邊有一大片的瘀血，便開始努力回想昨夜到底發生了什麼，只看到地上有著一堆雜亂，有散落的捲菸紙，空酒瓶與綠棕混合的大麻球團，甚至還有一條女性黑色蕾絲胸罩，他連忙捏揉自己的眉心，努力運轉那暫時還不靈光的腦袋。

「喔，忘了說，我叫法蘭克林，你可以叫我法蘭可，來自芝加哥，你呢？」金髮青年打趣地伸出握手示意，並緊盯著對方深邃的眼睛，好像瞳孔神如黑洞般會吸引所有的光線。

「我……麥……麥斯威爾……義大利……唉……隨便啦。」麥斯威爾連自己名字都需要思考一下，就算用了好一陣子了，似乎還是會不習慣，更何況宿醉的昏沉來襲。

他敷衍地握著青年的手，上下搖晃著。

「瞧你這樣，昨夜很瘋狂吧？」法蘭可指著地上的混亂，接著說：「哈哈哈，要是我也長得像麥爾斯，我應該也會有打不完的炮吧，哈哈，成為派對動物……不過你來自義大利，難怪會這麼像了……你知道麥爾斯他其實還有一半血統來自台灣……不過你的聲音——」

麥斯威爾微微抬頭注視著法蘭可，突然收起頹疲的臉，眼神嚴肅又認真了起來，甚至有點憤怒。

「說真的，你不會想當麥爾斯的。」

法蘭可有點被嚇到，收起輕浮的笑容，趕緊轉換話題：「對了，剛住進來不是很熟，請問洗衣間在哪裡？」

麥斯威爾閉上雙眼，深深地吸了一口氣，接著嘶啞應答：「走廊盡頭到底，公用廚房的右側。」

說完麥斯威爾又躺了回去，全身癱軟，大口呼著氣。

他突然想起先前那通電話，也想到了普拿疼，對了，是不是該吃個藥舒緩一下頭痛，他以為來到這島嶼後，可以得到救贖或洗滌，但是現在自己後腦杓卻彷彿有指甲刮黑板的摩擦聲，全身神經緊繃好像要爆炸一樣，那種一陣一陣的痛楚似乎隨著心跳而有著強弱的脈動。

他兀自喃喃自語，身子還微微地顫抖著，嘴裡輕聲再度重複自己剛剛說的話。

「說真的，你不會想當麥爾斯的。」

2. Dive to Blue｜潛入藍色

義大利的索納，歐洲知名廠牌塞凡（SAIFAN）唱片公司總部所在地，它也是義大利最大的錄音工作室，擁有極佳的錄音環境，還有豪華的辦公園區，如此大的規模，才能給現今樂壇當紅炸子雞最棒的演唱經紀資源。

整棟白色明亮的總部，是多少音樂人趨之若鶩的夢想基地，已經孕育出無數舉世聞名的歌手與樂團，當然，這也是經紀人艾瑪的夢想堡壘。

艾瑪身在總部的歐洲品牌總監辦公室中，米色典雅的套裝包覆著她玲瓏的身軀，面向著偌大的落地窗，光線照著她白皙的皮膚與盤結整齊金髮，像是芭比娃娃玩偶一樣地精緻。

艾瑪手握著手機貼緊著耳朵，她聽見電話被倉猝掛斷後的聲響，隨即歇斯底里地尖叫了一聲：

「啊——！為什麼不說話！」

原地胡亂踱步的她，緊握著手機在空氣中揮拳，像是不入流的拳擊手，胡亂揮舞著方向不定的拳頭，激動到連腳也抬起來亂踢，直到腳上黑色高跟鞋飛了出去，掉落在木質地板上，發出了清脆的聲響。

此時手中手機像是被那清脆聲響觸發一樣，響了起來，是她設定的鬧鐘響了，身為歐洲區品牌總監的她，一直都很忙碌，待會還得動身前往羅馬開一個重要會議，她心裡浮起乾脆放棄這會議的打算。

不急著把鬧鐘關閉，鬧鈴的聲響正是她旗下樂團王者麥爾斯的歌曲，那首〈呢喃曲〉也是之前最熱門的冠軍單曲，沒有歌詞，純粹像是錄製Demo的方式，用簡單地噠啦啦或啊啊啊的方式哼唱，背景是木吉他刷著清涼的和弦。

這樣的美妙旋律，迅速地讓上一秒還暴躁到揮舞拳頭的艾瑪，瞬間冷靜了起來，她心裡想：『唉！是不是你呢？麥爾斯？你到底在哪裡？』

像是洩了氣的皮球，艾瑪癱軟了身子，跌坐在一旁咖啡色復古皮革沙發上，閉上雙眼靜靜地專注在這美妙歌曲之中，她也細細複習起了自己遇到麥爾斯的奇妙際遇，今天她能夠坐在這裡，都是當初遇見了他：

那是一場別具意義的演唱會。

義大利的小城切塞納，幾位歌迷為了吸引自己的偶像Foo Fighters（幽浮一族樂團）來切塞納演唱，開始在網路上號召千名樂手一起合奏Foo Fighters的〈Learn to Fly〉曲子，這樣大陣仗的樂手集結已經很不容易了，還要協調、團練與演出，表演場地更是要一座大型體育場才塞得下這滿滿的熱血。

幾百隻手同時刷一樣的電吉他和弦、幾百把貝斯同時發出低音頻率、幾百座爵士鼓一字排開、幾百人共同合唱，還有小提琴、鍵盤跟蘇格蘭風笛（Bagpipe），當然還有這千人樂團所延伸的親友團一起擠爆體育場……

這樣的用心下，果真感動了Foo Fighters前往切塞納舉行了演唱會，這千人樂團（Rockin'1000）堪稱「地球上最龐大的搖滾樂團」，也是搖滾界的一大佳話。

而Foo Fighters那場在切塞納的演唱會，身為搖滾樂迷的艾瑪當然不會錯過，她也不會忘記那段改變她一生的旋律。

由於當年流行女皇瑪丹娜（Madonna）喜歡在演唱會時隨意挑選幾位歌迷上台同樂，無論是話題性與娛樂性，都佔據了各大媒體的版面，歌迷們也認為這是參加演唱會最幸運的機會，因此那陣子的演唱會，很多樂團與歌手都仿效著這樣的橋段，讓歌迷們更有驚喜感。

Foo Fighters的主唱戴夫・格羅爾（Dave Grohl）在那首召喚他們來的重要曲目——〈Learn to Fly〉唱完後，為了回饋切塞納的歌迷，提出了要欽點三位歌迷上台，並且隨歌迷許願，要樂團怎樣都行的樂透活動。

因為明顯的帽子或衣著，被樂手胡亂點名上台的兩位女歌迷，毫不考慮的就要與樂手索吻與擁抱，或是要主唱在她耳旁清唱那首被提名為葛萊美獎最佳搖滾歌曲的〈Best of You〉，讓所有的歌迷都嗨翻了天，整個會場都是尖叫與歡呼聲。

而第三位幸運歌迷，不知道如何被叫上台的，只記得主唱戴夫說：「就你吧，年輕人，你的眼神好像憂鬱到變成藍色了，快上來吧！」

艾瑪看著電視牆上出現一位臉龐俊逸有著棕色長髮的男子，緩緩地被拱上台，那張俊臉甚至美到有點邪氣，眉目間似乎除了義大利人模樣外還有著東方亞洲人的韻味，散亂的長髮及肩，有著放蕩不羈的味道，表情雖然呆滯，但是眼神確實就像主唱說得那樣，鬱鬱之中，有如深沉的藍色，非常吸引人，好像多盯著幾秒，就會掉入那深邃之中無法自拔。

那位男子接過麥克風，靦腆地說出了驚人的話語。

「嗯……戴夫，我想要彈彈看你的Gibson吉他，可以嗎？」

整個演唱會現場幾乎都被笑聲與鼓噪聲給掀了屋頂，戴夫也笑彎了腰，但是非常豪邁地就把身上那把水藍色的Gibson Trini Lopez/DG-335遞給了男子，並且把主唱麥克風前的位置讓給了對方。

男子調整了一下背帶，把吉他抱好後開始認真地把玩觀看著吉他，更隨意用手指彈了幾下，電吉他發出鬆鬆散散地破音，接著擴大機傳出音響反饋的雜音，嘰嘰作響。

有些歌迷開始煩躁，覺得男子很無聊也拖時間，開始有了噓聲，遠離站立式麥克風的戴夫似乎嘴裡在向男子溝通些什麼，念念有詞，但是聽不清楚，但是總帶著笑容，還甚至走過去幫男子踩了地面的效果器踏板，艾瑪猜想可能在鼓勵他彈彈看吉他之類的話語。

艾瑪其實並不會覺得不耐煩，而是好奇。

大家看著男子開始刷起了大家耳熟能詳的前奏，沒有了破音，反而是令人為之一亮的乾淨音（Clean Tone），那和弦一落下，大家都馬上聽出來，這是Foo Fighters的慢歌〈Iron Rooster〉，歌迷們似乎都感到相當驚艷，開始有人鼓掌歡呼。

接著男子陶醉地閉上雙眼，竟然對著麥克風開始哼唱，那哼唱似乎是照著旋律哼，沒有按照歌詞，就單純的配合旋律喊唱。

略微沙啞的磁性歌聲繚繞全場，整個演唱會場像是突然冰封一般，眾人都安靜了下來。

歌聲還在持續，萬聲俱寂，好像世界只剩下這聲音存在，時間像是凍結了。

不知道是哪一秒起，艾瑪才發現自己也在尖叫歡呼，整個會場所有歌迷都在歡呼，連Foo Fighters的團員們都舉著自己的雙手做著膜拜的舉動，大表認同。

艾瑪全身起雞皮疙瘩，她幾乎忘了自己今天到底聽到了哪些Foo Fighters的歌曲，她腦海裡深深地印下了這男子的嗓音，心裡的悸動，久久無法平息。

在經紀公司打滾多年的她，一直都沒有出色的成績，自已經手簽約的樂手也起起伏伏，沒有明顯的起色，又因為長相美豔，反而常讓人認為她是個花瓶，美貌並沒有帶給她什麼工作優勢，頂多只有吸引許多合作廠商的長官偶爾輕浮地調侃或戲弄她，她只能像玫瑰一樣，美麗而帶刺地堅強著。

聽到這歌聲後的她，突然每個細胞都在亢奮，依照她職業的本能，這歌聲的潛質與外表的可塑性，都讓她深深覺得眼前男子完全是絕佳的藝人人選，她決定要去給那位男子遞名片，最終目標就是把他簽下來！

看著男子下台後，眾多歌迷都拍著他的肩膀示好與鼓勵。

『我得在他被人群淹沒前找到他！』艾瑪內心默念著，並且奮力地擠向人群，只為了與他更接近一步。

前進的每一步阻礙，都像是她在經紀公司受到的壓力與困難，自己對音樂產業的執著、主管的不賞識、競爭對手的打壓、大牌樂手的擺爛態度、長官輕浮地言語性騷擾……種種都浮現在她眼前，如今她十分相信自己的直覺，這就是最值得栽培的歌聲。

但是擁有那雙深邃雙眼的人，很快地沒入人群，艾瑪急尋也找不到。

艾瑪像是躺仰入深藍色的海底，好深好深，不斷地沉沒，離希望的光線越來越遠，艾瑪發現自己眼角有淚，她甚至還猜想眼淚會不會是藍色的？

演唱會結束，激情後的惆悵，人潮散去，艾瑪失神落魄地站在原地，駝背的模樣像是身體只有被木偶操控的線拉撐著。

她默默蹲坐在地上，把臉埋進手裡，努力地回想她剛剛聽見的神奇歌聲，但是卻怎樣也記不住那聲音，只有那聲音的感動迴盪在心裡。

艾瑪再度仰望舞台，看著許多工作人員在整理著舞台設備，畫面有些模糊，越來越朦朧，她才意識到自己眼眶都是淚水。

她揉揉眼睛，好像在舞台上看到了什麼，不可置信地張大了嘴。

竟然看到剛剛那位男子就在舞台上，他竟是工作人員的其中一員，正在舞台上收拾著導線，她彈跳似的站了起來，突然一陣貧血的頭暈感，她跌跌撞撞地往前進，高跟鞋鞋跟應聲斷裂，她高興地尖叫了起來，聲音大到所有舞台上的工作人員都發現了她。

當然也包含了那有著深邃雙眼的男子。

3. Heartache｜心痛

尖銳的嗩吶聲不止歇地繚繞，二胡與鼓聲也顯得急躁，不時銅鈸接續響徹。看著眼前師公臉上掛著一副熟捻地態度，不斷地碎念著台語經文。那些伴奏與經文的律調一起放肆著，這一聲一和地搭配下，非常有著傳統戲曲的味道，但是蘇萍總聯想到哭聲，那些音樂像是代替她哭一樣，嗚呼哀哉，哀嚎不斷。

演奏師傅抽著菸，那白白的煙霧與大把的立香煙霧在空氣中冉冉混雜，蘇萍的眼睛已經燻得紅腫，但是她卻一滴淚也落不下來。

年過五十的蘇萍，那青春不再的身子，讓她常常覺得疲累，像是肉體跟不上靈魂一樣，一個歇息空檔，她想走進廚房給自己倒杯水喝，但是在廚房外隔著牆就聽到了那些親戚長輩們議論著自己，他們都在數落著自己的冷血，自己的女兒過世，卻一滴淚也沒有流，她乾脆索性不進去了。

面對著自己女兒的喪禮，說這一切不難過是騙人的，但是蘇萍也很意外地發現，她真的完全哭不出來。

她感受到的痛非常地深沉，深到錐心，沉到刺骨，也因為太切入靈魂核心了，只是感到麻木的空虛，像是這世間再沒有任何東西可以留戀了，她也不知道，明天要何去何從，畢竟沒有了女兒，一切都已經不再重要。

嗩吶聲又開始刺耳地傳來，魁儡一般地聽從師公的指示做動作，蘇萍微微抬起頭看著心愛女兒的照片，思索起這陣子她是如何度過的。

她感到非常不真實，而眼前棺木裡，更是沒有女兒的遺體，這一切只是個儀式罷了，也慶幸這些繁瑣的儀式、規則，讓她被逼著行動、前進，還有記得呼吸，有了一個單純又必須的存在理由。

那一天蘇萍接到澳洲打來的電話，那是駐布里斯本台北經濟文化辦事處打來的，得知女兒在大堡礁潛水活動中被洋流帶走了，搜救隊一直找尋不到，黃金救援七十二小時將至，情況相當不樂觀，即使電話掛斷後，蘇萍雙手仍然抓著話筒與電話線顫抖，深怕放開手之後，就什麼都再也抓不住了。

離婚後的蘇萍，與女兒倩倩兩人在台北相依為命地生活著，大學剛畢業的倩倩一直吵著要跟同學一樣到澳洲打工度假一年，身為思想開明的母親，在萬般不捨下仍舊支持倩倩去澳洲多看看，學學英文、結交外國朋友，去度過一個自己年輕時也曾嚮往的異地旅程。

為期一年打工度假即將過去，女兒與自己撒嬌的那通電話還猶言在耳。

倩倩刻意用娃娃音輕柔地喊著：「麻麻，我跟你說一件事情你不能生氣唷。」

「你該不會是不想回來吧？」

「不是啦，不是不回來啦，是我想要待久一點嘛，我有申請到二次簽證可以待第二年……咦！你怎麼知道我要跟你說什麼？」

「厚，誰叫我是你媽，你該不會是交男朋友了吧？是你上次說的那個英國帥哥嗎？」

「不是那一個啦，就……我在大堡礁學潛水啊，在這邊有遇到一個很棒的人……對啦對啦，也是英國帥哥……啊唷，就我們才剛在一起啊……你放心我很快就回去了啦。」

「快帶回來給媽媽看看啊。」

蘇萍總認為當時要是不答應女兒，或許這一切悲劇都不會發生了。

但是自己何嘗不也是愛情的動物，當年為了愛情離開台北穩定的五星級飯店管理職工作，嫁到桃園大溪與先生一起經營家族事業，成為豆乾店的老闆娘。

一次「食安風暴」，豆乾被檢出含有二甲基黃，食藥署接續追查後，大溪豆乾已經不再成為優勢名產，經營慘淡後，先生輾轉投入傳直銷工作，不只是負債累累，還有了外遇，最後雖然是離婚收場，但至少她還有倩倩。

她也相信自己青春要是可以重來一次，應該也還是會做一樣的決定，而跟自己個性一樣拗的倩倩，怎麼可能不會為愛奔走，她真的攔得住女兒嗎？

每次看著倩倩，總好像看到自己當年的身影。

蘇萍從沒想過第一次來到豔陽高照的澳洲，竟是要去海邊招魂，也沒想過到度假勝地凱恩斯，竟是第一次見到自己女兒心愛男友的時刻。

更無法想像的是，當她親眼見到女兒所謂的「英國帥哥男友」，其實是一位女性，在見面的當下，她完全不知道自己該用什麼表情來面對「她」，而倩倩的那位英國愛人，則是非常貼心地擁抱著初次見面的蘇萍。

沒有倩倩的擁抱，反而是一個金髮碧眼的女孩抱著自己，蘇萍聽著耳邊女孩的哭聲，她羨慕她有哭的能力，更嫉妒她能陪伴倩倩最後的光陰，那複雜的情緒，像是潮汐一直向岸上打擊，卻又徒勞無功地退回海洋，好像留下了什麼想說想問的念頭，但是一轉眼又消失殆盡。

畢竟，她無法詢問倩倩了，她沒有機會質疑自己心愛的女兒，女兒竟然是同性戀？為什麼要瞞著媽媽？她錯過了女兒童年的哪些跡象？難道向來自己不夠開明達觀？無法讓女兒對她吐露心事？

她甚至無法抱著女兒的屍體吶喊些什麼，因為潛水教練說，洋流帶走了倩倩，他們已經在鄰近海域搜尋了好幾天，什麼都沒有找到⋯⋯

蘇萍最後可以帶走的骨肉溫度，只剩下那位英國愛人遞給她的一只登山大背包以及裡面的行李，還有一本沉甸甸的精裝硬殼日記本。

她清晰地憶起，陪伴女兒去挑選背包時女兒那張興奮笑臉。

蘇萍用力抱著背包，用盡全身的力氣，用力到會痛，心坎底深層的痛。

倩倩，回來唷！

倩倩，跟媽媽回家！

倩倩，海水這麼冷，快跟媽媽回家！

招魂時喊的字字句句，好像喊出去就被海風給奪去，但是留在心裡的那股痛，從未散去，如定時炸彈上的碼錶，不斷地跳動著數字，每個讀秒都隨脈搏陣陣痛著。

「姐，姐。」一個女人微微用手臂頂著身邊的蘇萍。

蘇萍看到自己妹妹蘇晴的暗示，才回過神，發現眼前走來行禮弔念倩倩的女人是前夫的現任妻子，那位她曾恨之入骨的第三者。

「家屬答禮！」

蘇萍趕緊點點頭回禮，面容慌張，完全不知道該用什麼表情來應對。

看著那位女人離去的背影，隨後也看到前夫從一旁追過去的身影，她才恍然大悟，整個喪禮過程中前夫一直在自己身旁站著，但是她卻完全不在意，幾乎把他當空氣。

看著那對離去的成雙身影，蘇萍竟然有如釋重負的感覺，彷彿因為這樣，自己身體輕了一點點，原來，一旦失去了倩倩，與這男人就再也沒有任何關聯了。

深沉的定時炸彈碼錶，依舊在倒數，失去女兒的心，依舊陣痛著，跳一下而痛一下。

4. The Calling｜呼叫

塞凡唱片公司總部有一群人聚集在會議室裡，觀看著眼前現場轉播的新聞畫面，當然他們也早就派出採訪團隊到現場守候，想掌握最新消息。

「你們這麼多人，這麼多個腦袋，都完全想不到辦法嗎？快把那個麥爾斯給我挖出來！去除一堆只想要新聞的媒體不說，光現場就有五家唱片公司的人，我們要怎樣才能勝出？」

一個叫亞當的禿頭男子，身穿亞曼尼合身西裝，修身顯瘦的西裝剪裁依舊無法把他突起的肚腩給掩飾掉。

他在會議室來回踱步著，在這個會議室裡向來呼風喚雨的總監亞當，今天卻非常反常，焦慮全寫在臉上。

會議室的眾人，無論是製作部、企劃部、專案經紀部還是宣傳部，甚至是連物流部的主管也被叫來開會，大家都感受到那作戰的氛圍。

「剛剛收到現場同仁的消息，連警方都到現場維持交通與秩序了，難不成我們要破門而入？」一個打扮時髦的女生無奈地回應。

「亞當……聽說艾瑪那一天也有去聽演唱會！」另一個頂著軟呢帽的男子接著說著，表情顯得有點猶豫。

「艾瑪人呢？」亞當高聲疾呼，那身體用力的程度，像是肚子馬上要把西裝撐破一般。

「艾瑪她……還沒來，她昨天參與『路西法』樂團錄音到天亮……」專案經紀部的主管說道。

「快打給她！」亞當額頭上的青筋都浮現了。

「好了嗎？五，四，三，二，Action！」一位肩上扛著攝影機的人大聲喊著，畢竟現場的聲音雜亂，他不得已拉高音量。

一位身穿灰色套裝的女黑人記者端莊著拿著麥克風，也試圖提高音量說著：「記者現在所在位置是位於切塞納麥爾斯的家門口，沒錯，就是兩天前YouTube破一億人點閱的爆紅影片，那位在Foo Fighters演唱會中上台獻聲的男歌迷麥爾斯，麥爾斯家中一直大門深鎖，看到門口停靠的小貨車，我們猜測他一直在家中……」

多輛ＳＮＧ新聞採訪車停靠在切塞納小鎮中一個不起眼的獨立小屋前，而大量的記者與圍觀的群眾，把這裡擠得水洩不通，吵雜聲音不斷，還有想進來卻動彈不得的汽車喇叭聲響。

「麥爾斯！出來吧！我們愛你！」幾個粉絲合力一起喊著。

此時的眾人都希望麥爾斯能夠現身，前一兩個鐘頭，有民眾聲稱在窗戶看到人影，認為麥爾斯人確實在家中，並且刻意關上電燈，顯然是想避開外面的人群與採訪。

「透過網路的力量，這兩天的義大利，甚至是全球，人人都渴望知道，那個擁有神奇嗓音的人是誰，透過網路人肉搜索的資料與民眾爆料，我們得知屋內的麥爾斯本來就是一名音樂人，過去在市區的樂器行工作，並且是個地下樂團的主唱兼吉他手，樂團名稱十分滑稽，叫作『水泥球』（Concrete Ball），這個地下樂團過去推出過一張獨立製作的ＥＰ，但是並沒有顯著的銷售成績，而麥爾斯的父親麥奎爾，正是幾個月前孟加拉恐怖攻擊慘劇中喪生的受害者之一，我們今天非常希望可以訪問到他，談一談他那美妙的嗓音還有……」穿著藍色襯衫梳著油頭的中年男記者，穩重地對著攝影機實況轉播。

許多電視台都在轉播這個爆紅的男子麥爾斯，那段YouTube流出的影片因為涉及在演唱會中偷拍而從YouTube上刪除，但是各個社群平台紛紛都大量地轉載與播送這段視頻，另外知名音樂串流公司更聲稱他們合法買下了演唱會中這段影片的版權，並高畫質的在網站上播出，一度流量過高而造成網站癱瘓。

趴在床上把頭埋進枕頭裡的麥爾斯，內心非常煩躁，他用手抱住頭部，真不知道該如何面對屋外大陣仗的媒體與群眾，他總覺得，一旦開了家門，他可能會骨頭不剩的被所有人撕裂開來。

他知道前幾天那個神奇的夜晚讓他飄飄然，那個夜晚是他被「水泥球」的另兩位團員邀約而來，不只是為了看Foo Fighters，也是為了一個打工機會，團員們知道消沉已久的他應該出來透透氣了，而且他也非常缺錢，朋友轉介紹的這個工作機會絕不可錯過。

麥爾斯鬱悶了好幾個月，他原本以為可以透過演唱會音樂狂熱來麻痺自己，卻意外地走上往後未知的道路。

過去他們在樂團的發展上都沒有什麼突出的成績，這樣的關注，曾經是他們樂團極度渴望卻又觸及不到的幸運，但是現在的他，只想靜靜地舔拭自己的傷痛，糜爛地沉醉到世界的盡頭都可以。

義大利與台灣混血的麥爾斯，在父母的兩種文化浸濡下，義大利文、中文及英文都精通，在他學生時期全家搬到台灣的南投，他那台灣母親的故鄉，原本對他來說是最美好的童年時光，南投的淳樸、同學們的情誼，一切正被幸福圍繞著。

但是一場百年來最大的九二一大地震，不僅震毀了他們的家園，更帶走了他的母親。

傷痛欲絕的父子倆後來回到義大利切塞納小鎮，接著高中畢業的麥爾斯找到了樂器行店員的工作，閒暇時就玩樂團，在父親以及音樂的陪伴下，日子也算還過得去。

但是厄運還未停歇，父親麥奎爾因工作而出差到孟加拉，竟然遇到了當地的恐怖攻擊，不幸罹難。像是被命運開了一個大玩笑，麥爾斯只能無助地釋放，整整哭了兩個星期，就在現在這個枕頭上。

原本他以為那只是一個奇怪的夢，在無限循環的傷心與糜爛生活中，唯一感到明亮的就是那一個夢，夢裡面一切都是白色的，白色得很刺眼。

他依稀記得夢裏充斥著泥土的味道，他的步伐非常沈重且泥濘，雙腿像是陷入泥沼，但是他努力地想要前進，因為前方有著白茫茫地明亮光線，好像追逐著光線，就至少有一絲希望。

光線來源的方向好像有一個聲音一直傳來，他聽到了一陣噪音聲響，這個聲音似乎很熟悉，但是他卻一時無法辨別，每次這一個白色的夢總是在他想要了解眼前的畫面以及聲響時而驚醒，醒來後是無盡的惆悵，夢裡的光線並沒有帶給他溫暖，但是醒來後的現實卻是始終黑暗。

而當日復一日作著這奇怪的夢，漸漸地眼淚哭乾了、喉嚨哭啞了，他發現自己的聲音也從此有了巨大的變化，像是換了一個聲帶似的。

這樣的變化，一直都沒有被重視，因為自從父親過世後，麥爾斯對任何事物都漠不關心，因為蹺班被樂器行開除，無心參與水泥球的定期團練，這種自己聲音變了樣的小事情，他當然也毫不在乎。

這樣的「惡魔契約」並非是麥爾斯所能決定的。

也許就像是義大利作曲家朱塞佩．塔替尼（Giuseppe Tartini），因為聽到魔鬼在他床邊演奏的魔音，讓他寫下著名的〈Devil's Trill〉（惡魔的顫音）。

也許就像是美國傳奇藍調吉他手羅伯．強森（Robert Johnson）的那個傳說，人們說他也許是在密西西比的十字路口跟惡魔交換了靈魂，因而獲得了精湛的吉他技巧，而一夜成名⋯⋯

麥爾斯感到頭痛欲裂，他似乎都還依稀感受得到那陣子哭到虛脫的無力感，現在屋外的吵雜聲讓他憶起在台灣地震的那一晚，那個天搖地動的夜晚，也震撼他生命的夜晚。

想起母親的臉，他開始試圖不要再回憶起哀傷，他想尋求幫助，他找出手機撥給了水泥球的另一個團員馬里諾，他現在的生命或許也只剩下「水泥球」了，那兩位兄弟從不會放棄他的。

他拿起手機，發現竟然有五十多通未接電話，包含了水泥球的馬里諾與伊森在內，更有一大堆未知的號碼，還有那些久未聯繫的同事與朋友竟然都打來了，當然。

麥爾斯正慶幸自己手機開震動的同時，手機再度震動⋯⋯

「嘿，麥爾斯，你終於接電話了，呼，我真是太高興了，我們紅了啊！我們紅了啊！哈哈哈——」馬里諾高興到歇斯底里。

「馬里諾，我完全出不了門，你能來救我嗎？」

「救你？你快打開門享受這一切的降臨吧，這就是搖滾啊，別忘了我們水泥球啊，說好一輩子好兄弟的呀，我跟你說啊——」

麥爾斯似乎恢復了理智，果斷地直接掛上電話，他深知陷入瘋狂的馬里諾現在根本無法提出建設性的方法，他得想想其他的辦法，屋外人潮不知何時才會散去，總不能一直這樣下去吧，他接著想打給伊森……

他突然轉頭望向披在椅子上的那條牛仔褲，想起了那天牛仔褲口袋裡的名片，那個好像叫艾瑪的人。

艾瑪嘴裡咬著鑰匙，左手臂上掛著西裝外套，右手拎著包包，非常狼狽地在自己公寓前手忙腳亂，包包裡手機一直響，讓她更感浮躁，前一夜熬夜沒睡好了，偏偏今天下午的會議她又遲到了，她一心只想趕快出門。

包包裡的手機似乎不願意放過她，即便她不予理會，還是繼續悶悶作響，那手機震動似乎又碰撞著她硬皮革筆記本，包包嘎然作響，她心裏浮現的就是光頭總監亞當的臉，使得她的表情更加顯得不耐煩。

終於在開車途中的紅綠燈等待片刻，她拿出手機切換成藍芽模式，那個未知號碼接通後，她聽到的是一個微微沙啞的嗓音。

「艾瑪？是艾瑪嗎？」

「是，我是艾瑪，你是……？」

「麥爾斯。」

「麥……麥爾斯？」艾瑪接著在車內放聲尖叫「啊——！」

「……」

「喔喔喔！對不起，我太興奮了，我以為你不會打來呢。」

「嗯，這個，我想問妳……妳是否有方法來把我接走？」

「接走？什麼意思？」

艾瑪正疑惑這樣奇怪對話的同時，她從擋風玻璃望出去，看到了前方電視台大樓上偌大的電視牆，上面是媒體圍觀在一個民宅的畫面，斗大的字幕寫著「魔力的歌聲，麥爾斯……」

「嗯……我是說——」

「啊————————！」艾瑪再度放聲尖叫。

衝進會議室的艾瑪，頭髮顯得非常凌亂，她掃射會議室內，很快地就找到有明顯光頭的亞當，她又放聲尖叫「啊——！」

「剛剛……剛剛麥爾斯打給我……要我去接他。」艾瑪顯得上氣不接下氣。

「什麼？你接到他電話？你怎麼認識他的？他的電話幾號？快讓我跟他說話——」亞當拋出一大堆問句。

「啊！」艾瑪左顧右盼，看到會議室所有人都是一臉驚訝與困惑。

好像想起什麼似的，艾瑪衝出會議室，直奔樓梯向上，所有的人也著急地追了出去，一群造型時尚又模樣專業的人，像是要追殺艾瑪一般，猙獰地往樓上奔去。

衝到最頂樓執行長辦公室門口，馬上被門口的女秘書喝止：「艾瑪你要幹嘛？塞凡今天沒有來。」

同仁們陸續隨後接踵而來，讓秘書大吃一驚，其中還有光頭總監亞當，還沒來得及反應，艾瑪已經打開執行長辦公室的門。

秘書正想大喊些什麼，但是看到總監亞當也跟著奔進去，也趕緊起身跟上查看。

「艾瑪你在做什麼?快把他電話號碼給我！」「你在幹嘛？」「不要擠我啦！」眾人顯得困惑又緊張。

艾瑪衝進執行長辦公室後，馬上就停下了腳步。

「你不想活啦，這是執行長辦公室！」亞當嚴厲地疾呼奔去，並一把將艾瑪的左手臂抓住。

艾瑪揚起笑容，右手指著塞凡辦公室落地窗外的大露台：「哈哈，塞凡不在沒關係，他的專屬直升機有在就好，讓我們去接麥爾斯吧！」

5. Courageous｜勇敢

側躺在床上的蘇萍，平靜地看著自己眼前的一隻絨毛玩偶發呆，那是少了一隻眼睛而且身上有不少塊補丁布料的的泰迪熊，雖然看似狼狽，但是表面毛料都相當乾淨，淡淡的褪色看得出來洗過很多次，有時光的滄桑，也有被珍惜的溫馨。

這隻泰迪熊陪伴了女兒倩倩的童年時光，每晚睡覺倩倩並不是抱著泰迪熊，而是用「抓」的，必須抓著它身上的毛才能入睡，甚至不時把毛給抓了下來，好像唯有抓著這些毛，倩倩才有了安全感。

而經過長年累月地「抓」，連那顆如彈珠的眼睛都給抓了下來，而且很奇怪的是，他們一家人怎麼找都找不到那顆遺失的彈珠眼睛。

看著那有微微笑臉的熊，她想起自己女兒一個月大時的容顏。那些年，她原本以為自己的世界已經要崩壞了，是女兒純真的笑容拯救了她，如今她失去這個笑容，也意味著她的世界灰飛煙滅。

向來積極向上的蘇萍，在大學時期是念餐飲管理，期間還到美國當了交換學生，畢業後又繼續往食品營養研究所深造，這樣的履歷讓她很順利的在台北的一間五星級飯店實習，而憑藉她優秀的廚藝與努力，幾乎讓她平步青雲地往飯店餐廳管理職層層邁進。

優秀的她向來不乏追求者，但是總是覺得一直遇不到那種讓她心跳不已的那個人。

直到一次飯店推行的企業公益活動，蘇萍被公司指派要去偏鄉學校進行愛心耶誕盒的發放，那一次機緣讓她遇見了也參與志工活動的先生。

「愛心耶誕盒」是一盒集結文具、零嘴、各地名產以及書本的禮物盒，而其中「大溪豆乾」的供應商，正是先生的家族店面。

因為有別於飯店周遭同仁與自己的同質性，來自大溪的先生樸實率真，講起台語又親切喜感，直接不造作的告白讓蘇萍一見傾心。

愛情，成為了蘇萍忙碌工作中的精神支柱，她也因為愛情而顯得天天容光煥發。

雖然先生整整大了自己十歲，遭受到父母相當大的反對，但是脾氣拗又沉浸於戀愛中的她，怎麼可能有半步妥協。

隨著幾年台北桃園兩地的短距離戀愛，她觀察先生凡事想到父母的孝順個性更是讓她覺得穩定、負責任而且值得託付終身。

但是她偏偏沒想到這個「孝順」優點，變成了她結婚後的「痛點」。

孝順的先生執意要與自己父母同住，因此要求蘇萍結婚後辭掉台北的工作到大溪來找新工作，這樣的安排讓事業心重的蘇萍忍痛妥協之外，還有為了適應新的家庭生活而有了相當大的痛苦。

因應傳統的家庭必須餐餐開伙，讓這個傳統上理應照料家裡的媳婦也必須天天早起煮早餐，雖然蘇萍順利地跳槽到桃園的飯店工作，但是飯店服務業的長時間工作，讓她疲於應付家裡的「責任」。

雖然先生疼愛自己，公婆也都不難相處，但是常常一些話語與情境就讓蘇萍感到十分無奈。

婆婆曾嘮叨：「啊唷，阿萍呀，一個禮拜洗兩次衣服怎麼可以，你看看這個流過汗的衣服不趕快洗，可能會有汗漬內，要天天洗啊，我是不會幫我兒子洗的唷，結婚後就是看你們年輕人的囉。」

先生曾說：「這個稀飯有點煮太鹹了，你知道爸有高血壓，這樣子對他身體不太好……」

「啊，對不起，我不知道您在廚房……」蘇萍一次夜裡牙痛，想到廚房拿冰塊來敷，撞見只穿著一條三角內褲正在翻冰箱的公公。

蘇萍真是覺得每晚下班已經累癱了，實在無力達成所有媳婦被賦予的期待，而且由於家中是經營豆乾販售的店面，公婆與先生大部分的時間幾乎都在家中顧店，每次她下班趕回到店面，總覺得自己像是個外人，投靠寄宿著這裡，即便公婆沒有明說，她還是因為自己一直保有著上班工作而感到罪惡。

而為了愛，她非常認命地做出了妥協，就是辭掉工作，專心成為一位家庭主婦，把家裡的雜務顧好，並且協助店務，成為一個稱職的媳婦兒。

這樣的決定，為她贏得了公婆與先生好一陣子的肯定，直到那個肯定變成了理所當然，隨著時光飛逝，她根本沒有注意到，她成為了一個家庭的附屬品，失去了自我。

愛情不只是昇華了，更是遺忘了委屈。

原本那隻翩翩飛舞的蝴蝶，隨著柴米油鹽的過程，隨之轉變成飛蛾，撲向了那團火光，燃燒著自己，照亮著她衷心認定的歸宿。

直到女兒的來到，日漸疲乏的生活來了一道曙光，而且光線越來越亮，蘇萍像是抓住了希望的火炬，她的使命感，她的柔情，都有了一個名叫母愛的出口。

倩倩剛滿一個月，那個舒服陽光曬進窗戶的早晨，蘇萍被身旁孩子的聲音給喚醒，那是一股充滿濕潤口水的呢喃話語，像是笑聲，又像是在叫喚些什麼，蘇萍在床上翻身，側躺著看著倩倩，發現倩倩比她還早起，兩顆眼珠子斗大地盯著自己。

她細細觀察著眼前這個她懷胎十個月辛苦產下的小生命，她內心覺得非常地奇妙，那像是種自我形體的延伸，然而那個延伸卻又是那麼地獨立，因為她猜不出來眼前這個如此親近的骨肉在想什麼，可能跟現在的自己一樣好奇吧？

她看著倩倩注視著自己，無論這樣的距離之下，視力尚未發展完全的倩倩是否可以清晰地辨別眼前一切，但是倩倩朝著自己呵呵地笑了出來，嘴角揚起的角度非常地甜，那個表情笑容像是在訴說：倩倩放心又全然地相信媽媽，全心毫無保留地愛著媽媽。

蘇萍當下感動地流下了淚，伸手擦眼淚的同時，喜悅地笑了出來，這一個笑容讓她內心有了很確定的信念，她只希望這世間所有的美好都降臨在倩倩身上，她願意為這一點付出所有的一切。

有了女兒的來到，蘇萍是幸福的，她的先生與公婆也都更加地幸福，大溪豆乾店鋪內笑聲變多了，甚至連客人都變多了，這樣的平凡與美好持續了好久好久，直到了那一年大溪豆乾被「食安風暴」影響，店內的生計有了劇烈地變化。

一次新聞爆出，台灣眾多豆乾、豆腐與油豆腐等豆製品被檢出含有致癌物二甲基黃的食品安全事件，豆乾的生意瞬間乏人問津。

年長的先生在大男人的思想下，不願意讓蘇萍回到職場幫助家計，要求蘇萍繼續撐著店鋪，自己則因為朋友的推薦下接觸了多層次傳直銷，期待未來有著不用工作都能有持續性的收入，而購入了大量的新一代強勢產品——「虛擬貨幣」，這樣的虛擬貨幣免除了許多傳直銷需要囤貨的風險，還可以用虛擬貨幣直接兌換傳直銷公司內的實質商品，更可以透過虛擬貨幣的買賣、囤積、升值而賺到豐碩的財富。

在倩倩剛步入大學的時期，傳直銷公司惡性倒閉，先生長久的期待，變成了負債，而觀光客到大溪會買的名產早已經變成了月光餅、拿破崙蛋糕與卡哩卡哩。

先生在傳直銷公司中雖然失去了財富，但是卻獲得了愛情，日久生情地戀上了同公司的一位女子。被蘇萍發現異狀後攤牌的那次劇烈爭吵，先生說他欣賞那女子的獨立自主，喜愛那女子在工作時的企圖心……，蘇萍驚訝地發現，原來她先生愛上的，彷彿就是她自己過去曾經擁有的模樣。

蘇萍幾近崩潰，她也反省自己多年來的奉獻，其實還不如在婚前就努力地溝通、協調與為自己取得些平衡，那些堅持她都不曾努力，她發現這一切錯誤的發生，自己也是始作俑者。

她憤怒、她沮喪、她失望，但是還好還有倩倩，那甜美可人的笑容，是她最後的堡壘。

離婚後的蘇萍很快就振作了自己，一來是台灣民法規定，夫債不必妻還，這是離婚後的一大好處，二來是，當她與倩倩搬到台北一起租房子後，有一天她早晨驚醒準備要做早餐時，她才驚覺自己其實可以什麼事都不必做，她不需要顧及公婆與先生的想法與要求，她只要在乎倩倩就可以了，她整個人全然地放鬆，回到被窩裡繼續賴床，那一刻，她才深深覺得自己再度擁有了久違的自由。

蘇萍後來找到一份自助餐店廚師的工作，而倩倩也順利畢了業，母女倆的璀璨未來，好像才正要開始。

蘇萍依舊側躺在床上，回想著過往，思念著倩倩的笑容，她平靜地看著自己眼前的泰迪熊，那少了一隻眼睛的泰迪熊。

泰迪熊的笑容，讓她想著倩倩朝著自己笑的模樣，接著蘇萍閉上了眼，聆聽自己的心跳，噗通，噗通，每一下，都好痛。

死亡並不可怕，可怕的是你如何面對死亡，尤其是面對家人的死亡。

不知道睡了多久，半夢半醒之間，蘇萍只覺得自己非常昏沉，腦子感覺天旋地轉，但是身子又像被流沙困住一樣，沈重又癱軟，唯一確認自己好像還醒著的方式，就是從眼前那顆泰迪熊獨眼彈珠的反射中，看到了一個像是魚眼相機拍攝效果的自己。

兀自猜想可能是一連幾天喪禮吸了太多的煙害，以前也有過這樣的經驗，好像是在學生時期的中餐烹飪課程。

每次課程中煎魚她都想到，念醫學院的學生進行手術有「大體老師」可以做練習，而她鍋子裡的那一條魚，就是屬於她的大體老師，差別只是，不只是練習，練習完她還得與同學們一起把「老師」吃下去，這讓她十分害怕，其他肉類海鮮都不會，只有魚讓她有這種困擾，應該是童年時一次在廚房幫媽媽的忙，媽媽殺魚過程時，活跳跳的大魚跳到了自己身上，那濕潤又有力的拍擊，拍出了深沉的恐懼。

而幾次初學煎魚的過程，那冒大煙的畫面，蘇萍總認為那就是魚奮力痛苦的象徵，魚的眼淚都蒸發在空氣中了，那嗆鼻的感受，外加內心深沉的恐懼，她都會覺得自己吸不到氧氣，而頭暈目眩。

但是，蘇萍心裡有點納悶，為什麼現在想到煎魚過程，竟然一點害怕的感覺都沒有，她覺得自己心如止水。

而餘光觀察房間內的光線，那樣的昏暗，她忘記自己躺在這兒多久了，現在是什麼時間她也都沒有概念，她也不需要有概念，當喪禮結束之後，她一時之間不知道自己要幹嘛，就默默地回到了公寓，走進了女兒的房間裡，躺在女兒的床上，試圖找到女兒的一點點味道。

她突然想起了自己很喜歡的一位日本作家佐野洋子寫的那本《無用的日子》，書中有一句很適合她心境的話：「我自己不怕死，但絕對不希望自己喜歡的好朋友死。死亡的意義並非來自自己的死，而是他人的死。」

『說得真的夭壽好啊！要是死的是我，我就解脫了，但是我死了，倩倩就要感受我現在的痛楚，這我也絕對捨不得的，明明現在的我什麼都可以做，但是為什麼現在連呼吸都覺得好累。』蘇萍終於釐清自己為何沒有任何恐懼感了，因為倩倩的離開已經是她遇過最恐怖的事情了，相較之下，煎魚還有什麼大不了？

想到佐野洋子在書中提到，當知道自己的癌症轉移了，即將不久於人世，離開醫院之後，立刻就去訂了一部積架跑車！

蘇萍試想自己有這樣的豁達與條件嗎？她想到了自己確實不夠豁達，另外再想到了女兒過世後的鉅額保險理賠，她現在確實不需要再煩惱錢了，那錢又有什麼用呢？她一點也不喜歡積架跑車啊！那麼錢能夠買回她的女兒嗎？

她像是被電流電到一般，很快速地從女兒的床鋪上彈起，坐在床沿睜大著眼，隨即把女兒的房間燈打亮，環顧著四周，像是獵人一樣的兇猛找尋，她目光落在地上的登山大背包，她急忙地翻找，把那本厚重的精裝日記本給翻了出來。

因為書中許多頁似乎都黏貼或夾著小卡與紙條，讓日記本些微鼓鼓地，又像是雜誌一般地混雜，蘇萍小心翼翼地翻開日記本，像是發現脆弱的寶藏一般。

印入眼簾的第一頁貼著一張紅頭髮女人的照片，身穿白色低胸禮服坐在一張紅色又大器的椅子上，裙擺如絲般散亂開來，其中露出一條性感油亮的腿。

她認得出來那是女兒最喜歡的藝人張惠妹，照片右下角寫著非常具備科技設計感的英文字「AMIT」，她也聽女兒說過阿妹的原住民名字就叫「阿密特」。

繼續往後翻，她看到一幅用鉛筆畫的跨頁澳洲地圖，上面用各種顏色的筆寫上了中英文城市的名稱，而澳洲整個外圍有許多反覆劃記的紅色圓圈，圈圈中用紅筆寫上了日期，蘇萍猜想那是倩倩到達那個島嶼的日期。

每次想到倩倩的澳洲之旅，她就會想到自己學生時期到美國交換學生的日子，那樣的自由奔放又充滿新鮮感的每一天，這也正是她捨得讓倩倩隻身出國的主要原因。

記得倩倩曾在電話中高聲炫耀地說：「麻，你知道麥克阿瑟的『跳島戰術』嗎？」

「厚，你是說二次世界大戰，麥克阿瑟收復日軍佔領太平洋上島嶼的戰術嗎？幹嘛跟我講歷史？該不會你認識的新朋友叫麥克？還是叫阿舍？你知道早期台灣叫阿舍的都很有錢嗎，哈哈……」

「哈哈，才不是勒，我是決定要用跳島戰術征服澳洲唷，哈哈哈，我發現澳洲的外島跟沿岸都很漂亮啊，跟麻麻一樣漂亮。」

「妳少來了。」

蘇萍開始細數那些被打圈的標記，不是島嶼就是海岸邊，從澳洲西邊逆時針方向，再數到東邊，分別是羅特內島（Rottnest Island）、戴士柏（Dunsborough）、奧古斯塔（Augusta）、阿德雷德（Adelaide）、袋鼠島（Kangaroo Island）、菲利浦島（Phillip Island）、塔斯馬尼亞（Tasmania）、弗雷沙島（Fraser Island），而再更往北上去，紅色圈圈就消失了。

取而代之的，是一個鉛筆重複劃記的箭頭符號，大剌剌地從弗雷沙島直接向一處劃去，指著一個叫做大堡礁的區塊，一旁還有倩倩的註記：「大堡礁是水裡的島！」。

仔細檢視，蘇萍發現其實每一個紅色標記，先前都有著淡淡鉛筆的痕跡，只是都被橡皮擦擦掉了，有些鉛筆痕跡並沒有擦得非常乾淨。

再次盯著大堡礁的位置，讓蘇萍內心又再度抽痛。

『看來你完成了你所謂的跳島行動……你在澳洲一定很快樂吧？』

接著她注意到所有島中，最大的是那一顆有如心形狀的塔斯馬尼亞，上面還被倩倩打了一顆明顯的星號。

再繼續往下翻，蘇萍不再仔細閱讀，隨意地翻閱，看著好多的車票、塗鴉、筆記，她看到自己女兒的聰慧與細心紀錄，內心感到驕傲與不捨。

蘇萍深深地吸了一口氣，雙手一夾，迅速把日記本給闔上了，其中一張小卡順勢飛了出來，落在地上。

她勉強地彎曲自己僵硬的身軀，撿起了小卡，正是那張有著性感油亮美腿的阿密特照片，阿密特在鮮紅寶座上的姿態優雅極了。

倩倩常常唱阿妹的那首〈勇敢〉浮上了心頭……

路太遠
誰的眼神能永遠
忘了跟你一起走

怎樣才會懂

像是確定了什麼，蘇萍心裡明白了，明白自己接下來要何去何從了。

6. The Swinging Man｜擺盪人

「記者現在身旁的這位先生是麥爾斯的鄰居查德，查德先生，您可不可以跟我們談談你對你鄰居麥爾斯的印象呢？」

一位有著翹鬍子的老伯伯對著鏡頭說道：「麥奎爾他們一家人曾經移居到台灣，我記得好像是五年前……還是七年前……」

噠噠噠噠噠……

天空突然一陣螺旋槳聲音由遠至近，在麥爾斯家屋外的眾人無不抬頭觀望，連正在採訪的記者都轉移了焦點。

一架鮮白色的直昇機駛入眾人的上空，發亮光澤的表面上帶有明顯黑色流線紋路，顯得非常俐落，機身上還有一個黑色的英文草寫Logo，寫著Saifan（塞凡）。

螺旋槳的氣流讓眾人像是被迫進入暴風圈，人人開始騷動，場面有些混亂。

直昇機才在空中盤旋了一下子，好幾位媒體記者以及在現場一樣守候的塞凡員工都吃驚地望著天空，頭髮被吹亂、領帶隨意飄起，與他們的心情一樣，起伏飄蕩。

「塞……塞凡！這……塞凡執行長該不會在直昇機裡面吧？」塞凡的員工驚呼，但是這句話完全被螺旋槳噪音淹沒……

直昇機門像是在眾人期待下向側邊滑開，眾人驚呼之中，只看到一位女子戴著直昇機專用頭盔，嘴裡念念有詞，女子身上那件西裝外套隨風飄逸，隨即女子在側的一位西裝男子也探出頭來，對著直昇機頭盔的麥克風張嘴咆哮。

兩位身著西裝造型的男女像是特務一般地出現之外，更是合力將一捆繩梯拋下直昇機，但是動作顯得笨拙而僵硬。

當所有的攝影機鏡頭與眾人的目光朝向繩梯的末端望去，才察覺到一位身穿淺灰色棉T，臉龐俊秀的長髮男子正爬出閣樓窗戶。

「啊！麥爾斯！麥爾斯！」像是發現寶藏一般，許多人高喊著麥爾斯的名字，此起彼落的尖叫聲與直昇機的噪音一起混亂著，記者也忙著趕緊轉播這太過戲劇化的鏡頭。

螺旋槳依舊放肆地吹著，麥爾斯背後貼著一只後背包，奮力抓住繩梯，在氣流的吹拂下，淺灰色棉T不斷貼著麥爾斯結實的身軀抖動，拉伸上臂抬高了衣服下擺，那腹肌的線條若隱若現，穿著布滿破洞淺藍色牛仔長褲的長腿也隨之跳了出去，那褲管與腳踝邊還飄著藍白色混雜的破損線頭。

赤腳的麥爾斯踩著繩梯，搖搖晃晃地往直昇機上爬，頭髮逸散幾乎遮住了他的臉。

所有的攝影機像是地對空飛彈一般，全部指向著大家目光的唯一焦點，好像恨不得射下這一只人形模特兒，而不知道是不是麥爾斯精壯的手臂在爬動時用力的線條太亮眼，周圍尖叫聲越來越大，這一個平凡小街道，像是進行著大型戶外演唱會一般，大家朝聖著、驚呼著、也崇拜著。

麥爾斯此時的一舉一動在眾人眼裡像是慢動作一般地進行，直到他鑽進直昇機後，所有凝結的時空才瞬間恢復正常。

目送直昇機飛走的眾人心情喜憂參半，媒體們雖然沒有採訪到麥爾斯，但是剛剛捕捉到的畫面絕對是值回票價，也慶幸自己站在這裡，見證了這奇妙的一刻。

麥爾斯才剛戴上直昇機頭盔，艾瑪就迫不及待地喊著：「我們接到你了啊——！這真是太瘋狂了！啊——！」

「啊！你閉嘴啊！」亞當受不了尖叫聲而怒斥著，一瞬間又切換成和煦的笑臉對著麥爾斯伸出握手：「麥爾斯，你好，我是亞當，塞凡唱片的歐洲品牌總監。」

麥爾斯不理會亞當熱情的手，只注視著艾瑪，緩緩地說：「艾瑪，你是超人跟蝙蝠俠的艾瑪嗎？」

「什麼？」艾瑪被奇怪的問題衝擊，馬上冷靜了下來，「你，你說什麼？」

「麥——」亞當正要說些什麼的時候，馬上被麥爾斯打斷。

「超人跟蝙蝠俠的媽媽都叫做艾瑪啊，不是嗎？」麥爾斯提起嘴角苦笑著，表情竟有些哀愁。

「喔，艾瑪，哈哈哈，你真是幽默啊……你是說《蝙蝠俠對超人：正義曙光》這電影裡的艾瑪啊……」

艾瑪笑得有點敷衍勉強，然後餘光偷瞄著一旁的亞當，發現亞當一臉不知所措，眼睛瞪得很大，艾瑪內心有點緊張，她從沒看過公司裡有任何人敢對亞當的話置之不理。

艾瑪接著說：「你……你還好吧？」

「謝……謝謝妳，把我救了出來，我……我……不知道能去哪裡了……艾瑪……」麥爾斯低著頭，微微沙啞的獨特嗓音在機內通話頻道裡格外明顯。

「我……我們會把你安置下來的，你放心。」

艾瑪再度望向亞當，刻意秀出振奮的眼神，亞當兩手一攤，嘴型默默念著：「What-the-fuck」。

一開始樂昏頭的艾瑪，現在有了不安的感覺，她內心疑惑著。

『這傢伙該不會腦子有問題吧？』

7. Concrete Ball｜水泥球

眼看著四周，麥爾斯覺得不太真實，豪華的錄音室，最頂級的設備環繞，業界最有名氣的製作人與錄音師在側，還有那群他們過去做夢都接觸不到的專業經紀團隊支持，這跟以前他們大夥一起在伊森家車庫練團的畫面差別很大，這樣的夢幻畫面任何樂團都應該會認為是「美夢成真」，這時候的麥爾斯卻顯得有點不自在，好像缺乏了過往輕鬆愉快的感覺，那種單純玩音樂的簡單與快樂。

但是說真的，那五星級的住宿飯店，昂貴的樂器，一連幾天各種的款待與資源條件提供下，真的會讓人飄飄然地。

似乎該振作了，但是麥爾斯把這種感覺怪罪自己還在喪父的陰影之中……

就算感到不真實、感到不習慣，但是好像現在進行的事情，也是麥爾斯自己唯一能做的，情同兄弟的另外那兩位水泥球團員馬里諾與伊森，強力說服自己簽下了經紀約，當然也簽下整個水泥球樂團，畢竟這是他們過往搞樂團心心念念的一刻，美中不足的地方只有經紀公司認為「水泥球」這團名像是個玩笑，必須要想一個霸氣一點、搖滾一點的稱號來闖蕩音樂界。

向來麥爾斯都為團隊帶來許多奇怪的想法，也因為總是莫名其妙的創意或靈感，讓大家玩樂團的過程，變得非常的有意思。

「水泥球」這團名，是麥爾斯一次看湯姆克魯斯主演的電影《Rock of Ages》（搖滾時代）時，看到喜劇演員羅素．布蘭德（Russell Brand）在劇中喊出一個搖滾樂團名稱——「水泥球」（Concrete Ball）那一刻，實在太滑稽好笑了，這個想法一跟團員說，大家都笑翻了，就這樣莫名其妙地成為了他們的正式團名，可能因為就有如一顆水泥球一般廉價而不起眼，這個團一直都沒有得到太多的關注，直到現在。

對於經紀約，麥爾斯除了沒有理由說不之外，也是為了馬里諾與伊森兩人的才華得以延伸。

貝斯手馬里諾出生寒苦，雖然微胖的身形看起來不窮，但是他確實需要一個有保障的合約工作，他過去連換一組新的貝斯弦，常常都要團員一起湊錢，講話語調有著濃厚南方西西里島口音的他，其實貝斯功力了得，信手捻來的低音律動，會讓人忍不住擺動起身軀想跳舞，每次有人誇獎，他一定都會炫耀地說：「因為我這貝斯簡直就是媲美Red Hot Chili Peppers（嗆辣紅椒樂團）裡的Flea！」

馬里諾崇拜知名貝斯手Flea的狂熱，從他手臂上有著與Flea一模一樣的圓形圖騰刺青可以得知，那個刺青，也是麥爾斯與伊森一起送給他的生日禮物。

鼓手伊森則是十足的龐克搖滾模樣，刺蝟頭與全身鉚釘的皮件飾品，臉上的鬍子很流線型地從腮幫子一直延伸到鬢角，外加煙燻妝與壯碩的身材，表情更是冷酷，是那種在路上擦身而過，大家都會避之唯恐不及的那種人物。他特別喜愛龐克與黑死金屬的曲風，總讓人覺得伊森好像曾經去地獄走過一遭的那種感覺。

伊森除了打鼓爆發力強大之外，也涉獵過許多樂器，更是在團中與麥爾斯一起撐起全部詞曲創作與編曲的重要人物。

麥爾斯與馬里諾都知道，那樣黑暗暴力的模樣只是伊森的保護色，伊森其實就是個靦腆安靜的人，內心是那樣地謙遜與慈悲。

但是真正讓麥爾斯決定與塞凡公司簽下經紀約的最大鼓舞，是Foo Fighters的主唱戴夫寄到唱片公司來送給他的那一把電吉他，正是那晚演唱會他在台上向戴夫借的水藍色Gibson，戴夫還特地在吉他的護板上簽上了名。

麥爾斯當然也絕對是一位狂熱的搖滾樂迷，所以才會在喪父創傷的心情上，硬撐起自己參加那場演唱會，搖滾樂在麥爾斯心中有著相當大的地位，所以踏上與唱片公司打造的這條音樂路，讓他覺得自己被需要之外，更是讓自己重新站起來、保持忙碌的一個好方法。

「嘿，麥爾斯，你還在嗎？唷呼！要開始了嗎？」馬里諾看到眼神放空的麥爾斯後，揮動著手，想引起對方注意。

「嗯，我們開始。」麥爾斯驚覺了自己的停頓，馬上又回過神。

臉上掛著濃厚煙燻妝的伊森聽到後，面無表情，拿起鼓棒在空中打了起始拍子，接著雙踏重擊著大鼓，麥爾斯在第一個鼓點上跟著刷下了吉他分解和弦的前奏，接著馬里諾的貝斯聲加入，讓整個旋律更飽滿豐富，歌曲樂句幾乎都是用五聲音階組成彈出來的，有種東方的味道，那是水泥球的創作歌曲〈拉魯〉（Lalu），指的是台灣南投日月潭中央的拉魯小島，這個地標也是傳說中邵族最高祖靈的居處。麥爾斯兒時在南投的回憶，常常成為他創作的靈感。

這首歌的開頭更有句邵語的吶喊，接著才由義大利文喊唱出麥爾斯心中的日月，那是麥爾斯從邵族同學那裡聽來的故事，歌曲主要想訴說，拉魯島因為地震與長期波浪沖蝕的影響，逐漸變小，許多人認為島嶼消失是自然現象，但是後來日月潭管理單位依舊決定要施作工程將島嶼拉高，引起許多爭議……

烏拉拉魯灣（wulaluwan）
先人們的安息之地，我們的精神寄託之處
大地要將您沉沒，我們該如何沉默
是我們不願讓您走，還是您希望我們做些什麼

才唱到這裡，鼓聲停止了，貝斯聲也安靜下來，剩下刷著吉他高歌的麥爾斯，驚覺大家的暫停而也隨之停止。

雖然團練試音對水泥球來說已經睽違已久，但是累積多年的默契還不至於沒進行完第一段主歌就停止，這是鮮少出現的情況。

麥爾斯錯愕地看著大家，看到馬里諾嘴巴張得很大，酷酷地伊森也提起了嘴角靦腆地笑著，再觀望玻璃窗外的眾人，大家好像是有很多情緒一般有著似笑非笑的表情，而那位艾瑪，則是眼神閃爍著……

「怎麼了？我有彈錯嗎？」麥爾斯心中充滿著疑惑，也感到不安。

馬里諾走向他，一臉驚奇：「嘿，我的天啊，你的聲音真的變了……真的是……都不一樣了。」

「嗯……我知道，不過——」

「說真的，我在演唱會聽你唱的聲音，我一度還以為你只是前一天喝多了嗓子壞掉……沒想到你現

在的聲音真的……我真不敢相信……哈哈哈……伊森你看他，你看他，我的天啊。」

麥爾斯知道馬里諾向來言行舉止誇張，他側身看著相對穩重的伊森，像是要確認什麼似的，這是樂團默契，也是每次彈奏時常有的眼神交流，他看到伊森笑著點頭示意，看來是完全認同馬里諾的說法。

「好，我的聲音就是這麼一回事了，我們要再繼續嗎？」

「哈哈，當然好。」馬里諾朝著玻璃窗對著眾人揮手示意，表達要繼續開始。

玻璃窗外的眾人，大家面面相望，像是挖到寶一般地欣喜，專業音樂人面前，任何璞玉都逃不過他們的耳朵，他們一心只想琢磨他，讓他更為亮眼而已。

其中站在最後面的那位，正是光頭總監亞當，亞當滿意地喜形於色，他走向艾瑪，並拍拍艾瑪的肩表達肯定：「看來，我們挖到寶藏了，這小子絕對是明日之星……」

艾瑪感動到都說不出話來了，這是她入行以來首次感到如此巨大的奇蹟，她目光閃閃地望向亞當，卯起來點頭。

錄音室內音樂又開始響起，水泥球的試音繼續，麥爾斯奇妙地歌聲繼續穿透著在場的每一個耳朵……

亞當再度補充說：「喔不，我想……他早就已經是超級巨星了，不是嗎？」

8. Complicated｜複雜

『唉，夭壽，這個世界一直不停地在前進，我就算不想前進也無能為力，先生前進了，倩倩前進了，大家都前進了，我卻連去死的力氣都懶惰了，只好被時間推著前進，希望前進一點，我可以更靠近死亡一點，也靠近倩倩一點。』

多少有了一點點動力，好像原先抽離的靈魂慢慢回到了身體，蘇萍戴上了老花眼鏡，深深地呼了一口氣，開始在一台筆記型電腦前慢慢地摸索。

這一台筆記型電腦是倩倩在某一年母親節買給她的禮物，雖然已經好幾年了，但是功能都還很正常，電腦硬體撐不起軟體運作的所需，跑得緩慢，滑鼠游標一直顯示忙碌，其實也剛好搭配著蘇萍現在能判讀螢幕顯示資訊的節奏。

揉了揉眼睛，蘇萍放下老花眼鏡在桌上，離開房間的書桌走去客廳，在抽屜翻找了一下子，發現自己看不清楚，又再度走回房間拿老花眼鏡。

返到抽屜前終於找到了那一盒葉黃素，想要看看是否過期，卻怎樣都無法在密密麻麻的字堆中找到有效期限的標示，一心覺得麻煩，就索性直接拿一顆搭配水喝下了肚。

繼續黏在螢幕前，找尋著她想知道的資訊，過去向來能幹的自己，不知曾幾何時，面對現在網路科技的發展，她覺得自己好像變回一個小孩子，努力地摸索，努力地閱讀，面對那些看不懂的功能與按鈕，她內心的壓力油然而生，加上網路上詐騙與木馬病毒猖獗，她保持著自己絕對不會被騙的信念，外加回想過去自己還在飯店工作時候對電腦的熟練，她依舊奮力想弄懂眼前的一切，希望找回掌控權，好像掌握了，她也能掌握今後的人生了……

『帳號密碼是多少？我印象中是這個啊……怎麼會不對呢？』

『為什麼一直彈出廣告啊？』

『為什麼一直叫我更新啊？之前倩倩不是才幫我更新過嗎？』

『夭壽……』

越想越沮喪，沈浸在網路世界的蘇萍，面對自己的力不從心感到惱羞成怒，她氣急敗壞地為自己感到失望，挫折感讓她想要大叫，她無意識地朝向倩倩房間的方向大喊：「倩倩啊！幫麻麻看一下電腦怎麼囉！」

蘇萍發現自己竟然在上一秒鐘以為倩倩還在，無助的感受加乘來襲，而整個公寓裡，好像只剩下老舊電腦奮力讀取的運作聲響，吱吱吱……吱吱吱……

蘇萍想要哭泣，但是自己依舊像是掏空的水瓶，一點淚滴都擠不出來。

她打開放在一旁的日記本，緊盯著那張倩倩畫的澳洲地圖，想了想，她咬著牙，決定要撥電話給自己的妹妹蘇晴。

「晴晴，是我」

「姐，你終於打來了，我一直在等你的電話……」蘇晴的聲音聽起來有點哽咽。

「我……我需要妳的幫忙……」蘇萍像是受傷的獅子，需要幫助，但是又有點拉不下臉來。

「姐，我一直很擔心妳，我知道妳的個性，要是我主動找妳，妳一定不肯說什麼，現在妳能打來，我真是覺得太好了。」

「我這輩子也沒求過妳什麼，妳幫我這個忙就好。」

「沒有問題，不然我現在就過去找妳。」

「不用急，你不是還在上班嗎？妳明天晚上過來找我好了，我們約在我家巷口的咖啡廳可以嗎？」

「好，那我明天下班就去找妳，六點鐘。」

「好，就六點。」

「姐……」

「怎麼了？」

「沒有……我只是很高興妳打來……」

「妳三八喔！」

掛上電話後，蘇萍的心情稍稍有點開朗了，她知道妹妹向來都支持著自己，總是在爸媽與自己之間當夾心餅乾，相信妹妹也很辛苦吧，想著想著，身為大姊照顧妹妹的心情上心頭，蘇萍好像又想到了些什麼。

蘇晴以為喪女的姐姐在此刻只是需要找個人訴說心事，而姐姐的拗脾氣她也知曉，大家主動的關懷只會讓她更加逃離，自從姐姐不顧爸媽反對嫁給姐夫，姐姐與家人的互動就變成奇怪的愛恨拉鋸，那種明明就很愛，但是卻又酸溜溜地看對方好戲的那種賭氣，這種情況隨著多年來的磨合後，本來有些好轉跡象，但是在姐姐離婚時，彷彿又回到了冰點，蘇晴一直感到很無奈，但是至少姐姐一直都還關心著自己，偶爾還是會見面敘舊。

喪禮期間她就觀察姐姐這次受的傷害非同小可，連她離婚也沒有這樣的巨大「反應」，說是反應，倒不如說是「異常的冷靜」，那種面如死灰的模樣更是讓人害怕，像是一個無法控制的爆竹，默默冒著淡淡地白煙，但是卻始終不知道何時引爆的那種恐怖，她反倒希望姐姐能夠大哭一場、好好宣洩一番。

倩倩過世後，蘇晴一直擔心著姐姐，如今姐姐打來有所求，蘇晴自然是感到非常開心，只要能夠幫助姐姐走出傷痛的一切，她都願意嘗試。

但是蘇晴萬萬沒想到姐姐會對自己說這些話，而且姐姐的面容真的憔悴了許多。

「晴晴，我想有些事情要跟你交代一下，倩倩不在了，我把我的保險受益人都改成你了，這是保險單，你可以看看，過幾天我的保險業務員會把資料拿給你，你幫我代收……」

「姐，你為什麼要跟我說這些，你該不會是要……要……」腦海裡浮現「自殺」兩個字的蘇晴說不出口，姐姐的反應真的讓她嚇到了。

「夭壽唷，你三八啊，亂想什麼，我是決定要追隨倩倩的腳步，到澳洲一趟。」

「澳洲？你要去澳洲幹嘛？」

蘇晴看著姐姐從身旁的提袋裡拿出了一本厚厚的筆記本。

「這是倩倩的日記本，我想去體會倩倩看到的、倩倩接觸到的……我覺得……我可能還不夠瞭解倩倩……我想……唉……」

「那你的工作呢？自助餐那裡不做了嗎？你去澳洲有人照應嗎？」

「我辭職了，倩倩過世有一筆保險金，我今天找你就是想找你幫忙，我不是很清楚那個廉價航空的機票要怎麼上網訂，還有那個叫什麼背包客棧的……還有很多東西我都不知道怎麼弄，我……我好像結婚後就只會當家庭主婦，什麼都不會了……離婚後也沒什麼長進……唉……」

「這，怎麼這麼突然，那姐夫知道嗎？」想起自己不該提姐夫，蘇晴連忙道歉說：「喔，對不起……妳要去的話，為什麼不去請旅行社訂機票跟飯店呢？」

「我想要，照著倩倩的步伐走，她怎麼去，我就怎麼去，我還要去走她走過的地方……妳放心，我會回來的，妳以為我要去澳洲自殺唷，三八。」

聽到姐姐講話好像如往常一樣，蘇晴鬆了一口氣：「好吧，反正妳決定的事情，應該沒有人可以攔得住妳，倩倩的日記怎麼說？我來幫妳訂機票吧。」

蘇萍與蘇晴在咖啡廳裡交談著，討論著蘇萍出國的計畫，這時候蘇晴看到有兩對年輕的男女走進咖啡廳，就剛好坐在蘇萍的後方，蘇萍原先沒注意到，但是這群人談話的聲音太大聲了，讓蘇萍也回頭觀望了一下，稍微皺起了眉頭。

「奇怪，你們沒約小志嗎？」一個女生的聲音傳出來。

「靠，你不知道嗎？我最近才知道小志他是同性戀耶，真的很噁心耶，早知道我就不要跟他一起打球了。」一個男生回答。

「真的假的，你怎麼發現的？」

「其實我早就懷疑了……」

「同性戀，那他是當男生還是女生？」

「看他這麼娘，一定當女生啊。」

「哈哈哈……」「他是有病唷。」「哈哈哈……」眾人起鬨著。

蘇晴發現姐姐講話開始不再專注，想必是被後方年輕人給打擾了，但是她更沒想到，姐姐就這樣轉身罵人。

「夭壽唷！什麼有病？你們才有病勒！」蘇萍站起來嚴厲斥責。

蘇晴來不及拉住姐姐，就看著眼前的衝突發生而不知所措。

「老太婆，你兇什麼？你是同性戀嗎？」一個男子回嗆，另一位女子也接著罵：「我們聊天干妳屁事啊。」

「年輕人聊天就這麼大聲啊，你們以為咖啡廳你們家開的啊，同性戀哪裡有病，看你們一臉腦殘，才是有病勒，夭壽唷！」蘇萍喘口氣後繼續不示弱的罵：「恁祖媽心情很不好喔，你們這些小屁孩再吵我要報警了唷，晚上不回家在這麼幹什麼？要不要我打給你們家長來關心一下啊，看你們這樣成年了沒啊？哪個學校的啊？哪個學校的啊？」

看著姐姐連珠砲似的繼續碎念，蘇晴連忙拉著姐姐：「好了啦，好了啦。」

「神經病！」

「我們走了啦，不要跟老太婆一番見識……」

那兩對男女敵不過歇斯底里的婦女，趕緊離開咖啡廳，店員也前來關切。

蘇晴看到姐姐身體微微顫抖，氣急敗壞地坐回位置上，她驚覺情況不太對勁，連忙走去向店員道歉，然後回到座位觀看姐姐的情況。

「姐，妳沒事吧？妳怎麼了？幹嘛這麼生氣。」

看著姐姐表情十分激動，雙手相互緊握，繼續顫抖著，蘇晴趕緊幫姐姐倒一杯開水。

「我……我……我連講出口都感到羞恥，但是我幹嘛感到憋扭呢？我……根本什麼都還不知道啊，什麼都不知道啊，啊……」蘇萍的表情都扭曲了。

從沒看過自己姐姐這個模樣的蘇晴嚇壞了。

等到情緒穩定後，蘇萍才將自己到大堡礁為倩倩招魂時遇到的情況緩緩道出，倩倩原來是個同性戀，還有了英國的「女朋友」，還有蘇萍好像喪失了哭泣的能力這件事。

倩倩是同性戀這件事，讓蘇晴也很錯愕，雖然自己並不反對同性戀，但是身為阿姨的她從來沒有發現倩倩有任何可能的徵兆，雖然剛剛姐姐對別人如此衝動無禮，但是她也終於明白姐姐如此生氣的原因了，也想到自己現在內心如此複雜，想必姐姐的心境更是難以想像。

蘇晴伸出雙手握著姐姐的雙手，緊緊地握著。

9. It's A Long Way to The Top｜搖滾夢

就算是天上掉下來的禮物，獲得這樣強大資源後盾與金光閃閃合約，還是必須付出代價的。

所謂打鐵趁熱，水泥球被要求在兩週內完成新單曲製作，要盡速在麥爾斯爆紅熱潮之際推出，更要在下週的選秀節目中成為嘉賓進行首次曝光。

水泥球口袋歌曲眾多，但是過去麥爾斯與伊森編寫的幾乎都是實驗性質的嘗試，包含了人聲與鼓聲為背景，吉他貝斯Solo像是對話的模式進行battle，跟一般歌曲以樂器聲當背景的模式恰恰相反，那是麥爾斯看完電影《歌喉讚》（Pitch Perfect）中那阿卡貝拉（a cappella）「無樂器伴奏的純人聲音樂」的表演方式，延伸出來的想法。

另外還有那些帶有東方風味的五聲音階編曲，以及伊森拿手的新金屬（Nu Metal）與龐克風格的歌曲等等。

但是他們把這些壓箱歌曲拿出來後，都被王牌製作人賈許給拒絕了，賈許認為這些歌曲不夠把麥爾斯的聲線給表現到極致，而且歌曲不夠朗朗上口，最好更商業化一點，甚至偏向於「芭樂歌」（ballad）都好，先融入市場。

麥爾斯緊閉雙眼，把雙手插陷在自己的長髮中，抱著頭努力思索，接著睜大眼看著眼前豪華的一切，桌上那支泡在冰桶裡的香檳、地上堆置的那幾個黑色硬殼樂器箱，還有一堆不知道內容物的名牌禮盒散落在地毯上。

偌大寬敞的總統級套房，位於距離切塞納約兩小時車程的威尼斯，飯店有著古典教堂式的建築風貌，從窗戶還可以直接俯瞰威尼斯潟湖（Venice Lagoon），這間達涅利五星級酒店（Hotel Danieli）的最高樓層已全數被塞凡唱片公司包了下來，向來他們都為新簽下經紀約的明日之星，提供這樣的住宿環境。

身處於奢華房間內的麥爾斯，除了自己之外，還有馬里諾與伊森在身旁沙發上坐著，大家都靜默著，只有伊森拿著鼓棒敲打著沙發扶手的聲響……

麥爾斯望著角落一把昂貴的黑色Gibson Custom Les Paul電吉他，這讓他覺得很迷惘。

麥爾斯想到過去為了存錢買他第一把Gibson Studio電吉他的時候，在樂器行打工存了三個月，那三月他瘋狂啃吐司過日子就是為了把生活費壓到最低，另外還偷偷的把父親的幾張黑膠唱片拿去網路上變賣。

直到父親過世，父親都還不知道那些塵封已久的黑膠早已不在，想到這一點，麥爾斯內心感到複雜與罪惡，他多麼希望父親這個時候可以對著他大聲怒吼，但是就他了解父親的個性，父子倆在台灣一起失去了最珍愛的女性，那位妻子以及母親，從此與自己相依為命的溫和父親絕對會原諒他。

而他也覺得自己十分可笑，那把吉他，就父親做國際貿易的好工作來說，他只要開口，父親一定會買給他，當時他總覺得怎麼樣也要自己存到那把吉他，不靠別人，雖然最後他還是靠父親的黑膠幫忙補上最後的差額……

『年輕啊，我們都總是會做蠢事，而現在，我正在做的又是什麼？我又成熟了多少？』麥爾斯內心想著。

這一連串的過往好像是場鬧劇，麥爾斯望著眼前的陌生，好像那些奢華特別沒有溫度，他完全感受不到擁抱這些的喜悅。

加上先前錄音室的情形，還有那些經紀公司人員對他們天花亂墜的吹捧還有囉唆的耳提面命，現在的他，彷彿要什麼都很容易，任何廠牌的頂級琴，都可以垂手可得，這樣的衝突感讓他想到了搖滾巨星科特・柯本（Kurt Cobain），那位Nirvana（超脫樂團）的主唱。

麥爾斯憶起柯本曾在一個雜誌訪問裡說過：「其實不是我去挑那些器材，而是我只負擔得起那些東西。」柯本甚至因為手上的破爛吉他無法維持音準，所以只能用膠帶纏住調音弦鈕來儘量維持。

但是隨著名氣暴增，柯本的地位已經不可同日而語了，他後來得以向樂器品牌Fender提出自己的設計構想，把他喜歡的兩把琴Jaguar跟Mustang做結合，而生產出了Jag-Stang型號的電吉他。

但是擁有了搖滾這個世界的能力與資源後，成名的壓力、媒體的追逐、內心的衝擊，柯本並不快樂，後來更是染上毒癮，最後舉槍自盡了，這樣的隕落，成為了搖滾界的傳奇，也是悲歌。

麥爾斯總覺得自己正在步上後塵的感覺，在思緒中，終於有人打破沉默。

「嘿，紳士們，你們要再加把勁，你知道的，我帶出的團都拿過白金唱片，聽我的就對了，就對，了。」馬里諾故意用娘娘腔的方式模仿賈許的模樣複誦著，接著露出白眼的表情。

伊森不於理會，拿著鼓棒在沙發扶手上持續敲打著，用一種非常規律的頻率反覆敲打，身體還隨節奏擺盪著，那顆龐克刺蝟頭，不斷地向前微微甩動。

麥爾斯說：「沒有靈感，不然我們先彈彈一些喜歡的歌曲如何？」

麥爾斯向來都是樂團的強心劑，只是這股熱情當初只延續到父親死去的那一天，現在的他，似乎稍微回歸正常了，為了眼前的兩位兄弟，也為了自己走下去，他似乎振作了。

麥爾斯把雙手移回懷裡的木吉他，延續自己剛才腦海裡的思緒，他又想起柯本，然後開始大力刷著和弦，前奏一下，大夥就知道是什麼歌曲了，那正是Nirvana的〈Smells Like Teen Spirit〉。

伊森嘴角稍稍揚起，馬上把手中鼓棒開始敲打著順應這首歌的節拍。

「唷呼！」馬里諾聽到歌曲馬上振奮地拾起放在一旁的貝斯，準備加入歌曲行列。

突然一陣響鈴聲驚擾了大家。

「你有叫客房服務？」麥爾斯對著馬里諾問道。

「沒有啊，我來你房裡之前早就在我房裡吃完大餐了呢，哇塞，跟你說，這邊真的是什麼都有呢……我早餐還吃了牛排——」

麥爾斯改望向伊森，伊森微微搖頭，一臉無辜。

麥爾斯走去門前從大門的貓眼向外窺視，看到了金髮芭比娃娃的模樣，是艾瑪。

一進門，盯著麥爾斯深邃雙眼的艾瑪顯得有點害羞，接著走進房裡，肩背著一個女用包，手裡還提著一手啤酒。

麥爾斯以為艾瑪一進門就會尖叫，這是一直以來艾瑪給他的印象，一個情感表達直接的自然女孩，而且帶給人有踏實誠懇的感覺，有別於經紀公司裡其他人那種世故感，阿諛奉承，或是那種商業氣息的做作，艾瑪就像是鄰家女孩一般的存在，尤其那頭金髮，耀眼而舒服。

「嗨，水泥球，你們好嗎？新曲進行得如何了？」艾瑪表情洋溢著陽光。

「喔喔喔，艾瑪小姐，我們快寫出來囉。」馬里諾興奮地大喊。

伊森瞪了馬里諾一眼，馬里諾趕緊改說：「其實……我們還需要一點時間啦，哈哈哈。」

「嗯，我瞭解，我來是要給你們看新團名的提案，還有……這個。」艾瑪刻意舉高那一手啤酒，臉上掛一個稚氣的笑容。

麥爾斯看到另外兩位兄弟的表情都像是活了起來，更勝剛剛他們本來要彈奏〈Smells Like Teen Spirit〉時的氣勢，看來女性與啤酒的出現，暫時可以勝過搖滾樂。

「艾瑪，你聞起來有著青少年的氣息唷。」麥爾斯說道。

「什麼？我記得我年紀跟你們差不多吧。」艾瑪好氣又好笑，眼珠子轉呀轉的來回望著大家。

「哈哈哈，他是說Nirvana的〈Smells Like Teen Spirit〉（彷彿青少年朝氣），我們剛剛在彈的啦，哈哈。」馬里諾聽懂了，一整個誇張地大笑。

大夥一面喝著啤酒，一面看著艾瑪帶來的文件，馬里諾的笑容很快就收了起來。

「嘿嘿嘿，什麼『Super Sonic』，這不是Oasis（綠洲合唱團）的哪一首歌名嗎？……『王者麥爾斯』（King Myles）？哈哈！為什麼不是王者馬里諾？還有什麼……『Cesena 3』（切塞納三），這簡直是模仿Maroon 5（魔力紅樂團）嘛，一定要有數字嗎？」馬里諾攤開雙手。

「Sum 41（魔數41）！」伊森補充。

「對對對，Sum 41，這團也是有數字，我還One Direction（一世代）呢。」馬里諾手指著伊森同意不已。

「Sum 41？他們是哪一個團？」艾瑪難得聽到自己不認識的樂團名稱。

「你不知道嗎？艾薇兒・拉維尼（Avril Lavigne）你總知道吧！艾薇兒的前夫就是Sum 41的主唱德里克・惠布利（Deryck Whibley）！」

「喔，艾薇兒，我最喜歡她的那首〈Sk8er Boi〉（滑板少年）了，啊──！」艾瑪開始興奮尖叫。

「等等……我剛剛聽到什麼『王者麥爾斯』？什麼啊……」麥爾斯聽到也很驚訝。

艾瑪補充：「這是亞當的主意，他目前最喜歡這一個團名，你們一定也知道，現在很多樂團都是用主唱的名字，像是Bon Jovi（邦喬飛）……，而且目前話題最熱門的就是麥爾斯的嗓音，你們應該理解……」

伊森點點頭表示認同，繼續拿著鼓棒敲打著沙發扶手。

「而且……老實說，詢問你們團名只是尊重，其實最後做決定的是亞當，向來都是他說了算，你們也要明白，唱片公司最終目的就是為了市場……」艾瑪表情無奈：「總之，你們儘量想，我會向上呈報的，或許都能試試看……」

「不然Malatestian Fortress（馬拉泰斯塔堡壘）如何？」麥爾斯試著提出一些看法。

「你說的是切塞納的古蹟馬拉泰斯塔堡壘？」艾瑪瞪大了眼睛。

「對啊，像Linkin Park（聯合公園）都可以用公園名稱了。」麥爾斯補充說道。

「嘿，我還是喜歡水泥球，水泥球就是我們。」馬里諾又開了一瓶啤酒。

啤酒開啟的聲音像是句號一般，眾人陷入安靜的膠著。

「嗯……蘭帕諾（Zampanò）。」伊森突然喊道。

「蘭帕諾咖啡（Caffè Zampanò）？」馬里諾眼睛都亮了。

「老地方蘭帕諾咖啡店？」麥爾斯也笑了出來。

「嗯，蘭帕諾。」伊森堅定滿足的神情，一直不斷點頭。

「哈哈，好耶，蘭帕諾，唷呼。」馬里諾開始歡呼，西西里的口音濃厚，顯得非常激動。

艾瑪一臉茫然，看著眼前三位的對話，像是聽到她沒聽過的語言。

「蘭帕諾是我們常去的咖啡店，我們每次練團結束都會過去……去喝酒，對，這個咖啡店賣酒……」麥爾斯解釋。

馬里諾高舉酒瓶，與大家慶賀：「耶！蘭帕諾。」

艾瑪點點頭說：「好！我去跟公司提這個名字，蘭帕諾樂團，耶！」

大夥乾杯慶賀的同時，艾瑪的手機響了。

Beat it——! Beat it——! No one wants to be defeated!

大家都聽出來了那手機鈴聲是麥克・傑克森耳熟能詳的歌曲〈Beat it〉，但是卻是搖滾樂團形式的改編版本，而歌聲也不是麥克傑克森的。

看得出大家一臉好奇的模樣，艾瑪馬上解釋說：「喔，這是Fall Out Boy（打倒男孩樂團）改編的歌曲，也是向麥克・傑克森致敬的歌曲唷，有沒有非常搖滾呢。」艾瑪一臉驕傲又神氣，接著又馬上變臉說：「啊——！公司打來，我要趕快回去了。」

麥爾斯那深邃的眼似乎有光線進駐了，他睜大著眼盯著艾瑪，接著緩緩地說：「新曲我有想法了。」然後用耐人尋味的目光掃視另外兩位團員：「其實新曲也不一定要新……」

剛走出酒店總統套房的艾瑪，等房間門一關，又再度回頭看著房門，若有所思。

心裡想的是，團名要過亞當那一關真是蠻難的，另外唱片公司其實根本不擔心新曲會不會出爐，公司養了一批超強寫歌高手團隊，一旦樂團生不出新歌，馬上有壓箱的大量歌曲可以挑選。

甚至在名氣創作歌手遇到創作瓶頸時，直接鉅額向外買斷類似風格又未發表的歌曲，外加保密條約的簽定，就可以把那些買來歌曲的創作人欄位上直接放上自家歌手的名字，賣歌的人拿到豐厚的買斷金，歌手繼續用相同成功模式叱吒樂壇，雙贏局面，快速方便。

只是在這競爭激烈的娛樂圈，唱片公司還是希望可以催生能演唱又能創作好歌的新星，他們熟知爆紅與話題之外還是要有實力的支撐才能讓藝人成為長久的提款機，另外當樂團催生不出新歌時，唱片公司的創作團隊介入輔助後，樂團也可能會因為依賴這樣的模式而更加受到控制，未來更可以按照唱片公司的模式來運作，算是唱片公司試探之餘又多了個掌握樂團的策略，畢竟玩音樂的藝術人，都向來傲骨或是執著，熟知商業運作的公司當然早就摸透了，而且屢試不爽。

艾瑪更想起，去年她簽下的「Moai Station（摩埃基地樂團）」也是曾住在這套房裡，即使樂團潛力十足，創作能量滿滿，但是因為唱片銷售量不佳，演唱會票房也叫好不叫座，現在已經搬離酒店，甚至連明年合約可能都不會續簽，艾瑪想到這裡，皺起了眉頭，內心擔憂著也無奈著。

目前她經手的樂團，即便有過暢銷的曇花一現，但是還沒有巨大成功的案例，她心裡甚至懷疑是自己的問題。

這就是唱片業的真實生態，適者生存，不適者淘汰，聽眾市場是最直接與最嚴厲的試煉，無論音樂好壞，唯有受歡迎才有鈔票繼續讓合約延續，也繼續支撐這個娛樂產業。

『王者麥爾斯……不，蘭帕諾，就靠你們了，我相信你們。』艾瑪握著拳頭，繼續大步向前邁進。

10. Almost Famous｜成名在望

床邊的電話響起，那是飯店提供的morning call，睡眼惺忪的麥爾斯掛上電話後想繼續賴床，把棉被拉高蓋住了自己的頭。

在被窩內，他從棉被的氣味到逐漸清醒的腦袋才想起來，自己正身在豪華酒店的總統級套房內，不知道為何這樣的感覺並不讓人雀躍，他深深覺得孤單，他一點都不想起床，沒了自己熟悉房間的氣味，母親不在了，接著是父親，他變化的嗓音，唱片合約，這一切轉變，他還沒消化好，他也不想消化，要是睡回去夢裡，或許還可以稍微逃避一下子。

想賴床的麥爾斯想到了今天是要去攝影棚參加節目錄影的重要日子，促使他爬起床的並不是錄影，而是他深知馬里諾一定會睡過頭，去叫醒馬里諾反而是讓他馬上頭疼的念頭，原來人很多時候的行為驅動並不是為了自己。

簡單梳洗後，麥爾斯離開房間往走廊另一頭馬里諾的房門方向走去，這時聽到身後尾隨著腳步聲，轉身一看，發現伊森也來了。

麥爾斯說：「你也是來叫馬里諾的嗎？」

伊森點點頭一臉認真。

按了房間門鈴數次，絲毫沒有動靜，繼續按門鈴，終於有從門內傳出點腳步聲音了。

打開門的不是馬里諾，反而是一個濃妝豔抹的妙齡女子，裸露著肩膀，胸前抱著一件小毛毯遮著上半身，而下半身只有穿一條黑色蕾絲內褲。

麥爾斯先用詭異的眼神看了一下伊森，伊森也回他一個納悶的表情，接著問到：「你是……？」女子白了眼，然後一臉不屑：「不是客房服務啊？唉……fuck……」嘴裡碎碎有詞，接著就轉身走回房內，抱著毯子的女子一轉身，裸背展露，在昏暗的房間裡顯得異常白皙。

兩人狐疑地慢慢走進房內，好像擔憂裡面是兇殺案現場般地小心翼翼。

豪華套房內一片狼藉，滿地雜亂的酒瓶、衣物，比薩盒，滿桌的食物與垃圾，甚至還有針筒。

一張沙發上躺了兩個衣服單薄的女人，其中一個將無血絲的白色上肢懸掛在沙發扶手上，真讓人有屍體一般的感覺，而另一個女人的右乳房幾乎都顯露在衣服外頭，完全不省人事。

地毯上趴著一位女人，腿上有破損的黑色網狀絲襪，身上披的衣服上布滿粉紅色的羽毛與金色亮片。

「馬里諾……」麥爾斯朝房裡試探性的喊著。

惜字如金的伊森都驚訝到嘴裡念著：「搞什麼鬼……」

剛剛來開門的女人走回床邊就立刻鑽入被褥之中，好像鑽入後擠壓到了別人，那團團棉被裡傳出了女人的呻吟聲，然後一個拉丁模樣的棕色女人從被窩裡探出了頭，接著又繼續倒頭沉睡。

「馬里諾！」這次麥爾斯提高了音量。

麥爾斯與伊森走近床邊，終於看到了赤裸的馬里諾嘴巴大開著，模樣像是昏迷。

伊森側身繞開女人伸出床沿外的長腿，靠近馬里諾之後，小心翼翼地伸出食指放在馬里諾鼻子前確認鼻息，接著往馬里諾臉頰上輕輕拍了幾下。

馬里諾迅間驚醒大聲呼喊：「啊——！再來玩啊！」

「你在搞什麼鬼？」麥爾斯皺著眉頭，聲音夾雜著怒氣。

床上幾個女子被聲音吵醒，呢喃碎念，還有人罵道：「別吵啦，你們快滾開。」

一臉恍神的馬里諾坐挺起身子，看到麥爾斯與伊森後，再看看四周，接著露出滿足的笑容說：「嘿，兄弟們，我從來沒有這麼爽過啊，我根本就站在世界的頂點啦，哈哈……Rock'n Roll！」

麥爾斯看到伊森那顆龐克頭緩緩轉頭望向自己，他第一次看到伊森這種看到鬼的表情，他心裡想，現在的自己應該也是這個表情吧。

馬里諾從床鋪上跳起來，全裸的他露出了自己的生殖器，那一副無助癱軟的陽具，他一時站不穩身體倒向了在側的伊森身上，嘴裡的笑聲還未停歇：「哈哈哈……」

伊森舉起粗壯的手臂，手腕上面還有滿滿鉚釘的手環，在空中移動著，一個扎實的拳頭往馬里諾的臉上揮去。

床上一位女人看到後開始放聲尖叫……

條狀的燈光散射，最後都集合在中心點，聚光燈照著一把銀色Gibson電吉他上，面板反光著，好不耀眼。

Pick刮著電吉他弦，發出尖銳的聲響，接著鼓聲重擊而下，電吉他馬上開啟彈奏，節奏鮮明的前奏，有著十分熟悉的旋律，但是那特殊的分解和弦，好像又新鮮無比。

在眾人的期待下，原先以為此場秀的焦點是近期最受大家期待的嗓音，但是當聚光燈逐漸被舞台的其他燈光綻放而稍稍稀釋，當眼前的整體畫面趨於明亮時，大家看到那吉他聲響是出自麥爾斯的手，著實讓大家驚豔，而鼓手與貝斯手的加入，這嚴然搖滾樂團的表演形式更讓場內所有人熱血沸騰，尖叫聲與歡呼聲此起彼落，原來麥爾斯不只是會唱歌。

舞台上的三人都穿著白色襯衫，配著黑色細長的領帶，每個人都有強烈的視覺記憶點，麥爾斯那頭長髮下掛著那深邃的雙眼，貝斯手左眼眼角有著明顯的黑青，鼓手的刺蝟頭像是張牙舞爪的獅子魚，隨鼓聲搖晃甩動著。

吉他繼續彈奏著，背後貝斯聲也沉沉地和著，麥爾斯嘴靠近麥克風慵懶地吐出了第一句歌詞。

Just give me a reason,
To keep my heart beating,
Don't worry it's safe right here in my arms~

這一句歌詞迅速把所有人的記憶神經都給挑起，那正是近期在歐美竄紅的日本樂團ONE OK ROCK的歌曲〈The Beginning〉，雖然整個歌曲編排聽起來像是一首新歌一樣，但是依舊在相同的四和弦裡進行，歌詞又沾著熟悉的滋味。

依照「好聲音」節目的遊戲規則，雖然特別嘉賓不需要參與比賽，但是背對舞台的四位評審老師的座椅都在第一句歌詞一出現就分別按鈕轉向舞台，代表評審老師的高度認同。

As the world falls apart around us
All we can do is hold on, hold on~

魔力的嗓音隨著字句傳出，現場尖叫聲雷動，像是看到煙火似的，大家都驚呼著。

麥爾斯柔柔地唱著，淡淡沙啞的粗獷，再轉音時又夾雜一絲絲陰柔，隨著主歌的來臨，越顯施加力道，旋律之上乘載著這獨特嗓音，像是無形地能量一樣，隨著舞台的光線散射四周，傳到了大家的耳裡，而也隨著場內攝影機播送到世界各地。

這也是這節目在電視播送之外首次開放網路直播。

自從荷蘭的「好聲音」音樂真人秀節目獲得巨大的成功之後，各國紛紛都買了節目的版權，建立起自己國家的好聲音節目。今天《義大利好聲音》（The Voice of Italy）特別嘉賓的到來完全引爆了娛樂圈。

節目的預告片頭除了有麥爾斯在Foo Fighters演唱會中現身的畫面，更還有麥爾斯從自家閣樓被直昇機拉走的戲劇影像，完全攻佔國際各大媒體版面，連義大利總理在一場訪問中，被問到最近選舉的民調結果，還開玩笑地說要是麥爾斯現在出來選總理可能會破紀錄地高票當選。

過去音樂真人秀節目不乏有人改編當紅歌曲，但是麥爾斯演唱的方式，完全像是跳脫舊有的歌曲風味，將這首歌唱成是自己獨一無二的版本一般。

隨著副歌的開始，麥爾斯聲音跨越式地突然高亢，直接用比原音高八度的音域吼唱，甚至到了嘶吼的感覺。

全場觀眾已經全部起立隨著歌曲搖擺，連四位評審老師都站著鼓掌跳舞。

這場夢幻的演唱，不完美，每個小瑕疵反而帶來著不造作的真誠，歌曲唱完，鼓聲與貝斯聲也相繼結束，剩下單純的電吉他分解和弦繼續進行，然後麥爾斯手指停止，直到無聲。

全場也鴉雀無聲。

透過麥克風，現場隱約可以聽到麥爾斯微微的喘息聲。

接著轟炸式的歡呼與喝采充斥了整個節目現場，掌聲更是不停止似地延續，像是要把屋頂給掀了一樣的群眾氣勢，讓主持人完全無法插空檔說話……

這一週，「王者麥爾斯」的首張專輯《擺盪人—致敬》（Swinging Man-Tribute）正式發行，收錄樂團成員改編並翻唱的十首歌曲，目的是要向經典致敬，而「擺盪人」則是艾瑪想到的，指的就是在直昇機繩梯上擺盪的人。

這些過去曾在排行榜名列前茅的歌曲，如今又像是透過另一種方式再度重回排行榜，只是演唱者變了。

本來樂評媒體都正打算猛烈砲轟一個樂團竟然純粹唱口水歌而非全新創作，這也是塞凡公司原本所預期的負面聲浪，但是歌曲巧妙的重新編曲令人驚豔之外，任何歌曲似乎給麥爾斯一唱之後，幾乎都變成了像是麥爾斯自己的歌曲一樣，聽過的人都像是洗腦一般，被說服著，被催眠著。

「王者麥爾斯」旋風以王者的姿態開始席捲全球。

11. Good All Days｜回憶

明明上飛機前已經吃了暈車藥，耳朵後面還貼了磁石的防暈貼片，但是蘇萍現在的頭昏劇烈，她覺得前座小孩的哭聲好像是一把巨型音叉在前面震動，一波接一波地打進她腦中的最核心。

在擁擠的飛機靠窗座位裡，中年發福的蘇萍費了好一番功夫才趁鄰座的乘客去廁所的空擋，爬出了座位，她踮著腳努力地觸及座位上方的行李櫃，她還一度覺得自己暈眩的頭好像越來越重，因為那嬰兒的哭泣聲波依舊向她侵襲而來，她覺得自己就快要倒下了。

好險空服員過來幫忙，她看到印度籍的空服員就像是看到另一種動物那樣驚訝，雖然英文溝通對她來說沒有障礙，但是現在的她非常不舒服，只能勉強擠出一絲笑容代表她的感謝。

可能是終於拿到那一瓶白花油的功效，塗在太陽穴後清醒了許多，而前座小孩也可能哭累了，終於讓機艙恢復了平靜，只剩下背景嗡嗡嗡的聲音，蘇萍無法辨認這是飛機的聲音，還是她耳鳴的聲響。

多少有點後悔，甚至有了早該讓妹妹幫忙訂好直達飛機頭等艙的念頭，但是一方面節儉慣了捨不得這高消費，一方面又堅持要隨著倩倩的步伐，既然倩倩選擇搭乘廉價航空轉機，她也想體驗倩倩奔波的過程，這從新加坡轉機到澳洲的一路上，真的把蘇萍給折騰了好久。

望著飛機窗戶外黑鴉鴉的一片，時而出現些許白霧狀的迷茫，時而出現星光點點，蘇萍猜想那是海面上的船隻，要不然就是天上的星星反射在海面，她的倩倩就在海裡面，不知道在哪個角落，是不是還在南十字星下？也可能早就散化在世界各地，所以所有的海都可以是倩倩。

看的那飛機的翅膀，機翼上的引擎，蘇萍想起好久以前的自己，那位她幾乎都快遺忘的自己，透過耳鳴，透過眼前的觀景窗，好像飛進了時光隧道。

她還記得上一次坐飛機是在大學時候的交換學生之旅，那趟美國之旅帶給她人生莫大的衝擊，她也第一次把畢生所學的英文給卯起來使用，如果說所謂的國際觀就是出國看看後的感覺，那蘇萍覺得自己的國際觀可能就一直只鎖定在美國西雅圖吧，那就是她最美好的異國回憶。

在西雅圖的華盛頓大學（University of Washington），學校的代表色是紫色，給蘇萍帶來神祕的幻想，學校吉祥物哈士奇也變成了她最喜歡的狗，那古典堂皇的圖書館，幾乎讓她認為，她只要坐在裡面，好像自己就會變聰明了。

透過自己優秀的成績取得的獎學金幫助，加上當時父母有心栽培照顧，在當交換學生的那一年是非常快樂的，即便在如此高的物價下，蘇萍認為難得出國就是要好好體驗學習，所以年輕的自己花錢如水。

無法想像自己是怎麼變成一位為家付出，而且克勤克儉的人呢？或許當初父母供她出國的花費，也是如此地含辛茹苦，這該不會是一種現世報的循環呢？獲得的，總是要還的。

或許自己叛逆地不顧父母反對嫁到大溪，對自己父母來說，女兒就像是失蹤了一樣，現在倩倩的消失，會不會也是自己的罪孽而造成的呢？蘇萍不禁這樣聯想，甚至現在的頭昏都是有根源的，也是報應的一種吧。

在美國那一年，有位與自己相處得不錯的男孩叫做派翠克，因為蘇萍告訴派翠克，「派翠克」這名字是台北市立動物園裡面一隻無尾熊的名稱，這樣的有趣形容讓派翠克成為了蘇萍的好朋友，蘇萍甚至認為，她的英文就是靠與派翠克的對話而有了長進，而所謂的國際觀，也是從這男孩身上開始延伸的。

派翠克有著自然捲的棕色短髮，常常穿著格子襯衫配著短褲，蘇萍每次看到總是想大笑，因為她總是聯想到這樣的穿著要是再戴一頂帽子，根本就是臺灣台語歌手「陳雷」的模樣了，只是這樣的風格卻是頂著這張輪廓深的外國人。

另外派翠克臉上的雀斑總是不來由地讓她覺得安心，甚至好幾次她以為一直盯著那雀斑的她就要與派翠克接吻了，但是最後都被自己的一股莫名傲氣給推翻了，她更覺得在美國乾爽的氣候下，自己臉上的油光與青春痘消失了，這更是讓她感到安心的事，她還曾一度幻想，要是她嫁給了派翠克拿到了綠卡，她是不是可以永遠待在這乾爽的國度，過著永遠如夢一般的生活？但是又想到了派翠克的幼稚，她覺得這樣的婚姻一定不長久，而且美國人都不太孝順，好像成年後就要離開家裡，可能一年之中與父母見面沒有幾次，這完全無法接受。

想到自己結婚後幾乎沒與父母來往，難道自己已經被美國思想給洗腦了，還是說孝順自己的公婆就是代表自己已經盡了孝順之道？到了這把年紀回想自己的人生，真是覺得又諷刺又荒唐，而自己前夫的成熟穩重或許又只是大男人主義下的錯覺吧，不知道現在的派翠克過得如何呢？幼稚與成熟，隨著自己年紀的增長，是不是已經有了不同的定義。

去美國之前原本以為美國就是充滿著ＮＢＡ、大聯盟棒球，好萊塢的電影，但是認識了派翠克後才發現，原來派翠克都沒有像台灣人那樣地瞭解美國，派翠克參加的社團是划船隊，看的影集都是在台灣沒聽過的，其實台灣所認知的美國原來如此地片面，如此地受媒體控制。

她更是驚訝派翠克無所不用其極地想進入學校的一所兄弟會組織，雖然進入兄弟會好像就代表著成功或受歡迎的表徵，但是為了兄弟會入會門檻而同時約了五個女生參加派對這件「大冒險」行動，這樣的愚蠢行為讓她認為自己是永遠不可能嫁給派翠克了，即使他的雀斑與捲髮是那樣地吸引人。

她多少可以體會到派翠克的心情，人生每個階段要獲得別人的認同是多麼地重要，就像自己努力維持好成績一樣，就像自己來美國這一趟一樣，她深刻明瞭無論自己在美國做些什麼，就算盡情翹課、玩派對直到通宵，這美國華盛頓大學交換學生的金字招牌足以讓她人生鑲金很久，父母也可以在任何社交場合中，驕傲地說出口吧。

那麼自己曾在知名飯店工作的名聲呢？大溪豆乾的名聲呢？自己離過婚的名聲呢？那麼女兒是同性戀這件事的名聲呢？好像一切都是那麼地幼稚，像是派翠克一樣地幼稚而無知。

一轉眼，聽到機上的廣播，知道飛機即將到達澳洲的伯斯機場了，口渴的蘇萍非常後悔沒有點個飲料來喝，因為她忍耐口渴到現在，深深覺得自己不缺錢了為何還要如此節儉，難道這是本性使然，那在美國時候揮霍的自己又是誰呢？當了媽媽後，一切都是為了孩子的將來，如今沒了孩子沒了將來，她省下來的又是為了什麼？內心不解的她眉頭深鎖，但是突然發現自己頭不暈了，也確信了那耳鳴聲其實就是飛機發出來的聲響，突然覺得感到放鬆，深深地吐了一口氣。

看著鄰座的先生一直喝著冰涼的啤酒，蘇萍努力的吞了口口水，偷偷餘光望向那位先生，看似年紀很大，但是她知道外國人的皮膚向來看起來都比亞洲人年長，有可能這位先生與自己同年紀也不一定，他看到這位先生有著非常捲曲的短髮，心裡想到了派翠克，要是當時自己嫁給了他，會不會兩人也是這個模樣一起並肩搭乘飛機，派翠克會不會中年發福呢？愛喝酒的美國人應該都會發福吧，倩倩會不會就不存在呢？

一想到倩倩，一切假想都消失了，因為倩倩是她此生最棒的寶藏，有倩倩，一切的發生她都願意，就像現在她願意踏上澳洲這塊土地一樣。

飛機落地了，轟隆轟隆的聲響與椅子的震動，蘇萍好緊張，緊張到忍不住抓緊了鄰座先生的手臂，閉著眼睛努力地忍耐，忍耐著內心的恐懼，忍耐著喉嚨那乾渴的不適，時光好漫長，好痛苦，她想起自己放在上方背包裡面放的降血壓藥品，想到要拿取那藥品還要踮起腳尖伸長手臂……

終於這不適感停歇了。

蘇萍睜開雙眼，看到隔壁鄰座先生尷尬的笑容，她不好意思地擠出笑容回應，然後趕快放開手說聲抱歉，但是內心的笑容更是燦爛而舒坦，她突然感到非常放鬆，因為她意識到了自己，竟然有恐懼的感覺，那是倩倩離開後，她以為自己也失去的能力。

她第一次因為感到恐懼而歡喜，原來她還活著，會恐懼的活著。

12. Interview I ── 一號訪談

金色短髮俐落清爽，加上合身的西裝，外型陽光而帥氣的女主持人艾倫，主持的「艾倫秀」訪談節目一直都是最熱門話題的指標，前一集的內容是訪問NBA球星史蒂芬・柯瑞（Stephen Curry）與美國第一夫人蜜雪兒・歐巴馬（Michelle Obama）。

柯瑞與蜜雪兒爆料總統歐巴馬的一些生活相處趣事變成全美討論的話題。而最新一集的播出更是超越了上一集的高收視率，也破了這一年以來的新紀錄。

節目開頭就播放了一齣模仿好萊塢式的電影畫面，配樂更是氣勢磅礴的管弦交響，那旋律就是大家熟悉的〇〇七電影配樂。

艾倫穿著一件淺灰色棉T，背後揹著一只後背包，細長的雙腿被一條破洞非常多的破爛牛仔褲給包覆著，她從一棟房子的閣樓探出頭來，金髮的她一臉驚恐，而且那眼睛被煙燻眼影給塗得十分誇張，都快要變成熊貓眼了，那逗趣的表情配著觀眾笑聲的罐頭音效也讓人不自覺的跟著發笑。

接著艾倫被明顯的鋼絲拉出閣樓外，艾倫用誇張的身軀擺動方式在空中泳動，雙腳亂踢，接著伸長手臂抓起了上方的繩梯，那手臂上的肌肉很明顯是用畫的，罐頭音效的笑聲再度響起，艾倫隨即被拖著繩梯的假直昇機模型給帶走，風不斷地吹拂，接著畫面不斷拉遠，鏡頭中開始陸續出現好幾台強力電風扇在吹著艾倫的身軀，隨著笑聲特效的逐漸吵雜，畫面回到了節目現場。

鏡頭出現一張ＣＤ封面，黑白的剪影正是一個人拉著繩梯被直昇機拉走的飛躍模樣，上方印著斗大的黑色草寫藝術字體「King Myles: Swiging Man - Tribute（王者麥爾斯：擺盪人──致敬專輯）」，這張ＣＤ

正被艾倫拿在手裡，現場掌聲開始熱烈響起。

「好啦，你們都看到我擺盪人帥氣的英姿了，像是〇〇七特務一樣的被直昇機帶走……」艾倫的表情鎮定又自信地微笑著，現場笑聲不斷。

停頓了幾秒鐘，艾倫繼續開口：「而且你們也看到了我的手臂肌肉線條……」

現場更是顯得熱鬧而逗趣，笑聲綿延。

「你們已經崇拜我了嗎？我都還沒開口唱歌呢？要是我唱了還得了？」艾倫雙手拉撐自己西裝外套的領口，一臉帥氣的模樣，接著自己也忍不住大笑出來。

「好了，大家應該迫不及待了吧，各位女士先生們，歡迎來自義大利的搖滾樂團，王者——麥爾斯——！」

在滿滿地歡呼聲中，三位義大利臉孔的男子從節目側邊的裝飾門中走了出來，歡呼更加地強烈，一位壯碩身形頂著龐克刺蝟頭、一位微胖的身形掛著燦爛笑容，還有一位則是模特兒的完美身材，長髮、雙眼都在那俊俏的臉龐上讓人不想別開目光。

艾倫與三位一一握手，最後一個握到麥爾斯，握完還故意緊握著死不放手，麥爾斯露出了靦腆尷尬的笑容，艾倫面向觀眾露出了得逞滿足的笑意，手還是不願意放手，接著擁抱麥爾斯，幾乎無尾熊似地撲抱，攝影棚的笑聲越來越大……

三人都對著鏡頭向大家簡短自我介紹後，開始進入了訪談。

艾倫：「剛剛你們應該也看到了我抓住繩梯的英姿，哈哈，有像你嗎？麥爾斯？」

麥爾斯不好意思地微笑著點頭。攝影棚觀眾笑聲連連。

艾倫：「說實在，大家都很想知道那天到底發生了什麼事，麥爾斯，聽說那直昇機是唱片公司執行長塞凡的私人直昇機，哇，就是因為他們派直昇機，所以你才願意跟他們簽約嗎？那天的畫面實在太戲劇性了，你看這畫面都變成了你們的CD封面了。」

麥爾斯：「其實……當時在天空中，我是很害怕的，我很怕掉下去……」

一旁龐克頭的伊森淺淺微笑著，馬里諾則是一臉洋溢著笑意。

艾倫：「但是底下很多人啊，媒體啊，你的粉絲啊，要是掉下去你應該會被接住吧。」

麥爾斯：「不，我想我會被分屍，像《The Walking Dead》（陰屍路）影集那樣……」

攝影棚持續被笑聲跟掌聲給淹沒，麥爾斯幾乎舉手投足都受大家的青睞。

艾倫：「說真的，地球上從來沒有藝人是這樣出道的，你是在Foo Fighters演唱會中被拉上台唱歌，接著被直昇機接走，接著你上了排行榜，然後再來到了艾倫秀……你在之前義大利的訪談中提到你上台說你想要彈戴夫的Gibson電吉他，對吧？」艾倫挑著眉，表情逗趣。

麥爾斯：「嗯，對，後來戴夫還把Gibson電吉他送給我了，我很感激……另外，上排行榜，其實不是我，而是我們，我跟馬里諾與伊森，我們是一個樂團，我們一起編曲……」說到這裡，麥爾斯把雙手搭上分別坐在他左右兩側的馬里諾與伊森肩膀，拍了幾下。

艾倫：「ＯＫ，那跟我們談談你們樂團的音樂吧，你們首張專輯《擺盪人—致敬》為何想要以『致敬』的方式來翻唱那些歌曲呢？說真的，我覺得你們唱完之後，那些歌都像是新歌一樣了，而且變成了你們的歌，變成王者麥爾斯的歌，而且確實以王者之姿，你們已經蟬連了三個月的告示牌單曲榜第一名……，連第二名與第三名歌曲也被你們包辦了，更別提在專輯榜的屹立不搖，你們這個想法是從何而來的呢？」

麥爾斯誠實地說：「嗯……其實是因為我們沒時間了，唱片公司要我們兩週內出版專輯……」，他說的同時望向攝影機旁的艾瑪，看到艾瑪一臉緊張，接著繼續說道：「其實我們之前『水泥球』寫的歌還不夠成熟完備，而且這專輯的歌曲，都是我們挑選自己很喜歡的作品，所以確實是要向那些經典致敬，我們三個人都是搖滾迷——」

艾倫：「你說『水泥球』是你們原本的團名對吧？為什麼不延續使用呢？雖然這個名字有點滑稽，但是我還滿喜歡的。」

麥爾斯尷尬地說：「嗯……這個……其實……我們也很喜歡……」

伊森開口：「蘭帕諾，蘭帕諾是我們後來想要的團名。」

艾倫：「蘭帕諾？這是義大利名字嗎？」

馬里諾：「你知道的，其實我們就是靠麥爾斯才有機會出專輯的，就像是Maroon 5樂團他們樂手曾經開玩笑說過，他們通常做決定都會順著主唱，因為畢竟Maroon 5就是靠主唱亞當嗓音而成為超級印鈔機的啊，哈哈。」馬里諾露出燦爛無比的笑容。

麥爾斯望向馬里諾，皺起了眉頭，而伊森則是搖搖頭不以為然。

艾倫：「哈哈哈，我覺得麥爾斯的嗓音不只是印鈔機，應該是催眠機，大家都神魂顛倒了，哈哈哈。」

麥爾斯掛著勉強的笑容說道：「我們以前常在一家叫蘭帕諾的咖啡廳聚首，所以也可以說我們的團名是『蘭帕諾』，當然『水泥球』更是我們，我們一直都是『水泥球』……你知道的，與唱片公司合作，有時候我們得配合一下背後的團隊……他們給我們很棒的資源與空間……我想……之後希望有機會可以把我們創作的歌曲帶給大家……」麥爾斯看到艾瑪一臉緊張，說起話來也遲疑保留了一些。

艾倫：「《擺盪人—致敬》專輯中有一首歌很特殊，你唱的似乎是中文對吧？那首歌是日本作家……村上春樹的……《挪威的森林》？」

麥爾斯：「喔不，那不是村上春樹的那本書名，那是台灣一個知名樂團的歌曲，這團叫做『伍佰與China Blue』，這首〈挪威的森林〉在亞洲相當有知名度，可以說是經典，我也想透過這機會向歐美區域推薦這個樂團。」

艾倫：「歌迷朋友們很想知道麥爾斯的嗓音，聽傳言說你之前的聲音不是這個樣子的，而你的嗓子是哭啞後變成的，這是真的嗎？」

麥爾斯：「是，我父親去世後我哭了很久，哭到啞了後，再度唱歌就變成現在這樣了……」麥爾斯面無表情地陳述這個事實，但是眼眶好像有一點點變得紅紅的。

艾倫：「真的嗎？喔，你的父親，抱歉……另外，麥爾斯，據資料上說你童年曾經在台灣住過很多年，你是義大利與台灣的混血，你的母親是台灣人？」

麥爾斯：「是的，我母親是台灣人，她……她……我們可以談談別的嗎？聊聊貝斯手跟鼓手吧，他們——」

馬里諾搶著說：「嘿，麥爾斯，一定要談談你啊，王者麥爾斯，大家都想聽到王者麥爾斯的神奇故事，不是嗎？」

伊森：「馬里諾，別鬧了。」

馬里諾：「跟你們說更厲害的，神奇的麥爾斯一唱歌，不只花會開，連水都會煮沸了，冰也能融化了，你們知道嗎？」

麥爾斯：「你說什麼？」

艾倫：「啊，對了，聽說馬里諾的偶像是Red Hot Chili Peppers的Flea——」

馬里諾：「不不不，別轉移話題，我也想聽聽麥爾斯的祕密，或許我們這些樂團成員也有不知道的故事呢！我想聽聽……」

伊森低沈地嚴正警告：「馬里諾！」

麥爾斯：「你是認真的嗎？」

馬里諾：「當然認真的！我們坐在這邊，他媽的還不夠認真嗎？我跟伊森在這邊根本是佈景啊！」

艾倫：「啊……這個……」

「卡！卡！卡！」一個男子高聲喊道。

錄影被導播下令給中斷了，麥爾斯抓著馬里諾手臂要說些什麼但是被馬里諾給推開，馬里諾離開現場走去後台，伊森跟了過去，麥爾斯也追去後台，幾個工作人員也隨之跟了過去，現場觀眾開始躁動不安，不少工作人員都紛紛走到台前彼此溝通著，艾瑪正努力地與工作人員協調著，場面開始有些混亂。

雖然原先要在節目現場演出一首歌曲的計畫完全無法進行了，但是當天的播出還是很順利，錄影剪接到衝突發生之前，接著播送王者麥爾斯在美國巡演的演唱畫面與花絮。

除了現場觀眾目睹了這場尷尬，全球媒體的話題都在艾倫的模仿影片以及麥爾斯提到陰屍路的話題，收視率破了艾倫秀的年度新高。

而王者麥爾斯樂團的全美巡迴演出行程也才只是剛開始而已。

13. Three Fools｜三個傻瓜

「好了，準備好了嗎？請跟在我後面走，快！」一位戴著墨鏡西裝筆挺的碩壯黑人保鑣卡特喊道，俐落的平頭更顯得幹練。

隨著保鏢卡特一起前進，前方的道路不是頒獎典禮的紅地毯，而是更難以可得的爆紅步道。這一刻艾瑪幻想很久了，她的夢想就是自己經紀的樂團可以推向世界的頂峰，只是為何現在這一刻如此地讓人憂心，她總覺得道路旁的喊叫聲越是高昂，她越怕這是「寧靜前的風雨」，那種達成願望後的不真實感，讓她前進的每一步帶著些許的不安。

已經被電視台與塞凡唱片安排的高壯保鑣們給隔出一條道路，從保鏢們粗壯的手臂與臂膀相互架出來的人體圍牆縫隙中，可以清楚看到瘋狂粉絲們的模樣，有人高舉著紙板，或叫或跳，有人拿著CD向前撲伸，另一手揮著麥克筆，想必是為了要簽名，更誇張的是，甚至有一群粉絲集體穿著淺灰色棉T與破洞的牛仔褲，甚至也光著腳丫子，完全模仿麥爾斯被直昇機接走時的穿著。

在陣陣劇烈的尖叫聲響中，艾瑪腦海中閃過一個念頭：『難道，這也算是Cosplay嗎？』接著艾瑪苦笑了一下。

剛好電視台外強風陣陣，艾瑪感覺前進的腳步沈重而緩慢，前方亮銀色的大型保母車，感覺只有幾公尺的距離而已，但是看著保鑣不時退後一步的動作，好像架起的人牆有著隨時崩解的可能，這幾公尺好像變得很遙遠，挨著風前進，身上的圍巾胡亂飄逸，艾瑪努力地伸手想控制住自己的圍巾。

艾瑪看著自己前方的三位團員，即使是看著背影，她都完全可以想像到這三人的低氣壓面容，畢竟剛剛在後台看到他們吵架的場面，她覺得幾乎就像美式摔角前相互叫囂的緊張氣勢，只差沒有打起來而已。

回頭望著自己身後的隨行造型師、與助理工作人員們，都隨著自己繼續努力前進，大家都隨保鑣開道慢慢逼近保母車，馬里諾卻突然止步，伸出雙手向兩道的粉絲揮手致意，粉絲們的尖叫更加劇烈了。

這個突如其然的止步讓艾瑪感到很錯愕，難道眼前的馬里諾ＥＱ這麼高，剛剛才與團員們的激烈爭吵，這麼快就可以轉換心情？

大家一行人上車之後，即便是配備高檔氣密車窗的保母車，還是可以聽到車外的喊叫聲，最頻繁的字眼就是喊著麥爾斯了。

『難怪馬里諾會不高興……』艾瑪覺得馬里諾吃粉絲的醋也是有道理的，畢竟這個樂團所有目光焦點都在麥爾斯身上，只是伊森似乎非常隨遇而安，她甚至覺得伊森那顆刺蝟龐克頭底下，其實是裝著一個沈著老年人的腦袋。

大家都上車之後，卡特進入駕駛座，透過掛在耳朵旁的藍芽耳機通話，像是在交代著什麼，但是艾瑪一個字也聽不進去，隨著卡特停止通話後，整台保母車安靜的有點詭異。

坐在副駕駛座的艾瑪，回頭張望了一下，看到大家都面如死寂，伊森緊閉著雙眼，而微弱光線中最斗大的兩顆眼珠是隨行的女助理米莎，米莎對著艾瑪做了個無奈鬼臉，表達了她也不知道該怎麼辦的窘況，完全不敢出聲。

其他隨行人員也是一臉無助的模樣。

「嗯，這個……各位今天辛苦啦，我們很快就會到飯店休息了，至於明天的行程……」艾瑪越說聲音越小，她發現氣氛真的很差，大家好像沒有在聽她說話。

「你到底想怎樣？這是我能控制的嗎？我他媽的多希望大家的焦點在這個團，而不是我！」麥爾斯首先發難。

艾瑪聽到倒抽一口氣，心裡竟然覺得麥爾斯連罵人的嗓音都很好聽。

「對，你希望，嘿嘿嘿，我們的團名叫什麼？他媽的叫做王者麥爾斯啊，這是誰的名字？」馬里諾不甘示弱。

「團名不是我決定的，是亞當。」麥爾斯聲音突然低弱。

馬里諾喊道：「好，fuck，團名是你，連封面都是你就算了，這次美國巡迴宣傳，所有訪問都只關注你，我跟伊森來幹嘛？艾瑪，你說，你們塞凡是不是只想簽下麥爾斯，有沒有我跟伊森根本沒差吧。」

「這……不是這樣的……」艾瑪認真地回答，但是內心卻覺得自己的聲音怎麼這麼不誠懇，更是緊張不已，這一切起始於麥爾斯沒錯，但是她一直想要經營的是一整個樂團也沒有錯。

「跟艾瑪無關，我們是一個團隊。」麥爾斯說著。

「馬里諾，夠了。」伊森說道。

「嘿，你不也是跟我一樣，只是跟著麥爾斯的可憐蟲。」馬里諾用那西西里口音慢慢講，把話講得十分尖酸，接著繼續說：「對了，你不是，其實你也很炙手可熱啊，剛剛有位粉絲也學你用刺蝟頭，你當然無所謂啦，那我呢？我他媽的隱形人啊！」

「不，不是這樣的，樂團每一位都很重要的，別忘了，下張專輯我們是要做你們的創作專輯，不是嗎？」艾瑪非常緊張，覺得不好好安撫，她最不安的事情一定會發生，世上多少樂團都是因為團員紛爭最後走向解散，她的搖滾夢繫著這三位，她不想重複過去的錯誤，更何況這個夢才剛開始。

「抱歉……」麥爾斯輕輕著說，有了妥協了的態度：「馬里諾，我很抱歉，好嗎？」

「嘿，你很抱歉？你抱歉你哭啞了嗓子才有這一切嗎？你抱歉。」馬里諾絲毫沒有軟化的跡象。

「麥爾斯是對的，我們是一個團隊，我們要支持彼此，像以前一樣。」伊森強調了立場。

伊森似乎讓大家瞬間冷靜了下來，艾瑪心想這大概是她認識伊森以來，聽他講最長的句子了吧。

艾瑪心裡才鬆一口氣，隨即聽到馬里諾繼續罵著，但是講的全是她沒聽過的話，奇怪，難道這是西西里方言？

「那你寫首歌來看看啊。」麥爾斯聽起來又有了怒氣。

車內突然安靜了一下子。

麥爾斯繼續說道：「目前你也只是彈貝斯，你有為我們團寫過歌嗎？」

「不，麥爾斯，你明知道這不是你的心底話——」伊森搶著說話。

「嘿嘿嘿，你他媽的在說我不能寫歌嗎？就只有你跟伊森能寫，原來是這樣啊，你終於說出來你不滿的地方了啊，原來——」馬里諾又開始叫囂，聲音幾近怒吼。

「夠了！」艾瑪再也受不了了，喊了一聲。

車內吵雜聲一片，三位團員各自念述著自己的想法，艾瑪根本覺得這三位幼稚的男性根本吵不出頭緒。

「啊————！」艾瑪開始放聲尖叫，接著罵：「你們都給我閉嘴！」

艾瑪這樣高分貝的叫聲，車內瞬間恢復了安靜，剩下艾瑪的啜泣聲。

在寧靜中，車子引擎運轉著聲音顯著，還有艾瑪微微地啜泣聲，哭了一下子後開始放聲大哭，嚎啕大哭。

這樣的哭聲除了駕駛座，連車廂最後面也呼應地出現了哭聲，那哭聲來自米莎。

車內其他人都嚇壞了，麥爾斯、伊森與馬里諾完全不知所措，倒也因此恢復了冷靜。

駕駛的司機，也就是那位黑人保鑣卡特，默默地轉開了車內的音響，收音機迅速傳來Green Day（年輕歲月）樂團的歌曲〈American idiot〉（美國大白痴）：

Don’t wanna be an American idiot
Don’t want a nation under the new media
And can you hear the sound of hysteria?
The subliminal mind-fuck America

音樂像是代替艾瑪在罵著大家白痴一般，諷刺的歌詞搭配龐克的節奏，氣氛似乎沒有這麼緊繃了。

坐在艾瑪後排的麥爾斯，伸長了手臂，拍拍艾瑪的肩膀，示意安慰，艾瑪知道他們吵完架了，內心感到安慰而舒坦，但是突然又想起自己剛剛的不安，像是再度受到委屈，繼續放聲大哭。

面面向覷的團員們，在車子的微光之中，好像大家臉上都有淡淡的一抹尷尬面容，像是在苦笑著，又像是在反省著。

Don’t wanna be an American idiot

14. Yushou｜夭壽

Shuttle巴士搖搖晃晃地前進，這個夜裡好不一樣。

因為身在異地，內心的不安所趨，蘇萍坐在巴士第一個位置，不斷前傾著身子與巴士司機說話，說是說話，倒不如說是一直在「聽」話。

這位滿臉皺紋的澳洲大叔好親切，還會指著擋風玻璃前的景象，大致介紹一番，雖然大叔的澳洲口音很重，有時候難免無法完全參透他到底在說些什麼，但是就是感受到對方熱情的指引，讓蘇萍覺得放心，原本緊緊抱著隨身包包的雙手，好像也逐漸放鬆了。

蘇萍甚至認為，應該是自己「意識到」自己能夠感受不安了，而因此比較不會不安了，那些最基本的感官與感受，她像是一個剛出世的嬰孩，重新體會這個世界，重新學會活著。

這旅程的開始，並不是上飛機時才開始，而是拿到倩倩日記那一刻就開始了，因為當時的她也隨著心愛女兒一同死去，或許在倩倩出生前，有一部分的她早已經死去，隨著倩倩到來而生，也隨她離去而滅，明明步入中年了，突然有著歸零的感受，旅途奔波帶來的疲累，讓她身體痠痛又緊繃，因為這痠痛，她想起了倩倩還是嬰兒時，她為了怕倩倩抓傷臉，而把倩倩的手給套上了手套，那小小手腳掙扎踢動的模樣，好像嬰兒也是會痠痛緊繃一般，或許是在子宮裡待了太久了，就跟蘇萍今天在飛機上待太久了一樣。

「你預定的背包客棧是在伯斯北邊的北橋區，這個地方夜店很多，晚上要多小心，尤其是要小心許多喝了酒的瘋子。」司機大叔特別叮嚀著，好像是一個長輩叮嚀著一位小女孩一樣。

蘇萍覺得奇妙，明明自己年紀應該就與大叔相距不多，但是不知道為什麼，看到外國人，好像就是覺得對方比自己成熟許多，這種感覺蘇萍也常常有過，每次看到電視上的藝人或演員，明明就是比自己年紀還要輕，但是總覺得他們就是歷練了風霜，所以當觀眾的人，永遠可以像是個孩子，捧著臉頰，然後傻傻地望著電視機。

澳洲的駕駛座是靠右，看到這顯著的不同之後，隨著街景的推移，黑暗夜晚裡的路燈以及店家招牌都很陌生，太多的不一樣不斷印入蘇萍眼簾。

蘇萍想起倩倩說：「澳洲是在這南十字星空下的土地，天上星星都不一樣了，那這邊地上的猩猩當然也就不一樣囉，這就是愛因斯坦的『相對論』。」

「澳洲有很多大猩猩嗎？」

「有啊，只是牠們的名字不一樣，他們都叫做袋鼠，哈哈哈。」

倩倩無厘頭的玩笑話好像才在前一刻聽到一樣。

眼前的街景如此地不同，眼前的人說話的口音跟語言也不同，蘇萍本來的人生應該是在那熟悉的日常，要是在平時的夜裡，她應該會在自助餐店的廚房收拾著，那些飯菜的香氣，那些廚具的油膩，那些三句話都不離自己小孩話題的同事們，那打烊後緩緩下降生鏽鐵門的摩擦聲響，可能回家時手裡還拎了一袋倩倩最愛吃的紅糟肉。

思緒複雜，她一時之間沒聽清楚司機大叔說了什麼，應該是祝福自己有個美好的夜晚之類的吧，大叔非常紳士地下車幫忙把蘇萍的行李箱給拖了出來。

蘇萍很納悶，眼前這間背包客棧怎麼有著泰國峇里島的畫面呢，雖然曾經聽倩倩說過，但是實際看到還是覺得反差很大，這裡不是澳洲嗎？怎麼會有這樣子的旅店，圍牆還都貼滿了竹子。

才剛走進背包客棧，蘇萍就被震耳欲聾的音樂聲響給嚇到了，還忍不住碎念了一句：「夭壽唷，這是夜店嗎？」

一進去客棧大廳，五光十射的燈光耀眼閃爍，好多人隨著音樂擺盪著身軀，經過蘇萍的時候，還會熱情地打招呼，或者是做出古怪的鬼臉，還有人歡呼伸出手要和蘇萍擊掌，但是蘇萍不為所動，看到了幾位女孩穿著火辣，臉上畫著濃厚的煙燻妝，把眼睛塗得跟貓熊一樣，蘇萍竟然感到有點生氣。

『夭壽唷，這是妖孽嗎？』

心裡正默默地有著母性式的擔憂，蘇萍想到女兒該不會都處於這樣的環境下生活，所謂的青年背包壯遊，難道只是狂歡派對還有夜夜笙歌？即便再也無法對倩倩發脾氣了，蘇萍依然就是感到不妥，雖然她知道倩倩每次電話裡講到的近況都很陽光。

努力拉著厚重的行李箱，蹣跚地往裡面探進，擺脫了重重搖擺身軀的年輕人群，終於看到了一個像是櫃檯窗口的地方。

「我有預訂房間，這是我的護照……」蘇萍試著拉大嗓門喊著，也複習著自己久未使用的英文。

蘇萍望著櫃台的小姐，只能看到小姐的嘴裡唸唸有詞，所有的聲音都被吵雜的舞曲音樂給掩蓋了，一個字也聽不進去。

「你說什麼？」蘇萍把頭都湊進去櫃檯裡了，還是聽不清楚。

『吼，那欸安內……』蘇萍感覺自己額頭上好像有著斗大的汗珠要掉落了，心裡終於不耐煩時，只看到櫃台小姐遞給她一把鑰匙，和一張說明簡介，她看到鑰匙上有著清楚的房門號碼，就不再嘗試溝通了，勉強對著櫃台小姐擠出一抹笑容，緊握鑰匙便往客棧內部走去。

找到房間後，推開門，印入眼簾的景象讓蘇萍覺得誇張，一間上下鋪一共可容納八人的房間，一片狼藉。

滿地的雜物與亂七八糟擺放的球鞋與高跟鞋，床邊大開的行李箱，床鋪的架子上掛滿著毛巾與衣服，有的床鋪上擺著一把吉他，有的推放著雜誌與營養穀片的盒子，還有一個床位的下鋪掛著床單，像是蚊帳一般地包圍著，而走到盡頭的垃圾桶，竟然滿了出來，垃圾桶邊沿全推滿了垃圾。

此刻房裡似乎沒有人，蘇萍打量著四周，看到了有兩張床的上鋪似乎是空的，蘇萍選擇了靠近門口的，畢竟另一張床離那恐怖的垃圾桶很近。

試圖把行李箱找地方安置，但是走道幾乎都堆滿了，不是鞋子就是雜物，看到床鋪之間有著大型的置物木櫃，其中一個是空的，蘇萍努力地把隨身背包給塞了進去，接著雙手拖拉著行李箱，硬是把行李箱擠過滿地的雜物，在推拉的過程中，蘇萍一度覺得自己的腰就快斷了，終於把行李箱給塞在木櫃旁，讓它倚靠著木櫃。

這樣的搬動，蘇萍全身燥熱，深深呼了一口氣後，抓著梯子想要爬上上鋪歇息一下，但是那鋁製梯子些許搖動，讓蘇萍覺得很不牢靠，搖了搖梯子總覺得好像整個床鋪隨時會崩解一般，便放棄了爬上去的打算。

蘇萍覺得自己很笨，為什麼千里迢迢跑到這裡來受這種折磨，要是訂飯店就沒有這種困擾了，自顧自地抱怨：「唉……這種環境是怎麼住人啊？倩倩是在想什麼……」

突然那個被床單圍成像是個隔間的下鋪有著聲響，有隻纖細的手把床單給撥到一邊，一個水靈眼神的東方女孩探了頭出來，身形嬌小，身材跟倩倩好像。

蘇萍突然感到很不好意思，用英文對對方說：「嗯……你好，我是你的新室友，你可以叫我蘇蘇（SuSu）。」

「嗨，我是優子（Yoko），來自日本，很高興認識你。」

優子看著蘇萍，接著指著四周說：「阿諾……這間房間有點亂……」

蘇萍點點頭說：「何止有點亂，根本就是大地震過後的模樣。」

在對話的同時，蘇萍發現優子被床單遮掩包覆的床位幾乎別有洞天，相較於外面的凌亂，優子的床位竟然整齊地一絲不苟，衣服摺得十分整齊，而且優子的衣著也很乾淨清新，原本蘇萍還以為那床單遮掩的，是因為背包客為了性愛時的隱私性，這是她早有耳聞的背包客棧情況，不過看優子這樣做似乎是為了要隔離這房間的髒亂，想到自己一開始誤會了，有點不好意思。

兩人相視而笑，一時之間兩人都有點尷尬地不知道要說什麼，優子禮貌地點點頭。看到蘇萍開始撿拾自己行李旁的雜物，優子隨即站出來說：「蘇蘇，我來幫妳忙吧。」

蘇萍連聲喊：「不用不用，我自己來就好了……」

優子說：「沒關係，沒關係。」

蘇萍看著優子彎著身軀在幫忙收拾雜亂，那身形好像倩倩，倩倩在家裡幫忙自己打掃時，就像是這個模樣，連彎腰的姿態都相似。

『住在這裡的倩倩，當時有感到委屈嗎？要是現在倩倩就在我身邊，那該有多好……』蘇萍想著，心好像突然被重物壓著似的，忍不住把手放在自己的胸口前輕輕拍了拍。

15. No Reservation ——蘇蘇大主廚

可能換了一個環境，蘇萍非常意外自己竟然有動力早起做早餐，在台灣的她本來像具行屍走肉，連前進的目的是什麼都不知道，現在來到了遙遠的南半球，好像活下去變成了顯著的「正經事」，也可能因為多了倩倩日記本這個指南，她的人生有了方向。

可能旅途的奔波累壞了，蘇萍昨夜這一覺睡得很扎實，醒來後，發現客棧安靜的很，走到廚房只看到一兩位年輕人張羅著早餐，還有一位客棧工作人員在打掃著昨夜狂歡後的爛攤子，表情非常地哀怨，但是動作卻是異常地勤快，蘇萍覺得這位工作人員應該是昨夜櫃檯的那位小姐，只是打扮穿著不太一樣，她不太確定。

「早安，一切都好嗎？」那位疑似櫃台小姐的人一臉勉強地向蘇萍打招呼。

「很好。」蘇萍覺得眼前的人一定是礙於工作人員的身分所以必須要客套地問好，但是自己的反應又何嘗不是十分敷衍呢。

果然，對方馬上別開頭，繼續埋首於垃圾袋的綁繫動作。

客棧的氛圍很特殊，有著陳舊又獨特的味道，蘇萍猜想是那大量的竹子裝潢，竹子吸附了昨夜的妖氣造成的，但是竹子又有散發那鄉間的慵懶，好像竹子可以吸收年輕人的狂歡，然後將其沉澱成一種安定的氣味。

蘇萍看著廚房檯面上一包一包的吐司，大罐裝的果醬，還有一袋一袋的粉末，不知道是麵粉還是穀片之類的東西，蘇萍想到昨夜的狂歡畫面，自己腦海竟然浮現毒品白粉的想像，內心有一絲厭惡感，雖然自己從來沒看過真的毒品白粉，但是大概就是這模樣吧。

面對眼前的一切，自己突然不知道如何是好，是該出去找早餐店呢？還是要跟那位疑似櫃台小姐的人詢問。

「早安，蘇蘇……」一個小貓似的微弱聲音在蘇萍背後發出。

蘇萍發現是自己的日本室友優子，突然有得救了的感覺。

有了優子的解說，她才知道背包客棧的早餐是免費的，眼前這些吐司果醬都可以隨意拿，也有烤麵包機，另外那些粉末是用來做鬆餅的，還有一些咖啡粉、可可粉與免費茶包可以使用。

看著優子睡眼惺忪，一面揉著眼睛一面翻找著吐司，蘇萍心想：『難道倩倩到澳洲都吃這些沒營養的東西嗎？竟然沒有新鮮蔬菜水果，連牛奶都沒有……』

蘇萍抓住了優子的手，作勢要她停止：「這附近有超市嗎？」

優子一臉納悶，然後回答：「嗯，大型超市可能要走到伯斯市區，有點距離，不過北橋區這附近有幾間小店，東西滿齊全的，也有亞洲食材的商店唷。」

指引路線的優子莫名其妙地被蘇萍拉去了那小店，一陣採買後，一轉眼，蘇萍已經在客棧廚房裡忙東忙西了。

嘴裡碎念的蘇萍覺得這些食材與台灣看到的不太一樣，但是也算是堪用了，熟練地洗菜、切菜，還動手揉麵團，這些反覆做了一輩子的烹飪過程，對蘇萍來說就跟呼吸一樣輕鬆。

「唉，怎麼沒有大炒菜鍋啊，平底鍋還真不習慣……」蘇萍繼續碎念。

優子看到蘇萍的技術與迅速，忍不住用日文大喊：「すごい（好厲害）！」

一轉眼，不知道哪來的人群，可能都被香味給吸引來了，那些各國背包客們都圍在廚房看著蘇萍的行雲流水，每人都一臉飢渴期待的模樣，竊竊私語中夾雜著各國的語言。

蘇萍在煎炒聲響中只能稍微辨認背後傳來的英文：「好香唷，那是什麼啊？」「好餓唷。」「我的天啊。」

蘇萍腦海中思考著該如何回答，像是想到了什麼便轉身用英文瞎說：「中國蔥鬆餅啦（Chinese Onion Pancake）。」竟發現背後圍著人群，蘇萍一臉驚恐用台語喊了出來：「啊唷，夭壽喔！」

雖然前一夜大家都像是妖孽，但是蘇萍看到這些白天正常很多的背包客們，有些男生鬍渣滿滿蓬頭垢面，卸了妝的西方女孩一臉慘白，唯一認識的優子又聲音像是小貓叫一樣有氣無力，都一臉嗷嗷待哺。

拿這些孩子沒有辦法，蘇萍很快地又多煎了好幾片蔥油餅，還加蛋，外加香蕉切片淋上蜂蜜的鬆餅，還有一大盆生菜沙拉，很快的大家都以蘇萍為中心，團團圍繞著大中島檯面，大夥開心地吃了起來。

大家知道了這位台灣媽媽稱作蘇蘇，廚房裡，各國語言的夾雜下，「蘇蘇」變成大家口中最常出現的單字。

蘇萍看到優子笑得很燦爛，然後大家的模樣都活力十足，內心突然有了久違的成就感。

她想起自己在學生時期考取中餐烹調乙級檢定時老師的肯定，在美國一次隨意做的義大利麵讓派翠克驚艷到不行，飯店工作時被主管稱讚後的雀躍，還記得自己離職時，公婆與先生的誇獎，然後接著永無止境的理所當然與平淡，好像自己的價值隨著年齡的增長而越來越微不足道。

唯一一直都在的成就感是，倩倩吃著自己做的紅糟肉時滿足的神情。

紅糟肉是蘇萍自助餐店裡的招牌料理，因為每天都會迅速賣完，所以每次煮好都要預先打包好一份留給倩倩。

蘇萍也會特別要求採買食材的同仁，一定要挑選最好的後腿肉與五花肉，兩者比例要適佳，而白糖的添加更是要注意，酒的含量也需要控制得當，另外更重要的是醃醬均勻撒上豬肉後一定要為豬肉做馬殺雞，肉質才會軟嫩。

蘇萍曾經疑惑過，其他料理她也都是精心調配，但是倩倩愛吃的紅糟肉為什麼就是最暢銷呢？她知道店內所有菜色的秘訣，唯一沒有釐清的是，也是這道料理如此暢銷的最大原因，其實差別就是母親給女兒的「愛」，那是其他料理都缺乏的關鍵。

優子臉上洋溢著少女青春的笑容：「蘇蘇今天有計畫嗎？待會要不要一起出去走走？」

「有唷，我想去那個什麼……那個什麼名字啊……」蘇萍皺著眉頭努力地回想著倩倩日記本裡的地圖，那個跳島行動，「啊！想到了，那個叫作羅特內的島。」

「喔喔，我知道羅特內島，聽說很漂亮。」可能吃過了豐盛早餐，優子的聲音明顯元氣了許多。

「那我們一起去吧。」蘇萍邊講嘴角還有著蔥油餅的油光。

「好唷，我今天休假。」優子點點頭。

「沒錯，羅特內島超棒的，非常美麗，而且不會太大，你們可以一天內就完成環島。」旁邊一名中東臉孔的男子答腔。

「Yeah，蘇蘇，我有車，我待會可以載妳們去碼頭搭船。」一位圓潤的金髮女孩說道。

「喔，我有一張優惠券，我待會拿給妳們，待會搭船可以有折扣……還有……我連租腳踏車的優惠券也有。」另一位滿臉鬍渣的男子接著說。

一位輪廓很深的黑髮男子喊道：「好耶，我也要一起去。」隨即被身旁友人拍了一下後腦杓：「你是不是忘記你下午要工作啊。」

「啊……」東方臉孔男子抓了抓頭懊惱著。

優子笑得樂開懷，然後把目光轉向蘇萍，蘇萍微微笑著。

一個早餐的香氣揮灑，蘇蘇用美味撫慰了大家的心，每個在這異鄉闖蕩的遊子，都像是成了蘇蘇的孩子，蘇蘇成為眾人眼裡的女王，許多背包客與蘇蘇握手致意，還有人熱情地擁抱答謝，還有一個男子直接在蘇蘇臉頰上親了一下。

「啊唷！夭壽唷！」

蘇萍是這樣回應他的，但是不知道為什麼，蘇萍覺得內心有點暖暖的。

16. MMMbop｜換帖

王者麥爾斯美國巡迴演出，是馬不停蹄的奔波旅程，離開了保母車，下一輛車是樂團巡迴巴士，這陣子就是靠著巴士，連接著舞台、攝影棚還有飯店。

樂團巡迴巴士是每個搖滾樂團巡迴最常見到的車型：巨大的特製巴士後面再加一個拖車。巴士內設置有客廳、臥房、浴室與廚房，團員們幾乎可以在車上生活著，後面拖車則是裝載了舞台設備與樂器，另外還有伊森的一輛越野摩托車。

而塞凡唱片公司這一趟要奠定王者麥爾斯在美國的市場，這樣的巴士硬是租了兩台，另一台是給隨行的工作人員，音控師、化妝師、宣傳等人，當然也包含經紀人艾瑪與助理米莎。

經過爭吵後的大家，像是被艾瑪哭聲後的寧靜附著了，大家頗為乖順地默默配合行程，連演出也頗為順利，而旅途奔波造成的疲乏，大家表情好像都顯得沒有精神。

又到了補給的時刻了，兩台巴士像是巨獸之姿停在一個大型賣場前，旁邊還有加油站，保鑣兼司機的卡特很細心地早已聯繫好賣場，這個時間是最少客人的冷門時段，樂團團隊們可以趕緊大肆採購食物與日用品，再度把兩台巨獸巴士給補滿，才得以繼續長途奔馳到下一個表演舞台。

艾瑪今天顯得心神不寧，馬里諾察覺到了，在進入賣場前還關心了一下。

「嘿，你還好嗎？暈車？」

「我沒事，你們快去賣場吧，我先回巴士拿個東西，你知道的……女生每個月一次的……」

「喔！」馬里諾明瞭了，趕緊追上伊森的腳步，伊森的刺蝟頭可以說是團隊中的移動地標，刺蝟頭的存在，讓大夥到任何地方都不容易走散。

麥爾斯與卡特像是在討論些什麼，接著走出巴士，他望向艾瑪點點頭，艾瑪比了一個ＯＫ的手勢回應。

在賣場，每一個人都積極地將自己熱愛的食物丟進購物車裡，伊森幾乎拿了貨架上一半數量的鮪魚罐頭，而魁梧的卡特，竟然是泡麵的愛好著，挑選的時候還念念有詞地在用藍牙耳機通話，像是買泡麵都有國家安全層級的態度。

麥爾斯經過了卡特，丟了一包泡麵到卡特的購物車裡，卡特打趣地看著麥爾斯，麥爾斯說：「這包不能錯過，這是台灣泡麵，試過你會愛上它的。」全世界都知道麥爾斯的母親是台灣人，麥爾斯從小在台灣長大，卡特當然也明瞭，馬上拿起了麥爾斯推薦的那包泡麵打量了一番，嘴角緩緩上揚。

馬里諾誇張地用手勢與表情，不斷向助理米莎介紹義大利的食材，從通心麵、義式寬麵、耳型通心麵、義式細麵、義大利方餃一直介紹到馬蘇里拉乾酪、帕爾馬火腿，米莎只能一直傻笑，可能笑的原因是由於馬里諾那西西里熱情的口音。

麥爾斯隨意亂走，像是沒有什麼東西特別想要，手推車也很空，經過了馬里諾與米莎身旁時，眼神剛好與馬里諾對上了，馬里諾竟然裝作沒看見，迅速移開了目光，繼續滔滔不絕地向米莎講述義大利美食。

麥爾斯在心裡嘆了口氣，繼續在貨架間前進，步伐顯得意興闌珊。

他走到水果區，隨意拿了些水果，與團隊相處久了，他知道艾瑪喜歡吃櫻桃，想說多拿個兩盒，而伊森的香蕉也不能放過。

突然看到一旁小男孩踮著腳努力觸及架上的一盒櫻桃，麥爾斯看著眼前的小男孩，那棕色的短髮很像童年的自己，笑了一下就伸手幫小男孩拿取。

接過櫻桃的小男孩聲音稚氣地說聲謝謝，眼神緊盯著櫻桃露出雀躍滿足的表情，接著抬起頭眼珠發亮地：「你，你好像是電視裡面唱歌的人。」

麥爾斯覺得有趣，蹲下身子看著小男孩：「嗯，我是電視裡面唱歌的人。」

「那，你可以唱歌給我聽嗎？」

「現在嗎？那你想聽什麼？」

「我要聽妖怪手錶（Yo Kai watch）！」小男孩緊抱著櫻桃盒子，眼神非常認真。

「妖怪手錶？怎麼唱啊？」麥爾斯摸摸自己的後腦杓，感到好笑又困擾，他實在不知道怎麼唱。

「你不是電視裡的人嗎？你應該要會唱妖怪手錶呀，不然我先唱一句給你聽！」

此時不遠處，一位女性的聲音傳來：「湯米！」

麥爾斯朝聲音處望去，看到一位推著手推車的棕髮女人，五官與小男孩有些神似，應該是這小男孩的母親。

棕髮女人對著麥爾斯微笑，然後說：「湯米，不要打擾別人，這位大哥哥要走了，我們也要走了。」

湯米望著麥爾斯問道：「要走了？你要去哪裡？」

麥爾斯想了想，一時之間不知道該怎麼回答，心裡想著：『是啊，我到底要去哪裡呢？』想著想著竟然感到哀傷，原來忙碌巡迴演出的自己，好像不知道自己到底是要何去何從呢，蹲在地上的麥爾斯默默地發了呆。

「該說拜拜囉。」棕髮女人走近，拉著湯米的小手。

「拜拜。」湯米揮揮小手道別，麥爾斯擠出笑容也揮了揮手。

麥爾斯看著小男孩牽著母親的身影漸漸走遠，羨慕的感覺湧上心頭。

大肆採購後的大家，紛紛把物資給搬運上車填裝。

麥爾斯看著拎著大包小包的大家一起走向巴士，他想起電影《成名在望》（Almost Famous）裡面那位隨著樂團奔走的小男孩。

劇中小男孩寫的文章被滾石雜誌給相中，讓他得以像是記者一樣的身分跟著樂團到處巡迴，雖然小男孩不是樂手，但是那一場很酷的旅程中，有著很酷的過程，麥爾斯想到電影中那句話，再普通不過的小男孩被人拍著肩膀說：「有一天你會變得很酷！」

『現在很酷了嗎？』麥爾斯心裡想著。

幾乎所有玩樂團的人都夢想著可以一整個樂團透過巴士巡迴演出，現在應該可以算是美夢成真了，這樣團體的行動讓麥爾斯覺得溫暖，讓他覺得自己不是一個人，他認為現在這樣團體行動的畫面，幾乎可以是支持自己走下去的最大原因，好像整個團隊就像是一個家庭，只是目前這家庭中的兄弟還有些嫌隙需要改善。

麥爾斯上車後看到艾瑪一臉雀躍地朝自己點點頭，麥爾斯繼續往巴士深處移動，經過了廚房，再進入了寢室區，找到了自己的床位，把自己身軀塞了進去。

雖然麥爾斯躲進自己的小空間裡，但是耳朵則是非常地用力打開著，努力接收床外發生的一切。

馬里諾手提著滿滿一大袋義大利麵條上車，嘴裡學著貝斯的聲音，嘟嘟嘟地哼著Red Hot Chili Peppers〈Dark Necessities〉的貝斯前奏，看到了艾瑪在客廳，疑惑地說：「嘿，小妞，你上錯車囉，另一台才是。」

接著馬里諾走去廚房，努力地把麵條塞進車內置物櫃，

馬里諾塞好食物之後，回頭走向客廳，發現巴士前方的客廳塞滿了人，艾瑪、米莎、卡特、工作人員們，幾乎所有人都擠上車了，客廳座位被塞滿，沒位子的人都站著。

「嘿，你們幹嘛？有人生日嗎？」馬里諾用那他特殊的西西里口音問著。

艾瑪藏不住笑意，拿著遙控器打開了巴士上的電視：「比生日更棒，看一下影片吧。」

馬里諾看著大家，發現大家都有著似笑非笑的表情，接著看著電視螢幕。

螢幕中一位赤裸上身的身影馬上吸引了馬里諾的目光：「哈囉，馬里諾，我是Red Hot Chili Peppers的Flea，我知道你在美國巡迴，你的兄弟告訴我說你有著跟我一樣的刺青，真是太酷了，我準備了一個禮物給你，希望你喜歡，祝你們美國巡迴演出順利，有機會一起Jam一下吧。」

「Flea！」馬里偌大叫出來，一臉興奮：「嘿嘿嘿，為什麼？怎麼會？什麼禮物？」

卡特此時抱著一個黑色大硬殼箱子走上車，在眾人歡呼下遞給了馬里諾。

馬里諾非常激動：「喔喔喔，不會吧，這該不會是我現在猜想的吧？我的天啊……不會吧……」

在眾人目光下，馬里諾打開了箱子，一把米白色的貝斯在黑色的盒內顯得很顯目，貝斯上還有貼著一張圓形的貼紙與Flea的親筆簽名，那貼紙圖騰正是Flea與自已身上共有的刺青圖樣。

馬里諾難掩興奮，滔滔不絕地念著：「Fender品牌、Shell Pink、Flea'61 Jazz貝斯完全復刻、包括仿舊痕跡都完整複製，1964 Jazz Bass拾音器、C Shape琴頸、七點二五英吋指板，我的天啊，我的天啊。」

馬里諾像是念繞舌歌曲一般，不斷地唸唸有詞，還夾雜著西西里方言自言自語。

「嘿，你知道嗎？Flea還曾經頭戴著養蜂的保護頭套彈這把貝斯，那個Fender網站上的介紹影片超棒的啦。」

「嘿，你知道嗎？這把琴是Flea的夢想琴，他曾經在網路上問網友說哪裡找得到這一把一九六一Jazz貝斯，結果他有一個粉絲是富豪，說他有收藏，就專程飛到澳洲把這把有可能是世界上唯一僅存的一九六一年出廠Shell-Pink Jazz Bass送給了Flea，有沒有很厲害，當然這一把是復刻的，我知道，但是你們一定要知道這些典故啊。」

「我的天啊，還有簽名，而且這個貼紙根本就是完美。」

馬里諾不斷用指尖觸摸著貝斯，細心打量著貝斯上每一個細節，突然若有所思的抬頭問：「這……你們怎麼聯絡得到Flea？這是我收過最棒的禮物了！」

馬里諾一臉像是快哭出來了。

艾瑪說：「是麥爾斯，是麥爾斯辦到的。」

伊森補充說道：「馬里諾，麥爾斯很愛你，我們兄弟們都很愛你，你知道吧。」

馬里諾：「那麥爾斯人呢？他媽的他現在人在哪裡？」

此時的麥爾斯在床鋪上，默默地聽著這一切，內心很忐忑，但是聽到馬里諾收到貝斯以來欣喜的反應，也非常為他高興。

突然麥爾斯床鋪的掛簾被迅速地拉開，只看到眼前的馬里諾激動地撲向自己。

兩個大男人抱著相疊在小小的床鋪上。

麥爾斯聽到馬里諾啜泣的聲音：「謝謝你，兄弟，謝謝你……嗚……」

麥爾斯緊緊抱著馬里諾，自己也激動地想要哭泣，這時候伊森也擠進來湊熱鬧，麥爾斯依稀可以聽到伊森的低沈笑聲，三個大男人團抱在一起，三人都忍不住笑出聲。

「Fuck，我流鼻涕了。」馬里諾喊道。

「啊，鼻涕人，快給我滾開。」麥爾斯邊笑邊罵。

「伊森你的頭好刺……」馬里諾不斷地吶喊。

圍繞讓在一旁的眾人們，大家都很歡喜，艾瑪雙手緊握，感動不已。

麥爾斯欣慰地覺得，這一個驚喜真的是一個好主意。

有這個構想是他之前想起戴夫送自己吉他時，是莫大的鼓舞，而也想到自己母親在他兒時送給他的人生第一把吉他，一把便宜廉價，甚至還說不出品牌的普通木吉他，但是那卻是他最珍愛的至寶。

雖然這至寶與他摯愛的母親都隨著九二一大地震給帶走了，但是母親的愛，以及那把吉他在他心裡埋下的音樂種子，卻從沒消失過。

透過艾瑪友人在美國經紀公司人脈的牽線與幫忙下才讓麥爾斯聯繫上Flea，沒想到Flea本人十分樂意。

來自偶像與家人的禮物，永遠難忘與振奮人心，這是麥爾斯曾經體會到的，也是他送給兄弟馬里諾的禮物。

17. Tottoko of Rottnest｜短尾袋鼠

蘇萍和優子在一艘小船上搖搖晃晃，看著窗外的美好藍天，像是心情也可以輕易隨之晴朗。

蘇萍從背包緩緩拿出老花眼鏡往臉上戴著，然後開始翻閱著倩倩的日記本，看著上面描述著這是一個到處都是藍色的羅特內島，還有島上有著像是哈姆太郎的動物，讓蘇萍感到十分好奇。

蘇萍看到了優子的眼神，似乎是對於這一本手上緊握的日記本感到好奇，便向她解釋：「這是我女兒留給我的澳洲指南，我會來這裡全是因為這一本……」

蘇萍還在思索這樣的說明洽不恰當，看著眼前跟自己女兒年紀相近的優子，她總覺得有些沈重的事情或許不用說得太明白，或許也會影響待會旅行的心情。

「這麼有趣，這是你女兒為你專屬打造的旅遊指南書耶，你女兒多大了？人在哪裡呢？也在澳洲嗎？」優子的口氣顯得很興奮。

還不知道該怎麼回答這問題的蘇萍，看到優子在背包裡翻找了一下，拿出了一本藍色書皮的厚書，書看起來有點破舊，書角都是摺痕。

優子說：「我都是看這本Lonely Planet（寂寞星球），這是背包客都會看的指南書唷，你那一本實在太特別了，是你女兒專程為你寫的嗎？」

看著優子一臉期待的模樣，蘇萍緩緩說道：「我女兒還在凱恩斯的大堡礁學潛水，我之後也會去唷，在這之前我想要好好走走我女兒去過的地方……」

「真是好好唷，我也好希望我媽媽會來澳洲找我，真好內。」優子好生羨慕，那日本的腔調，讓蘇萍覺得自己是聽到電視日劇發出來的聲音。

「終點應該會是在弗雷沙島吧，你知道這個地方嗎？」

話題隨著船靠岸而被船長廣播聲給壓了過去，蘇萍感覺自己好像坐到腿麻了，努力扶著椅子緩緩站起，船底海浪的起伏，蘇萍更是覺得自己像是貧血一般地昏眩，優子很貼心地挽起了自己的手，被那少女光滑皮膚溫暖的接觸剎那，蘇萍覺得有觸電的感覺，那是從心深處傳出來的感受，她有那麼一秒鐘認為，那是倩倩挽著自己手的感覺，那樣地熟悉。

來到了羅特內島，雖然優子也是第一次來，但是優子很熟稔地就拉著蘇萍往前方一個明顯的「i」字招牌前進，在裡面拿到了一張島上的地圖，還有介紹這座島的小冊子。

手上那一張彩色油光印刷的漂亮地圖，竟然是免費索取，蘇萍覺得有點不可思議，看到旅遊資訊中心裡面玲瑯滿目的紀念品與明信片，蘇萍想到自己已經好久好久沒有到風景遊樂區了呢。

優子翻閱著小冊子上的巴士時刻表，嘴裡喃喃自語，蘇萍有點不好意思的說：「優子，我們可以去租腳踏車嗎？我女兒的指南書中說，這邊要騎腳踏車比較好……」

「啊……這樣子啊……」優子的表情有點勉強，但是還是微笑答應了。

常常容易妥協，或著是凡事願意忍耐，這是不是亞洲女人共有的特質呢？蘇萍不禁這樣思索。

深感抱歉的蘇萍堅持要幫優子出腳踏車租賃的費用，優子很快就樂開懷了，接著看著優子不斷地在臉上與手臂上塗防曬乳，她一開始猜想怕騎單車曬黑可能是優子勉強的原因，但是蘇萍也感受到了，似乎背包客們都頗為克難，從早上吃早餐看到的情況，還有她所感受到年輕背包客們的態度，大家好像都滿窮酸的，但是又有種勤勞的模樣，難道自己女兒當時也是這樣刻苦地過生活嗎？蘇萍覺得有點心疼，但是又覺得這樣的背包客生活，好像也是種美德。蘇萍下定決心，這趟環島旅程，自己絕不能讓優子花到錢。

租了單車之後，其實地圖也不太需要太仔細查閱，羅特內島的道路單純，兩人並肩而騎，隨著單車滑行與迎風吹來的鹹鹹海風，兩人都笑了。

但是騎著騎著，兩人的笑容開始變成了苦笑，因為起伏的坡道出現，有些坡度蘇萍跟優子幾乎無法再踩踏，只好下車用牽的，蘇萍看著優子額頭上斗大的汗珠，再回頭檢視自己，發現自己也是汗流浹背。

「對不起，害妳這麼累，我們可能不應該騎腳踏車的……」蘇萍感到抱歉，嘴裡這樣說，但是心裏又覺得自己終究還是會選擇日記本裡所說的方式，那才會更貼近女兒走過的路。

「沒關係，我好久沒騎腳踏車了，騎了一下很開心，而且我覺得我明天就會變瘦了，哈哈。」

「妳已經很瘦了，蘇蘇我才是胖呢。」

優子趕緊笑著搖頭表達不認同。

兩人相視而笑，大口喘息下的笑聲，有點喘不過氣，蘇萍覺得很有意思，這樣狼狽，這樣好氣又好笑的感覺，倩倩在島上騎車時也是這樣吧，日記本裡也是寫到了騎單車的艱辛。

「那邊有燈塔，我們衝上去吧。」優子大聲疾呼，跳上單車後開始奔馳。

蘇萍被這青春氣息給激發了，也努力地踩踏，好像速度越來越快，自己全身的肌肉像是在發燙。

但是這樣發燙的感覺，很快就過熱而當機了。

「啊唷！」蘇萍匆忙跳下單車，表情猙獰地喘著氣，小腿抽筋了，非常難受。

蘇萍還在想著抽筋的英文要該怎麼說時，優子已經掉頭回來探視。

暫時無法前進的蘇萍，只好在一旁樹下稍作歇息，一陣比手畫腳地溝通後，優子好像有這方面的經驗，很有技巧的推著蘇萍的腳底板，把蘇萍的小腿肌肉給拉得直直緊緊地，抽筋的感受也得到了舒緩。

望著還有一點距離的燈塔，優子翻找著Lonely Planet，嘴裡一直唸著「夸卡」。

「夸卡是什麼啊？」蘇萍好奇了起來。

「Quokka是一種袋鼠唷，書上說這個島上就是很多的Quokka，長得很像老鼠，所以過去有位船長登上了這個島上後，覺得這個島像是老鼠窩一樣，所以才把這島取名叫做Rot-Nest，最後變成羅特內島……」

「蛤，老鼠？真的嗎？David？」蘇萍此生最害怕的就是蛇跟老鼠了，一想到老鼠，雞皮疙瘩都跑出來了。

「David？」優子一臉納悶。

蘇萍解釋說道：「我以前在飯店工作，我們通常都會用David來表示老鼠，畢竟說出『老鼠』這個詞，會讓客人感到恐慌，對飯店的形象也會受損，所以發現老鼠，我們都會稱老鼠為David，而且我以前常常在廚房工作，最怕就是遇到老鼠了，廚房的清潔真的很重要呢……」

「難怪你早餐做得這麼好吃，原來你是廚師啊。」

突然間兩人身邊的草叢堆有著窸窸窣窣的聲響，讓討論到老鼠的蘇萍全身緊繃害怕，不禁大叫：「啊——夭壽啊……是David嗎？」

「啊……」優子也感到害怕，身子傾向了蘇萍。

草堆裡突然一張逗趣的小鼠臉探出頭，一隻肥肥胖胖的棕色短尾袋鼠跳了出來，挺直著身子，不斷向兩人身上打量著，隨即又把目光撇開，鼻尖不斷地抖動著，短小的手也在胸前揮動著。

「卡哇依內！」優子用日文驚呼，「蘇蘇，這就是Quokka啊，終於看到了，啊——卡哇依！」

蘇萍看到那張花栗鼠的臉，身子卻又是肥肥地像是大兔子，自己也忍不住用台語誇道：「喔——吾告勾錐啦。」

蘇萍突然恍然大悟，女兒日記本裡面寫的哈姆太郎，原來就是Quokka啊。

蘇萍想到倩倩小時候曾經養過天竺鼠，相信倩倩看到Quokka時一定是非常地興奮，想到這裡，自己也為女兒感到很高興。

「原來這個就是Quokka啊……好可愛啊……」蘇萍不斷讚嘆。

優子趕緊拿出相機要拍照，但是Quokka很快地轉身往草叢內跳走，兩人回頭探視相機裡的照片，只有怕到肥大的Quokka屁股特寫，兩人都笑翻了。

「蘇蘇，你不覺得這個島好像全部都是藍色的，天空，還有海，好漂亮啊！」優子大喊著。

蘇萍想到些什麼，從包包裡翻出了倩倩的日記本還有老花眼鏡，然後不斷細細品嚐對應的句子，那些倩倩在日記本上寫下的紀錄：

> 羅特內島上的哈姆太郎們，牠們活在藍色的世界裡，像是在這裡居住的藍色小精靈，這邊的天空好藍，海水好藍，雖然樹木綠黃，土壤褐黃，哈姆太郎棕黃，但是那些顏色很快就被羅特內的藍給覆蓋了，好像放眼望去全部都是藍色的。
>
> 而很多外國朋友的眼睛也是藍色的，我想他們一定是去過羅特內島後而變藍的！

蘇萍呼應了優子的感受，好像也是在對倩倩說：「真的啊，真的都是藍色的呢！」

18. Musicians' Playground｜樂園

隨著巡迴巴士東奔西跑，反覆地移動、反覆地演唱，麥爾斯有時候都不清楚自己腳下踩的土地是屬於哪一個城市，甚至到了演出結束後，離開了城市，盯著窗外風景發呆的麥爾斯才從道路上看到的城市地標而恍然大悟。

他內心才想到自己每次上台前為了拉近群眾距離，都會大喊該城市的城市名，像是：「哈囉！西雅圖！」

『難不成，有幾次我根本就喊錯了？』

麥爾斯反省著自己，有一絲罪惡感上心頭，但是也不曾聽過有人提醒或糾正他，更讓他覺得忙碌之中，好像渾渾噩噩，而且每次演唱結束後的慶功宴，喝了幾瓶啤酒後，腦袋也沒那麼清楚了。

他看著窗外的樹木、建築，不斷向自己身後推移，好像「移動」也是種稀釋與忘卻的方式，麥爾斯想起這些日子以來的變化，他覺得不只是巡迴演出帶來的的喧囂熱鬧，跟著一群人一起行動的感覺，更讓他覺得自己不再孤獨，雖然身體很疲累，但是心裡面多少是滿足的。

為了不再虛晃城市，麥爾斯與卡特再次確認了下一場的地點，那是加州地奧（Indio）的「沙漠之旅搖滾音樂節」。

巴士駛入加州，這一個全美人口最多的地區，麥爾斯專注在景物的推移，鼻子幾乎都貼在窗戶玻璃上了。

可能是紅燈的緣故，巴士停了下來，突然麥爾斯在路旁發現了一只旗幟，上面有著斗大的字樣

「NAMM」，麥爾斯興奮地差點叫出聲音，他馬上呼喊伊森跟馬里諾，三個人都緊盯著窗外，都露出了像是孩子般的面容。

「艾瑪，我們可以有幾個小時嗎？我們目前行程還來得及吧？Over。」麥爾斯透過對講機向隨行的另一台巴士呼叫，伊森與馬里諾都圍繞在側，滿心期待的模樣。

「幾小時？怎麼了？你們這麼快就餓了嗎？Over。」

「不，是NAMM！是NAMM！」馬里諾在一旁喊叫著。

「NAMM？那是什麼？Over。」

「你不知道嗎？那是加州最有名的樂器大展The National Association of Music Merchants！如果來得及，我們想去，卡特說有順路，Over。」

「哈哈。」卡特一邊開車一邊聽到了對話而笑出爽朗的聲音，看來順路這件事是麥爾斯自己編的。

「嗯……我查一下……」

「不行啦，有意外影響行程怎麼辦？」米莎的聲音傳了出來

接著對講機沉默了一陣子，三個男人包圍著對講機，像是在收聽球賽轉播般地專注。

「我們提早到加州了，可以唷，三小時如何？我們必須要在下午四點抵達……」

「唷呼——！」三人大叫，艾瑪話還沒講完就被歡呼聲給淹沒，他們像是孩子拆聖誕禮物一般地雀躍。

雖然艾瑪沒聽過NAMM，但是帶過不少樂團的她清楚知道，樂器是許多樂手熱衷的事情，尤其是展場有他們喜愛的樂器品牌，絕對趨之若鶩。

畢竟王者麥爾斯在美國席捲了巡迴旋風，知名度響亮，為了不引起不必要的麻煩，又要保有三位團

員們逛展的自由，艾瑪與三位約好了守則，必須低調，也必須要在約定時間內回到相約地點，有狀況與急事馬上手機聯絡。

就這樣卡特把巴士開往他們所謂的「順路」方向，往這年度樂器盛宴前去。

麥爾斯第一順位就是前去Gibson的攤位，那是他最喜愛的吉他品牌，頭上棒球帽壓得低低的，加上一夜未刮的鬍渣，披上帽T的麥爾斯，在展場人群之中，果然順利不被人發現。

『哇嗚！是Phil X！』麥爾斯顯得很興奮，努力把自己身軀往前面擠。

Gibson攤位邀請了吉他手Phil X在現場演出，麥爾斯遠遠地在人牆之外就感受到了Phil X的熱力。

Phil X以前在網路上就小有名氣了，也擁有自己的樂團The Drills，在他尚未加入Bon Jovi（邦喬飛）前，麥爾斯就常常注意他了，那專屬YouTube頻道中，有各種昂貴經典吉他的試彈影片，Phil X自顧自的彈唱，揮灑自如的電吉他Solo，穿插幽默的話語，常讓麥爾斯看得入迷，那不僅僅是對吉他技巧的讚嘆，更是迷上了這號人物散發的個人特質。

然而，由於Bon Jovi當家吉他手瑞奇・山伯拉（Richie Sambora）後來離團，Bon Jovi找來Phil X來代打吉他手的位置，一起參與巡迴演出，幾年過去，Phil X最後成為了Bon Jovi正式團員，Phil X的名氣也隨之更上一層樓，雖然很多Bon Jovi的樂迷才剛認識這一位吉他手，但是在麥爾斯心裡，從小自己就聽Bon Jovi的歌，然後也常在網路上看Phil X的影片，這兩者的結合，像是來自兩個不同地方的偶像，竟然合併在一起，感覺是很奇怪的，但是是感到開心的那種奇怪。

畢竟一個網路紅人，最後演變成加入傳奇樂團這件事，實在是非常的勵志。

現場傳來那首〈Air Hockey Champion of the world〉，Phil X唱歌吶喊非常賣力，淡淡的喜感與嚴肅的強力和弦刷扣下，讓麥爾斯感到很輕鬆舒服，現在的他就像是個小樂迷，在人群之中擺頭享受搖滾，還意猶未盡時，沒想到這一首原來已經是安可曲了，但是另一方面也慶幸自己至少有聽到一首。

Phil X唱完後被歡呼聲與大量的人群團聚，麥爾斯再也擠不進去了，只好鑽出人群，好好大吸一口新鮮空氣。

麥爾斯隨意亂看，他的目光馬上被牆上吊掛著眾多電吉他給吸引。

『哇！Black Beauty Custom，我以為這款絕版找不到了』

『哇！這全原木的顏色好特別，而且是軟漆，摸起來很原始……』

麥爾斯難得看到比樂器行還又齊全的各種型號，讓他大呼過癮，內心默默地讚嘆。

突然熟悉的聲音傳來：「有喜歡的話，我可以刷卡唷，塞凡公司會埋單的。」

麥爾斯看到艾瑪在身旁出現，笑著說：「你跟蹤我？」

艾瑪：「哈，是你跟蹤我吧。」

看到艾瑪總讓麥爾斯很有安全感，從艾瑪遞名片給他起，然後當時在直昇機接他的模樣，接著現在，看著金髮的艾瑪，笑容好像因為髮色的金黃而更加燦爛了。

「有妳在太好了，幫我拍張照吧。」麥爾斯拉著艾瑪的手，走向攤位一旁。

麥爾斯把艾瑪拉到了一個眾人排隊的尾端，艾瑪探頭往前望，才明白是怎麼一回事。

排隊過程中麥爾斯向艾瑪解說了一番，前方那一個裝置藝術，是無數把Gibson吉他被噴漆成銀銅色，並熔接而成的一個「王座」，在前方供人坐著拍照，看起來霸氣十足，威風凜凜。

連椅面都是用吉他的琴身拼接，扶手就是吉他的指版堆疊，椅背更是大量的吉他散射狀排列，像是光芒般放射狀展開。

「你看，這個實在太酷了，待會幫我拍一張作紀念吧。」麥爾斯的笑容顯得有點稚氣。

「這王座也太特別了吧。」連對樂器不感興趣的艾瑪都覺得這設計太有意思了。

「妳知道戴夫也有一張類似的『吉他王座』吧？」

「你是說Foo Fighters的戴夫？」

「對，戴夫有一次演唱會上，不小心失足從舞台上跌下來摔斷了腿——」

艾瑪高興地搶著說：「我知道，是在瑞典歌特堡的那一場演唱會。」

「沒錯，就是那場。」麥爾斯點點頭，深深敬佩眼前這位女性對於搖滾界如數家珍，而且這Foo Fighters也剛好是他們倆結識的起點。

艾瑪接著說：「他後來去醫院檢查完還繼續回到舞台演唱，穿著護具打著石膏坐在那邊唱，哈哈……不過，戴夫的吉他王座？我怎麼沒看過？」

「喔，那是後來，他之後的演出，都有特製一張舞台寶座給他坐著表演，跟這吉他寶座很類似，也被吉他圍繞著，背後有著Foo Fighters縮寫，兩個很大的F字體Logo，然後椅背上緣都架著投射的燈光，妳知道嗎，他還把電吉他放在腳上的石膏上摩擦刮絃，製造出特殊的聲響，號稱另類的Solo……」麥爾斯一邊模仿一邊描述，表情認真。

「哈哈哈，你騙人。」艾瑪被逗笑了。

「真的。」麥爾斯看到艾瑪的表情，好像真的自己在開玩笑，便再次強調：「是真的，不然妳去查網路新聞……而且跟妳說更有趣的是，Guns N' Roses（槍與玫瑰）的主唱Axl也坐過那個戴夫的吉他王座。」

「Axl Rose？怎麼會？他也跌斷腿？」

「喔，天啊，你一定認為我在胡扯，但是我真的要說，他真的也跌傷腳，在洛杉磯的Troubdour演出時，他的腳受傷了，很多人慫恿他說可以仿造戴夫製作一個吉他王座繼續登台表演……」麥爾斯講到自己都忍不住笑開懷，總覺得越說越扯。

「你也太會編故事了吧，哈哈。」

「重點是，Axl乾脆直接跟戴夫借那個吉他王座，他就把Foo Fighters Logo用黑布蓋上，拿來直接表演，為了感謝戴夫，他還在表演中突然把黑布拿掉，而且也公開感謝戴夫……哈哈，這真的很有意思，是真的！」

艾瑪用手摀著嘴，笑到無法自己。

麥爾斯心裡在猜想這笑容到底是笑這個故事內容很扯，還是笑現在自己講述的模樣很蠢。

此時在身後排隊的大叔似乎一直在聽他們的對話，突然插話：「是真的，這位小妞，這位仁兄真的是搖滾迷啊，這是真的事情。」

麥爾斯聽到這位大叔幫忙答腔，繼續強調：「你看吧，是真的。」

大叔在一旁笑得爽朗。

「好好好，我相信你，不過，這王座讓我想到……這好像The Game of Thrones（權力遊戲：冰與火之歌）影集裡面的Iron Throne王位啊。」

「哈，不不不，這是Guitar Throne，這是Gibson王位，坐過後吉他功力就會大增。」

「真的？」

「當然是假的啊！哈哈哈！」

「哈哈哈哈！」艾瑪又被逗笑了，猛往麥爾斯手臂上揮打。

麥爾斯緊盯著艾瑪的笑容，突然發現自己好久沒有這樣開懷笑了，慶幸自己原來還存在著幽默感，麥爾斯心裏不禁覺得，除了雙親，自己到底還有失去了什麼，失去了原來平凡的聲音，也失去了平凡的生活，為何現在的他，總是一點一滴地想抓住些遺失的自己，或許自己不再擁有，但是仍然試著努力拼湊出完整的自己。

看著艾瑪突然有點尷尬的表情，麥爾斯一時之間也不知道該說什麼，這時候Gibson展場的工作人員輕拍麥爾斯的肩膀說道：「這對小情侶，手機給我，我幫你們拍吧。」

麥爾斯還來不及反應，轉頭看到艾瑪一臉驚恐的「喔」一聲，就把手機遞給了工作人員。

兩人手腳僵硬地步上小階梯，僵直的坐在王位上面。

麥爾斯心裏納悶著，也思索著自己是不是應該脫下帽子，不知道脫帽會不會被人認出來，猶豫中好像來不及反應。

「喔，拜託，你們靠近一點，來點笑容嘛。」工作人員喊道。

兩人都擠出了一點笑容，但是模樣依舊不自然。

拍完了照片，走下階梯，麥爾斯打算再開個玩笑來解除僵局，結果艾瑪迅速轉身喊道：「拍好啦，我去找米莎啊，別忘記集合時間唷。」接著又拍打了麥爾斯的手臂一下，然後跑開。

麥爾斯望著艾瑪跑走的身影，很快地淹沒在人群裡，艾瑪那一下打得很扎實，手臂上還殘留著絲絲微弱的痛楚，但是心裡卻覺得暖暖的。

麥爾斯還在原地發呆著，剛剛幫忙答腔的大叔也拍完照片走了過來，皺著眉一直盯著麥爾斯看。大叔問道：「年輕人，我好像在哪裡看過你……你長得好像……好像誰啊？」

「喔，你是說王者麥爾斯嗎？」

「啊，對對對，沒錯，你長得好像那位麥爾斯啊。」

「對啊，我是王者麥爾斯的大粉絲啊，所以很高興你這麼說。」

「哈哈哈，還真像啊，連聲音都滿像的。」大叔跟麥爾斯握了手道別。

麥爾斯繼續在原地，若有所思，臉上有著淡淡的笑容。

身為經紀人，艾瑪不只是要把樂團知名度給推廣出去，她也深知照顧好團員們的內心狀態也是非常重要的。

雖然三個團員的感情似乎又回到過往，沒有了爭執，沒有了衝突，但是最近大家的面容都顯露疲態，艾瑪內心非常擔憂，她也知道畢竟一連五六場的演出都沒停歇，巡迴演出基本上就像是一場馬拉松，她自己都感到疲倦了。

行程安排、天候掌握、下雨備案、與承辦單位聯絡溝通、唱片銷售、排行榜狀態、周邊商品鋪貨、訪談內容確認，餐點安排、舞台動線、採購、收支明細，雖然米莎與其他專業的工作人員會分工幫忙，但是腦海裡總是有無數個待辦事項。

這一切實在是太不真實了，在這追求夢想的路上，艾瑪似乎感受到美夢成真的感覺，她希望這一切將會是最有意義的事情：「把最好的音樂推廣到世界各地」，她認為音樂是唯一可以跳脫語言，直接帶給人愛與希望的，而搖滾樂更是強而有力，代表宣洩，也代表救贖。

艾瑪經手過不少樂團，每每看到樂團走在成功的道路上，起落頻繁，這些順利好像極為不真實，像是隨時就會破碎的華麗玻璃，畢竟太多搖滾巨星隨著名利雙收後，隨之消沉殞落的案例在業界實在太多，更別說搖滾界有著「二十七歲魔咒」，太多才華洋溢的搖滾樂手都在二十七歲那一年辭世。

Nirvana（超脫樂團）的Kurt Cobain（科特・柯本）飲彈自盡，吉他之神美譽的Jimi Hendrix（吉米・

罕醉克斯）吞下過量安眠藥，在酒店被嘔吐物噎死，The Rolling Stones（滾石樂團）創團元老Brian Jones（布萊恩・瓊斯）在自家泳池溺斃，這些都發生在他們青春年華的二十七歲。

因為青春而得以恣意揮霍搖滾，震撼著全世界，而全世界帶給他們的名利也撼動著那稚嫩的靈魂，太多年輕的靈魂駕馭不了這一切。

經紀工作的一大重點，就是人事管理，唯有把人事搞定，樂團才會走得長久，這是艾瑪在公司闖蕩多年的切身經驗，也是最深信不疑的事，而好好管理這些年輕人也就是最重要的課題，雖然自己也是年輕人，但是這份工作的磨練，她總覺得自己老得好快。

還在思索如何振奮所有人士氣的艾瑪，從對講機裡聽到了她期待的熱情。

「艾瑪，我們可以有幾個小時嗎？我們目前行程還來得及吧？」

麥爾斯的聲音傳到了艾瑪耳裡，那磁性的嗓音，讓艾瑪從在車裡搖晃的疲態中醒了過來。

雖然有風險，但是放大夥自由活動，絕對是一個釋放壓力疲倦的好方法，艾瑪覺得這個她沒聽過的NAMM出現得正是時候。

『麥爾斯去看Gibson，馬里諾去看Fender，伊森說要買備用鼓棒，米莎去看了Taylar，連卡特都說要去看Martin的攤位，那我呢？我對樂器一竅不通啊，只是為何不知不覺我就走到了Gibson的攤位？』

艾瑪看著在人群中的麥爾斯，身形是那樣的結實，讓她不禁想到當時Foo Fighters演唱會現場，她多麼怕麥爾斯被人潮淹沒，她多麼怕無法再次聽到那魔力的嗓音，麥爾斯就站在她眼前，好像伸手可及的人，但是卻又像遙不可及的神，好像一沒抓牢，麥爾斯就會掉下直昇機，墜入深淵無影無蹤，總覺得這一切來得太過順利了，一連好幾場演出都如此受到歡迎，過去她經營了好多個樂團就算熱門，但是也從沒有如此受到世界的關注，她擔心自己會不會哪裡做得不好，她也擔心麥爾斯會消失，她擔心一切。

她深知麥爾斯還在喪父的創傷中，她也知道現在取得的一切，將來可能都會有所變化，她常常去想，也常提醒自己不要去想。

『難道這是我不知不覺跟著他的原因？』艾瑪內心糾結，但是人已經站在麥爾斯面前了。

「有妳在太好了，幫我拍張照吧。」麥爾斯說道。

艾瑪感覺到一張溫暖的大手把自己冰冷的手給牽了起來，只覺得天旋地轉，全身發熱。

『該不會我現在臉都紅了吧？』艾瑪內心擔憂著。

接著的談話中，艾瑪突然覺得麥爾斯難得少了那陰鬱的眼神，戴著棒球帽的模樣，像是鄰家大男孩一樣的親切，而且她也第一次感覺到麥爾斯難得掛著燦爛的笑容，像是一波一波暖流潮汐打上海灘，在金黃沙灘上留下了溫度。

而且這是她第一次聽到麥爾斯一口氣說這麼多的話，像是一個球迷在談論自己熱愛球隊的模樣，振奮又熱情，難道這才是最原始的他？陰鬱或許是因為喪父而蒙上的一層霧？

「這對小情侶，手機給我，我幫你們拍吧。」Gibson工作人員喊道。

『不！我們不是情侶！但是……如果是……我怎麼……天啊！我現在一定臉很紅！』

『太慘了，我竟然沒有否認，太丟臉了……那他……他為什麼不說些什麼？』

艾瑪手指滑動著手機，緊盯著剛剛與麥爾斯的合照，看到照片裡兩人都僵硬地坐在吉他王位上，那挺直背脊的模樣憋扭又滑稽，艾瑪忍不住笑了出來。

想到這裡，艾瑪腦海浮現了當經紀人以來從未有過的念頭：『與樂團成員交往？』艾瑪害羞地滿臉通紅。

19. Flying Cotton ── 棉花飛

背包客棧的廚房因為蘇萍的存在，每天早上都越來越熱鬧，大家都享受著蘇蘇媽媽最厲害的美味早餐。

「蘇蘇，我聽麥可他們說，他們打算要開車往西南方，還有兩個位置，要一起去嗎，只要分擔油錢就可以了。」優子興奮地說。

「這……我也想去西南方，但是我想要試試看Hitchhiking，雖然我也不太明白這是什麼。」蘇蘇認真地說，手不停歇地切著生菜。

「妳是說『搭便車』嗎？」優子一臉驚訝。

「嗯，日記本是這樣指引的。」

「喔，你說你女兒留給你的澳洲指南書？」

蘇萍緩緩點點頭，硬擠出了點笑容。

「那……」優子思考了一下，接著鼓起勇氣說：「那……我可以跟你一起嗎？」

蘇萍聽到優子那日本口音跟語調，像是日本武士要切腹一樣的嚴肅認真，再度點點頭，笑容暈開了臉龐。

還沒中午，背包客棧顯得悠閒而愜意，撞球平台沒人使用，廚房的人也散去，應該是許多人外出的緣故，客棧裡人不多。

蘇萍與優子打包好行囊，兩個女人大包小包地把行李拖到櫃檯準備辦理退房手續，手忙腳亂下優子還會很貼心地扶著蘇蘇。

一位紅髮女子看到了，連忙走近詢問：「蘇蘇，妳要離開了嗎？」

「對，我要離開了，要去西南邊。」蘇萍努力想著那個奇怪的地名單字：「那個地方叫……叫作戴士柏（Dunsborough）。」

「喔，我的天啊！不！」紅髮女子不可置信地大喊，接著馬上往客棧房間的方向飛奔而去。

蘇萍疑惑地望向優子，心裡想著：『難道戴士柏這地方不好嗎？』

看到優子也一臉茫然地看著自己，想必是有著相同的納悶。

紅髮女子到處敲門，到處不斷大喊著：「蘇蘇要離開了！蘇蘇要離開了！」

不一會兒，不知道哪裡來的人潮，客棧內的背包客們都魚貫從房間走出來，突然間客棧大廳都是人，甚至有些人連衣服都還沒穿好，邊跑邊扣著襯衫鈕子。

被眾人包圍的蘇萍覺得很驚恐。

「謝謝妳，蘇蘇，你是最棒的。」紅髮女子緊緊擁抱蘇萍。

「不，不要走，我會想妳的早餐的。」一位中東臉孔的男子也隨之擁抱著蘇萍。

「旅途順利，蘇蘇。」一位客棧的雇員也撲向蘇萍。

「喔，妳不在我就不想早起了，我要早餐。」另一位男子也抱向蘇萍致意。

大夥聽到都笑了出來，好不熱鬧。

眾人都輪番向蘇萍道謝與道別，也很多人向優子握手擁抱，原來蘇萍的每日早餐早已擄獲了客棧內背包客們的心，而背包客棧人來人往，有人住進來，有人搬出去已是常態，背包客們大夥心照不宣，不會強留蘇萍，而是帶著感激，大家都給予蘇萍與優子祝福。

輪番被大家要求擁抱的蘇萍，一開始是錯愕，一直被人擁抱也有點不自在，然而一個接一個的緊實擁抱中，帶著很多的情誼，而且各國人種也有著不同的身體味道、力道與說話口音，蘇萍突然覺得非常溫暖，好像被大家的感謝與祝福累積了很多的力量，她從來沒有被這麼多人擁簇著，這溫度是那樣的誠懇與直接。

在失去女兒到現在，蘇萍第一次覺得有收到安慰的感覺，而這些有效的安慰竟然不是來自自己親近的家人朋友，而是這群陌生異國孩子，蘇萍覺得很奇怪，也很奇妙。

那是有種被人莫大肯定的感受，不是同情、不是悲憫，而是真切地正面認同。

蘇萍突然有想哭的衝動，只是不知道為什麼，再怎麼努力擠，像是被截留的水庫，眼淚就是怎樣也流不出來，只能一直笑著回應對方，擁抱時拍拍對方的背，還不時用中文對這群孩子說：「好啦，乖啦。」

好像花了好長的功夫，蘇蘇與優子終於在眾人的道別下，離開了背包客棧，兩人攜手走到了伯斯的火車站，搭了火車到伯斯城市南方的曼杜拉（Mandurah）站。

一走出車站，景象明顯地從熱鬧繁榮的都市變成了海岸風光的面貌，好多的白色遊艇停泊在海灣，海鷗也肆無忌憚地到處飛翔。

聞到海水淡淡的鹹味，蘇萍心想，倩倩剛踏出車站應該也有著現在相同的感受吧，那種脫離都市的輕鬆感，那種海水味道的奔放，也慶幸倩倩當時沒有自己現在有的感受──失去親人的失落感。

帶著複雜的心情，緩緩地踏上了曼杜拉的道路上，優子一路上話不多，但是蘇萍明顯感受到優子對自己非常照顧，那種晚輩對長輩的尊重溢於言表，每每經過臺階或是起伏的路面，優子都特別關照蘇萍，那纖細小女孩的手，雖然沒有什麼力氣，但是那種在乎與關懷，蘇萍都感受到了，倩倩以前跟自己出去逛街好像也是這個模樣呢，蘇萍不禁這樣想念著，也感慨著。

慢慢走到了遠離車站的郊區，蘇萍從包包拿出了早上在客棧撿拾來的牛皮厚紙板，上面用黑色麥克筆清楚寫著那奇怪地名的單字「Dunsborough（戴士柏）」。

「怎麼會有地方唸作『當是不裸膚』呢？真是奇怪的單字。」蘇萍碎唸著。

優子看蘇萍碎念的模樣而笑了出來，聲音像是帶著疲憊，但是心情很愉快。

優子舉起了紙板，朝著公路上過往的車輛展示著，表情顯得有點緊張。

時間慢慢地流逝，車子紛紛呼嘯而過，路旁的兩人還有厚紙板像是不留痕跡的存在。

「是這樣做，沒錯吧？」蘇萍與優子確認了一下。

「應該是吧，我也是第一次啊。」優子回應著。

兩人安靜了一會兒，聽到的都是車子從路面駛過的聲響。

咻，咻，咻……

蘇萍問：「這……會不會有壞人把我們載去賣掉啊？」

「咦？」優子用那濃厚的日本口音喊出來，一臉驚嚇，連忙把舉起的厚紙板收了起來。

「為什麼年輕人要用搭便車來旅行啊？不會危險嗎？」

「這……蘇蘇，這不是妳的主意嗎？」優子的聲音像是有著被騙的委屈。

蘇萍說：「這是我女兒的主意。」

接著蘇萍從優子手上拿下了厚紙板，放在胸前，往前走了一步，接著帶著強烈母性說：「放心，我會保護妳的。」

車輛還是一一呼嘯而過，試了好一陣子，都沒有車子停下來，而路上多了幾隻蒼蠅亂飛，讓兩人的耐心流失得更快。

優子想了想，提出了建議：「會不會我們行李太多了，嚇到別人？不然我們先把行李藏起來？」

「好唷。」蘇萍馬上贊同，兩人吃力地把家當行囊都推到了路旁的草叢邊，讓行李箱不再明顯。

蘇萍繼續拿著紙板站在路邊，其中一手伸出大拇指，優子挽著蘇萍另一隻的手，相依為命地陪伴著。

蘇萍扭動著僵硬的脖子，顯露疲態說：「我女兒寫的指南說，她花不到十五分鐘就攔到車子了，而且開車的幾位帥哥非常友善又紳士……會不會因為我是中年婦女，比較沒有吸引力啊？還是說……要不要我們露個大腿？」想了想，蘇萍忍不住笑了出來。

優子也忍不住捂著嘴大笑，笑到身體都不斷顫抖了。

兩人在那兒幾乎笑彎了腰。

蘇萍看著優子，心裡想，日本女生真是很矜持啊，連大笑都要捂嘴巴，也很驚訝自己，好像很久很久沒有開玩笑了，她感到久違的輕鬆。

笑得花枝亂顫的兩人，馬上注意到有一輛大貨車打著方向燈，在超過她們後的不遠處停了下來。

「蘇蘇！」優子興奮地拉著蘇萍，指著那輛貨車，兩人相視而笑，一起奔了過去。

貨車上是一位澳洲白人大叔，那白色皮膚上有著澳洲毒辣太陽影響下的紅色痕跡，一陣溝通後，了解友善的大叔載著滿車的衝浪板，正要往更西南方的馬格莉特河（Margaret River），途中可以把她們載到戴士柏。」

澳洲白人大叔也很幫忙地把那些藏在草叢的行李給搬上了車。

在車上，蘇萍小心翼翼地詢問：「為什麼你願意停下車載我們呢？」

澳洲白人大叔笑得很豪邁：「哈哈哈，那是我看妳們兩個在路邊一直抖動，我還以為妳們觸電了呢？」

車上三人笑成一團，氣氛顯得很和樂。

澳洲白人大叔很專注地在開車，沿途也不太刻意攀談，這樣的態度反而讓蘇萍覺得自在，要是得一直聊天談話，或許也會很累吧，不知道女兒搭便車的時候覺得累嗎？還是跟陌生人聊得很開心呢？蘇萍一直這麼思考著。

沒能好好欣賞沿途海岸線的風光，蘇萍隨著車子的搖晃下，很快就入睡了，而優子可能也在等待搭便車的過程中累了，頭靠在蘇萍的肩膀，很溫馴地睡著。

像是夢到什麼，蘇萍額頭上的汗珠緩緩滑落，那皮膚的搔癢感讓她驚覺車子不再顛簸，然而車子內的溫度也降低了許多，她驚醒了，身體不自覺的突然甦醒也驚動了優子。

蘇萍發現車子窗戶大開，而車子停在一個大樹的樹陰下，駕駛座沒有人，蘇萍開始左顧右盼。

蘇萍內心很震驚：『車子停了，為何自己沒有察覺呢？自己從小到大從來沒有搭車睡過頭的經驗，而且連優子也沒有發現，難道我們真的累壞了？還是被下毒昏迷了？』

優子慌張地出了聲：「大叔呢？我們在哪兒？」

蘇萍發現了，輕拍優子的手臂後，往窗外的一個方向指去。

兩人都看見了，那位澳洲白人大叔在不遠處的一個椅子上坐著，手裡似乎捧著一本書，正專注讀著。

蘇萍下車走過去，優子也連忙跟了過去，大叔發現了蘇萍與優子的疑惑表情，馬上解釋道：「我們到戴士柏了，你看，前面一點就是戴士柏海邊了。」

這句話像是有魔力一番，剛說完，蘇萍的感官像是突然打開，聽到了海浪的聲音，也聞到了鹹鹹的海水氣味。

「你怎麼沒有叫醒我們呢?真不好意思。」蘇萍問。
「No worries,看妳們睡得這麼熟想必是累壞了,不忍心叫醒妳們,更何況,我也不趕時間啊,我就在這看個書,享受一下『戴士柏』時光,哈。」
「你在看什麼書呢?」
「喔,這個啊。」澳洲大叔把一張書籤塞進書中之後,把書遞給了蘇萍,「這是一個日本作家寫的,滿有意思的。」
蘇萍接過大叔手上的書,好像突然拾起自己過往的某些片段。
突然想到自己不也曾是很愛沈浸在閱讀之中的人嗎?這樣花些悠閒時光,坐著輕鬆看書的模樣,自己已經多久沒有了呢?自從結婚之後?自從忙碌於工作,忙碌於家庭,沒想到這麼多年來,終於可以認真看看文字的時候,竟然就是看著死去女兒的日記本。
看著書封,作者是太宰治,蘇萍把書封秀給優子看。
優子驚呼了起來:「是太宰治,這是日本很有名的作家呢,我也有看過他的書唷。」
蘇萍打算隨意翻翻,雖然自己熟悉英文,但是畢竟英文版的書籍,還是不像母語那樣輕易融入,像是做個樣子似地隨意翻著,剛好翻到塞著書籤的那一頁,蘇萍好像看到了什麼,便把書拿遠一點看,這是老花眼的慣性動作。
書上寫著一句:「膽小鬼連幸福都會害怕,碰到棉花都會受傷。」
像是被雷打到一樣,蘇萍覺得這句話很有威力,好像在責備自己,卻又安慰自己的一句話,讓她感到十分揪心。
澳洲白人大叔說:「如果你感興趣,這本書可以送給妳啊,我看過兩三遍了。」

「兩三遍，好厲害。」優子再度用那日本口音驚呼著。

「不了，謝謝你，也謝謝你載我們到這裡……對了，你知道市區方向怎麼去嗎？」蘇萍覺得是該道別的時候了。

「市區？這裡就是戴士柏啊，你從這條路走過去，你就會看見全部了，旅店、郵局、超市……全部。」大叔爽朗的笑著。

與友善的澳洲大叔相互握手道別之後，蘇萍與優子拖著家當往前方道路走去，馬上就看到了大叔說的「全部」，確實這裡真的有別於大城市，一切生活的便利都集中在一個區塊，少少的幾家店面，雖然選擇不多，但是該有的也都有。

像是打開水龍頭似的，優子難得話說個不停，不斷雀躍反覆著，自己第一次搭便車，第一次看到澳洲人看日本人寫的書，也第一次在車上睡到車停都忘記，以及第一次到這小鎮等興奮的經驗，蘇萍一直微笑附和著。

沒多久蘇萍就看到了斗大的招牌，與倩倩日記本上寫的一樣，那間名叫「彩虹」的背包客棧。

20. Longing for the Spring Breeze｜望春風

加州陽光燦爛，搖滾迷們更是熱情。

旅途再怎麼疲憊，一上舞台後，熱情的尖叫聲，確實瞬間可以讓人為之振奮，說是樂團撼動樂迷，其實樂迷撼動樂團也是相對的，那激情的瞬間，確實會讓人激發腎上腺素。

以為不愛慕虛榮的自己，被這一路以來完全感受到樂團爆紅之後的世界大轉變，麥爾斯也不禁對於這些歡呼給撼動著。

前一天洛杉磯的演出像是作夢一般，最讓麥爾斯高興的是，隨著一連好幾場演出順利，唱片公司的規定逐漸放鬆，好幾場王者麥爾斯都可以隨意挑選自己喜愛的歌曲來演出，連早期水泥球的創作曲也大受好評。

團員們像是回到過去地下樂團時期的開心，只是舞台變得很大很大，歡呼也變得很多很多。

在盡情地揮灑青春與揮霍著搖滾的魔力，在馬里諾的慫恿之下，近期演出後台也放置了啤酒與伏特加調酒，在酒精催化下，王者麥爾斯的表演似乎更加地放鬆，音符也恣意地綻放，效果意外地好。

但是這天激情也像是加州地中海型氣候一般，日夜溫差很大，隨著沁涼來到，這個夜裡有別於舞台的炙熱，恬靜又冷靜。

在兩瓶啤酒下肚後，麥爾斯突然覺得夜裡星空好美，『好想離星星更近一點』這一個念頭讓麥爾斯爬上了巡迴巴士的車頂，還丟上去一把木吉他。

這個地方是洛杉磯東邊不遠的鳳凰城，是卡特的家鄉，受到卡特的建議與指引，一行人來到了近郊一個名叫Holiday Spa Mobile Home Park的車屋公園過夜。

麥爾斯很喜歡這個地方入口處斗大的標語：「Welcome Home」，讓他覺得溫暖，即便自己的家鄉遠在義大利、也遠在台灣，但是Home這個字，總是有溫度的，而這個地方植被與建築都不高，所以讓人感到十分廣闊，一到夜裡，整個夜空星星滿天掛載，那更是比酒精還醉人。

在一行人各自去用餐盥洗之際，麥爾斯獨自在巴士車頂躺著，手開始撥動懷裡的木吉他，彈著號稱「無敵八大和弦」的和弦進行C，G，Am，Em，F，C，Dm，G。

其中的Dm，麥爾斯總喜歡彈成Dm7，雖然大致聽起來沒有太顯著的變化，但是Dm7這個和弦是他剛開始學吉他時就接觸到的，總覺得彈起來有著熟悉感，可能也是種讓自己回到最初的方式。

手裡感受鋼弦震動的清脆，聲響傳進耳裡，眼裡望著漫天星星，輕鬆而浪漫的氛圍下，麥爾斯突然想到了在NAMM時，艾瑪轉身離去，那淹沒在人群之中的金髮身影，好像是最近腦海裡一直盤旋不去的畫面。

『想念自己經紀人的模樣，這樣正常嗎？』麥爾斯閉上雙眼若有所思，自顧自苦笑了一下，接著坐起了身子，手裡的和弦開始有了轉變，但是與八大和弦的行進非常相似，緩緩地吐出了幾句歌聲：

If I said what's on my mind
You'd turn and walk away
Disappearing way back in your dreams

麥爾斯會想到這首歌，完全是因為那句歌詞You'd turn and walk away（你轉身然後離開），實在太搭配艾瑪轉身離開的模樣了。

突然間，身旁有了聲響，麥爾斯停了下來，發現了一顆刺蝟頭在車身邊緣扭動，是伊森。

伊森先把一個木箱擺上車頂，接著那壯碩的身形努力地想擠上來，看樣子表面光滑的車身烤漆讓伊森費了好一番工夫才爬上來，剛爬上來，伊森只說了一句：「呼，Boston樂團的〈A Man I'll Never

Be〉。」

「你聽出來了啊。」

「你好老派啊。」

兩人都忍不住笑了起來。

原來那一個木箱是木箱鼓，隨即兩人有默契的開始合奏，麥爾斯繼續唱下去：

It’s so hard to be unkind
So easy just to say
That everything is just the way it seems

默契頻率似乎也傳到了馬里諾那裡，看到兩人奏起節拍，馬里諾也默默地把貝斯扛了過去，但是身型較胖的馬里諾要爬上車頂似乎費了更大的勁，花了不少時間，一邊爬還一邊用西西里方言罵髒話。

「嘿，竟然沒約我，還爬這麼高……呼……呼……」馬里諾一邊碎念一邊大口喘氣著，在節奏間抓到了好時機，便把貝斯給彈奏了下去。

整首歌曲更加豐富了，三人也越彈唱越是大聲，伊森跟馬里諾也幫忙唱合音：

You look up at me
And somewhere in your mind you see
A man I’ll never be~

星空是最天然的舞台燈光，樹叢邊淡淡薄霧像是乾冰，緩緩地，整首歌重複演奏了兩遍，三人坐在彼此身邊，朝著灌木叢演唱，歌曲終於在三人眼神交流默契下給完結了。

結果三人身後竟然傳來了鼓掌聲，還有一聲響亮的口哨聲。

三人轉過身去，發現周遭原來不只是自己在享受音樂，巴士周圍，竟然聚集了不少人。包含艾瑪、米莎與卡特，還有其他隨行工作人員都被音樂吸引了過來，還有車屋公園裡的人，好多的家庭，好多的老夫婦，都在巴士周圍的草地上席地而坐。

與平常巡迴演唱的熱烈模式完全不同，突如其來的草地音樂會就這樣展開，沒有激情的尖叫，但是有種悠閒舒適，大家都很自然地聚集，沒有喧嘩，沒有太多言語，微笑的面容，肯定的眼神，還有來度假老夫婦的慈祥表情，是一場沉穩的凝聚。

麥爾斯笑了出來，此刻的他感到非常舒服，與身旁兩人下了暗示，將剛剛使用的和弦做了一點簡單的變化，那是一首他在兒時常聽到母親哼唱的歌曲，和弦剛刷下去內心就想到伊森剛剛說的那句「你好老派。」，即便他知道伊森並不清楚這首歌在台灣算是老歌，麥爾斯還是忍不住笑了出來。

這個笑會傳染，伊森笑了，馬里諾笑了，圍繞在周遭的人們都笑了。

而麥爾斯也看到了艾瑪的面容，閃閃發光地笑著，對麥爾斯來說，這是今晚最亮眼的星星。

而這首歌的歌詞一唱下去，大家聽出來並不是英文歌曲，星空下也多了些特殊的異國情懷。

獨夜無伴守燈下，春風對面吹

十七八歲未出嫁，看著少年家

果然漂緻面肉白，誰家人子弟
想要問伊驚呆勢心內彈琵琶

這一夜不插電的公園音樂會，一直安可到凌晨才結束，那一夜大夥盡興下，酒喝得更多了。

不知道哪個人用手機把這巴士車頂上的表演畫面給上傳到網路上，一個點閱率爆表的影片隨即誕生，但是昏暗夜裡，誰也不能確定演唱地點在哪裡，王者麥爾斯神祕又隨機的驚喜演唱會消息在網路上討論得沸沸揚揚。

那首台語歌〈望春風〉使得王者麥爾斯在華人市場的知名度瞬間大增，也讓各國音樂人瘋狂討論這首歌曲，不少網路部落客、YouTuber開始翻唱改編，各種版本的〈望春風〉在全球蔓延。

這場演出後來變成了一個神祕傳說，而這一間Holiday Spa Mobile Home Park的命運也改變了，將會成為搖滾樂迷後來朝聖的經典觀光勝地。

21. L'Arc~en~Ciel｜彩虹

走進背包客棧後，一位理著俐落平頭的白人女性在櫃台招呼著：「嘿，我是麗莎，歡迎來到彩虹，兩位有訂房嗎？」

「嗯……沒有。」蘇萍看到這女人非常男性化的說話方式，有點感到新奇。

「兩位是蕾絲邊（Lesbian）嗎？」女人繼續問道，模樣顯得隨性，嘴裡嚼著口香糖。

「什麼？」蘇萍感到十分訝異。

「我是問說，兩位是同性戀嗎？」女人盯著櫃臺電腦螢幕，面無表情地問著。

「不是，只有同性戀可以住這兒嗎？」蘇萍上揚的語調含著大部分的疑惑，與少部分的不滿。

「OK，我明白了，兩位不是，別擔心，反對同性戀的人會反對我們，但是我們永遠包容任何人……anyway，你們要住幾晚？付現？刷卡？」

「對不起，我不是很懂，住背包客棧為什麼要問我們的性向？」蘇萍稍微有了怒氣。

「你該不會不知道這裡？這裡是彩虹耶，該不會你們又是他媽的澳洲婚姻聯盟的人？故意來找麻煩？」女人顯得不耐煩。

「什麼？」蘇萍聽到幾乎想拍桌子。

蘇萍到澳洲以來都是遇到友善的人，雖然喝醉酒的年輕人們都很瘋狂，但是她還沒有遇到過不禮貌的人。

眼前這位平頭女子，讓她覺得不太舒服，她心裏正有了離開這裡的念頭。

此時，櫃檯旁的小通道，一位穿著連身潛水緊身衣的男子走進了櫃檯，濕漉漉的模樣分散了蘇萍的怒氣。

「麗莎。」那位身穿連身潛水衣的男子走進了櫃台。

「艾里先生……她們……」女子一臉無奈。

「麗莎，讓我來吧。」男子把背後潛水衣拉鍊拉開，把衣服與袖子扯了下來，露出碩壯的上半身，雖然臉上的皺紋顯現了年紀，但是身材顯得十分結實，他從容地從櫃檯後方拿了一條毛巾開始擦拭身上的水。

蘇萍跟優子都不自覺的退後了一步，像是怕被水噴濺到一樣。

「容我道歉一下，不好意思，我剛衝浪回來，弄得到處都是水，麗莎沒有惡意，她只是最近被澳洲婚姻聯盟的人弄得很煩。」

「澳洲婚姻聯盟？」蘇萍好奇著。

「婚姻聯盟（The National Marriage Coalition）是反對同性戀的組織，而彩虹背包客棧是非常歡迎同性戀的，當然，異性戀或是任何人，我們也都很歡迎。」艾里露出燦爛的笑容，接著說：「我想你們應該只是來觀光的旅客吧，喔，By the way，我叫艾里，很高興認識你們。」艾里特別把手給擦乾了，伸出手分別與蘇萍與優子握手。

蘇萍打消了離開這裡的念頭，默默地完成了入房手續，對這裡的好奇也增加了，她不斷地思索著：『倩倩當時怎麼會住進這裡？是因為倩倩同性戀的身分特別找到這背包客棧？還是她來到這裡後才發現自己是同性戀？自己難道跟自己女兒這麼不熟嗎？蘇萍猜不透，而這些事情在倩倩日記本裡也找不到端倪，雖然裡面記載了很多旅行的心情，但是就是沒有關於感情的部分。』

「今晚我們有彩虹ＢＢＱ派對，在一樓交誼廳，七點鐘，歡迎，ＢＢＱ是免費的。」艾里先生依舊露著爽朗的笑容，而麗莎則酷酷地在一旁坐著玩手機。

蘇萍跟優子走進房間，才發現這四人房裡一個人都沒有，只有她們這兩位房客。

整理行李的同時，優子才緩緩透露她的不安：「蘇蘇……其實我……其實我有點怕……」

蘇萍停下動作，坐在床上，要優子坐到自己身旁，然後用溫柔的模樣說：「怎麼啦？」

「雖然我不反對同性戀，只是我覺得很奇怪……這間客棧好像是專門為同性戀設置的……」

「哪裡怪？待在這裡不舒服嗎？如果你不舒服，我們可以馬上離開的。」蘇萍其實自己內心也感到很奇怪，她活到這個歲數了，老實說她確實不懂同性戀，也沒接觸過，要不是倩倩，她覺得這輩子根本都不會遇到這樣的情況吧。

「不用離開啦，只是我以前大學時，有個男同學是同性戀，那個男生自己認為自己是女性，所以他都會去上女廁，雖然他打扮很女性化，但是我在女廁遇到他，我就覺得很奇怪，很不舒服，他明明就是男生啊！」

「夭壽唷，男生進女廁，這……其實……我還真的不知道自己是反對還是認同……但是我滿多疑問的……」蘇萍突然有衝動想跟優子說自己女兒是同性戀的事情，但是還是忍了下來，深怕優子有著不可預期的反應。

「不過，蘇蘇在，我想我應該就不怕了。」優子突然鎮定地注視著蘇萍。

「安啦！」蘇萍突然用台語說了出來，驚覺優子納悶的模樣，馬上改口用英文說：「別擔心啦，他們又不咬人，待會去ＢＢＱ派對看看吧，你不舒服，我們就回房間。」

優子笑著，模仿蘇萍說了一句「安娜！誰是安娜？」

「是『安啦！』這是台語別擔心的意思。」蘇萍教優子那特殊的台語口氣。

「安，啦。」優子努力講著，像是個小女孩牙牙學語的口氣。

兩人都笑了出來。

優子似乎在談話中稍稍去除了擔憂，開始埋首整理著行李。

望著優子嬌小的身軀，蘇萍看著優子「嚴謹」地對待一切物品，那些整齊到像是服飾店架上折好的衣服，一件件一絲不苟地被優子拿了出來疊放好，那些瓶瓶罐罐，也被收納袋裝得像是待出貨的商品，看到這裡蘇萍想起自己的女兒，那不拘小節的個性，跟優子簡直是相反呢。

『不知道優子的母親是怎樣的人？日本人是不是都很嚴謹又勤奮呢？看日劇當中，好像那些穿著和服的中年母親或老奶奶都很有教養的模樣，很像連放個屁都會跪著滑行到很遠的地方去，然後嘴裡連忙輕聲道歉的人，而自己又是怎樣的母親呢？』想到這裡，蘇萍發現自己竟然思考著這此生從未想過的問題：『倩倩又是怎麼評價媽媽的呢？』

『而倩倩那大而化之的個性，一點也不像她的爸爸，那個保守又混帳的大男人，但是倩倩心中是不是住著一個男孩，所以才會愛女性？』

想到這裡，蘇萍內心一沈，這是怎麼樣也無法猜透的問題，她好想像以前一樣，聽到倩倩撒嬌的聲音，而那聲音能夠輕易地說服她任何事情，聽完倩倩解釋，自己應該可以很快就釋懷了，但是這一切已經不可能了，只要倩倩活著，倩倩的任何變化她都願意接受，只要倩倩活著，她願意一如往常地心軟、一如往常地妥協，就像她答應倩倩來澳洲打工度假，她答應倩倩選擇自己喜愛的伴侶，她答應自己，絕不讓倩倩過著自己曾經有過的苦日子，那無法將自己羽翼打開盡情翱翔，那為夫家犧牲奉獻與忍讓，那懵懂無知又悲哀的一生……是自己如此輕易答應倩倩任何事情，才會讓倩倩消失在海洋裡嗎？這一切都是自己的錯誤嗎？

「蘇蘇？你怎麼了？」優子著急地走近自己，蘇萍才發現自己在哭。

優子在床沿邊坐下，將手放在蘇萍手上，滿臉著急。

蘇萍再也忍不住了，把臉埋進優子的肩膀，嗚噎地說：「我好想我的女兒……」

優子不斷拍撫著蘇萍的背，說著蘇萍聽不懂的日文，但是蘇萍總覺得那些聽不懂的語言自己仍舊可以明白含義，那是安慰的話語。

蘇萍伸出手想把臉上的淚珠拭去，她才發現自己臉上根本沒有淚。

此時她才想起，她早已失去哭的能力，這件事情她竟然忘記了，是旅程讓它遺忘，是優子讓她堅強，還是追隨日記的過程讓她忙碌，蘇萍一臉茫然，不知道如何是好。

內心突然冷靜了起來，然後認真地看著優子，緩緩從嘴裡吐出了一句話。

「優子，其實……我女兒已經過世了。」

有些時候，人跟人之間，可以透過了好幾小時的溝通，然而還是無法明瞭彼此心意。

那是蘇萍以前在飯店工作時，那些永遠擠不出完美結論的會議，有的只有大老闆的命令與政策，還有各單位角力下的任務分配。

即便如此，蘇萍依舊以那個時候的自己為傲，因為無論能否動搖些什麼，至少當時的自己勇敢發言，那些話語，都是自己專業累積以及自信的發聲，那些表達，總是能撼動些什麼，慢慢地，像是滴水可以穿石一般，柔軟而有力道，是自己的生存之道，也是自己的價值信念。

而此刻，不同文化的兩人，本來說話總需要透過非自身母語的語言來傳達，現在卻只要一個眼神就能明白。

蘇萍只記得，自己的目光投射，就像是把一封寫滿密密麻麻字跡的信寄出一樣，而且就像是信紙摺成紙飛機，筆直地射向眼前的女孩。

優子一臉「原來如此」的表情，好像一切都能明白，或者是一種安慰性的巨大包容，接收下所有的疑惑。

優子不再問些什麼，手心的溫熱，傳遞到蘇萍手上，就像是無聲地說著：「我懂，我都懂。」

時間推移地很快，直到聽見樓下鬧哄哄的喧鬧聲，兩人才想到艾里先生說的「彩虹ＢＢＱ派對」，是時候下樓去了。

情緒糾結可能需要更多的能量與體力，蘇萍發現自己餓了。

剛下樓就感受到迎面而來的香氣與熱鬧的氛圍，那味道是ＢＢＱ的香味，但是蘇萍意識到，這是澳洲ＢＢＱ的香味，跟台灣烤肉的味道不一樣，雖然很相似，但是就是不一樣，她想這味道跟她在美國時候聞到得很像，可能除了台灣之外，其他國度的ＢＢＱ都是一樣的味道吧。

不知道倩倩在這裡吃ＢＢＱ的時候，是否也會這麼想呢？

蘇萍很快的在人群裡發現了艾里先生，當眼神對上時，艾里露出了極為燦爛的笑容，並馬上朝著自己走過來，蘇萍內心非常地複雜，就她活這麼多年的經驗，尤其是她在美國唸書的經驗，這種笑容幾乎就是洋人對某人傾心的表情。

那種傾心也是她很不以為然的，因為西方人大多很容易愛上一個人，而那種愛是非常表象的愛，是只想要一夜情試試看的愛，西方人向來都是膚淺優先，而需要很長的時間才能走入心裡面，蘇萍總覺得這是離婚率很高的西方人獨有的特質，這是她的成見，但是也確信不疑。

而複雜的心情是，自己已經離過婚，又有什麼資格評論這一切，再者自己已經年過五十，這樣的笑容迎來，一定是自己自作多情了，難不成是派對的氛圍，像是夜店總是有搭訕與曖昧的發生，這都是很正常的吧。

「你們下來啦，歡迎，過來吧，我幫你們拿點香腸吧。」艾里先生說話燦爛地像陽光，並伸出大手輕拍蘇萍的手臂。

『夭壽啊！香腸？雙關語嗎？根本就是想把老娘吧。』蘇萍竟然一陣防衛心態湧上心頭，就像是當初她對待派翠克一樣的感覺，想接受但是又十分抗拒，但是一瞬間卻又覺得年老的自己想多了，便隨著艾里的引領，走進了人群。

蘇萍捧著盤子，母親本能式地幫優子張羅著食物，而發現了一些燒焦的食物，也廚師本能式地皺起了眉頭。

蘇萍覺得一旁的男性說話很細膩，而一邊大聲嚷嚷的女性，卻又像是男孩子般地豪邁，會不會是因為知道這裡是同性戀聚集的客棧而有的假想，但是確實與之前的背包客棧有著全然不同的感覺，想到這裡她注意到優子的姿態非常畏縮，趕緊靠近優子，把優子拉到一旁的餐桌坐下。

「你知道嗎？那些婚姻聯盟的豬竟然想要泯滅人性，以為同性戀是種病，就我看來，歧視才是一種病，而且是絕症呢！」大聲謾罵的人正是一客棧的櫃檯小姐麗莎，一邊罵一邊把眼光飄向了蘇萍這邊，好像蘇萍與優子就是一股不屬於這裡的存在。

「說不定還有些豬已經混進客棧裡面，像是間諜一樣呢，我們永遠不知道，我想許多腦子不清楚的人，要到那些人都死光了，這世界可能會比較正常一點……」麗莎繼續說，在群眾包圍下，像在聚集一股勢力的姿態。

蘇萍把目光別開，暗自思考：『同性戀真的被人打壓到如此憤怒嗎？倩倩是不是曾經受過被歧視的委屈呢？而她從不跟媽媽說，是因為怕被媽媽歧視嗎？像優子那樣反感的感受是不是也是同性戀者痛恨的？但是不知為何，優子只是想保護自己的心情感受，並沒有像麗莎那樣激進式地想要討伐對方，那麼優子不喜歡同性戀的感受，也算是歧視嗎？而我，在知道倩倩是同性戀的第一時間驚訝的感受，也算是歧視嗎？要是他們因為知道優子害怕同性戀而刻意數落討伐，那他們也可以說是在歧視優子囉？這世間難道意見不同就是種相互的衝突？異性間的衝突又可曾少過？』

面對同性戀議題，年過五十的蘇萍，卻像是個孩童一般懵懂著。

麗莎持續高談闊論，聲音尖銳地像是要突破什麼似的。

一直在蘇萍附近徘徊的艾里開口了：「看你們訂房的資料，你是來是台灣？」

「對，台灣。」蘇萍冷冷說完心裡便油然而生：『西方人的搭訕開始了，而對象不是我旁邊年輕貌美的優子，反而是我這位老太婆？哼！』

「我們這個客棧，台灣來的背包客不多，不過之前有一位台灣來的女孩。」

蘇萍一陣驚訝，難道艾里有遇到倩倩，防衛心態瞬間瓦解：「你遇過台灣女孩？叫什麼名字？」

艾裡面對眼前態度大轉變的蘇萍，顯得很納悶：「嗯……我是聽麗莎說的，我沒見過，她說之前有位很特別的台灣女孩，很會做料理……」

蘇萍從位置上跳了起來，馬上走向麗莎，像是在汪洋裡發現了浮木一般。

「你想幹嘛？你對我的評論有意見嗎？」麗莎睥睨地瞧著。

「你遇過倩倩嗎？一個台灣女孩？她是我女兒！」蘇萍焦急地想要找尋倩倩的影子，這一刻她才驚覺到自己的初衷，早在一開始她就該攤牌的，一切的隱瞞只是讓自己離倩倩越來越遠，離她旅程的目的越遠。

「你在說什麼啊？你是……」麗莎的表情突然溫柔了起來：「我知道你在說誰了？你有一雙跟她一樣的眼睛。」

人的良善與互相體諒像是動物性的本能，許多成見與疑問，在面對巨大的純粹面前而顯得微不足道，就像是優子輕易體會蘇萍心情一樣的直接感受，沒有太多言語溝通，麗莎就把蘇萍帶到了客棧一角的佈告欄前，優子與艾里也陪同著。

說是佈告欄，倒不如說它就是把一個巨大畫框簍空地貼上牆面，一塊充滿痕跡的牆，被各種顏色的筆畫得滿滿的，上面到處貼著照片，還有雜亂的塗鴉與簽名，可以感受到這一個客棧曾經給好多人熱鬧與回憶，充滿著故事與人情味。

蘇萍有這麼一瞬間聯想到台灣的店家，像是高雄的「海之冰」冰店就是這樣滿滿的奇異筆簽名，甚至連桌椅表面都不會放過，也聯想到了早期公車的椅背上，都有學生用立可白亂寫的字跡，這些亂畫的東西在蘇萍以前的眼裡是一團糟，要是這些東西出現在在自己工作的飯店裡，她一定會氣到頭髮冒煙。但是因為倩倩，只要是倩倩的足跡，她都願意付出一切代價，只求看這麼一眼都好。

「她說她叫阿妹，阿妹離開前的簽名在這裡，她是個很活潑的女孩呢。」麗莎明確指著。

蘇萍顫抖著手指，緩緩觸摸那黑色奇異筆的字跡，那個表面還有著水泥微微的裂痕，那黑色墨水走過的痕跡，有著些許褪色的斑駁感。

『跳島行動開始！倩倩到此一遊！YES！』

蘇萍喉嚨些許哽咽，但是又帶著一抹微笑：「她說她叫阿妹？阿妹是她的偶像啊，那是台灣的一位歌手，唱歌很好聽呢……」

優子勾著蘇萍的手，給予她支持。

「請問……，倩倩她……不，那位阿妹有說她是同性戀嗎？」蘇萍有好多的疑問。

「沒有，不過她很支持我們呢，難道你反對嗎？」麗莎帶著疑惑：「不過，你為什麼會來這邊呢？阿妹為何沒有跟你一起來？是發生了什麼嗎？」麗莎越問越小聲，像是怕觸動些什麼似的謹慎。

「阿妹她，你們快說，任何有關她的一切都好，快跟我說！」蘇萍發現自己激動了起來，趕緊深呼吸，接著刻意平緩地問著：「我想知道……同性戀到底是什麼呢？」

艾里沉穩地說：「這樣說吧，假如阿妹是男生，也就是你的兒子，你會愛他嗎？」

蘇萍點點頭。

艾里繼續補充：「這就對了，親情不分性別，愛就是愛了，友情也是，愛情也是，我們只在乎愛，愛跨越一切，愛怎麼能下定義呢？這個客棧支持愛，所以我們包容任何有愛的旅人……」

蘇萍像是明白了些什麼，把頭轉向優子，優子看著蘇萍笑著點點頭，也像是釋懷了些什麼，肩膀與身軀明顯的緊縮也舒緩了開來。

蘇萍望向麗莎，也望向艾里，像是在陳述嚴肅聲明的模樣，堅定地說：「我是你們口中阿妹的母親，我很愛她，所以我到這裡來找尋她的足跡……，倩倩她……她去世了……」

這些事實，即便說出了口，蘇萍仍舊覺得非常不真實，但是說出這一些，就像是她向優子坦承時一樣，有種鬆了口氣的感覺，原來承認事實，也是種釋懷，即便那傷痛只能舒緩那麼一點點也好，至少也有一點點，對蘇萍來說都是種突破。

一旁的優子流下了眼淚，像是幫蘇萍哭泣。

麗莎與艾里兩人驚訝地彼此看了看，像是明瞭了些什麼，也像是觸動心裡的什麼，把身子靠近著蘇萍與優子，把手搭在兩人肩膀上，四人一起望著牆上倩倩的字跡，麗莎拍拍哭泣的優子，安慰著她，也像是安慰著蘇萍一樣。

蘇萍感受到身旁這些人身上的溫度，看著女兒在牆上的字跡，她硬是在自己臉上擠出了一抹笑容，雖然要很勉強，雖然要很賣力，但是至少不能哭的自己，在此刻為倩倩笑了，這一定是倩倩想要看到的。

22. Crush｜驚陷

美國西部的風光不斷在車窗顯現，時有繁茂的亞熱帶植物，時而出現城市的水泥叢林，唯一不變的是，都有熱情的陽光包圍。

巡迴久了，大家已經適應這樣子的遷徙生活，也漸漸找到了舒坦的生活方式，或者可以說是麻木的方式。

在巡迴巴士的客廳區，電視螢幕裡小聲播送著王者麥爾斯上一站在科切拉藝術音樂節（The Coachella Valley Music and Arts Festival）演出的新聞畫面，搭配誇張的新聞標題，還有人滿為患的狂歡群眾。

麥爾斯目光從手上的書本離開，微微抬起頭看了一下電視螢幕，看到了自己出現在電視上，不以為然地再別開目光，他甚至有點希望，新聞能夠別再報導他們了，太多的曝光率，反而使他冒出想躲起來的念頭。

不知道從什麼時候起，這樣的感覺已經不再興奮新鮮，還記得剛到美國演出的時候，窗外的景色可以讓大夥驚呼讚嘆，而演出後的新聞報導可以讓團員們回味好久，當時有刊登王者麥爾斯報導的報紙雜誌也被他們三人爭相全部買來收藏，而現在這樣的激情不再，反覆的報導與群眾的尖叫聲，大家漸漸地習慣了這件事情。

而讓麥爾斯開始感到困擾的事情是，接下來幾場演出並非是音樂節的演出，也不是單純的售票演唱會，而是在美國知名威士忌品牌——「波利塞」的年度派對上進行商業演出，鉅額贊助的波利塞要求很多，包含王者麥爾斯的演出歌單、服裝，還要求麥爾斯要在舞台上一字不漏的說出波利塞的宣傳廣告詞，甚至更要團員到波利塞安排的ＶＩＰ宴席與政商名流一起吃頓飯。

「說幾句話唱幾首歌就有幾千萬，這麼容易配合你還有意見，你傻了嗎？」亞當在上次唱片公司的電話會議裡大聲咆哮，麥爾斯完全可以想像得到那光頭說這句話時候的醜陋嘴臉。

想到這裡，突然覺得有些身不由己。

麥爾斯看著坐在對角的馬里諾，他翹著腳翻著一本新買的搖滾音樂雜誌，身旁還有幾瓶威士忌。

看著那些快要被喝光的波利塞威士忌，麥爾斯內心想要嘮叨馬里諾幾句，但是想了想還是忍住了，繼續沈浸在手上的小說之中，那是本在加油站旁超商買到的翻譯小說《蝙蝠》，是一位來自挪威的作家尤・奈斯博（Jo Nesbø）的犯罪小說。

麥爾斯會買這一本書的原因完全是因為那位作家的特殊經歷，尤・奈斯博是一位白天在金融界的上班族，晚上下班後玩樂團的樂手，結果白天上班族工作很成功，晚上樂團也炙手可熱，使得他越來越忙碌，最後請了半年假飛去澳洲休息，反而在澳洲寫了小說，開始了全新的作家生涯。

『想一想，我什麼都很失敗，失去一切後，最後變成搖滾巨星，跟尤・奈斯博好像正好相反呢。』麥爾斯內心調侃了自己。

車內即使開著空調，隨著窗戶射入的陽光溫度，還是讓車內空氣增添了些心浮氣躁。

馬里諾開口打破了沈悶：「嘿，麥爾斯，你還記得我們在那豪華飯店裡討論到的樂團名稱話題嗎？」

麥爾斯聽到馬里諾這樣說，直覺性的有了防衛機制：「別鬧了，你還要抱怨我們樂團名字這件事嗎？」

「不不不，我是要講數字團名這件事，Sum 41、Maroon 5……」馬里諾強調著。

「然後呢？」

「你知道Blink-182（眨眼182）這個團嗎？」

「當然，伊森的最愛的龐克樂團，我還滿喜歡他們那張《Take Off Your Pants and Jacket》專輯的，」

「喔噢，這專輯名稱真有畫面啊，那你知道他們團名一八二怎麼來的嗎？」

「平均身高一八二公分？」

「Fuck，哪有人會用公分當身高單位啊，不都是英呎英吋。」

「有唷，我小時候在台灣，那邊都用公分……」

「好，隨便啦，我直接跟你講一八二的由來，那是艾爾帕西諾（Al Pacino）在電影《疤面煞星》（Scarface）中講fuck的次數。」

「真的假的？」

「真的啊，雜誌上寫的啊！」

「哈哈哈哈！你一定要跟伊森講，他不只是愛Blink-182，也超喜歡艾爾帕西諾演的《教父》（The Godfather）的。」

麥爾斯撐起身子把頭貼近車窗，試圖找到伊森的身影，因為伊森正騎著自己的越野摩托車與巴士一同前進。

這陣子以來，伊森發現忙碌的巡迴活動讓他騎車遨遊的機會越來越少，乾脆三不五時就直接騎著放在後面拖車裡的摩托車，跟著巡迴巴士前進，享受奔馳的感覺。

叭——————！

還沒找到伊森的身影，巴士突然的煞車夾帶著延長的喇叭聲，讓麥爾斯跌坐回去。

一聲碰撞聲，麥爾斯猜測是撞到東西了。

麥爾斯非常緊張地跳了起來往駕駛座大喊：「伊森呢？出車禍了嗎？」

巴士完全煞住了，停了下來，麥爾斯衝到駕駛卡特旁邊，只看到卡特不發一語的冒著冷汗。

「伊森呢？」

麥爾斯搖搖卡特的肩膀再度喊道：「發生什麼事了？」

卡特回了神，擠出了一句：「我想……我好像撞到什麼了。」

偌大寬廣的草原，一條灰色筆直的公路霸道的從中切過，炙熱陽光把路面柏油烤得像是要蒸發似的，熱空氣幾乎讓馬路看起來會微微晃動，從巴士上跳下來的人們好像也在晃動。

艾瑪跳下巴士，伸出手幫自己遮著豔陽，可以感覺身後的所有人都緊跟著自己。

馬路上的熱氣讓人有些昏頭，艾瑪試圖往道路後方望去，隱約可以看到一坨黑色的東西在發燒的路面上，而不時也有金屬反光的折射散出，那坨黑色的東西像是黑曜石一樣閃亮，眼睛適應了強烈光線後，艾瑪看出那應該是一台重型機車，四處張望之際，也看到最前方另一台巴士的人跳下車，那是麥爾斯的身影。

按捺不住緊張，艾瑪開始放聲尖叫：「啊——！」

隨即艾瑪感覺到米莎正勾著自己的手，內心的激動稍微舒緩了些。

「伊森在哪裡？」麥爾斯邊跑邊喊。

「我想……他……在那邊。」艾瑪指著前方路邊上，有一個彎著腰的刺蝟頭身影。

卡特手拿著三角形反光警示路標往後方奔了過去，嘴裡念著些什麼，艾瑪看到向來沉穩的卡特會如此緊張，內心的不安又增加了許多。

麥爾斯、馬里諾也跟著跑了過去，眾人也陸續跟上，熱氣中夾雜著許多人的驚呼聲，艾瑪看著眾人的身影，害怕地慢慢趨近。

卡特繼續跑遠去設置警示路障，艾瑪走近一看，一台黑色哈雷機車倒在路邊，看起來還很完整，但是一只後照鏡碎裂，不遠路旁停著的是伊森的越野摩托車，而伊森則彎著腰打量著躺在地上的一位黑衣男子。

麥爾斯問道「伊森？你還好吧？」。

「嘿，發生什麼事了？他該不會死了吧？fuck，我們撞死了人啊？我就知道，我就知道會出事情……」馬里諾邊喊邊罵，開始歇斯底里，腳一踢，把一個後照鏡的碎片給踢了出去。

「冷靜點！」麥爾斯喊道。

卡特一臉焦急地奔了過來，滿頭大汗。

「噓……」伊森抬了頭掃視大家。他那神態自若的模樣，瞬間讓大家都冷靜了下來。

所有人包圍著黑衣男子，艾瑪小心翼翼的從人牆中探出頭，往黑衣男子看去，是一位穿著黑色皮衣，頭頂著黑色全罩安全帽，從安全帽打開的鏡面看來，是一個滿臉灰白色鬍渣的中年白人男子。

「中暑了。」伊森緩緩說道。

艾瑪問：「伊森，發生什麼事？他被我們撞到了嗎？」

「移到路邊吧。」

麥爾斯點個頭，馬上拖住黑衣男子上身，伊森抓住雙腿，兩人很迅速地把黑衣男子給拖到路邊，艾瑪突然覺得他們的動作莫名地有默契，那股節奏，那個流暢度，簡直太過熟練。

伊森把黑衣男子的黑色安全帽頭盔給拿了下來，接著把他黑色皮衣外套拉鍊拉開。

「噢……好痛……」黑衣男子呢喃了點聲音。艾瑪聽到之後知道人醒著，著實放心了不少。

伊森說道：「水還有冷毛巾。」

「好，我馬上去拿。」艾瑪慌張地回答。

「我……我去好了，艾瑪你報警吧。」米莎趕緊跑步去巴士上找水。

「對，我們應該先報警。」「或是叫救護車，把他送去醫院。」隨行工作人員也相繼應聲。

馬里諾則是在旁不斷搖頭碎念：「警察，我向來都恨警察……fuck……」

艾瑪知道，這一路上幾乎都是自己在主導一切，若是自己再不採取些什麼動作，隨行的同事們應該也會繼續不知所措。

「不……不……不要警察……不……」黑衣男子聲音疲軟，但是聽起來是很用力地試圖傳達這句話。

「等等，先別報警。」麥爾斯轉頭喊了一下，接著蹲低在黑衣男子身旁，像是在跟黑衣男子溝通些什麼，然後又抬起頭跟伊森說些了些什麼。

「嘿，他沒死啦，不要報警，我們塞給他一筆錢算了……算是醫藥費……」馬里諾在一旁繼續念著。

「什麼？我想我們還是先報警吧，還是……」艾瑪此刻內心竟然浮現了亞當罵她的嘴臉，還有許多恐怖的聯想，身子不禁微微顫抖。

總覺得這場車禍不知道會不會影響後續行程，甚至影響到王者麥爾斯的形象，或者是唱片公司的股價，一時之間那商場上的現實面與陰暗面等等感覺都浮上了心頭，艾瑪很不喜歡這種感覺，但是依照過往的經驗，她總有那不祥的預感，而且那預感向來很準確。

還在不安的時候，艾瑪沒意識到麥爾斯已經走近自己，並且站在自己的正前方，陽光下，突然的結實的身影微微遮蔽了強烈的光線，那是一股安心的感覺。

往前望去，是麥爾斯厚實的胸膛，然後抬頭看到他俊逸的臉龐，接著是那認真的眼神，瞬間那些不安都被那深邃眼眸下的瞳孔給吸走了，一時之間什麼都說不出口。

「艾瑪，艾瑪！」

「啊？」艾瑪感受到肩膀被麥爾斯搖晃著。

「看著我。」

「我……我一直看著你啊。」

「醒醒啊，你也中暑嗎？」

「噢！報警，對，我們應該報警！」艾瑪突然大腦不太能思考，那瞬間巨大的壓力像是一艘船經歷過暴風雨，然後突然停靠到麥爾斯這個避風港後，一時之間找不到錨落下一樣的不知所措。

「不要報警，他只是中暑而已，剛剛伊森查看只有膝蓋跟大腿擦傷，沒有大礙，並不是我們撞到他的，是他騎車騎到昏頭，突然恍惚在車道上飄移，後照鏡撞上我們巴士而跌倒的……」

馬里諾不以為然，在一旁問：「嘿，你怎麼知道？」

「伊森在一旁騎車目睹了一切。」麥爾斯轉頭望向馬里諾，還擺了個頭示意要馬里諾去找伊森。

「沒事就好……那就不是我們的錯啦，好險……」馬里諾離開走向伊森，也終於停止了碎念。

艾瑪眼神離開馬里諾的背影，回過神看著麥爾斯想繼續釐清：「所以說，那個人沒事了？只是中暑？」

艾瑪感覺到麥爾斯手搭在自己肩膀上，非常專注地看著自己說：「對，別擔心，沒有想像中這麼嚴重，但是以防萬一，我們還是把他送到醫院去檢查一下吧。」

漂泊的船終於下錨定心，雖然極度的恐慌消除了，但是好像心頭還有著浪，讓定錨的船繼續載浮載沈。

艾瑪接下來看到的畫面，就像是緩慢默劇似的，在她眼前慢動作而無聲地播送：

看著大家協力把黑衣男子扶了起來，那位仁兄一臉慘白，眼神渙散，那滿滿灰白的鬍渣隨著說話而上下顫動著，而頭上披著濕毛巾，那水珠緩緩滴落到地面，柏油路彷彿飄起了一些水蒸氣。

那台黑色哈雷機車被扛上了拖車，伊森的越野車也是。

馬里諾好像恢復了笑容，嘴巴不知道又在碎念些什麼，應該是好事吧。

而卡特的表情似乎恢復了元氣，戴上墨鏡後，還是那樣幹練，讓人安心。

米莎像是一隻原地跳躍的小鳥，在大家身邊繞來繞去，捧著水瓶，很像很忙碌的模樣。

大家好像也是很忙碌的樣子，但是從表情上可以看到危機解除的輕鬆模樣。

最後看到的是麥爾斯的背影，那長髮在陽光下，棕色顯得更為明確而飽和，麥爾斯跳上巴士的那一刻，好像有轉過頭來望著自己點了點頭，不確定是否真的是對著自己點頭，也忘記自己是否有來得及回應。

不知道是否熱昏頭了，最後跟著米莎腳步上巴士前，艾瑪彷彿在公路上看到了那白色的大扇葉，那像是SNG車上可以發送訊號到衛星的裝置，但是眼前迷濛，難道是海市蜃樓？艾瑪認為可能是自己壓力太大了吧……

還在咀嚼這一切的艾瑪，發現自己已經坐在搖晃的巴士上了。

艾瑪納悶那位黑衣男子似乎很不想看到警察，難道是有前科或是有隱情，馬里諾剛剛提到自己恨警察這件事，而麥爾斯跟伊森熟練搬運人的動作簡直像是曾經搬運過屍體似的，該不會他們有恐怖的過去？總總跡象都讓艾瑪原本消散的不祥預感，轉向到腦海裡另一個煩惱深處。

她的複雜情緒中更多了一種特殊情愫，這是她第一次有這樣的感覺。

以往她經營樂團經紀的經驗，樂團走偏了或是脫序演出也不少見，雖然那些擔憂都有過，但是工作就是工作，再讓她怎樣尖叫、再怎樣糟糕，大不了不要升職加薪，再換一個樂團經營就可以了，但是現在的擔憂卻更勝以往。

不只是王者麥爾斯有別以往的具備潛力，也暫時獲得了過去沒有的成績，而是麥爾斯這個人給她的感覺，她感到的不只是擔憂，而是恐懼，她恐懼她對麥爾斯過去的未知，她恐懼這樣吸引她的眼神會離去，這樣的嗓音會消失，她深沉地恐懼著。

她終於明確了一件事情，一方面有了釐清思緒的開朗，但是另一方面卻又非常驚嚇。

『我……我真的愛上麥爾斯了！』

艾瑪突然手裡對講機發出了聲音：「我是卡特，我們會前往一個大學的附設醫學中心，大概三十分鐘路程，行程已經延誤，艾瑪你要不要通知飯店，還有……回報亞當？Over。」

「亞當？好，交給我，Over。」艾瑪簡短的回覆肯定，但是內心卻是滿滿的猶豫。

23. The Temper Trap｜困獸

剛到達醫院，艾瑪指示工作人員一同協助處理這件事，畢竟現在王者麥爾斯在美國聲勢如日中天，為避免引起不必要的紛爭，因此要求團員們在巴士上不要下來。

即使如此，兩台偌大的巡迴巴士停在醫院門口，已經顯得非常招搖了。

卡特把黑衣男子扶上輪椅，與艾瑪以及幾位工作人員一起前進，打算把黑衣男子推去檢查一下，以免有什麼問題，但是才剛推進醫院大門，黑衣男子似乎清醒很多了，開始不斷強調自己沒事，不需要去醫院，甚至堅持要離開這裡。

「Come on，我真的沒事了，讓我走吧。」男子不斷複誦著，顯得非常不安，起身要離開輪椅，但是卻馬上跌坐在地上。

卡特趕緊向前去攙扶：「老兄，我們已經答應過你，我們沒有要去警局，我們是帶你來醫院檢查一下，確保你沒事。」

「我真的沒事，讓我走吧。」黑衣男子不斷用手抵著地面，把身子往後滑，努力抗拒著。

「不，畢竟你跌得不輕，我們要確定你沒事才放心，至少在醫院休息觀察一陣子。」艾瑪說道。

「我……知道你們是誰，你們很紅，我知道，我不想要太高調……我，我不能被抓到啊……」黑衣男子眼眶濕潤，激動地幾乎要哭了。

卡特蹲下雙手抓住黑衣男子：「老兄，你現在這狀態絕對需要休息……」

「不，不可以，我不能再回去牢裡了，我不要，我不要……」

「牢裡？」卡特雙手依舊緊握著黑衣男子手臂，深怕他做出什麼劇烈的舉動，卡特抬頭望向艾瑪，眼神的疑惑與艾瑪相同。

在醫院大廳這樣的騷動，引起了醫院人員的注意，有保全與護士紛紛走過來關切。

黑衣男子更加激動了，腳亂踢掙扎著：「不，不要抓我，不要抓我，我不想回去，我不想啊……

嗚……」卡特幾乎快要抓不住他了。

這時候，伊森跟麥爾斯從醫院大門衝進來幫忙，而米莎也追隨在後。

艾瑪叫了出來：「米莎，我不是說要他們待在巴士上嗎？」

米莎攤著手：「我們在車窗上看到你們有狀況，無法視而不見啊。」

穿著卡其色制服的保全人員拿出警棍喊道：「發生什麼事情，醫院請保持肅靜……」

「我們可以解釋……」卡特說。

面對眼前的混亂，艾瑪緊閉雙眼，雙手摀著自己的耳朵，一副即將要放聲尖叫的模樣，但是隨即被伊森摀住嘴巴，伊森輕輕地把食指放在嘴唇上，示意要她冷靜，艾瑪眼睛眨呀眨的，點了點頭。

麥爾斯一手抓住了保全人員拿著警棍的手臂說道：「抱歉，我叔叔精神狀態不太好，請幫忙我們……」

保全人員原本怒氣沖沖，但是馬上又變了表情：「你，……我知道你，你是麥爾斯，你是麥爾斯！我兒子是你的歌迷啊！喔，我的天啊，哈哈哈。」

「是，我是麥爾斯，可以請你幫個忙嗎？」

「不要抓我！不要抓我！」黑衣男開始與卡特拉扯著，卡特被揮了一拳，墨鏡都飛了。

保全人員看著眼前的一團混亂，嘴角上揚，隨即指示一旁的護士：「鎮定劑，快！」接著用警棍指向走廊的盡頭說：「待會把他送到盡頭那間空病房吧，哈哈，你待會可要幫我簽名啊。」

隨著鎮定劑的注射，黑衣男子癱軟了過去，大家趕緊把他移到保全指示的那間病房去。

突然間艾瑪手裡的手機響了，螢幕的來電顯示著：「亞當」。

才剛鬆一口氣的艾瑪眼睛瞪得很大。

「他的症狀是中暑沒有錯，我們給他打了點滴補充水分，應該很快會醒，身上有幾處小挫傷，沒有大礙，不過就剛剛的症狀，我們懷疑他可能還有過度換氣症，也不排除過去有酒精中毒或是毒品等影響，建議辦理住院，需要進一步觀察與檢查。」

一位醫生說到這裡停頓了一下，眉頭深鎖，接著說：「其實我到這裡有點不符合正常程序，而且假如這位病患跟毒品有關聯，醫院這邊是一定要向警方備案的……」

「我們明白，我們待會會辦理住院手續，醫師，謝謝你。」沒有墨鏡的卡特，眼神溫和而誠懇。

「那……我先離開了，我還有門診。」醫生把門帶上前朝著保全喊了一句：「安格，記下這一筆啊。」

「沒問題，我欠你一份人情。」保全嘴角上揚，雙手不斷把玩著警棍，那筆挺的襯衫制服緊繃，身形顯得很健壯，拳頭上還有明顯的吐舌刺青圖騰，那正是The Rolling Stone（滾石樂團）的經典Logo。門一關上，保全馬上朝大家開口：「對了，還沒介紹，我叫安格，這間醫院每個人我都很熟，放心，一切有我在。」

「謝謝你，安格。」麥爾斯與安格握了手。

安格完全沒有要放手的意思，嘴角依舊上揚：「話說……你這個義大利台灣混血，怎麼可能有個美國白人叔叔呢？」

「你發現了，我剛剛說了謊沒錯——」

麥爾斯話還沒說完就被安格給打斷：「沒關係，我瞭的，我知道搖滾樂團出來走跳總是有一些難言之隱。」

「不，其實——」

「放心，有安格在，一切沒問題，不需要解釋，只要你幫我兒子簽個名就好了。」

麥爾斯一臉無奈，朝著被握住不放的手看去。

「喔，你在看我的刺青嗎？沒錯，The Rolling Stone，我是Rolling Stone的死忠粉絲，搞不好我兒子以後也會刺一個王者麥爾斯的Logo，如果你有們有Logo的話，阿哈哈哈哈！」

麥爾斯尷尬地看著伊森，伊森則是一臉似笑非笑。

「對了，你們可以送我演唱會的門票嗎，可以吧？哈哈哈。」

現在的麥爾斯，就像是一個活禮物，經過一陣疲勞轟炸，從米莎那邊拿了幾張公關票、簽名專輯、伊森的簽名鼓棒，再加上麥爾斯與安格兒子的視訊通話，安格終於收穫滿滿地離開了病房。

但是病房似乎還遺留著安格的笑聲，久未散去。

卡特問道：「咦？馬里諾人呢？」

米莎說：「你們剛進醫院前，馬里諾說要去找廁所，我叫他先用巴士上的，他不聽就跑出去了。」

「什麼？」麥爾斯臉色一沈。

「麥爾斯。」伊森的聲音像是踩踏一個鼓點一般，簡短有力。

麥爾斯隨即轉身過去：「怎麼了？」

「你看。」伊森拿著黑衣男子的皮衣，手裡拿著一條像是識別證的吊牌。

「Gibson？」麥爾斯眼睛一亮，「他是Gibson吉他的員工？克里斯……懷德？」

伊森點點頭，目光如炬。

「才華洋溢的吉他天才，克里斯．懷德？」

「或許吧。」

「克里斯．懷德是個中年人？我以為是個年輕人？」

「沒人知道。」

米莎好奇極了：「克里斯．懷德是誰？」

麥爾斯說：「我關注他很久了，他是網路上有名的吉他手YouTuber，非常有才華，只是彈吉他時頭上都會戴著牛皮紙袋，沒人知道他是誰。」

沈思了一下，麥爾斯繼續說：「不過，我還以為克里斯．懷德這名字是假的呢，看他彈吉他的手臂……印象中應該是個年輕人沒錯啊。」

「外甥……他是我外甥。」一個聲音從病床上微弱發出。

「什麼？」

「克里斯．懷德，他是我外甥。」

麥爾斯與伊森互看了一眼，非常驚奇。

此時病房的門被打開，氣喘呼呼的艾瑪手裡緊握著手機，滿臉愁容：「各位……我們遇到麻煩了。」

大家都疑惑地注視著艾瑪。

「呼，我實在不知道該如何開口，我……」艾瑪眼眶泛紅著，像是委屈含在喉頭，吞不下也喊不出。

醫院頂樓的強風把麥爾斯的長髮給吹散開來，那張臉幾乎被髮絲掩埋。

麥爾斯伸出雙手把頭髮整束往頭上撥去，在後腦杓抓成一串馬尾，露出了雙眼。

那明亮的雙瞳俯瞰醫院下方，那景象就有如當時自己的家園一樣，滿滿的人潮、媒體，好多台SNG車停靠在醫院大門口，巡迴巴士也被團團包圍，喧囂而雜亂，那噪音像是一種雜訊頻率，直傳頂樓麥爾斯的耳裡。

麥爾斯那陰鬱的眼神又出現了，當時在切塞納家裡受困的感覺又重現，是一種窒息式的壓力，也是種無能為力。

此時不再有直昇機過來接他，他要面對的，是新的無奈，或者，也可以說是一種新的迫害。

麥爾斯獨自在頂樓咀嚼著剛剛的一切。

黑衣男子名叫史密斯，原本是位專業錄音師，但是因為酗酒習慣闖禍而入獄過幾次，目前正在假釋中，因此對於監獄、警察等相關字眼都有相當的恐懼，他的外甥克里斯，懷德是Gibson吉他製作的專業工匠，也確實是網路上那才華洋溢的吉他手。

史密斯清醒後冷靜許多，因此侃侃而談了說起了這些，而這起事故確實是中暑引起，而非酒精影響，這個意外對他的假釋期沒有太大的衝擊。

真正衝擊大家的是艾瑪訴說的那些情況，除了艾瑪的眼淚讓麥爾斯不捨之外，那業界上的現實與虛偽更是讓他震撼。

在巡迴巴士離開事故現場的時候，正巧有一輛電視台的SNG車在後方行駛，發現了巴士，眼尖的記者隨即偷偷尾隨巴士到了醫院，媒體與網路開始報導了王者麥爾斯巡迴巴士在公路上肇事的消息，更有謠言說王者麥爾斯團員之中有人受傷，更有病危的可能。

這樣的消息傳到波利塞威士忌公司，當然還有亞當耳裡，結果波利塞與塞凡唱片公司達成了協議，為了這次年度派對的曝光率與網路直播的收視率，他們打算將錯就錯，要求麥爾斯手臂打上石膏，流出幾張在病床上的照片給媒體，來塑造受重傷的假新聞，並放出可能無法如期演出的假消息，讓整個話題瀰漫媒體，引爆最多的話題與關注，然後到最後關頭再放出麥爾斯可以重返舞台的好消息。

波利賽與塞凡估計，這場順水推舟的操作，將會是歷年派對以來最具影響力的表演，周邊引起的商機會達到上億美元。

麥爾斯了解艾瑪與大家的無奈，他們都是被亞當所逼，而且麥爾斯也第一次看到伊森如此沮喪，順從別人或許沒有那麼難，但是違背自己反而是最困難的癥結點。

想到這裡，麥爾斯想到了馬里諾。

『這傢伙到底跑去哪裡了？該不會被媒體抓到了？』

拖著無奈的步伐，麥爾斯默默走向電梯，此時電梯旁有兩位西裝筆挺的保鑣在側等候。

「時候到了，麥爾斯先生。」

在計畫敲定後沒有幾個鐘頭的時間，醫院已經進駐了大批波利賽與塞凡安排的人員，避免媒體進入之外，也能有效控制接下來的劇本進行。

麥爾斯不禁想：『這一切也真是太過誇張，這到底是在做音樂，還是在處理恐怖攻擊啊？』

24. Quarterback｜四分衛

從沒想過醫院裡竟然有如此奢華的病房，這是麥爾斯首次看見，看著自身周圍的環境，完全顛覆他對醫院的印象。

麥爾斯看著伊森在一旁板著臉，非常符合他刺蝟頭的尖銳。

除了伊森之外，圍繞在身邊的都是一群不熟悉的人物，只有幾位好像是亞當身邊的人，其他應該都是波利賽派來的人。

「好了，麥爾斯先生，如同和塞凡簽訂的合約，我們待會需要拍攝幾張照片，還請您配合打上石膏。」一位穿著名貴灰色西裝的男子，說話非常圓滑而刻意。

「艾瑪在哪裡？米莎？卡特？其他人呢？」

「她們都妥善地待在醫院辦公區，您別擔心，接下來我們團隊會接管一切事物，您們只要輕鬆配合就可以了。」

「不，我要我的經紀人，請艾瑪過來。」

「您身旁這幾位都是亞當派來的，也是你們唱片公司的人。」

「這太荒謬了，假如我不願意呢？」

「麥爾斯先生，請別為難我們，我們也是職責所在，這是雙贏的辦法，您們樂團將會炙手可熱，兩方公司也會獲得很棒的效益，還有，這都已經簽署合約了……」

「我們已經炙手可熱了。」麥爾斯用銳利的目光瞪視。

「麥爾斯先生，您知道的，現在是網路媒體的時代，我們要把握話題性……」

「伊森，你覺得……克里斯．懷德如何？」

「麥爾斯先生？」

「我在跟伊森說話！」

伊森說：「不用說，是奇才。」

「我一直在想克里斯……」

「我也是。」

麥爾斯看著伊森，兩人的眼神充滿著默契。

此時馬里諾走了進來，一手拿著一瓶威士忌，另一手搭在一個金髮女人的肩上，金髮女人非常亮麗，胸前的乳溝像是大峽谷一般壯觀，病房內的男人無不多看兩眼。

「嘿，兄弟們……怎麼了？艾瑪她們呢？發生什麼事了，這麼多人……外面怎麼這麼多媒體？我們又要紅了嗎？」馬里諾臉頰紅潤，一臉酒氣。

「What the fuck！你去哪裡了？馬里諾！」麥爾斯禁不住怒氣。

「嘿……我……我在醫院餐廳遇到了這一位，喔，跟你們介紹一下，她是愛蓮娜，漂亮吧，哈哈，愛蓮娜，這是我的兄弟們，現在最紅的……王者……麥爾斯……」

「馬里諾。」伊森緊握拳頭走了過去。

麥爾斯馬上伸出手臂阻止伊森：「等等，我有個主意……」

「那個，怎麼稱呼？凡先生？」麥爾斯站起來走向灰色西裝男子。

「麥爾斯先生，凡倫泰，我叫凡倫泰。」

「OK，泰先生」

「嗯？是凡倫泰。」

「隨便啦，這樣吧，我可以配合你們，但是我們樂團成員需要吃點東西，給我們一個小時的時間，我們要去醫院的餐廳，還有，我們還需要一個人陪同，安格，他是醫院的保全，把他找來。」

「不，麥爾斯先生，這……」

麥爾斯瞪著眼前男子的眼睛，那深沉的黑洞似乎把對方的銳氣都給吸光：「我管你是姓凡還是姓泰，我再說一次，給我安格，給我們一小時，然後我就隨便你們。」

「是凡倫泰，麥爾斯先生。」灰西裝男子後退了一步，雙手拉挺身上的西裝外套，像是重建自己的自尊似的，接著開始朗聲指示下屬：「你們五個，跟著他們到餐廳，你，去找那個安格。」

「麥爾斯，怎麼回事？我倆才剛從餐廳回來……」馬里諾的目光顯得十分恍惚。

「閉嘴，是兄弟就跟著我走。」麥爾斯難得使用命令式的口吻，馬里諾被嚇得不敢出聲。

王者麥爾斯一行人在五個保鑣的護送下，步行前往醫院地下室的餐廳，在半路的長廊上，麥爾斯遠遠撇見了另一區的艾瑪他們，看到艾瑪忙著講著電話的側影，看起來相當激動，卡特用手指捏著眉心，顯得疲倦。

麥爾斯不禁嘆了一口氣。

『她應該還在跟亞當爭辯吧，希望你們都好……再會了。』

伊森喝了一口紅牛提神飲料，一句話都沒說，但是眼神卻像是在訴說：「好了，接下來呢？」

麥爾斯把手伸長，搭上伊森跟馬里諾的肩膀，接著把大夥給拉近自己，姿態像是球賽中討論戰術的陣型。

「到……到底在幹嘛啊？」馬里諾有些躁動。

在開口前，麥爾斯把頭微微轉向側邊，餘光掃視了一下周邊，確認那五位保鑣離自己還有一段距離。

而餐廳竟然被隔離得很好，沒有其他任何人進出，看樣子這醫院不再像是為病人設立，現在變成了唱片公司與商人的戰情室，炒作媒體的基地台。

而眼神掃過一旁等待的金髮女郎時，麥爾斯發現那位身材火辣的尤物，竟然緊盯著自己，而且還故意做了挑眉的動作，那艷紅的嘴唇還微微嘟了起來，像是在親吻，讓麥爾斯皺起眉頭，露出嫌惡之表情。

「好了，巡迴演唱到現在，我大概搞清楚了一些事情，塞凡唱片應該不能沒有我們，我們是他們的搖錢樹，而我們也不太能隨心所欲的做音樂，你看目前我們大都還在翻唱那些經典歌曲。」

伊森點點頭。

「而現在我們根本是實驗室白老鼠，還要聽那些商人的命令，做些虛偽又愚蠢的事情。」

「嘿……你在說什麼啊？我都聽不懂。」馬里諾滿嘴酒氣。

麥爾斯伸手抓住馬里諾上衣領子，把他拉得更接近自己：「你記得伊吉・帕普（Iggy Pop）嗎？」

「伊吉・帕普，The Stooges樂團主唱，fuck，當然……當然知道，這傢伙酷斃了。」

「你記得伊吉在搖滾名人堂典禮上說的那句話嗎？」

「嗯……音樂是……」馬里諾用力地想，幾乎翻了白眼。

「音樂是生活，而生活不是一門生意。」麥爾斯輕聲說。

「對對對，音樂……是生活，而生活……不是一門生意。」馬里諾的音量突然變得很大。

「噓……」麥爾斯繼續說：「聽著，我有個主意，待會我們請安格幫忙我們逃離這裡，我們整團消失才是真正的大新聞，而有亞當存在的一天，我們幾乎無法做我們想做的音樂，我們搞消失，用這籌碼來跟唱片公司談判。」

「你是說跟他們賭一把？看誰先低頭？」伊森說道。

「對，我們沒有什麼好輸的啊，他們需要我們，想要我們的唱片公司現在到處都是，即使要付合約違約金，也絕對有很多公司搶著付。」

「那……我們要躲去哪？」馬里諾問。

麥爾斯看著伊森，一臉耐人尋味的說：「克里斯。」

伊森笑著點點頭：「克里斯．懷德。」

馬里諾驚呼：「什麼？克里斯．懷德！那個網路上的……吉他天才？fuck，要是我可以用貝斯跟他Jam一下就太好了……」

「正有此意，我們請史密斯帶我們去找克里斯．懷德，沒有意外的話……」麥爾斯顯得語重心長。

「但是，fuck，你看那些保鑣壯得跟牛一樣……」馬里諾說。

「想想伊吉．帕普吧。」

「像是伊吉．帕普的哲學是嗎？我同意……」馬里諾眼神依舊渙散，幾乎翻了白眼：「兄弟，反正……都聽你的，但是……我要帶上愛蓮娜……」

麥爾斯顯得無奈，但是心裡又覺得好像虧欠馬里諾什麼。

這時候穿著卡其色保全制服的身影走來，是安格。

爽朗的聲音也跟著接近：「哈哈，我瞭的，我知道搖滾樂團出來走跳總是有一些難言之隱，放心，有安格在，一切沒問題，不過，這次你們可要再欠我一個大人情了。」

麥爾斯朝聲音望去，看著安格的模樣讓他信心倍增，內心想著：『炒作新聞是吧，我想讓塞凡跟波利賽知道，真正的新聞應該這樣炒……』

25. Rabbit's Foot｜迷幻之夜

安格坐在一台廂型車的駕駛座上，那有著The Rolling Stone吐舌刺青的手不斷甩動，手上的一盒香菸正不斷拍打著另一隻手的手心，想把香菸的菸草打得更加緊實。

接下來他打開香菸包裝，然後往車窗望去，看著那位奇蹟的身影在公用電話亭裡，而那個身影也穿著與自己相同的卡其色保全制服。

安格嘴裡念念有詞：「哈，搖滾，搖滾啊。」

「給我根菸吧。」後座的金髮女郎開口，聲音聽起來非常地輕浮。

「菸？我想……你要的不只是菸吧。」安格把菸遞向後座。

愛蓮娜不甘示弱：「我想……你現在也不是在當志工吧。」

「哼！」安格笑了笑。

「艾瑪，抱歉，我們必須先離開，請你們幫我們保守祕密……」麥爾斯的聲音帶著歉意。

「但是亞當一定會氣瘋的，你們這樣——」

麥爾斯搶著說：「你相信我嗎？」

「我……我相信啊。」

「那就等我們回來，我們會回來的，就這樣吧。」話說完麥爾斯用雙手慢慢地把話筒掛上，顯得虔誠，又顯得黯然失落。

伊森扶著馬里諾，在電話亭一旁的水溝蓋前嘔吐。

馬里諾頭痛不已，不知道是夜裡的街道滿是霧氣，還是自己目光模糊，身子也抓不太到重心，只能依賴著伊森。

回想剛剛的畫面像是慢動作一樣，要不是嘔吐帶來喉頭上的灼熱感，不然馬里諾甚至覺得剛剛的發生根本是場夢。

那些片段拼湊得好迷幻，就像在巡迴演出的舞台上，他抱著貝斯，看著台下的樂迷歡呼尖叫，自己像是一個英雄一樣受人愛戴。

而自己也像是赤裸的在舞台上，大家都看穿了他，他其實什麼也不是，他只是依附在王者麥爾斯樂團強大威名下的一隻水蛭，不斷吸吮著自己需要的虛榮與名望。

這水蛭的嘴不斷地吸吮，吸吮著愛蓮娜的脖子，那濃烈的香水味，像是取之不盡的泉源，直接的費洛蒙，讓他下體不斷撐大。

愛蓮娜的喘息聲猶言在耳，在餐廳旁的殘障用廁所裡，馬里諾用力地在愛蓮娜身後賣力突進著，是種憤怒的發洩，也想宣示自己的威猛。

馬里諾雙手用力抓緊愛蓮娜巨大的乳房，用力到那白皙的皮膚上都留下了紅色的手指印。

馬里諾不知道愛蓮娜的聲音是痛苦還是愉悅，但是那每一次用力而聽到的嬌喘反饋，都讓他感到征服的快感。

他明白自己從小到大從來沒有獲得過異性的青睞，而隨著王者麥爾斯的成名，自己像是終於獲得了希望的權杖，只要輕輕揮舞這權杖，他可以輕易地把過往的窩囊給揮除。

腳邊酒瓶破裂的聲音，像是個開關，突然間，愛蓮娜的聲音變得像是慘叫。跌坐在餐廳椅子上的馬里諾，觀察著眼前的變化，自己像是在說話，但是好像大家都聽不見。

『這裡是哪裡？我怎麼跑出來了？』

『伊森你要去哪裡？』

『那刺蝟頭要跑去哪裡？』

馬里諾看著伊森那粗壯的手臂，有著不顧一切的果敢，撲向那群保鑣，那些西裝筆挺的身軀像是保齡球瓶般倒下，表情猙獰，模樣愚蠢極了。

看到那位大家嘴裡叫著安格的保全，雙手抓著椅子，那轉身的姿勢像是大聯盟打擊者揮出全壘打一樣，把椅子甩向一張桌子，馬里諾猜想，那些碰撞聲可能就是愛蓮娜尖叫的原因。

馬里諾覺得麥爾斯像是在天空飛舞，那長腿像是羚羊躍進，踹向一名保鑣的臉，那臉上墨鏡破裂的瞬間，馬里諾耳裡突然一陣強烈的耳鳴，很像音箱還沒關閉就把貝斯導線拉出來後產生的巨大聲響。

嗡嗡嗡嗡嗡……

馬里諾努力摀住雙耳，看到冰箱的門面玻璃破碎，好多瓶飲料落到地面。身體像是有了乘載，開始往上抬昇，像是上了發條要往哪裡去。

馬里諾看到麥爾斯抓著自己，連伊森也是，愛蓮娜也在旁邊，聽見愛蓮娜高跟鞋清脆的聲響，才知道自己不是在飛，而是被大家拖著奔跑。

『這裡好擠，空氣好悶，我快要吸不到氣了。』

馬里諾無助地看著伊森拿了件衣服幫自己套上，還幫忙戴上了帽子。

『好熱啊，這衣服怎麼跟那位安格穿的一樣，這是角色扮演嗎？』

馬里諾覺得大夥像是計畫縝密的搶匪一樣，在這間房裡摸索打包，而自己就像是一台隨身監視器，不斷拍攝著眼前的這一切。

被麥爾斯拖著前進，馬里諾覺得自己的肩膀好像快要脫離自己的身體了，四肢也麻木到快要沒有知覺，長廊遠方的光線好刺眼，大家像是在隧道裡，不斷奔向遠方。

『為何旁邊有台輪椅？為何我也坐在輪椅上？fuck！』

『旁邊輪椅上那個人不是我們帶來醫院的那位黑衣男子嗎？為什麼他要跟著我們？』

一陣音箱反饋的聲響，還有雜音一直在馬里諾腦海裡穿梭，讓他的頭變得很沈重。

『這應該是夢吧？』

馬里諾看到眼前伊森的背影，讓他想到了那天電視台錄影後上保母車的過程。

『可惡，有刺蝟頭的粉絲，也有穿著跟麥爾斯一樣的一群人，在粉絲群中怎麼都找尋不到跟我有關的一切，難道我是隱形人？』

『可惡，貝斯手向來都被忽略，難道這是貝斯手的宿命，我只是一個配角，我只是一隻水蛭。』

『好冷。』馬里諾感受到有雨滴落在他的頭上與臉上。

『嘿，這台車是誰的？這不是我們的巡迴巴士啊？是不是搞錯了？』

馬里諾發現了熟悉的味道，應該是酒精，這聲音，踢到的應該是酒瓶。

『我不是應該在餐廳的廁所裡嗎？愛蓮娜呢？』

馬里諾突然覺得慶幸，好險愛蓮娜就坐在身旁，他試圖伸出手想觸及她，摸那白皙的大腿，但是一點力氣也沒有，好像只剩下呼吸的力氣，馬里諾努力地吸著氣，眼皮越來越重。

『嘿，愛蓮娜，看我這裡，嘿，為什麼你一直看著麥爾斯呢？』

嗡嗡嗡嗡嗡……

馬里諾努力地想說話：「嘿……你們忘了我的……Flea貝斯……還在……巴士上……」

馬里諾聽到麥爾斯的聲音：「放心，唱片公司會幫我們顧好的，他們一定會……」

「不要打手機，這可能早被竊聽了……」

「好，去找我外甥吧，如果他願意見我，不過我想他應該會想見你們……」

「哈哈，好久沒有這麼搖滾了，坐穩了，我們走吧！」

馬里諾頭還是很沉，『他們在說什麼？』

『呃……好冷，我怎麼會站在這裡，好噁心，我腳邊怎麼都是髒東西，對了，我正在嘔吐，噁……』

『快要看不清楚了，好睏，好睏，好黑，好黑……，我到底在哪裡？』

26. Fight Club｜鬥陣俱樂部

「把識別證還我！然後馬上給我滾開！」一位模樣稚氣的年輕人大喊，手裡還握著一隻板手，他的身旁有台重型機車，與史密斯在公路上摔倒的那輛十分類似，只不過是銀色的。

「別這樣，我帶了人來見你。」史密斯在一個車庫門外，模樣憔悴，身形像是快要站不住的模樣。

「我誰也不想見，你以為拿我識別證可以到工廠裡偷拿些什麼嗎？告訴你，我不會再借你一分一毛了。」

「我……我以為你把我的那些資料藏在工廠裡，我只是要拿回來。」

「你別再說了，那些是媽的積蓄，她留給你那一部分是要給你退休用的，不是要給你買酒的……天啊，我幹嘛跟你說這麼多，你快給我滾，別再來了！」

「我出了車禍，我遇到了些人，你不想見我可以，但是你或許有興趣見到他們……」

「給我滾——」年輕人舉起板手示威，史密斯身後那幾位從車上下來的人們引起了他的注意，讓他的手緩緩地放了下來：「這……」

麥爾斯與伊森下車後，走近車庫大門，麥爾斯開口：「嗨，克里斯．懷德，你比我想像得還年輕呢，我是麥爾斯，他是伊森，或許你聽過我們。」

「這……我的天啊，王者麥爾斯，當然，我當然知道你們，你們怎麼會在這裡？不過……你怎麼知道我是克里斯？」年輕人把目光轉向史密斯，「可惡，你幹嘛把我洩漏出去……」

「我想，你值得更好的舞台，你必須遇見些貴人……我想……我很抱歉。」史密斯剛講完就失去重心跌坐在地。

麥爾斯跟伊森趕緊去扶他，年輕人看到史密斯的狀態顯得有點著急，但是隨即又穩住自己腳步，刻意表現得毫不在意。

「不是史密斯的錯，是我們在公路上遇到些意外……是我們發現你Gibson的工作識別證，總之，是我們要求他帶我們來見你的。」

麥爾斯在近距離看到這位克里斯，紅色的短髮，光滑的臉頰，藍色的眼珠，面容稚氣，充滿著年輕人的朝氣，而身上的工作服與污漬，看得出來他頗喜歡修理機車或是其他機械操作，一張涉世未深的臉，怎麼樣也無法聯想，眼前這號人物就是網路上看到的天才吉他手。

年輕人沉默不語，一臉複雜的情緒。

安格見狀，也從駕駛座跳下來，奔過來探視情況。

麥爾斯繼續說：「他出了車禍，人還很虛弱，可以先扶他進去屋子裡嗎？」

年輕人嘆了口氣，默點頭，手一揮，示意大家跟著他走，一行人就走進車庫裡，往內部走去。

如果說車庫推放滿滿工具與機車部件嚴然是個機車工作室，那屋子內就可以稱作是音樂工作室，幾乎像是一個專業錄音室等級的架設，好大一盤密密麻麻按鈕的控制平台，緊鄰著一個練團室，滿地的效果器與導線，還有一個像是幫吉他動手術的桌面，有一把少了琴頭的白色吉他躺在那裡，是Fender的American Vintage Hot Rod '60s Telecaster，琴身上的拾音器也被摘除了。

眼尖的麥爾斯馬上注意到那把吉他，正想問些什麼，馬上被安格的聲音給搶先。

「哇嗚，這小子混得不錯嘛，這根本就是音樂人的地盤。」安格伸出手想摸桌上面的Fender。

「請別亂碰好嗎？請……請你們到樓上去吧，畢竟這邊唯一的沙發床給我舅舅了。」克里斯一臉無奈，好像家裡被陌生人檢視著，而顯得有點不自在。

「你不是Gibson的員工嗎？幹嘛不在Gibson廠內修吉他就好，自己搞了這麼多設備……」

克里斯白了一眼說道：「你想我會把Fender的吉他帶去Gibson工廠去嗎？」

「哈哈哈哈哈，Fender的吉他帶去Gibson工廠，這太有意思了。」安格笑得很爽朗，但是整間屋子只有他明顯的聲音，讓這些器材設備還有其他人，都顯得有點尷尬。

把史密斯安置在沙發床上休息後，大夥都移駕到樓上的客廳，一個非常鄉村風味的客廳，給人有溫馨放鬆的感覺。

「你們，不是還有個貝斯手？」克里斯一邊砌著茶，一邊問。

「還在車上，他喝茫了，還沒醒。」麥爾斯打量四周，看到書架上擺了幾個相框，裡面有位成熟的女人抱著一隻柴犬，女人與柴犬的眼神都十分有神，英氣煥發。

「哼，也是酒精嗎？你們一定很困擾吧，我舅舅一直依賴著酒精……」

「對，沒錯。」伊森附和著。

「史密斯他，跟我媽一直很要好，我媽離開後，他一直很消沉……也開始酗酒……」

「喔，原來是個傷心的靈魂，相片中的是你母親嗎？那隻狗呢？」麥爾斯問這句話時表情顯得小心翼翼。

「別說這些，直接說重點，你們來找我幹嘛？我只是個網路YouTuber，跟你們這些超級巨星不一樣。」克里斯一邊說一邊倒茶，手藝熟練而俐落。

麥爾斯拿起茶杯聞了一下：「看到樓下那些東西，我想你一定不只是個YouTuber，而且……你跟我一樣，也跟你舅舅一樣，都有個傷心的靈魂。」

「你們又不懂我。」

麥爾斯把茶淺嚐了一口，注意到克里斯的手，上面有著厚繭，還有許多傷疤，印證了他不只是一個吉他手，還是一名著迷於自己熱愛事物的工匠。

「對，我是不懂，但是我們對你充滿了好奇，不管怎樣，我們先來Jam一下吧，如何？反正我們都知道你是誰了。」

「網路上對我好奇的人很多，但是直接殺到家裡來的倒是頭一次。」

輕輕放下杯子，麥爾斯說：「那是因為你總是戴著牛皮紙袋啊。」

克里斯看著麥爾斯認真的雙眼，接著看向伊森，發現那顆刺蝟頭也掛著專注的神情，看樣子這兩位都異常地執著，這樣的態度似乎稍微打動了克里斯，克里斯的表情顯露著肯定，然後稍稍點點頭。

「為什麼要遮臉？」麥爾斯問

「什麼？」

「我是指，為什麼你在網路上彈吉他要戴牛皮紙袋？」

克里斯翻了了白眼：「到底要不要Jam啊？還是要做身家調查？」

麥爾斯攤攤手，表示不再追問。

遠方沉穩的大鼓聲響把馬里諾給吵醒了。

他發現自己躺在車上，而身旁愛蓮娜看樣子也睡死了，懷裡還有威士忌的空瓶。

「嘿，愛蓮娜，我們在哪裡啊？其他人呢？」

愛蓮娜呢喃了一聲，擺過頭去，繼續好眠。

那大鼓節奏踏實，清醒許多的馬里諾馬上感知那是伊森的鼓聲，下了車，循著聲音，馬里諾走進了這棟屋子。

「Fuck, Enter Sandman!」馬里諾眼看著眼前的發生，非常好奇。

伊森鼓點明確，麥爾斯拿著一把黃色Fender刷著強力和弦，這吉他旋律太過明顯，正彈著Metallica（金屬製品）的經典歌曲〈Enter Sandman〉，而伊森跟麥爾斯看到馬里諾後，都笑了，一臉就是暗示著馬里諾加入。

馬里諾看到一位年輕人抱著一把Gibson SG，手指向牆邊的一把貝斯，示意要他去拿。

馬里諾背起貝斯，調整了一下音箱與導線，試了一下聲響，就迅速地加入了歌曲之中。

麥爾斯完全沒有要唱歌的意思，手不斷反覆彈著〈Enter Sandman〉的Riff行進，像是在等待什麼。

馬里諾頗喜歡這首歌，所以一起Jam絕對是非常樂意，但是還是納悶著：「該不會是在教這個年輕人彈吉他吧？現在逃亡之中還有這種閒情逸致？」

但是當這年輕人的吉他Solo聲音一出現，馬里諾才想起了什麼，眼睛睜得很大，完全酒醒。

克里斯握著改裝的Gibson SG上搖桿，先用哇哇的聲響進入歌曲，接著踩踏了一下效果器，再用趁的破音配合麥爾斯的背景節奏，隨即把手移到高把位開始了掃弦的技巧，但是當中卻又夾雜了些許的推弦與Pick刮出的泛音，這樣多元的聲響集合在一起，又不時切換，產生了絕妙的旋律。

麥爾斯笑了，伊森的刺蝟頭隨著打鼓的姿態，甩動得更加劇烈，非常陶醉。

馬里諾撥動著貝斯，嘴裡不斷碎念：「Fuck，這技術竟然是這樣的小鬼頭彈出來的，真是太厲害了！」

「別叫我小鬼。」克里斯一邊彈還能一邊回嘴。

克里斯的吉他讓人沉醉，好像時間也飛快地過去了。

音樂聲剛停止，馬里諾就不禁發表言論：「Oh my God，你這個天才，你就是那個克里斯．懷德對吧，Fuck，太屌了，你乾脆加入我們樂團吧！」

麥爾斯望向伊森，看到伊森默契地點了點頭，接著看著馬里諾：「你是認真的嗎？我們也這麼想過。」

馬里諾：「當然，這小子的吉他功力真是了得，我都可以想到我們一些歌曲可以怎樣改編了，

fuck，可以跟他一起彈，真是他媽的太過癮了。」

「你們是開玩笑的吧，你們可是王者麥爾斯耶，你們現在正當紅……」克里斯完全不可置信。

麥爾斯說：「我們認真的啊，不然我們幹嘛找到這裡來。」

「我知道你們很紅，遠比我這個網紅還要紅很多，但是老實說我還沒聽過你們的歌，我說的是你們自己寫的歌，不是現在那些口水歌……」

伊森此時用鼓棒互相敲擊，打了個起始節奏，接著鼓點落下。

麥爾斯跟馬里諾一聽馬上就知道，那是他們「水泥球」創作歌曲的前奏，那首名叫〈Heart〉的歌曲。

兩人馬上用手中的樂器融入鼓的節奏之中，這一首幾乎讓人會想要隨之舞蹈的歌曲在這屋內爆發開來，克里斯都忍不住搖擺了身軀，頻頻點頭表示肯定。

接著麥爾斯開始高歌，〈Heart〉就如這歌名一樣，很容易往人的心裡去，更何況麥爾斯這樣的嗓音，這音樂在克里斯面前產生了魔力。

馬里諾看著這稚嫩年輕人的表情就知道他已經被歌曲給說服了，內心也想：『麥爾斯的歌聲，到底有誰能夠抗拒呢？所有的樂團都夢想著有位超強主唱啊，那是一切成就的捷徑……，等等，我倒忘了，樂團變四個人，那酬勞以後也除以四嗎？fuck……』

馬里諾甩著頭試著投入自己的貝斯聲中，表情痛苦，在心裡不斷唸著：『Fuck……』

這群人有了這共同的語言——「音樂」，一直搖滾下去，忘記了時間，不知道持續了多久。

27. I Disappear｜消失

日出日落不知道連續幾個回合過去。

安格像是王者麥爾斯「跑路」時期的保母一樣，開著車到處奔波，成為克里斯家唯一的對外窗口，張羅著食物與生活用品，當然也趁機載兒子來克里斯家玩，讓兒子親眼見見偶像。

這幾天這個莫名其妙演變的臨時角色，對安格來說反而有種踏實感，他像是一個父親照顧著這些年輕人，也補償了他內心自認為是個失職父親的過往。

安格面對他所謂的兒子，其實對他來說，他也只能夠當一週一天的父親，畢竟兒子的監護權是屬於前妻的，而前妻外遇的對象，也是他現在兒子的繼父，是個華爾街的大亨，離開自己的前妻似乎開始擁有著自己不曾給予過的夢幻婚姻生活—富裕的一切。

安格總覺得那位大亨，除了商場上狡詐之外，也透過狡詐的方法奪去他的一切所愛。

而所謂的狡詐，其實也就是一個穩重男人的特質吧，安格總會這樣憎恨著，也自我反省著，畢竟他一直認為自己擁有搖滾的傲骨特質，在年輕時期，這是吸引他妻子的帥勁，而隨著年齡增長，依然搖滾不羈的態度，卻讓妻子覺得幼稚、覺得沒有保障，可能人都是會變的，只是安格卻一直沒有變。

這些他都釋懷了，但是他還是無法釋懷兒子不在身邊的事實，一週一次的探視變成他生活重要的期待。

他也認為自己唯一能夠給予兒子的，就是他搖滾的態度，雖然他也無法具體說出什麼是搖滾的態度，但是總覺得要是失去了這一個熱血信念，他就會什麼都不剩了。

當然，現在的狀態這也不是這麼容易，隨著王者麥爾斯的失蹤，醫院雖然已經解除了那被包圍控制的情況，但是安格在范倫泰一行人眼裡畢竟是重要線索，醫院那個地方他也暫時無法回去了，那一份「靠關係」而得到的保全工作，只因為院長是他兒時的玩伴，靠關係這件事在前妻眼裡也是不光彩的，但是安格總認為在華爾街操弄數字的人又能多磊落呢？

好險，現在的所作所為，他竟然覺得冒險又踏實，像是積壓多年終於得以一吐怨氣的感覺，他覺得自己被需要，而且大家也需要他，他知道那位愛蓮娜不是什麼好東西，總覺得自己需要看照著大家，他看著這些玩搖滾的孩子們，總想到自己內心深處某個消失已久的自己，而且他也得到了麥爾斯一行人的信任，更何況眼前的樂團根本就是績優股，嘴角上揚的他自認為自己正在目睹一頁搖滾歷史的發生。

吹著口哨，一手抓著好幾盒綁在一起的Pizza和一個鼓鼓的帆布袋，安格輕盈地走進克里斯家車庫，用他那有著The Rolling Stone刺青的手按下遙控器，車庫門緩緩關閉，這一刻，他覺得自己像是年輕了二十歲，正前往派對現場一樣。

史密斯坐在樓梯像是等待已久，看到安格就輕聲喊：「嘿，老兄，你有幫我買嗎？」

「喔，當然有，你自己也知道……你不能再喝酒了，這個給你，哈哈哈。」安格從帆布袋裡抽出一罐汽水塞給史密斯，然後給他一個大大的燦爛笑容。

史密斯失落的神情與安格的笑容反差極大。

接著走上樓，二樓沙發床上馬里諾睡得酣聲連連，愛蓮娜在旁邊玩著手機，手指夾著一根菸，那翹腳的姿態幾乎讓洋裝下擺都給曝光了，安格從袋子裡翻出一包菸擺在愛蓮娜眼前的桌上，愛蓮娜眼睛並沒有從手機螢幕上移開，只淡淡說了句：「謝啦。」

安格哼一聲作回應。

走到三樓，看著滿地的紙張與垃圾殘骸，瓶瓶罐罐還有廢棄的食物容器，麥爾斯坐在地毯上敲著手上的筆，手上筆記本被畫得亂七八糟，嘴裡念念有詞，麥爾斯前方的伊森帶著耳機，不斷敲著鍵盤跟滑鼠，筆記型電腦螢幕上那畫面，安格真覺得像是反恐小組正在進行什麼駭客任務似的，而另一側，那位克里斯稚嫩的臉龐上，竟然也鬍渣滿滿，像是幾夜沒睡的模樣，抱著吉他一直在摸索些什麼。

安格試探性地說：「Pizza？」

「改G調吧。」克里斯開口說。

「Sol……，好，後半段轉G調試試，伊森……伊森！」麥爾斯臉上的鬍子厚到像是快要把他自己淹沒一樣。

「什麼？」拿下耳機的伊森一臉茫然，頭上的那些刺，像是泡過水，每一根頭髮都往不同地方竄去，像是意見不合的水草各自飄移。

「後半段轉G調試試。」

伊森點點頭，繼續埋首電腦螢幕，然後像是發現什麼而又抬起頭。

麥爾斯看到伊森的反應隨即丟下一句：「貝斯要編時再叫馬里諾上來吧。」

伊森再度點點頭，把目光放回電腦螢幕。

一旁喇叭響出了節奏，克里斯的手指在吉他指版上快速的游移。

麥爾斯振振有詞的一直在哼唱著什麼，沒有具體歌詞地哼著。

安格的出現就像是隱形人，這幾天，這幾位大概就是這樣沒日沒夜的一起寫歌編曲，安格也習以為常，他們像是執著於什麼，像是發現寶藏，一直在做音樂，好像現在不做，就再也無法做的感覺，像是沒有明天了。

安格一直都在大家身邊，只觀察，不太說話，他認為這是一個好父親應該有的形象，不管太多，只負責提供必要的協助，他一直都這樣對待自己的兒子，即使一週只有一天。

這幾天安格聽到很多事情，很多有趣的事情，是當醫院保全不曾聽過的一切。

他聽到這些年輕人不斷催生出美妙音樂，也一直被他們的音樂給吸引，尤其是麥爾斯的嗓音，他甚至曾經花些力氣去提醒自己，自己最愛的音樂是來自手上的刺青印記，The Rolling Stone才是他的信仰，而不是眼前的這群小屁孩們。

最能讓他釐清現況的，就是這群小屁孩偶爾狂笑、歡呼、嘆氣、爭吵、懊惱的聲音，這是那些美妙旋律產出前的真實，因為在他心裡以為，The Rolling Stone會嗑藥沒錯，但是絕對不像眼前年輕人會有如此幼稚的反應。

他聽說克里斯這幾天都沒去Gibson工廠上班，而Gibson也拿他沒輒，克里斯只攤著手說了一句：「當你在一個領域強到一個境界，只有別人求你，然後你考慮，如此而已。」

他聽到樓下廁所馬里諾與愛蓮娜交歡的聲音，他甚至覺得自己一聽就聽出來愛蓮娜那敷衍的呻吟聲，全世界只有馬里諾這個蠢蛋還傻傻地搞不清楚，不過整棟屋子的男人也只有他有炮打，那這傻子不也挺幸運的嗎？

安格也聽到史密斯囉哩叭嗦的過往故事，他是怎麼不捨自己的妹妹，過去又是怎樣給了克里斯有了碰到吉他的啟蒙，讓他不但會彈吉他，還非常會製作吉他，短短幾年就成為Gibson工廠的首席製琴師，而說了半天話題都只會回到酒精身上，看樣子要戒酒還有很長一段路。

他倒是聽不出愛蓮娜到底葫蘆裡賣什麼藥，竟然如此有耐性地巴著馬里諾不放，不過愛蓮娜看自己的眼神，一定跟自己看對方相似，都懷疑彼此想要在這當紅搖滾樂團上得到什麼好處，想到這邊，自己確實是沒什麼立場質疑別人，只覺得這婆娘絕對有問題，需要防範。

馬里諾到底哪一點好？或許就是最好騙吧？

眼前這四個人常常坐在彼此附近，像是在這裡擺出了什麼宗教儀式陣型一樣，既神祕又神聖，安格幻想著，他最喜歡的The Rolling Stone是不是也是這樣子催生每一首金曲的？有時候美好的藝術會是在瘋狂之下誕生的，但是眼前看到的執著，他幾乎懷疑這些年輕人是嗑了藥才會這樣。

安格發現，每次要暫時停止他們這瘋狂的結界，只有兩個突破口，而共同點都是原始的需求。

一個是愛蓮娜在一旁搔首弄姿下，馬里諾就會跟她下樓來一場聲響劇烈的快速性愛，而不知為何，越是消耗，馬里諾最近身材反而越來越腫了。

另一個則是這幾位年輕人當中有人餓了，或是發臭了被同伴抱怨，才會跑去吃點東西或是沖個澡。而他們似乎只有馬里諾因為性愛的體力消耗需要真正的睡眠，其他人都是睏了直接就地躺下昏迷了一陣子，然後突然驚醒，像是夢到旋律，又像是剛剛其實不是在睡，純粹只是閉眼沈思。

安格放下手上的Pizza盒與帆布袋，試圖輕輕地放下，刻意輕到像是不期望別人注意，但是偏偏帆布袋裡的一個鋁罐掉落了出來，在地上產生顯著的聲響。

麥爾斯一臉大夢初醒地大聲喊：「安格，嘿，老兄，你在這啊，天啊，我們在這幾天啦？」

「哈哈，你們真是瘋狂，寫了幾首歌了？」安格伸手抓住那隻逃跑的鋁罐，接著把袋子裡的食物一一取出來。

「呼，有幾首了？我想想……能用的大概有三十首了吧？是嗎？」麥爾斯聲音有點飄，聽起來有點虛弱。

「二．是三十二。」伊森這幾天來第一次把電腦螢幕闔上。

「太過癮了！我第一次跟人合作創作這麼多歌曲，實在太神奇了，啊！但是我也快掛了。」克里斯大字形地躺下，開始發出疲累的呻吟。

「呼，克里斯說得對，我想我們該休息一下了，再寫下去，我們可能都要掛了。」

「嗯。」伊森躺了下來閉上了眼，靜止不動，像是突然被按下關機的按鈕。

「想一想，我們也消失好幾天了，該看看我們現在在媒體裡面變成什麼德性了。」麥爾斯也跟著躺下，長髮飄亂，跟鬍子混雜在一起，臉都快消失了。

安格看到眼前的幾位終於像是恢復正常，嘴角上揚：「其實，我都有關注唷，來看看你們『失蹤』這幾天的報紙標題吧。」隨即從角落抽出一疊報紙，那些一直都在這些人身旁卻不被注意到的資訊。

「其實你們上網應該就可以看到了，不過我想你們最近……可能……哈哈，我瞭啦，搖滾嘛，你們在搞樂團嘛，總要沈迷一下的對吧，我是比較老派啦，我都還是會買報紙……anyway，看看吧。」

「謝了，安格。」麥爾斯躺著伸手接過那些報紙，眼睛好像從雜亂的毛髮裡透出了些許光芒，他隨意亂翻，一下就找到了焦點，因為他們的新聞都在頭版，非常容易辨認。

「王者麥爾斯疑似遭人綁架？」麥爾斯念著。

「哈哈。」伊森瞬間再度開機。

「老兄，我可沒有綁架你們，是你們自己跑來找我的，就說是安格綁架的吧。」克里斯在疲累下依舊鄭重聲明。

安格嘴角上揚搖搖頭不以為然。

「『塞凡唱片聲稱麥爾斯重傷，波利塞年度派對行程可能受阻』，哈哈這是他們一開始炒作的方式嗎？」

「『王者麥爾斯巡迴巴士，車禍逃逸？』嗯，這個可以預期。」

「等等，這篇下面有寫『王者麥爾斯經紀團隊將重組』，難道艾瑪、米莎她們被開除了嗎？亞當搞了些什麼？」麥爾斯突然跳了起來，把手指埋進他的頭髮裡抓著頭，想要理清些頭緒。

麥爾斯想了想做了個決定：「我去打幾個電話。」

28. Eruption｜引爆

樂壇上一次瘋狂的時刻，是麥克傑克森過世的時候，流行之王（King of Pop）的隕落疑雲，各界的討論，充斥整個媒體。

而這一次樂壇再度瘋狂是因為王者麥爾斯。

王者麥爾斯失蹤消息比原先預期的假新聞還要來得轟動，引起的威力像是病毒一般在社群媒體傳播，一場威士忌公司辦的年度派對重頭戲主角不在，隨著退票與各轉播媒體的退出，引發塞凡公司與波利塞公司股票大跌，那所醫院成為大量樂迷朝聖的地點，造成醫院宣布暫時停止營運，義大利樂迷連署要美國政府出面救援王者麥爾斯，美國民間飛碟組織宣稱麥爾斯其實是外星人，謠言與流傳一則比一則誇張……

然而這些越演越烈的話題就在一夜之間，一切都反轉了。

塞凡公司與波利塞公司股票隔天隨即漲停板，年度派對演唱會的黃牛門票馬上喊到了天價，被人號稱為「有錢也買不到的席位」，年度派對後的演唱行程也是一票難求，而王者麥爾斯的專輯，成為Apple Music開通以來在最短時間內下載次數最高的新紀錄，而具美國移民署一份分析報導指出，這個月美國申請簽證以及入境人數皆達年度新高，不排除是因為全球樂迷受王者麥爾斯在美國巡迴的影響。

那一夜，純粹是一個YouTube直播影片在全球放送。

那是一個全黑白的高畫質影片。

克里斯．懷德，這一位頭戴著牛皮紙袋的網路吉他紅人，對著鏡頭訴說他即將發表一首新曲，就像他過去上傳的吉他彈奏影片一樣，差別在他這次特別說明這首曲子是四個人一起合作譜寫，也將一起在這直播中演奏。

克里斯節奏輕鬆的Riff前奏開始，接著一旁馬里諾赤裸著上身，露出他那微胖的身軀彈奏著貝斯，另外也是為了秀出他手臂上與Flea一模一樣的圓形圖騰刺青，身軀搖擺著，然後鏡頭拉遠，鼓手刺蝟頭出現，伊森敲下第一個鼓點後，整個歌曲更為鮮明，好像是所有的律動都是他擺動刺蝟頭所製造的浪潮，這樣的旋律盤旋好一陣子，另一位戴著牛皮紙袋的人緩緩走進鏡頭內，開始歌唱，這個聲音辨識度太過明確，答案呼之欲出。

麥爾斯在聲音高亢處把牛皮紙袋從頭上抽走，露出了長髮，以及他那迷人的雙眼，開始陶醉唱著這首他們一起寫的新歌曲〈Evolution〉。

Evolution代表著樂團的進化，Evolution也代表著樂團重生，這一段直播影片，讓所有的疑惑都給予澄清，王者麥爾斯還存在著，平安著，完好無缺著，而新的歌曲也不再是翻唱，創新著，震撼著，催化著，催眠著，嘹亮著，而歌詞穿插著中文、義大利文、英文以及像是古語的奇妙發聲，驚艷著，複雜著，卻又單純著，純粹以一首歌改變著這個世界。

電吉他獨奏痴狂地醉人，克里斯彈到跪倒在地，抬起那牛皮紙袋頭，不斷抽動著，像是在擠出自己僅存的力量，透過弦延伸出去，而那每一個音都與鼓點貝斯完美地契合，這比他過去錄製過的演出影片都還要來得用盡全力，即便牛皮紙袋遮住了表情，但是肢體顯得相當賣力。

歌曲在麥爾斯越唱越沙啞而漸漸輕聲地止歇，

然後麥爾斯走向著鏡頭，盯著鏡頭好一陣子，深邃的目光在黑白影片中顯得更深、更讓人著迷，認真注視著鏡頭，態度不羈中帶著誠懇，然後淡淡說了一句：「我們波利塞年度派對見！」

這一個直播影片像是核彈一樣，每一個轉載與討論都是一次核融合反應，堆疊出的能量之強大，成為整個樂壇最紅的話題，在這網路世界的傳播，擴大，擴大，不斷擴大。

艾瑪反覆看著電腦裡這支〈Evolution〉的直播影片，深陷在麥爾斯的歌聲中，而她也不時把最後麥爾斯盯著螢幕的表情給停格下來，目不轉睛地望著，發呆出神。

同一首歌曲從另一個方向傳來，是她的手機，〈Evolution〉這首歌早已被她設置為手機鈴聲了，她慌亂地接起手機，像是偷吃糖的孩子，還忍不住尖叫了起來。

一樣的嗓音傳進話筒，正是麥爾斯：「艾瑪，情況如何？有如計畫一樣發展嗎？」

「嗯……計畫很順利，公司股價恢復了，甚至更好了，塞凡跟波利塞也都同意你要求的合約內容，亞當離開公司了沒錯，我也復職回到公司了，但是塞凡他，塞凡他給了我新的職位，其實……其實超出我的預期。」

「咦？難道你不再是我們的經紀人了？」

「不，我還是，只是……我取代亞當成為總監了，這完全超出我的預期……」
「太好了，妳完全能勝任，而且妳值得，我們也喜歡跟你合作，恭喜妳啊。」
「麥爾斯……我……但是……」
「艾瑪，聽著，你一定會做得很好的，你要相信你自己。」
「但是我不太相信我自己啊！」
「那你相信我嗎？」
「當然。」
「那就相信我吧，我說你行就一定行的。」
「……」
「妳還在嗎？」
「嗯，我有些問題想釐清。」
「什麼問題？」
「既然我們要繼續合作下去，有些問題我一定要搞清楚。」
「好，任何問題都好，你說。」
麥爾斯的聲音很溫柔，艾瑪完全無法開口問，因為她根本無法接受要是答案就如她想像的一樣，她又該如何自處。
「沒什麼，我們有機會當面說吧，先這樣子吧，拜拜。」艾瑪匆忙把電話掛了之後馬上後悔了起來，自己怎麼會如此粗魯地掛電話。
『我真的該相信你嗎？』

艾瑪心中疑惑的種子是在史密斯車禍發生時而萌芽的，她看到麥爾斯跟伊森非常熟練地把史密斯給抬起來，那個動作如此之熟練，根本就是一副常常棄屍的模樣，又想到馬里諾曾經提到自己恨警察這件事，該不會他們有不為人知的過去？自己竟然對他們過往歷史一點也不熟悉。

再細細回想，麥爾斯一直以來處理危機的反應都非常地優異，史密斯剛進醫院時抓狂，麥爾斯可以迅速欺騙保全而讓狀況得到控制，這或許是他的小聰明，但是在波利塞與塞凡嚴密監控下，他們能夠逃離醫院，還能夠人間蒸發這麼多天，一直到如今預測塞凡股價的上漲以及幾乎掌控媒體風向，她不禁懷疑，麥爾斯不是一位超級特務就是一位聰明絕頂的罪犯，她心想後者的機率會很高，那麼母親地震過世以及父親在恐怖攻擊離開，這些故事該不會都是虛構的，就像是那些電影情節一樣。

要是麥爾斯曾經有不為人知的過往，現在已經深陷情海的她，又該如何去接受，這個痛苦的感覺讓她不想去面對。

這個世界越愛戴麥爾斯，她越害怕，她害怕終有一天麥爾斯不為人知的過往被媒體給掀了起來，而她自己的道德感又能接受曾經犯過罪的戀人嗎？即便麥爾斯一個眼神一個聲音就能瞬間征服她，當然她根本不知道麥爾斯會不會喜歡自己，這一切的一切都只是她自己的胡思亂想，不停在疑惑的深淵裡打轉。

艾瑪盯著螢幕上定格的麥爾斯，看著看著，臉上竟害羞地紅潤了起來。

「啊————！」艾瑪懊惱地放聲尖叫。

29. Breaking The Habit｜無法承受之輕

廂型車停在一個建築前，一行人望著眼前的磚牆，那是一座紅色磚頭的大房子，大門在圓弧形街角處，上面還有一條黑色底的跑馬燈，紅的字自顧自地跑動著。

紅色磚牆間有著高長的玻璃窗，玻璃鏡面反射全是蔚藍的天空，要是上面沒有明顯的招牌，這棟建築看起來就像老舊校園一隅的活動中心。

看似樸實的建築座落在地，招牌上一個單字，就讓它不得不招搖。

「這就是今天校外教學的目的地了，你們的第一次來，卻可能是我最後一次來，歡迎來到我工作的地方，Gibson。」克里斯像是個導遊一般引領著大家。

「哇嗚，小鬼，真有你的，你說你是首席製琴師，我還真的不相信耶，那你可以幫我做貝斯嗎？」馬里諾試探著，手也在愛蓮娜的腰間探拭著。

「可惡，不要叫我小鬼。」

馬里諾把頭撇向愛蓮娜，嘟著嘴說：「你看看，有小鬼在鬧脾氣唷。」愛蓮娜表情麻木，淺淺地擠出了敷衍的笑容。

「謝謝你帶我們來，我一直都很想參觀Gibson工廠，這是我從小時候就一直夢想著的事情。」麥爾斯的表情就像是小朋友踏進迪士尼那樣的雀躍。

伊森拍拍麥爾斯的肩膀，也顯得很開心。

「這就是搖滾之路啊，練團室、錄音室、吉他工廠、舞台！」安格嘴角上揚，能夠參與其中，一如預期，一臉滿意。

「不過……你確定了嗎？你的手不只是拿來彈吉他，也是拿來打造吉他的。」麥爾斯說。

「也沒說再也不做吉他了，但是我已經答應你們要一起巡迴了不是嗎？最近一起寫的曲子，沒有我怎麼行，走吧，好好參觀，我也好好跟主管說說，畢竟我蹺班好多天了。」克里斯的語氣帶著一點不捨。

「你那句怎麼說的啊，什麼當你在一個領域強到一個境界，只有別人求你，然後你考慮，如此而已，如此而已啊。」一路上保持安靜的史密斯終於開口了。

「夠了你，不過，我猜想，假如我要回來，Gibson一定會歡迎我的，除非他們想要我去Fender……」

「嘿，臭小鬼，Fender很好啊，Flea的貝斯就是Fender的。」馬里諾不甘示弱。

「Fender是很好啊，你也看到了我自己也有Fender的琴，不過你不要叫我小鬼啦。」

「哈哈。」伊森難得笑開懷，笑得特別大聲。

麥爾斯突然覺得暖暖的，現在的自己並不孤單，這樣被一群朋友包圍的感覺很好，只是好像少了些什麼，一種美好稍縱即逝的預感，像是他在小時候南投念書的感覺，漸漸打入了孩子們的圈圈，漸漸混血的血液可以與一個土地做連結，漸漸找到了歸屬感，但是這些漸漸，可以瞬間崩塌，就像是大地震的無情，一切歸零，這讓麥爾斯想用力珍惜，但是也怕這一用力，捏碎美麗水晶夢境的就是自己，而現在少了些什麼？永遠不在的父母家人，還有呢？卡特，米莎，艾瑪……，還有艾瑪。

麥爾斯說：「這次走訪完，我們就該回到塞凡了，自私的我，躲得也夠久了，條件談妥了，亞當也被踢掉了，克里斯也加入了，下張專輯也可以盡情用我們自己的創作，該是為別人著想的時候了，很多工作等著我們呢。」

伊森與馬里諾紛紛點頭認同，馬里諾更是嘴裡嘟噥著西西里方言，不知在唸什麼。

「趁還有籌碼的時候……現在只有別人求你，然後你考慮，如此而已，如此而已啊。」麥爾斯試著模仿克里斯，引起眾人一陣爆笑。

麥爾斯回想著，上一次與人一起探訪一個地方是什麼時候？去美術館也好博物館也好，甚至是走進圖書館也好，那種專程到一個地方去朝聖，去探究的感覺，這種感覺好熟悉，但是似乎也越來越陌生了。

克里斯被叫去辦公室談話後，Gibson的工作人員帶著大家參觀工廠，這樣走著看著，麥爾斯想起了家人的身影，母親挽著父親，而父親摸摸自己的頭，在那玻璃櫥窗前，玻璃反射下，父母的臉龐好清晰，一家人望著櫥窗裡頭那皎潔的玉，麥爾斯永遠記得，這一顆發亮的白菜，竟然是玉做的，對於麥爾斯來說，那不只是古物，不只是石頭，那些溫潤，通透，細膩，就象徵著與父母一起參訪一座聖殿時的美好，然而這樣美好也像是玉，脆弱而易碎。

自從母親不在後，自己似乎再也沒有走訪任何一座專門用來參觀的所在。

故宮博物院是麥爾斯參訪過最有印象的地方，那東方的圖騰，東方的字畫，他一直想到自己有一半帶著母親的血緣，但是對於自己的那一半，卻又是沒有根一般的神祕，畢竟父親最後選擇帶著自己離開台灣，那個孕育母親，也帶走母親的土地。

「麥爾斯，我們非常驚訝您的造訪，聽說你一直很喜愛Gibson的吉他，這真的是難得的好機會啊，麥爾斯……麥爾斯！」說話圓滑帶著點油氣的男子聲聲呼喚，把麥爾斯帶回了現實之中。

這一位名叫彼得的人好像是Gibson高層人士，西裝筆挺的模樣有別於工廠內那些自然工匠氣息的製琴師，而所有的員工好像都對他畢恭畢敬。

看著眼前的木頭被切割成吉他的雛形，看到這樣的製程畫面，聞到木屑的味道讓麥爾斯感到踏實，但是衝突的是，眼前叫彼得的這位男人，似乎刻意要討好自己，好像自己是將要砸大錢採購吉他的凱子一樣。

「容我來為您們介紹，這一區塊是……」

彼得的聲音很快就被麥爾斯給略過，看著那些製琴師傅削磨吉他的專注模樣，讓麥爾斯看得出神。

「喔喔喔，這一把Mick Taylor 一九五九！」帶頭走進一間收藏室的安格叫了出來。

「好眼力，這是一九五九年Les Paul Standard，沒錯，The Rolling Stone的Mick Taylor那一把吉他。」一位鬍子厚實到看不到脖子的老先生說道，邊說邊拿著一條抹布擦拭著玻璃櫥窗。

「天啊，這間房間根本就是搖滾史的縮影啊。」安格邊走邊讚嘆，細細看著這一間用木頭打造的房間，看似老舊，但是被維護的很好。

「那這一把呢？」安格接著問。

「是Lucille（露西爾）。」麥爾斯說。

「年輕人，你不錯唷，竟然知道Lucille。」厚鬍子老先生停止擦拭的動作，突然唱了起來：

The sound that you're listening to,
Is from my guitar that's named "Lucille"

麥爾斯接著哼：

I'm very crazy about Lucille,

Lucille took me from the plantation.

「哈哈哈哈哈，年輕人你的聲音很特別。」老先生笑得很開朗，聲音十分沙啞。

「這很好認，是B.B. King的Lucille。」麥爾斯覺得老先生的面容讓人感到溫暖。

「這把Gibson ES-335型半空心電吉他是叫Lucille沒錯，但是B.B. King冒著生命危險從火場裡搶救出來的Lucille其實是小琴身的 Gibson L-30。」

「嘿，老爹，那麼那一把真的現在在哪裡？」馬里諾的好奇心被燃起。

「哈哈哈哈哈，你這笨蛋，當然就是在B.B. King那裡啊。」老先生笑到有點喘不過氣，接連咳了幾聲。

「但是……B.B. King已經去世了……」馬里諾越講越小聲，深怕會有所不敬，畢竟B.B. King的大名有誰不知道。

「不不不，孩子，是他的就是他的，屬於B.B. King的，就永遠屬於B.B. King，你懂我在說什麼嗎？」老先生露出耐人尋味的表情。

伊森不停點頭，點著他那顆刺蝟頭表達贊同。

馬里諾手抓著後腦杓，一臉疑惑的望向愛蓮娜，愛蓮娜也露出一臉無知。

這些對話也引起了安格的好奇，嘴角瞬間上揚：「Lucille？聽起來是女人的名字，為什麼吉他取名叫Lucille？」

「哈哈哈，看樣子對The Rolling Stone熟悉的你是搖滾掛的，爵士這一塊你沒接觸，讓我告訴你吧！」

「老爹，別說故事了，我們要繼續往後面參觀。」彼得對同仁開口難得恭敬，但是仍舊不禮貌的插話。

「不不不，我想知道。」安格說。

「彼得，他們是誰？來買樂器的樂手？」老先生問。

「老爹，你大概待在這間古董房間太久了，他們是現在最當紅的王者麥爾斯啊，紅得發燙的，而且大家以為他們失蹤了，我想全世界都不會相信，現在他們人都好好的，而且還在我們Gibson工廠裡，就在我們的面前……」彼得講到像是每個字都會笑。

「王者？哈哈，你們是LeBron James（勒布朗‧詹姆士）的球迷？」老先生問道。

「你是說ＮＢＡ的King James？哈，看樣子你不只是懂音樂而已，老爹。」麥爾斯笑了。

「哈哈哈哈，ＮＢＡ其實我不熟，我也不認識什麼王者麥爾斯，但是我只懂一件事。」老先生笑得爽朗。

「什麼事？」

老先生很認真的直視著麥爾斯，還步步走近他，然後嚴肅地說：「孩子，我這輩子都在造琴，我其實不懂吉他，我只懂吉他的Tone，那個Tone，是吉他的靈魂，也是吉他手一生的追求。」

老先生壓身更為靠近麥爾斯，一手拍著他的肩膀，更把臉幾乎湊到他臉前，這個舉動並不會讓麥爾斯感到不舒服，反而有種安定的感覺，像是在長者面前，許多疑惑都能得到解答，許多煩惱都能得到救贖一般，麥爾斯默默期待著老先生會說些什麼。

「我也聽到了你剛剛唱歌的Tone。」老先生手在麥爾斯肩上輕拍了幾下，像是安慰的意思，「你的Tone是怎麼來的我不知道，但是肯定有悲傷的故事。」

麥爾斯突然有頭皮發麻的感覺。

老先生繼續說：「我曾經調過一顆拾音器，它的Tone是獨一無二的，幾乎無法被複製，原因不是它有什麼高超的工業技術或音訊處理，而是因為它曾經被莫名其妙摔壞過，而且不知道是怎麼摔的，然後從此就發出了前所未有的Tone，就像是你的嗓音。」

「老爹，別無禮，這是我們的貴客——」彼得又開始插話。

老先生完全不理會彼得，依舊很認真地看著麥爾斯：「我很遺憾，孩子，我不知道你面對過什麼？但是我想，你的嗓音是個禮物，你要珍惜它。」

麥爾斯看著老先生的眼睛，他全然相信眼前這位長者所說的一切：「那……那顆拾音器後來跑去哪兒？」

老先生轉身緩緩離開，離開前只丟下一句：「那顆拾音器，就跟你說過了，他被摔壞了啊，然後就壞掉了。」揚長而去時還帶著大笑聲。

「什麼嘛？what the fuck！」馬里諾摸不著頭緒，好像眼前的對話都是外星語言。

「是啊，壞掉了……」麥爾斯自己輕聲地默念，若有所思著，感覺有一股低落感撲襲而來。

「他還沒有回答我耶，Lucille的由來。」安格問。

麥爾斯像是抓到浮木，為了不讓自己陷入低落，趕緊逼迫自己加入對話：「B. B. King有一次演出，有兩個男人為了一個女人而大打出手，甚至引發了一場大火，B. B. King好險逃了出來，但是那兩個打架的男人卻葬生火窟。」

嘴角上揚的安格說：「該不會那個值得讓人打一架的女人就叫做Lucille？」

「沒錯，值得讓人打一架的女人，Lucille。」麥爾斯試著勉強自己笑著，學安格嘴角上揚。

「喔，那我也要找一把貝斯，取名叫愛蓮娜好了。」馬里諾深情款款對著愛蓮娜說，手也不安分地在她臀上游移著。

彼得把一行人帶到一間豪華的會議室，克里斯也搞定了他的離職程序，大家關心他是怎麼談的，他只露出一臉「當你在一個領域強到一個境界，只有別人求你，然後你考慮，如此而已」的招牌表情。

看到大家都集合了，彼得的臉像是中樂透一般地欣喜，終於說出了他憋了一整個參訪行程最想說的事情。

「王者麥爾斯，Gibson真的很高興你們的到訪，尤其是麥爾斯，我知道你對我們Gibson情有獨鍾，從你第一次上台拿了戴夫‧格羅爾的Gibson，到你每次表演都拿Gibson，我就知道終有一天我們會相遇……」

聽到這個，麥爾斯不禁把目光飄向馬里諾，馬里諾迅速用白眼回應。

在這一個瞬間，麥爾斯開始明瞭了一個事實，雖然他早就知道了，只是他不想承認罷了，他總是希望整個樂團是一體的，但是無法否認的，任何樂團就算是整團都很紅，其中主唱或是當家吉他手，通常都是代表一個團的標誌，只有Axl的團無法是真的Guns N' Roses，Oasis（綠洲合唱團）中Liam Gallagher與Noel Gallagher拆夥，少了誰都無法是真正的Oasis，靠自己撐起整個團，麥爾斯反而更顯自卑，他多麼希望伊森跟馬里諾可以比自己耀眼，但是他明白，確實是他，大夥才走到這裡的。

「……所以我謹代表Gibson，邀請麥爾斯擔任我們的代言人，我們希望可以跟麥爾斯合作，出一款麥爾斯專屬簽名琴……」彼得喜出外望。

「什麼？簽名琴？」麥爾斯想得出神，只記得彼得嘴巴不停地說些什麼，彷彿聽到了點關鍵字。

「對，簽名琴，我是說，我們希望可以跟您合作，出一款麥爾斯簽名琴，完全為你設計，當然你也可以挑選我們既有的型號，為你調整修改，或是再加上個專屬Logo……」

「唷呼，這是美夢成真啊，兄弟，真是太好啦。」馬里諾歡呼出聲，嫉妒歸嫉妒，聽到這好消息，也不由自主地為自己兄弟高興。

大家也隨之歡呼，會議室瞬間開始鬧哄哄地。

史密斯鼓著掌覺得這時候要是可以來瓶烈酒慶祝該有多好，安格上揚著嘴角覺得自己正在參與搖滾歷史的一頁，伊森的表情很激動，脖子都快爆青筋了，愛蓮娜的笑容詭異，像是並不感到意外，克里斯的笑容泰然，也像是為自己製琴的品牌而驕傲。

麥爾斯突然感到飄飄然地，無法置信，目光看著周遭的夥伴，好像所有喜悅全都讓周圍的人代替他展露了，那一個當年辛苦打工存錢買Gibson的少年，好像還是昨天的自己，曾幾何時，夢想達成的好不切實際。

「如何？我們可以馬上簽約。」彼得眉毛上揚。

「Come on！麥爾斯，你在等什麼？」馬里諾激動地站了起來，一手拉著麥爾斯。

「恭喜你，這是一個吉他手無上的榮耀。」克里斯一副樂觀其成。

「YES。」伊森雙手握拳情緒高漲，為自己的兄弟雀躍。

麥爾斯不知為何，突然想到剛剛那位厚鬍子老先生的面容，那一間滿滿經典吉他的收藏室，那些真正的吉他英雄們的愛琴，然後他也感受到矛盾的心情，克里斯的吉他技藝完全是這裡最強的，但是現在得到代言的卻是自己，接著想起了自己在NAMM的Gibson攤位排隊的自己，那個純粹像是個粉絲的自己，接著想到了陪自己排隊的艾瑪……

一股愧疚感襲來。

「我拒絕。」麥爾斯冷靜地說。

「什麼？」彼得不敢相信自己的耳朵。

「有沒有搞錯，兄弟，你是瘋了嗎？」馬里偌大喊。

麥爾斯堅定的說出了心坎底的聲音，用他那獨一無二的嗓音說：「我想……我還不夠格。」

30. Still Got The Blues｜夜裡的藍調

『這或許不是個好主意吧。』

蘇萍翻來覆去，覺得身體像是沾上了蟲，更是覺得自己就是蟲，一刻都無法安定，不斷地扭動自己的身軀，她明瞭這並非身體不適，而是沒有安全感的心理所致。

蘇萍與優子兩人各自睡在把椅背壓到最低的汽車正副駕駛座，這一台汽車停靠在一個公園的路旁，隨著夜逐漸深了，人煙也逐漸淡去，越來越明顯的只有蟲鳴聲，即便蟲鳴聲有些刺耳，但是仍舊不影響公園的謐靜感，好像蟲鳴聲就是最自然的公園背景聲。

越是謐靜，蘇萍越是提心吊膽：『這主意真是糟透了，吃到這歲數了，還是第一次在車子裡過夜，好緊張。』

為了遵照倩倩的旅遊指南，蘇萍租了台汽車，並且首次挑戰倩倩所謂的「睡車上省錢計畫」，倩倩日記提到，隨意在路邊睡車上在澳洲是違法的行為，必須把車子停在露營區、車屋公園那些地點才能夠成為合法「車床族」，雖然車屋公園租個小地方不會太貴，比睡在背包客棧便宜，但是那些地方還是適合豪華拖車型的車輛，那種上面有床有微波爐，幾乎就是把家帶著走的露營車。

但是為了省錢到極致，尤其是在已經花費了租車錢的情況下，住宿費絕對要更拮据點，所以把汽車停在人少的公園比較不會被警察發現而驅趕，要是可以停靠在公園公用廁所附近，更是方便。

蘇萍特地找到了符合日記裡這樣描述的地方，但是卻因為總覺得自己做了違法的事情而心理不安，更何況這樣睡車上，雙腳伸展有限，睡得一點也不舒服，而車子的玻璃沒有窗簾遮擋，沒了隱私，蘇萍一直無法放心，心裡也難免有股對女兒的生氣：『一個女孩子人家半夜睡在外面車上，多危險！』，但是自己也知道當答應女兒去打工度假那一刻，她就該學會放手，但是身為母親，這親情的羈絆，又怎麼可能真的放手。

「我吵到你了嗎？」一個轉身，蘇萍發現一旁的優子眼睛瞪得很大。

「其實，我也睡不著。」優子苦笑。

「對不起，這果然不是個好主意，還是說，我們去找背包客棧好了。」

「不過……現在這麼晚了，還會有客棧是開著的嗎？」

「當然會有啦，那些妖孽，不，那些年輕人根本都通宵不睡的，我們住過的背包客棧，哪一間不是這樣？」

「我知道，不過客棧櫃檯通常不會開放到這麼晚。」優子表情很不好意思，好像做錯事的是自己一樣。

「對吼，不能check in。」蘇萍突然覺得以前自己服務的飯店有二十四小時櫃檯根本就是完美。

優子擠出的笑容也是在苦撐，她一點也不想睡車上，但是為了蘇萍追逐女兒腳步這個目標，她怎樣都想支持下去，對於身旁有個破碎玻璃心的人，好像不柔軟一點，隨時都可能讓那玻璃更加粉碎，但是卻沒想過是否會因此刮傷自己，溫柔是必須的，溫柔也是日本女人必須的。

蘇萍伸出手拍拍優子，像個母親的姿態：「優子，對不起啊，不然我們熬過今夜，之後不要勉強自己了。」聲音滿是懊惱。

優子包容地搖搖頭微微笑，表示沒關係，但是那句「不要勉強自己了」，卻一直盤繞心頭。

蘇萍把手盤在腦後，開始想著，這種克難背包客生活可能真的只適合年輕人，像她這把老骨頭，怎麼能夠受得了。

突然，今天在汽車上廣播電台聽到的那首曲子又繚繞心頭，有時候某些旋律就是會神奇似地飛到你心裡，然後你彷彿就像一同歌唱似的從心底播送這首歌，即便嘴巴幾乎都緩緩哼著旋律了，但是其實那還是一個心底的聲響，無聲，卻是扎實又響亮，像是只在自己的意識裡播放。

當時那個下午，電台剛播送這旋律時，蘇萍覺得新奇，因為這個曲子好像是首台語歌，在澳洲的電台怎麼會放台語歌呢？這是讓人驚訝的一件事情。

開著澳洲右駕的車子非常地不習慣，蘇萍一直努力地把車子掌控在馬路的白線內，這條線好像不緊盯不抓牢，車子隨時都會像脫韁野馬一樣失控，而在手握方向盤（韁繩）的拉鋸之下，這緊盯著白線的負荷讓人緊張，而熟悉的旋律線像是條安全的網子披了上來，讓蘇萍暫時有了種安心的感覺。

這個曲子好像在哪裡聽過，隨著汽車跑動時的起伏，好像流失的記憶一點一點地回流，旋律相似處累積著，突然蘇萍嘴裡有股欲念，想對著那前奏哼唱著：『噠啦啦啦啦啦啦—噠啦啦啦啦啦—』

想起什麼似地，想要跟身旁的優子說，想要說她好像曾在ＫＴＶ唱過這首歌，突然又打消念頭，因為有些歌曲是有地域性的，因為一段旋律想起這是首台語歌的驚人發現，怎樣也無法讓眼前這位日本小女孩了解吧，不過這首歌曲一旦前奏結束，那台語歌聲一定也會讓優子感到驚訝吧，畢竟有些台語歌很像日本演歌，蘇萍一直這麼想著，靜候著這首歌曲會帶給身邊這女孩什麼樣地反應，應該也會發出日本人專屬的卡通驚訝聲吧。

這樣想要說說自己感覺，但是又好像沒有必要說的猶豫，讓蘇萍的身軀繼續隨車子晃動著，不知接下來該如何，有點彆扭。

『如果倩倩聽到這前奏，根本不用提，一定會大喊出來這好像哪一首台語歌吧。』

結果，根本是猜錯，這樣像是台語歌曲的聲響，越來越不像了，根本就不是蘇萍以為的那一首歌，英文的歌詞，變調的想像，但是那一開始的前奏真好像啊，歌曲有聽來也有類似的憂傷，而歌曲結束後，電台ＤＪ特別說這一首歌是Gary Moore（蓋瑞・摩爾）的〈Still Got The Blues〉。

蘇萍覺得好笑，怎麼一首外國歌曲，聽起來竟然有讓她回到過去的感受，那ＫＴＶ舊時的音樂錄影帶畫面，好像就浮現在眼前，風景、比基尼、男女約會瓊瑤式的情懷，甚至那卡西的間奏都猶言在耳，而且這根本就是兩首完全不一樣旋律的歌曲，但是怎麼有些片段卻在一起糾結，在蘇萍心裡糾結。

突然腰一陣痠楚，蘇萍還以為自己睡著了在作夢，但是身體的不適還是把她拉回了清醒的現在。

那種不適感讓蘇萍一心只想打開車門到外面伸展筋骨，她觀察了一下優子，看樣子優子已經睡著了，她小心翼翼地輕聲打開車門，為了怕關門聲響吵醒優子，蘇萍乾脆就不把門關好，只有輕輕地把門沾上，接著終於得以伸展了自己的身軀，有些骨頭處還喀喀作響。

沁涼的夜，車外的微風好像更為低溫，蘇萍後悔沒有拿件外套就出來，但是想到優子的睡臉，不忍回去打擾，就用手環抱著自己，往一旁走去。

這個夜很黑卻不暗，蘇萍發現頭頂上的樹木之間，有些地方好像白茫地在發亮，隨著步伐越驅空曠處，沒了樹的遮蔽，蘇萍看到了讓她嘴巴不自覺啊一聲讚嘆的畫面。

滿天的星斗，星星密集到像是一片星沙散落。

到底有多少年沒看到這麼多的星星了呢？蘇萍不禁這樣問自己，因為頭頂這一大片閃爍耀眼讓她幾乎要感動流淚，但是馬上又一股孤獨走上心頭，原因是她還是沒有擠出眼淚的能力，而也憐憫自己，為什麼離大自然這麼遙遠，自己活了這一把年紀，在那大溪情人橋上的燈光，在那台北市區的霓虹，好多的光線閃耀，反而遮蔽了自己的雙眼，那些光害，那些不如意，那些痛苦與苦難，好像就是整個台灣島嶼的白內障，讓人無法看到最清澈的天空。

憑著自己的經驗，相信還是有的，山上、海邊，那些人煙稀少的鄉村角落，但是更讓蘇萍氣自己的是，自己到底錯過了多少看這星空的機會，與女兒一起看星星的機會。

「倩倩，謝謝你帶媽媽來看星星，真的好美，像是你的眼睛一樣美。」

「媽媽，那些都是螢火蟲飛很高嗎？」倩倩喊得很大聲，蘇萍連忙低聲制止女兒：「噓，小聲唷，你會影響到別人的。」

而這樣的童言童語也引起了身邊一些人的笑聲。

那是倩倩六歲的時候，第一次到臺中自然科學博物館的太空劇場裡看到的虛擬星空，畢竟在大溪度過童年的倩倩，對於百吉國小裡的螢火蟲有著更早的接觸與更深的記憶。

在漆黑劇場裡，倩倩的眼睛閃閃發光，那充滿好奇與興奮的神情，蘇萍覺得這比任何星星都還要美。

倩倩六歲時的眼睛，倩倩十六歲時的眼睛，即便再也無法觸及倩倩的二十六歲，那瞳的閃爍，對於蘇萍來說永遠都是一樣的珍愛。

不知為何，蘇萍突然想起倩倩房裡那隻少了一顆眼睛的泰迪熊。

抬著頭的蘇萍，不知道自己看著這星空有多久了，後來察覺到優子拿了件外套披在自己身上，也靠在自己身旁一起看星星。

「蘇蘇，我決定了，我想要回日本了。」優子的語氣顯得非常慎重。

「對不起，我就知道這決定不是個好主意，害你睡車上很不舒服，我們一早就去找背包客棧……」

「不不不，不是這個意思，我是指，我真的想要結束打工度假，回去日本了。」

「你要回日本了？簽證到期了？」

優子安靜了一下子，深呼吸的模樣像是要做重大的決定。

「蘇蘇來澳洲的目的是為了追尋女兒的腳步是吧？」

「嗯。」看著優子非常慎重的模樣，蘇萍點頭也顯得很認真。

「這個目的，很浪漫呢，我可以感受到蘇蘇對女兒滿滿的愛，而我……這樣說或許很可笑，蘇蘇，其實我……我來澳洲沒有任何目的呢？」

「沒有目的？」

優子突然有點哽咽：「老實說，現在日本，就跟台灣、韓國，還有很多歐洲國家一樣，很多年輕人都流行打工度假，我週遭同學也都到各地去當背包客，大家都說要趁年輕出來看看世界，學英文、提升國際觀，或是打工體驗，或是存一筆錢回國的。」

蘇萍難得看到優子如此侃侃而談，甚至多了點激動，便握著優子的手給予支持，並靜靜地聆聽。

「其實，我看大家都出來當背包客，總覺得我沒有一起出來，好像會跟不上人家，好多同學的話題都是國外過的生活，大家幾乎都有自己的體驗，但是其實，我一點都不想出國，尤其是真的來了之後，我發現我根本不想要這樣的生活，所以我想要回家了。」

「是蘇蘇教會了我這件事呢，怎麼說呢……，其實我來澳洲過得很不快樂，我覺得很多外國人都很沒禮貌，背包客棧也很髒亂，住起來很沒隱私，大家都很愛喝酒……遇到蘇蘇，讓我覺得很心安，很像我的媽媽在身邊一樣，讓我很放心，來澳洲能夠認識蘇蘇，真的是太好了內！」優子已成淚人兒。

蘇萍此時憶起了第一次遇到優子時，優子用床單把下鋪包起來的模樣，還有那一絲不苟的整齊收納與嚴謹，原來優子對於背包客棧裡的雜亂一直在容忍呢。

「因為蘇蘇，其實我不太敢講英文，但是蘇蘇好像都聽得懂，我也吃到了蘇蘇做的食物，非常好吃，也是蘇蘇讓我有機會在羅特內島島上騎腳踏車，也讓我第一次體驗到搭便車，還有睡在車上……雖然很不好睡。」優子此時笑了出來，又哭又笑，讓蘇萍露出疼惜的笑容。

「不知道該怎麼說……遇到蘇蘇，讓我更勇敢了，體驗了自己本來不敢的事情，更重要的是……你讓我想到了自己的家人，我……我跟自己的媽媽其實處得很不好，但是看著蘇蘇你對自己女兒的那份情感，我想通了很多事情……」

「所以，我決定要回日本了，對不起，蘇蘇，雖然我很喜歡在你身邊，我也很想陪伴你，但是我想我終於有自己的目標了，我的目標不在這裡，我的目標其實是回家。」

蘇萍給優子一個大大的擁抱，並優子耳邊說：「謝謝優子，優子很棒呢，優子就像是我第二個女兒一樣呢，你做什麼我都會支持妳的。」

蘇萍憶起自己答應女兒出去打工度假時，也是給予全然的支持，在機場的擁抱，也是跟現在一樣，帶著強烈的不捨與關愛。

能夠讓身旁這拘謹的日本女孩打開心房透露心情，蘇萍感到很窩心，也感受到這份特別的友誼。

確定了優子要離開的心意，蘇萍才驚覺自己早已習慣有優子在身邊的感覺，但是好像也沒什麼立場挽留優子，像是自己要再失去一個女兒似的，心裡夾雜著複雜的心情，有點孤單，有點欣慰，有點了解，也有很多點的不捨。

「我媽媽她其實過得很辛苦，你知道嗎？日本女人其實壓力很大……」

蘇萍看著優子訴說母親的樣子，她就像是看到倩倩正在別人面前談論自己一樣，原來孩子們一直在觀察著大人，其實孩子們都知道，孩子們也都在體會著，蘇萍好想聽聽倩倩會是怎樣描述自己母親呢？是不是也有份疼惜，有份驕傲，而也有些埋怨呢？

這一夜，天空的星星好真實，身旁的女孩很真實，蘇萍打從心裡有種原始的快樂，踏實而純真的感覺，世界好簡單的感覺，只是內心那股鬱悶還是在的。

那一首像是台語歌旋律的〈Still Got The Blues〉又再度從心裡響起，Still Got，好像仍然擁有些什麼的安慰，但是也代表依舊遺留著傷痛的哀愁。

「ありがとうございます（非常謝謝你）。」優子溫柔的說著。

31. Bad Romance — 非關浪漫

有些事情好像是那麼地令人羨慕，但是換個角度想，怎麼又有種身不由己，麥爾斯盡可能地往前者那個方向去思考。

雖然艾瑪已經盡力溝通了，雖然很多事情的主導權都已經掌握了，但是有些長年下來的商業模式，還是不容易被打破，即便踏上這行業的金字塔頂端後也是一樣。

「好了，幸運地ＶＩＰ們，向你們介紹，王者麥爾斯。」凡倫泰不帶情感地把這些話說完，就把擋住人群的手給滑開，像是呈上一個禮物般地姿態。

這一個舞台的後台某處，眾人激情地從一個小門中湧入，朝著范倫泰手臂擺向的方向衝去，那是一張張欣喜的面孔。

雖然麥爾斯不排斥與樂迷接觸，自己也假想過，要是可以看到喜愛的藝人與樂手，自己一定也是相當興奮，但是這一群樂迷來得有點奇怪，波利塞要求塞凡一定要開放個專屬樂迷後台見面會，這是他們的合作底線，畢竟抽獎活動早已經宣傳出去，要是取消會嚴重影響波利塞的市場信用。

「後台收入，可不是任何樂團都拿得到的呢，你們該知足了，我們可是砸了你們無法想像的鉅額廣告費。」麥爾斯記得波利塞的高層曾這麼說。

那些樂迷繳的入場費可是不容易，買三箱波利塞威士忌而拿到的ＶＩＰ抽獎券，並且從幾萬張抽獎券中抽到的三十位幸運兒。

麥爾斯自己就是搖滾迷，他明瞭樂迷分作幾種，一種是只想聽音樂，獨自欣賞音樂旋律即可得到滿足的樂迷，甚至不能扯到「迷」這一個字，可能純粹覺得音樂好聽罷了，還談不上是個粉絲，另一種是想要親自看到Live演出的樂迷，就像是切納賽那一場Foo Fighters演唱會，是樂迷渴求來的，最後一種就是瘋狂粉絲了，他們無所不用其極地只想更接近偶像一點點，哪怕是那一點點也好。

而眼前這群靠著花大錢的樂迷，不只是迷，還很願意花錢，這一點讓麥爾斯覺得有點不舒服，他覺得演唱會離舞台近而票價高是合理的，但是砸錢就有機會進入後台接觸表演者，這讓麥爾斯覺得自己像是商品，甚至，就像是個妓女。

而克里斯剛進入樂團，並沒有在此抽獎活動範圍中，而且他依舊堅持要戴著牛皮紙袋上台，不想揭露真實面貌，現在他正在舞台上測試樂器與設備，並且輕易地把臉露出來，連帽子都沒戴，畢竟，現在台下沒人知道他是誰，他就像個工作人員，融入在舞台佈景中，完全讓人忽略，這就是牛皮紙袋帶給他的自由，麥爾斯覺得這真是個絕佳的好主意啊，難怪現在有不少的樂團是堅持不露面，像是Beat Crusaders（節拍十字軍）、Man With A Mission（狼人樂團），還有Slipknot（滑結樂團），或許一種形象，一種神祕，更讓音樂更受到注目，藝術性更加強烈。

有些樂迷很友善，閒話家常地聊天，但是有些樂迷像是失去理智，對著麥爾斯又抓又抱，獻吻的人雖然被工作人員給拉開了，但是這一切讓麥爾斯笑得很僵硬，有些時刻幾乎都快要動了怒氣，但是他看到馬里諾與伊森被包圍的模樣，突然又覺得好笑。

有個少年不斷抓著伊森的那顆刺蝟頭，讓麥爾斯幻想著伊森哪天當爸爸時的模樣，這樣地少言，這樣地冷酷形象，對著孩子有種另類的衝突感，而那一個少年身上穿的是知名樂團Metallica（金屬製品）的黑色T恤，讓麥爾斯也試想著，要是讓自己親眼見到Metallica，自己應該也會興奮不已吧。

瘋狂樂迷們對馬里諾也是過度熱情，讓馬里諾都不禁喊出了西西里方言，一副很享受，但是又不知所措的模樣，這些畫面讓麥爾斯覺得其實這場鬧劇有人陪，也是挺搞笑的，漸漸地也就釋懷了。

像是被人扒了一層皮似的，麥爾斯覺得演唱會還沒開始，就已經消耗了一半的心力，那群粉絲終於心滿意足地離開了，當造型師重新幫自己補妝與整理髮型時，覺得自己像是商品的感覺又重回心頭，接下來是整裝待發，準備上台演出了。

麥爾斯把目光望向一旁的伊森與馬里諾，看到他們也正被像是個商品給打理時，心情也就又舒坦了，麥爾斯似乎越來越知道怎樣調適自己了，只要不孤單，他就可以堅持。

麥爾斯也瞥過在角落隨伺在測的安格，安格搓揉著自己身上的刺青，神態自若，眼神對上時，彼此點了點頭，安格就像是在克里斯家一樣，陪伴而不打擾，嘴角總微微上揚，參與著，也邊緣著，一直都像近距離的觀眾一樣，看著眼前一切的發生，像是個國家地理頻道的攝影師，在這娛樂圈叢林裡拿著相機觀看著這一切，不驚動獵物，不打擾生態，就只是看著，好像看著就夠了，可能王者麥爾斯就是他兒子心裡的The Rolling Stone，所以他願意默默守護著。

有耳聞安格在演唱會後就要重回醫院的保全工作了，不知道為何，麥爾斯總覺得安格的存在很讓人安心，更羨慕他總是一臉知道自己在做什麼地老神在在。

可能是看到了麥爾斯眉頭深鎖的一瞬間，米莎特意過來關心了一下，還拿了了瓶水給麥爾斯喝，在唱片公司工作已久的她，觀察旗下藝人根本是基本功。

米莎說：「一切還好嗎？抱歉了，艾瑪盡力了，波利塞已經給塞凡很多讓步了，你也知道的……」

「喔，沒事，接下來就讓我們好好演出，把這波利塞合約給完結吧，喔，不，不要想著合約，想著台下的樂迷吧，大家來聽演唱會的，我們就好好演出吧。」

馬里諾不斷碎唸著，越念越大聲：「你們知道嗎？我剛剛就像是個萬人迷一樣，被一堆歌迷包圍，這麼好的差事還有錢賺，這是我做過最棒的工作了，但是，我實在猜不透啊，fuck！」

「怎麼了嗎？」米莎把水拿去給馬里諾。

「如果我這麼迷人，愛蓮娜今天為何不接我電話，我真搞不懂，你們有人知道她跑去哪兒嗎？她都沒看到我剛剛被包圍的模樣。」

「兄弟，老實說……我覺得愛蓮娜沒有你想像這麼單純。」麥爾斯說得語重心長，這個問題其實已經保留了太久了，終於脫口而出。

「我也這麼想。」伊森開口了。

「嘿，你們終於說出口啦，我懂，你們以為我是傻子嗎？愛蓮娜是為了我的名聲或是錢，我沒想過這些嗎？當然不是啊，我當然想過啦，但是就算是那又怎樣？這就是現在的我啊，fuck，我們已經不是在小酒吧表演然後賺那一丁點小費的狀態了，更何況，我跟她在一起我很爽啊，被騙我也願意啊。」

米莎說：「他們是怕你受傷，所以擔心你啊，老實說，我也擔心你啊。」

「擔心？我不擔心我受傷，我只擔心我交不到馬子，就這樣。」馬里諾嘟著嘴，神情反倒是浮出些擔心。

「呼，也是，你開心就好，我們也會為你開心的。」麥爾斯鬆了口氣，事情講開了，反而比較容易釋懷。

「還有，太多事情我都搞糊塗了，而且越想越可惜，可惡。」馬里諾接著說：「每次想到都還是很生氣，米莎，你知道嗎？這傢伙拒絕了Gibson耶，拒絕了大好的機會，代言人，代言人啊，fuck，到時Fender找上我，你可別羨慕。」

米莎突然腦海浮現了之前馬里諾在艾倫秀的衝突場面，突然有點緊張：「嗯，有聽艾瑪說過，確實很可惜……。」

「Damn it！你腦子真的壞了，嗓子也怪了……，像我這樣才是正常人啊。」馬里諾繼續碎碎念。

「馬里諾。」伊森輕聲制止。

馬里諾突然驚覺自己有點失言，趕緊說著：「嘿，麥爾斯，不是說你不正常啦，你懂的，嗓子很好，一切都很好……」

麥爾斯並未有特別的反應，反而很平靜地說：「兄弟，你還記得我說過那個台灣的伍佰嗎？」

「伍佰and China Blue。」馬里諾的語調像是覺得自己的記性實在太好了：「嘿，我當然記得。」

「伍佰有一次上台領獎，你知道他致詞感言說了什麼嗎？」

「這跟Gibson代言有什麼關係？」

麥爾斯對著鏡子點點頭，向造型師示意了一下，然後起身走到馬里諾的身旁，對著鏡子裡的馬里諾用動作示範著：「好像是金曲獎之類的吧，總之是台灣的一個大獎，我以前在電視上看到的，伍佰他上台領到獎之後，把獎不屑地擺在演講台上。」

「他不想要？」

「不，他淡淡地說：『這只不過是官方說詞』，作出一副要遠離那一個獎座的模樣，接著他停頓了一下子才說：『不過我很認同！』，然後迅速地把獎座拿走，就這樣頭也不回地離開了舞台。」麥爾斯模仿著，十分認真。

「哈哈哈，還真是瀟灑啊，這算得獎感言？」馬里諾笑得開懷，但是瞬間又板起臉孔，「Fuck，你轉移話題，這跟代言有什麼關係？」

麥爾斯拍拍馬里諾的肩膀：「兄弟，我不是不想當Gibson代言人啊，有自己的簽名琴簡直是夢，但是現在的我，我不認同啊，我無法像伍佰那樣瀟灑地肯定自己，你明白嗎？」

馬里諾抓著頭一臉狐疑：「好像有點明白，但是——」

「不然，我再舉一個例子，強尼・戴普。」

「你真會扯啊，一下台灣的伍佰，現在又扯到海盜船長。」

麥爾斯：「強尼・戴普有一次領巴哈馬國際影展的終身成就獎，你知道他的反應是什麼？」

「噗，該不會也是什麼我不認同。」

「接近了，他的反應是：『為什麼要給我？』」

「哈哈哈，果然是傑克・史派羅（Jack Sparrow）啊，我都可以想像得到他的表情了。」

「說真的，就像這種感覺，他還年輕，卻從資深的史恩・康納萊手中領到這終身成就獎，你不覺得很突兀嗎？」

「好像是，終身成就獎確實發給老人比較貼切……但是，嘿，我們在談論的是Gibson，Gibson耶！越年輕代言越好啊，fuck！」馬里諾聲音越來越大。

「我意思是，我只是幸運而已，在這爆紅的網路時代，我還沒肯定自己以前，我不想拿到不屬於我的榮耀，不該是這樣子拿，應該是我認同的時候拿，而且，你懂的，我現在是靠的是你說的怪嗓音，不是靠吉他……」

「我懂。」伊森擠出了這兩字。

馬里諾目光轉向伊森：「你懂？為什麼我還是不懂。」

麥爾斯突然想到些什麼：「伊森，你知道Blink-182，那個182怎麼來嗎？」

馬里諾這時候大笑：「哈哈哈！這個我懂，伊森，你不懂啦，讓我來跟你說吧——」

「我懂，艾爾帕西諾。」伊森一臉笑意。

「什麼？麥爾斯跟你說了？」馬里諾突然覺得自己總是像一個笨蛋。

麥爾斯補充：「不不不，我還沒說啊，該不會……伊森你看過那本雜誌？」

伊森忍住笑意點點他那顆刺蝟頭，然後放聲大笑：「哈哈。」

米莎也笑著，但是一臉茫然：「艾爾帕西諾？那個演員嗎？」

後台化妝室充斥著大笑聲，克里斯剛走進來搞不清楚狀況，那是這個氣氛讓他也受感染，看到所有人都在笑，連化妝師、工作人員也在笑，自己只好也跟著傻笑。

馬里諾：「嘿，克里斯該不會你也知道Blink-182的事吧？」

「Blink-182？怎麼了？」

「你知道他們團名的由來嗎？」

「當然，這不是常識嗎？」

「哈哈哈，麥爾斯，其實搞不好你最晚知道，你這個笨蛋，我不跟你說，你搞不好永遠不知道。」

馬里諾樂翻了。

伊森笑得很用力，整個刺蝟頭都在顫抖。

麥爾斯抱著肚子，像是笑到肚子痛：「沒錯，我就是不折不扣的笨蛋。」

「哈哈，對，你這個放棄Gibson的笨蛋。」馬里諾笑中帶著一絲生氣。

「那你知道伍佰為什麼叫做伍佰嗎？」麥爾斯不甘示弱。

克里斯試探性地說：「因為五百個fuck嗎？」

「哈哈哈哈！」伊森笑到快要岔氣，這個模樣太少見，惹得麥爾斯笑到無法自己。

「五百個fuck，哈哈哈，克里斯你這個小鬼才是笨蛋。」馬里諾笑到快從椅子上跌下來。

「不要叫我小鬼。」克里斯過去作勢要扣住馬里諾的脖子。

笑聲在化妝室裡爆炸開來，在後台震動著。

大家此時的反應，甚至比前一刻那些狂熱粉絲的亢奮，還要瘋狂。

32. Ark ｜諾亞方舟

艾瑪穿著合身的黑色套裝，使得她的白皮膚與頭上金髮顯得相當出色，這一身似乎對於她現在歐洲品牌總監這職位更相稱了，但是她卻顯得十分不適應，她自己明白跟服裝無關，而是這個職位的壓力與期待。

她常常伸手拉著裙擺，深怕哪裡曝光，或是覺得哪裡怪怪的，三不五時就小聲問米莎，自己是不是哪邊弄髒了，米莎認為這都只是問心安的，因為什麼事也沒發生。

唯一只有領口那個金色像是M字型的玫瑰別針是她最滿意的挑選，雖然米莎推薦的這身黑色套裝她也頗喜歡，但是那個別針讓她覺得，自己在幹練的模樣中仍有著女人的可愛與巧思，因為那個玫瑰纏繞的M字形狀，對她來說就是代表麥爾斯的英文縮寫，這是她經紀生涯的重要發現，也是她溫柔情懷裡的重要祕密。

艾瑪現在的經紀工作不用再煩惱照顧樂團的瑣碎了，反而增加了更多的政治性，面對塞凡高層，面對合作廠商（尤其是波利塞），面對著媒體，面對著唱片品牌形象與現實的績效報表，還要面對旗下眾多職員的各種個性，她大約能夠體會為何亞當會變成如此混球了，有些時候那是一個高階主管的不得已，但是提到混球，她也漸漸發現，其實很多時刻，在擁有總監強大的權力資源下，很多事情其實是可以不那麼混球的，想到這兒，亞當依然是個可惡的人。

今天這樣的大日子，艾瑪終於把那一百零一個會議給搞定，並且提早趕到了演唱會現場，在前往現場的路上，美國六六號公路的美景與意義性讓艾瑪一路尖叫不斷，開著車的卡特也十分開心。

洛杉磯聖塔莫尼卡碼頭（Santa Monica Pier）真是個絕佳的演唱會場所，非常商業化的波利塞，果然選擇了一個很棒的吸金場地，容納人數足夠，在這有海灘、碼頭、遊樂園摩天輪，讓威士忌在此刻就跟啤酒一樣地親近人。

艾瑪之前還天真的以為威士忌公司會選在類似Whisky a-Go-Go這樣有威士忌名稱又有輝煌搖滾歷史的Live House舉辦溫馨的名流派對呢。

此時海灣天空一大艘紅色飛行船緩緩飛過，上面印著斗大白色的波利塞（Polisset）斜體字樣，其中飛行船的尾翼則印著相對較小的塞凡Logo，艾瑪著實感受到不同產業的財大氣粗，即便塞凡已經是歐洲的知名唱片品牌了，面對超級財團巨擘，這次的合作要不是王者麥爾斯的超人氣，不然塞凡可能會一路被壓著打，艾瑪總想著，自己在面對這樣的大案子，能夠比亞當更加出色嗎？總覺得亞當的「唯利是圖」好像跟波利塞非常契合呢。

心心念念的艾瑪只想趕快到後台重溫她最熟悉的工作，與樂團成員們一起，還有統御各種雜事，但是身為品牌總監的她被迫要先到ＶＩＰ區與一些政商名流打聲招呼，雖然塞凡也有其他高層出席，她仍然被迫要跟著那位叫凡倫泰的人一起去握那一雙雙社交的手，還有努力擠出那友善的笑容，在遇到波利塞的高層時，那雪茄的濃厚味道幾乎讓艾瑪想要翻白眼，而這必要性的優雅偽裝全在遇到了洛杉磯的ＮＢＡ球星Kobe Bryant（科比．布萊恩）時而尖叫破功。

「啊——！天啊，Kobe，Kobe，我從小就看你的比賽！」

叫聲尖銳，Kobe都忍不住揉了一下耳朵，隨即微笑應答：「謝謝，我女兒也是從小開始聽王者麥爾斯的音樂，你懂的，她們還小，哈哈。」

艾瑪心想自己說了謊，自己不太看ＮＢＡ，但是看到自己從小就知道的巨星正在眼前，還是非常地興奮，而Kobe身旁的太太Vanessa，那傲人的胸圍也讓艾瑪心裡嘖嘖稱奇，這對於平均只有C罩杯的義大利女性來說，是很震撼的事情，更讓她驚訝的是Kobe竟然說了一口流利的義大利語。

終於必要的社交可以暫時告一個段落，艾瑪趕到了後台，還沒走進化妝室就聽到了舞台上的音樂。

「米莎，你好嗎？大家都好嗎？」

艾瑪看到後台的眾人們，其中安格的存在雖然早就知悉，但是艾瑪還是覺得有點突兀，畢竟他不是經紀團隊的一員，或許塞凡公司需要招攬這樣的人。

「天啊，你終於到了，他們已經要開始了。」米莎拉著艾瑪不斷地往一處奔去。

「什麼？這麼快，天啊，我到底是浪費了多少時間？」

艾瑪蹬上幾階階梯，輾轉走到了舞台的側邊，吉他的隨意即興鳴叫聲似乎越來越近，越來越大聲，艾瑪便看到了王者麥爾斯的新吉他手模樣。

說是模樣，倒不如說是一個人形，因為這位克里斯頭戴著牛皮紙袋，瘦弱的模樣讓那條牛仔褲似乎異常的寬垮，雖然看不到表情，但是艾瑪隨即可以想到第一次與他碰面時，克里斯那稚嫩的模樣，青春無敵的笑容，也難怪馬里諾都愛叫他小鬼，想到這裡，耳裡進來的吉他聲響卻又是沉穩而成熟，非常有反差感，但是這吉他彈奏的技巧確實是無庸置疑，成為王者麥爾斯的吉他手，絕對是可以為樂團加分的。

再往舞台深處望去，艾瑪看到了伊森的刺蝟頭，隨著重拍不斷點頭，艾瑪認為打鼓就是伊森說話的時刻，他內心想表達的一切都隨著鼓棒而延伸出去，毫無保留地讓鼓為他發聲。

更遠的地方，馬里諾正對著台下的觀眾高舉著雙手揮舞，感覺得出來馬里諾今天心情非常好呢。

而在舞台中間的麥爾斯忙著刷著節奏吉他的強力和弦，那張艾瑪期待的臉龐，被長髮給遮著，直到麥爾斯望向克里斯那一瞬間，艾瑪相信麥爾斯一定看到自己了，但是麥爾斯那一個稍稍揚起的笑容，她不確定是對著自己還是對著克里斯，艾瑪隨即認為是對著後者，因為那顆牛皮紙袋頭恣意前後搖擺，Solo突然停止，換成彈背景的節奏和弦，原來這是兩位吉他手的提醒信號，相互換了主音協音位置。

麥爾斯隨即開始獨奏。

麥爾斯吉他獨奏？艾瑪非常驚訝，雖然他看過麥爾斯彈吉他，但是卻從沒看過他獨奏，不過這也是在樂團有兩名吉他手的時候才好發揮的部分，艾瑪細細聽著也分析著，聽得出來麥爾斯的吉他技巧並沒有克里斯來得好，但是那個富有藍調味道的聲響竟是如此地悲淒而讓人印象深刻，這些「搞失蹤」的日子裡，難道麥爾斯吉他功力大幅精進？相信這跟克里斯的出現，還有他們之前說麥爾斯放棄Gibson代言機會絕對脫不了關係，雖然艾瑪還沒機會與麥爾斯深入討論，但是大概能感覺到麥爾斯對吉他的執著。

台下的觀眾開始尖叫鼓譟著，艾瑪跟觀眾一樣感到驚艷，但是她卻忘記尖叫，在舞台側邊的她，看著眼前的樂團表演，好不真實，像是親眼觀看到一朵花盛開發亮的一瞬間，內心十分激動。

麥爾斯的吉他聲響悲鳴，但是舉手投足多了點活力，她可以感受到麥爾斯似乎在擺脫傷痛，自己找到些動力了，這跟Foo Fighters切納塞演唱會時出現在眾人面前的那位陰鬱男子幾乎判若兩人，感覺魅力加乘了。

艾瑪發現這就是她熱愛這份工作的地方：『看著一個樂團越來越成熟，不斷強力放送著搖滾熱力』，親眼目睹這樣的搖滾出現，比當高高在上的總監來得有趣多了。

此刻艾瑪也才注意到背景螢幕上投射的圖形，白底黑線，那是用大量幾何線條繪製出王者麥爾斯四位團員的肖像，純粹的線條隨著肖像3D立體的轉動角度而產生變化，非常有科技感，伊森的刺蝟頭線條尖得銳利，馬里諾稍嫌福態的模樣也被線條勾勒出來，克里斯的牛皮紙袋頭的線條更是簡潔，艾瑪看到笑出聲音來，接著麥爾斯的長髮線條出現，隨著頭像越來越轉向正面，那糾結堆疊的線條聚集在眼窩處，像是個黑洞，把麥爾斯深邃的雙眼巧妙地呈現出來，艾瑪覺得自己的心抽動了一下，那種莫名的不安全感又浮了出來。

麥爾斯與克里斯的吉他聲響漸漸淡出，剩下伊森清楚的鼓點，像是正在醞釀些什麼，不斷敲打著，讓人好奇著接下來會發生什麼。

馬里諾走到舞台中間與麥爾斯互換了位置，馬里諾仰天大叫著，但是叫聲並未透過麥克風而放大，只有看到他怒吼的姿態，接著手中的貝斯低沈的聲響圓滑地跳了出來，與鼓聲搭配得恰到好處，馬里諾身體像是在跳舞，但是低頭專注在彈奏，而貝斯音的滾動也讓人不自覺想搖擺，艾瑪認出那一把正是Flea送的貝斯。

樂團表演中，貝斯的聲音常常會讓人忽略，這段各自獨奏的安排真是太棒了，艾瑪心生讚嘆，她也確信馬里諾確實需要一個專屬的時刻好好秀自己的貝斯能力，馬里諾自己本身也痛恨被樂迷忽略，此刻台下的歡呼聲讓馬里諾的表情非常地沉醉，臉上幾乎都染上了一陣暈紅，看起來他非常享受這一個表演機會，就像是喝了酒一樣的微醺。

艾瑪那身為經紀人的職業敏銳馬上觀察到了：『咦，馬里諾應該是真的喝了酒。』

馬里諾一臉滿足的模樣把最後一個音給彈完，只留下了鼓聲。艾瑪慶幸馬里諾沒喝多了，還能控制自己。

伊森的鼓聲越來越快，越來越快，接著進入了一種瘋狂的境界，刺蝟頭的劇烈擺動，讓整個打鼓氣場像是在做有氧運動，每一顆鼓面，每一片鈸幾乎不曾歇息，不斷地被敲擊而震動著，整個現場high翻了天，尖叫聲四起。

鼓的四周竟然還噴出了長條柱狀的火焰，觀眾更是鼓譟。

開場的第一首歌不像是一首歌，卻成功地像是自我介紹一般地把王者麥爾斯給端了出去，熱身似地把現場氣氛給炒了起來。

艾瑪看過眾多演唱會，通常這種樂手各自Solo的時候都是演唱會中途要介紹團員時，或是演唱會精心設計的橋段，更可以暫時讓沒演奏的樂手喘口氣。無論是吉他battle或是各樂器獨奏發揮，這樣一開場就玩倒是十分新鮮。

艾瑪總可以猜到這些創意應該都來自於麥爾斯，他一定希望表演的焦點不要只是自己，他一直都希望是團隊共同發散光芒，甚至，如果可以，艾瑪甚至相信麥爾斯寧願退居幕後，也不一定要當Front Man，這樣曾受過巨大心理傷害的男子，陰鬱的外表下，其實骨子裡是一個富含創意的藝人，幾乎天生就是吃這行飯的，即使他本人不自覺，他卻總是無意間做對了些什麼，艾瑪從沒遇過這樣子的藝人，也心裡懷疑自己，會不會就是這樣地特別，引起了自己愛戀的情愫，而當工作如果涉及了感情，那後續又會演變成什麼局面呢？艾瑪不敢繼續思考下去，但是馬上又冒出了一個好奇：『那聲音沒有變之前的麥爾斯，是怎樣的聲音呢？』

下一秒，艾瑪再度驚艷了，之前巡迴大量演唱的致敬翻唱歌曲沒有出現，新的旋律飄了出來，非常獨特的Riff來回重複，艾瑪想必錯過了這首歌的錄製過程，完全沒有印象。

克里斯的彈奏十分洗鍊，乾淨俐落之外，即便看不到表情，仍然彈出了一些態度，從肢體動作洩逸而出。

舞台上乾冰釋放，把整個舞台給雲霧包圍，光線透不過乾冰，形成了獨特的光暈，麥爾斯的歌聲從霧裡透了出來，隨著乾冰散去，光線也逐漸對焦集中，歌詞卻沒有明朗的跡象，嗓音算是清亮，卻又帶著一絲沙啞。

若這個世界到了盡頭
時光的最後
只能有一人陪你渡過

『這……這是中文歌？是之前他們提到的創作曲〈ARK〉嗎？』」艾瑪嗚著嘴阻止自己尖叫的心情，畢竟這是她第一次聽到這首歌，身為總監，似乎無法像是過去可以親力參與樂團的所有創作，更何況這些創作，都是王者麥爾斯他們「搞失蹤」時的產物。

這陣子的王者麥爾斯，像是去上了什麼培訓課程或是震撼教育，竟然醞釀了這麼好聽的音樂，比過往的創作都來得要完整而成熟，克里斯一定功不可沒。

艾瑪心裏覺得這樣的聲音好迷人，但是卻不知道在唱什麼而感到一絲焦急，但是旋律是不分國界的，那些咬字，那些氣音，艾瑪甚至懷疑中文歌都是這樣的腔調嗎？麥爾斯講得是最標準的嗎？還是這是只屬於他的混血口音？其實這些根本不重要了，在這樣美國威士忌大品牌的年度派對上，能唱這些在場貴賓幾乎聽不懂的中文歌，可能也也只有麥爾斯辦得到吧！

洪水流遍淹沒山溝
只剩下雨和風
天色漸漸暗波浪兇猛
握緊我的手

麥爾斯輕輕刷著和弦，舞台光柱打上那吉他表面，反射像是沒畫面的鏡子，光線慢慢延移，移上麥爾斯的臉龐，光線讓輪廓顯得更立體了，睫毛像是保護眼眸的羽翼，他正閉著眼輕聲唱著。

艾瑪這下子才仔細看到了麥爾斯身上的吉他，出乎意料竟然不是Gibson，這一天太多的衝擊都是艾瑪無法預料的。

她握著拳皺起眉頭，努力思索著這一把Gretsch Duo Jet黑色電吉不知道哪裡看過，雖然跟Gibson Les Paul的形狀稍稍類似，但是Gretsch Duo Jet那些發著閃銀色的拾音器與搖桿部件顯得貴氣而斯文，也可能是那整體的模樣透露著些復古的感覺。

找不到方向無路可走
在原地停留
此時在心中有沒有
熟悉的臉孔

伊森沉穩的踩踏著大鼓，穩定的拍子成為這首歌的基石，而不時用鼓棒尖端輕輕敲擊鈸，那微微亮亮的小聲響又給節拍上了涼涼的點綴，馬里諾彈奏的低音，給旋律上了一層溫熱，像支撐，像包覆，克里斯的破音刷扣則是帶著不乾淨的粗糙聲響，刷法有著龐克音樂的煽動性，這些律動讓台下的觀眾都站了起來搖擺。

如果未來不會很久

誰在你腦海中
時空倒流風景依舊
是否有把握

想了想，艾瑪終於想到了這是她曾經去日本出差時的記憶，那一個L'Arc~en~Ciel（彩虹）樂團的主唱Hyde，曾經拿過這一把吉他，一瞬間她想到這樂團更有張專輯名稱就叫做《ARK》，與這首歌同名，難道這是麥爾斯取材的原因？這些巧思像是破解推理謎題一般，讓艾瑪感到無以名狀的樂趣，內心更打定主意要在麥爾斯回到後台後馬上向他應證這些事情，想到這裡，艾瑪不禁笑得開懷，也猜想麥爾斯會像在NAMM樂器大展一樣，針對這把吉他說出一些故事或傳說，她向來喜歡聽這些搖滾界的軼事，尤其是自己沒聽過的，畢竟在業界多年，艾瑪以為自己聽得夠多了，但是每每聽到新奇的搖滾故事，都讓她著迷不已，麥爾斯正好就常切中這個要點。

她的身體隨著麥爾斯的聲音律動著，看到米莎在身旁，乾脆伸出手勾住米莎的肩膀，米莎也伸手勾著她的腰，兩個女孩在舞台側邊搖曳著，也動人著。

坐上諾亞方舟
經歷大雨過後
任時光蹉跎
唯有你最珍重

麥爾斯唱到副歌時似乎用了很大的力氣，甚至喊出了哭腔，像是宣洩著憤世嫉俗，像是傳達著諾亞方舟一樣末日的情懷，額頭上的汗珠閃閃發亮。

坐上諾亞方舟
跟著隨波逐流
何時才能停泊
恢復光明燈火

群眾的尖叫聲像是又更吵更大了些。

好險麥爾斯唱完離開麥克風架時擠出了點微笑，才讓艾瑪對那聲哭腔放了心。

歌曲是該進入尾聲了，但是麥爾斯反倒是更用力甩著頭，卯起來刷著強力和弦，那深棕色長髮開始飄凌，馬里諾的的貝斯似乎更沈，伊森的鼓點更明確，戴著牛皮紙袋的人，用那穿著寬鬆牛仔褲的一腳踩在音箱上，開始用電吉他激情地狂哮，台下口哨聲四起。

克里斯的手指快到不像話，極速爬著音階，但是又能瞬間變得輕柔，推著弦，把聲響尖叫得猖狂，接著又在尾音製造出泛音聲響，這把弦樂器像是鬼魅猛獸一般，在克里斯手裡發出不可思議的聲響變化。

克里斯的獨奏還在飛馳，飛到一個瞬間，台上四個人手上樂器發出的交織，很有默契的一起截斷，就這樣把歌曲結束了，竟然意外地不突兀。

艾瑪張大著嘴，這樣子以獨奏Solo做結尾的歌曲實在太罕見，她像是親眼目睹奇蹟一般，這樣的表演可以是她經紀人生涯最震撼與感動的時候，艾瑪眼角開始濕潤了。

現場安靜了一下子，彷彿只剩下一旁海風的輕輕吹拂，還有那歌曲殘留的餘韻，接著像是瘋狗浪來襲，全場觀眾熱情地回應著眼前這美好的演出，掌聲、尖叫聲、歡呼聲、鼓譟聲、口哨聲、吶喊聲融合而成的強烈喝采，持續了好一陣子，直到王者麥爾斯四位陸續離開了舞台，這些肯定的聲響幾乎無法停歇，像是與海風融合了，在聖塔莫尼卡碼頭迴盪著。

王者麥爾斯一一走下舞台側邊時，艾瑪看到麥爾斯走向自己，那迷人的眼神，汗水淋漓的髮梢，麥爾斯呼了一口氣，表達著疲累，淺淺笑著望向自己，像是在討安慰的表情，艾瑪覺得自己的身體完全不能移動，腦袋一片空白，只聽到了觀眾的喝采聲與自己劇烈的心跳聲。

「艾瑪，你來了，M是代表什麼？」艾瑪聽到麥爾斯對著自己說。

「什麼？」

「金色的很好看，很適合你。」麥爾斯一邊脫下身上的電吉他，一手指著艾瑪身上的胸針，然後伸手輕輕摸了艾瑪的頭。

「啊？」艾瑪覺得自己的臉頰在發燙。

33. Fate — 命運

依照計畫，也是塞凡與波利塞雙方協調後的計畫，王者麥爾斯在隨他們自由發揮的歌曲開場後，全員就要到後台換上這次年度派對的紀念衫——鮮紅色的T恤，胸前印著白色斗大的波利塞（Polisset）斜體英文字樣，背後燙著斗大的數字，更在袖子上繡上了臂章，是波利塞的Logo，一隻美國棕熊張開大嘴手上握著酒杯的圖樣，整個T恤設計跟足球衣很像，但是版型卻不合身，也沒有一般足球衣的英挺，披上身總覺得過度招搖。

麥爾斯覺得伊森說得很貼切，當時剛拿到衣服的那一刻，他只說了一句：「噢，這簡直是氣球。」沒錯，穿上這鮮紅，真的讓人覺得自己是一顆嘉年華會的氣球一樣。

麥爾斯覺得後台的畫面有點像F1方程式賽車進入維修站，大批工作人員撲了上來，有人幫忙拿下身上的樂器，有人拿出毛巾幫忙擦汗，有人幫忙調整塞在耳朵裡的耳機，有人忙著說話，麥爾斯開始想念了過去樂團演出需要自己去調整那些音箱旋鈕的踏實感。

一個波利塞的工程師拿下頭上的大耳機，興奮地喊：「網路直播剛剛衝到新高，超越上次NFL美式足球超級盃冠軍賽的觀賞人次，哈哈，搞不好可以申請金氏世界紀錄！」

「快通知音控師跟混音師，準備好就回報……」

「廣告時間五分鐘，各就各位。」

「嘿嘿嘿，把水拿過去發。」

「化妝師準備，你們有三分鐘。」米莎將伊森說的那件大紅T恤遞給麥爾斯。

麥爾斯走向化妝區，邊走邊脫下衣服，露出了結實的胸膛，隨即把T恤穿上，粉撲跟眼線筆迅速伸了過來，頭差點撞上一隻吹風機，麥爾斯環顧四周，看到了其他團員也正在被伺候著，轉過頭看到了人群中的艾瑪，正在講電話，但是眼神不時望向自己。

另一個人遞上了一罐飲料，麥爾斯胡亂地喝了一口，卻有點想吐的感覺，就把飲料給拿開了。

「呼，給我一分鐘，我去廁所一下。」麥爾斯突然覺得頭昏缺氧，耳朵還聽得到馬里諾在不遠處用西西里方言碎念，意思好像是笑說克里斯頭戴牛皮紙袋可以不用化妝。

「但是——」化妝師才剛開口就被麥爾斯打斷：「就一分鐘。」

走向後台廁所的路上，看到伊森那顆刺蝟頭正在補上髮膠，麥爾斯伸出手拍拍伊森的肩膀，伊森也順手拍了麥爾斯的手臂：「你還好吧？」

「我很好，只是需要一點新鮮空氣。」

接著麥爾斯撞見了范倫泰，范倫泰態度跟過往不同，十分熱情，還硬把手伸過來握住他：「搖滾巨星，剛剛的歌真是太美妙了，今晚靠你了……」

脫離了范倫泰，麥爾斯看著前方昏暗的長廊，嘴裡有種奇怪的感覺，舌頭似乎麻麻的，剛剛的飲料有點奇怪，頭開始昏眩的他用手撐著長廊的牆，試圖讓自己站穩一點，麥爾斯突然冒出了想回頭確認的想法，便回頭望去。

人群裡竟有雙眼正銳利地看著自己，麥爾斯很驚訝：『愛蓮娜？』

愛蓮娜手上拿著那罐像是提神飲料的瓶子，那朱紅的雙唇有種似笑非笑的神祕，隨即把眼神移開，在人群中消失。

『搞什麼？』麥爾斯覺得自己四肢無力，有種重感冒的感覺。

好不容易走到廁所，麥爾斯看著鏡子裡的自己，臉色有些蒼白，他也察覺到有另一位男子在廁所盡頭，麥爾斯把水打上自己臉龐，想讓自己清醒點。

麥爾斯感覺男子走近，從鏡子裡看，是個生面孔，男子西裝筆挺，像是波利塞的人。

「嗨，麥爾斯。」男子聲音低沈，嚴肅地盯著鏡子。

「嗨，你是波利塞的人？」

「不。」

「塞凡？」

「也不是」

麥爾斯厭倦了交際，只想讓自己的昏眩可以得到舒緩，想喝點水讓自己好過，便不理會男子，開始捧著水龍頭的水喝。

男子走到麥爾斯身後，低聲了一句：「我是來自『碉堡』的人。」隨即用一只麻布袋把麥爾斯的頭給套了起來。

「咳……」麥爾斯被水嗆到，麻布袋的束口被男子拉緊，緊緊地勒著麥爾斯的脖子，麥爾斯嘗試抓著束口繩，但是竟然使不上力，男子用力的程度毫不留情，還用膝蓋在麥爾斯背後踢去，麥爾斯跪倒在地，仰天的姿態掙扎著，但是卻眼神越來越渙散，一股化學藥劑的味道撲面而來，暈眩壓境來襲。

從麻布袋孔洞望出去的畫面十分模糊，麥爾斯在痛苦之中有種想要睡去的感覺，或許睡去了，也就不再痛苦了，或許睡去了，自己就能夠跟父母到另一個世界裡相遇，麥爾斯覺得光線越來越昏暗，自己的身體像是被拖行，他只依稀聽到了些對話聲、車子的引擎聲，好像還有伊森的怒吼聲。

大家都覺得伊森是個惜字如金的人，少言的個性加上身上的刺青與龐克頭，總讓人有種難以接近的感覺，但是伊森自己並不這樣認為，他認為自己打鼓，才是最吵的那一個，可能一切想要說的話，都隨鼓聲發洩出去。

這些話，伊森認為麥爾斯都聽得到，所以也根本不需要講。

伊森喜歡的龐克搖滾不只是音樂，還有那圖像化的象徵，這跟他在刺青店時的耳濡目染也有關，雖然他不是刺青師。

他非常著迷於那些也重視視覺設計的樂團，像是Green Day（年輕歲月），即便這個團被很多老龐克說，Green Day根本不是龐克，但是Green Day每次出專輯，那封面都有著不羈的故事，戲謔又隨性，像是一九九四年發行的《Dookie》封面，畫面中塞進了Black Sabbath（黑色安息日）同名專輯封面裡面的女人，另外還有警車、飛船、南瓜人、猴子、狗、爆炸、飛機，連AC/DC的吉他手Angus Young（安格斯·楊）也在裡面，根本是大亂鬥，這樣的趣味讓伊森愛上了龐克搖滾。

過去自己待的龐克團因為主唱搞上了吉他手的女友，最後樂團只好不歡而散，正在尋找下一個可以容身的團之際，伊森遇到了麥爾斯。

在那間樂器行，買個鼓棒竟然還能試打，伊森覺得眼前的店員講話的方式雖然不能說不標準，但是那口音就是有些不同，不太像標準的義大利人，才露出一點疑惑的神情時，店員似乎就聞到了。

「噢，我母親是台灣人，所以我口音可能聽起來不太一樣，來，跟我來吧。」店員嘴裡嚼著口香糖，態度自若，但是伊森反倒覺得那眼神裡像是帶著哀怨。

伊森被麥爾斯帶去樂器行裡一間有套鼓的隔音室，抓了一大把鼓棒讓他試打，買鼓棒從來沒試打過的他覺得十分新鮮。

才剛敲擊雙面鈸開啟了一些節奏，店員就聽出來了：「Hi-hat八分音符，大鼓第二拍跟第四拍Down beat，這是Green Day的〈21 Guns〉對吧。」

伊森點點頭。

「這，太輕。」

「嗯，我聽起來也覺得你需要扎實一點的鼓棒。」店員遞上另一組鼓棒：「換這個吧，日本橡木，不容易斷，比較硬，低頻較多，打起來比較有原味Tone調，反彈快速。」

「你……」伊森納悶的看著店員，店員似乎就明白了：「噢，我不是鼓手，我其實是吉他手，不過彈得很差。」

「你，很厲害。」伊森指著耳朵，對於眼前店員的聽力感到讚許。

「不，其實厲害的是Eric Johnson。」

伊森露出疑惑的面容。

「你聽過他嗎？Eric Johnson他是美國的一個吉他手。」

伊森搖搖頭。

「Eric Johnson耳朵有多厲害你知道嗎？他對吉他音色簡直到了吹毛求疵的程度，聽說他可以聽出效果器用鹼性電池與碳氫電池的差別。」

「Cool！」伊森覺得眼前的店員實在太有意思了，一臉笑意。

「你比較Cool，老兄你向來話都這麼少嗎？」

伊森點點頭。

店員繼續嚼著口香糖，看著伊森的眼神也是一臉笑意：「大多客人話都很多，要是大家都像你這樣就太好了……」

這時候一個穿著邋遢的人跑進來打斷了他們：「嘿，Man！可不可以再賒帳拿一組弦。」

「馬里諾，別鬧了，你再賒漲我會被老闆開除啦。」

「不然，你借我錢。」

伊森聽出了這位叫馬里諾的人有著濃厚的西西里口音。

「那是不可能的啦，我自已都窮到不行了……」

「哈，我就知道你會這樣說，不然你看看這個如何。」馬里諾舉起一張海報接著說：「我們參加這個切塞納熱門樂團大賽，獎金有一萬，我們對分。」

「你還真有信心啊，先別說得獎，我們連鼓手都沒有……」

馬里諾笑得很燦爛，然後擠眉弄眼地看著著伊森：「鼓手在這啊，哈哈，髮型太酷了。」

店員轉頭望向伊森，伊森不知道為何，總覺得不太需要說話，好像就能跟眼前的人溝通，便伸出了友誼的手：「伊森。」

「麥爾斯。」店員與伊森握手，露出了種堅定的眼神，

這就是水泥球莫名其妙的組成經過，一支臨時組織的樂團，當然沒有在樂團大賽拿下任何獎項，甚至在第一輪就慘遭淘汰，但是伊森覺得有了這兩位朋友，身上的刺青從未被批判，而冷酷的外表也嚇不跑這兩位，就算這兩人完全沒有龐克的氣息，他仍覺得有種特別的歸屬感，而有了樂團之後，三人似乎有了共同的目標，彼此磨合久了，在音樂上也有顯著的進步，感情也更加深厚了。

伊森總想到這個時候，當時的麥爾斯雖然眼神憂鬱，但是還沒有現在那麼深沉，在麥爾斯父親罹難後，麥爾斯後來就一直沒來練團了，模樣越漸消沉。

而對於麥爾斯的歌聲，伊森覺得在他嗓音產生變化前就很厲害了，只是大家聽不出來而已，就像是自己不用說太多話，麥爾斯卻能知道意思，那樣的感覺。可能有些頻率，在某些時候才會顯得明顯吧。

沒想到在切納塞小鎮發跡的他們今天會有如此大舞台的演出機會，伊森並不戀眷名與利，只覺得這一個契機讓麥爾斯可以走出來，而馬里諾可以不再憂心財務問題，大家可以再度相聚一起練團，這就是

他參與這個樂團的重點，有鼓可以打就好，無論舞台的大小，這也是他給自己的龐克態度。

麥爾斯伸出手拍拍伊森的肩膀，伊森察覺到麥爾斯的神情不太對，便詢問：「你還好吧？」

看著麥爾斯離去的步伐有點蹣跚，伊森總覺得有點怪怪的，但是隨即被身旁化妝師給糾正：「頭不要轉來轉去，你的刺蝟頭要再固定一下。」

髮膠的噴霧味道盤旋在頭頂，伊森不以為然，思考的時候他習慣性摸摸自己手掌上的繭，那是與鼓棒摩擦後的印記。

想著想著，伊森總覺得有些不尋常，也有點不耐煩，便離開座位走向廁所。

「嘿，伊森，還沒好啊。」化妝師的呼喊一點也沒阻止伊森的步伐。

翻遍了廁所每一處，伊森都沒看到麥爾斯，但是卻看到地面上有一個吉他撥片，那是麥爾斯常用的。

伊森大力地甩上廁所的門，開始往四周探索，長廊旁有個緊急出口，伊森便走了出去，迎面而來大量的貨櫃與帆布雨遮擋住了視線，伊森繼續遊走。

「是伊森！」一位女子大叫：「伊森在這邊！」「啊！是伊森！」

伊森望向叫聲，發現一些人湧向自己，沒有一會兒已經被幾位樂迷給包圍，伊森左顧右盼發現遠處有台黑色廂型車，車旁的那身影非常熟悉，是愛蓮娜，愛蓮娜身旁有好幾位黑衣男子，而男子們架著一位蒙著頭的人，那人身上穿的太過顯眼，正是波利塞逼他們穿的紅色氣球。

伊森甩下樂迷，拔腿往廂型車方向奔去，樂迷也在後面追著。

看著黑衣男子們把麥爾斯架上車，還有愛蓮娜關上門的身影，伊森禁不住心中的疑惑與怒氣而大聲地怒吼：「啊啊啊啊啊！」

狂暴地怒氣像是有回音似地在街道上迴盪，嚇呆的樂迷駐足在街道上動也不動。

『愛蓮娜，愛蓮娜果然有問題。』伊森自忖著。

34. Bunker—碉堡

記得報導是說搖了一分四十二秒，但是睡夢之中，這驚天動地後，接連的餘震太頻繁，讓麥爾斯覺得根本無法計量時間，因為這瞬間的巨變，是一輩子。

他們說這場地震的威力有如五十顆廣島原子彈爆炸，對一個孩子來說，一顆原子彈有多恐怖也是無法體會的，房子倒塌了，可以像是樂高玩具一樣重組就好，學校那座籃球場不見了，就別打球就好，身上有損傷，傷口會結痂，但是身邊一個溫度消失，卻是像失去太陽一樣，不會再有陰影，而是世界全暗了下來。

那一個睡夢中，有個夢向來有些模糊，但是麥爾斯卻可以理清頭緒，因為那個夢帶來的不適感，那個醫留給他額頭的汗珠，都是平常的那格格不入所累積的。

穿著一樣的制服，說著一樣的語言，義大利混血兒的外表讓麥爾斯在南投的童年裡常有矛盾的優勢與哀愁，因為自己的輪廓，常常聽到別人的好奇與誇獎，因為自己的特別，總是可以獲得很多的關注，甚至是同儕女同學的愛慕，但是在許多事件摩擦或是不經意的一瞬間，他感覺自己像是個外星人一樣，有種被排擠的感覺。

「你是外國人！」

這句話，讓麥爾斯學生時期的認同感有些剝離，自己是義大利人還是台灣人呢？還是兩著都不是？自己又該歸屬於哪裡？

但是孩子的煩惱在大人眼裡總是渺小的，這些問題在父母親無盡的關愛下，總是容易蒸發，在親情的擁抱與愛護眼神之中，那溫度總是給予麥爾斯最多的安全感，是無敵的後盾，是自我認同的方式，只要認得自己的家人就可以了，家人在哪裡，家就在哪裡。

義大利父親開明的教育方式，讓台灣重視考試成績這件事在麥爾斯身上沒帶來什麼壓力，而台灣母親也只在乎把家人給照顧好，吃好穿暖是重點，只要不學壞就好，學生時期的麥爾斯認為自己愛聽的搖滾樂，在世俗眼光中總與叛逆扯上邊而帶著疑惑，甚至有莫名的一絲罪惡感，一絲而已，並不像認同感帶給他的困惱。

但是那些類似的夢還是偶爾騷擾上麥爾斯，夢裡好多小朋友都用異樣眼光注視著他，讓他覺得自己不太正常。

那一天也是做著相同的夢，但是多了點暈眩感，像是在搭船，麥爾斯感覺到了地震，地震向來就是一會兒就過去了，但是為何這次卻是聲響如此大聲，讓自己在惡夢中驚醒。

身旁的書架倒了，不只是書架，書架後方的牆也碎了，像是連鎖反應似的，四周的東西都往自己身上堆疊，那些疼痛與重量像是無止盡地施壓，這個醒著的惡夢完全把夢裡的困擾給吹散。

原來陰霾的釋懷如此容易，只要當更恐怖的事情出現了，原本的恐怖就顯得這樣地微不足道。

恐怖的不是身體被房屋瓦礫殘骸堆疊的痛楚，而是心裡深處顫抖的恐懼，恐懼的是自己的身軀被禁錮了，無法觸及也無法得知在隔壁房間母親的安危。

「媽！」「Madre！」無論是中文還是義大利文，聲聲叫喚都沒有任何的回應，麥爾斯急得眼淚湧出。了解自己母親的個性，發生這樣的事情一定很著急，應該是要聽到媽媽的叫喚，或是馬上趕來拯救自己，但是麥爾斯完全沒聽到熟悉的聲音，只有四周傳來的碰撞聲，遠方的汽車防盜警報器聲響，附近吵雜的對話與哭喊，那個喊叫有點耳熟，是鄰居的聲音，聽聲音的移動猜測鄰居應該是沒有被困住。

麥爾斯可以感受到自己的顫抖，好像身上越壓越大力的感受是自己顫抖造成的，麥爾斯想到了出差在國外的父親，如果爸爸在的話，是不是可以得救呢？還是爸爸也會受困？鄰居會不會過來幫忙呢？可否先找到媽媽，而不是先找到自己？

接連的餘震，有時候讓身邊多了一點點的空間，讓自己終於可以用手把臉上的粉塵給撥開，呼吸也順暢了些，但是有時候卻又讓自己的腿更加地無法動彈。

恐懼與疼痛，讓自己迷迷糊糊地睡去，時間在此刻已經沒有意義，光線透不進來，空氣好不暢通，嘴角的血味讓麥爾斯知道自己太久沒有喝到水，嘴唇都乾裂了。

不知道過了幾天，當自己被搜救人員挖出來的時候，麥爾斯覺得身體好虛弱，視線好刺眼，那些手電筒的照明，刺得他無法思考，但是他看清楚之後才發現自己是在夜晚獲救，即使燈光移開了，還是覺得視線好清晰，原來夜並不黑，被困在瓦礫堆裡才是真正的暗。

麥爾斯看到自己的父親衝了過來抱著自己，熟悉的味道與溫度，還有那熟悉的叫喚，但麥爾斯從爸爸說的那一串遺憾話語中證實了，母親已經離開人世了。

他跪下來低著頭，看著父親的手，手指上的那枚婚戒是爸媽彼此的承諾，麥爾斯的心被撕裂，他更無法想像，眼前父親是怎樣面對這一切的。

麥爾斯在九二一大地震中，於房屋倒塌的殘礫中受困了三天，僅有不嚴重的外傷、脫水，還有橫紋肌溶解，很快就康復了，但是心中的創傷卻一直都在。

『是夢嗎？怎麼又想起那場地震？』

麥爾斯眼前一片黑暗，跟身處在殘礫堆中的感覺很像，未知的一切包圍著他、壓著他，一樣的無助，一樣的無力，父親也永遠不會再奔向自己告訴什麼壞消息，因為父親也隨著另一個壞消息而消逝，自己的人生似乎從不缺乏壞消息。

雖然痛苦，但是麥爾斯從沒有想自殘的想法，那場地震造成兩千多人的死亡，一萬多人受傷，曾在殘礫堆中存活下來的他，覺得生命是很珍貴的，雖然失去雙親的他，有著生不如死的痛苦。

麥爾斯漸漸恢復了意識，感覺自己眼角有淚，頭被厚重的布套住了，手腳也被控制住，像是被海綿材質的東西給綑綁了，雖限制了行動，但是卻沒有痛楚，皮膚的感受讓他察覺到自己在一個密閉空間，應該是在室內，感覺還有空調在控制氣流的恆定，是種舒適的溫度。

躺臥的麥爾斯試著將自己的身軀坐起來，此時一個聲響在前方傳來，室內氣流像是被抽走一般地微微流瀉出去，一扇門被打開，感覺是個厚實的門，非常沉而穩重，門被關上後，氣流穩定下來，接著一個腳步聲慢慢接近。

「這裡是哪裡？」麥爾斯問道。

一名男子把麥爾斯頭上的布套給移除，動作非常柔和，此時麥爾斯才看清楚眼前的一切，非常科技的一個房間，幾乎讓人有太空艙的錯覺，亮面金屬的一切，冰冷而乾淨。

麥爾斯眼前的男子是一個穿著白色襯衫的東方臉孔，脖子上的領結還有襯衫外剪裁合身的背心讓他看起來就像是一個餐廳服務生，而麥爾斯身上穿著白色棉質的衣服與長褲，直覺像是病服，手上的刺痛感，也讓他發現自己手臂被注射的痕跡。

男子一臉驚訝：「噢噢噢……沒想到傳說竟然是真的，竟然是麥爾斯，這也太厲害了，不親眼看我還不相信呢。」

麥爾斯觀察到眼前的男子，頭髮梳整著幹練的油頭，唇上鬍子也修剪得一絲不苟，那模樣就像是個日本人，在台灣待過的麥爾斯要辨認出亞洲人的國籍其實非常容易，但是對方的特殊口音聽來，可能是日裔美國人。

「這裡是哪裡？你是誰？」麥爾斯還在盤算著，看著對方矮小的身材，如果手腳恢複自由應該有把握可以把對方掠倒，但是厚重門外又是什麼，這一切都是個謎：「波利塞年度派對結束了嗎？」「現在是哪一天？」「你們想要幹嘛？」

「我相信你一定是滿滿的疑問，我能告訴你的不多，基本上這裡是一座『碉堡』，把我幹掉後門外還有層層阻礙，你如果有逃跑的打算，我想還是免了，上週才有一個人想跑而意外弄斷了手，害得競標出問題……唉，算了，我說些讓你放心的話吧，你完全沒有生命危險，只是短期間內你可能要失去自由。」

「抓我幹嘛？我只是一個樂手？」

「噢，你不只是一個樂手，而且是當紅主唱。」男子很紳士地把麥爾斯的手腳給鬆綁，並且不斷嘆氣：「唉唉唉，真沒想到你也會被抓來，我還滿欣賞你的音樂呢，這邊請，出門後右轉。」接著把厚重的門給打開。

麥爾斯一臉疑惑，看著眼前這一個像服務生的男子伸出手恭敬地請他往門外移動。

「出去吧，麥爾斯，雖然我們有幫你打了營養的點滴，醫生也幫你檢查過，你現在一切正常，但是你還是需要洗個澡吃點東西。」

「什麼？」麥爾斯突然想到過去曾聽說過腎被偷走的那些傳說，昏迷後身上有傷口，躺在浴缸冰水內，器官被不肖商人賣去……

「放心，這都是正常程序，你們出了什麼事，我們可承受不起呢。」

麥爾斯踏出門之後冷不防地回頭想做些什麼抵抗，但是男子很快地就一手抓住了麥爾斯的手臂並說：「噢，忘了跟你說，叫我隆史就可以了，這陣子多多指教，我會照料你的生活一切所需。」那手指的力道之強烈，瞬間讓麥爾斯手臂上出現了痛楚，麥爾斯了解到這位隆史深藏不露，可能不好對付，只好默默地往前走，步伐走起來有點吃力，感覺得到自己身體還在虛弱，要反抗眼前的人確實不容易。

在長廊裡前進著，地上的紅色雅典地毯有別於密室的冰冷感受，這裡像是一個大飯店，長廊通往好幾個房間，房間上有著識別的牌子，牌子上的名字麥爾斯似乎都認得出來。

『PAIDISY（派蒂絲）？不會吧？』麥爾斯注視著門牌，內心一直覺得詭異，這一切難道都是個玩笑，但是不知道為何，麥爾斯覺得心情輕鬆了一點點，可能發現有了與自己相同遭遇的人存在著，或許事情會有轉機，或是有遵循的脈絡可觀察。

像是會讀心術也像是熟練的侍者，隆史說：「沒錯，跟你想的一樣，那位八卦新聞最多的拉丁女歌手派蒂絲本人就正在房間裡面，她的『輪盤日（Roulette Day）』快到了。」

繼續走，麥爾斯接著看到了繞舌歌手MC JARED（ＭＣ賈里德），然後緊接著是LANG LONG（朗朗）的門牌，麥爾斯望向身旁的隆史：「不是吧？這是那位鋼琴家？」

隆史點點頭，表情像是這一切已經進行過無數次的樣子：「有人砸錢請他來用橘子彈鋼琴。」

「橘子？什麼是輪盤日？」麥爾斯的提問，像是被腳下的地毯吸收了一樣，隆史一路保持沉默。

終於看到一個房門上寫著MYLES（麥爾斯），麥爾斯隨著隆史停下腳步，此時麥爾斯甚至覺得這像是虛擬實境秀，這一切實在太不真實。

「難道你沒看過朗朗用橘子彈鋼琴？進去吧，裡面什麼都有，雖然我們無法對外聯繫，但是外界的資訊都會匯進來，你剛剛問的很多問題，之後都可以得到解答，進去吧。」

標示著MYLES的這間房門與隔壁門鄰近，麥爾斯看見隔壁寫著「JULIA」，非常驚訝地問：「真的嗎？隔壁是Julia Roberts（茱莉亞・羅勃茲）？」

隆史輕輕推著麥爾斯進他的房裡，自己卻留在長廊上，收起了臉上的一絲不耐煩，接著微微一鞠躬：「好好享受我們為你提供的一切，麥爾斯先生。」把門帶上前臉上露出一抹微笑：「你可能不認識，那不是茱莉亞・羅勃茲，而是日本的AV女優茱麗亞，你待會可以用房裡的電腦搜尋看看。」隆史關上了門，笑容餘韻有點邪惡，這依舊是個厚重的門。

麥爾斯雖然不知道到底怎麼回事，但是認清自己是被軟禁了，走進偌大的房裡，房裡裝飾豪華，斗大的水晶燈飾在挑高的天花板上閃爍，傢俱的木色紋路陳舊但卻帶著璀璨風華，麥爾斯想到這裡的氛圍很像當初與塞凡公司簽約後入住的那間達涅利總統級套房，甚至更勝於它許多，麥爾斯判斷這一切背後的主使者可能富可敵國，超越塞凡，也超越波利塞，不然就是更有極大的能耐。

就算再高級舒適，這一個地方沒有對外窗戶，無法像達涅利酒店那樣俯瞰威尼斯潟湖，更沒有了樂團夥伴，沒有了熟悉的一切，甚至這裡是哪個國家都不得而知。

廳內桌上放著各式的水果與食物，一旁玻璃櫃裡充足的酒瓶與飲料，桌上甚至還有一本厚實的菜單，難不成這裡還能點餐？麥爾斯覺得荒謬至極。

一側牆邊吊著數把Gibson電吉他，連爵士鼓都有，一個偌大的書架上，滿滿的義大利文與中文書籍，想必對方對於自己的背景寥若指掌。

急於搞清楚狀況的麥爾斯，雖然沒有頭緒，但是解決自己乾枯的喉嚨是首要之急，胡亂抓了一罐氣泡水大喝幾口後，終於稍微冷靜，便開始在房內到處探索，馬上在一張偌大的胡桃木紋辦公桌上發現了電腦，銀色的大螢幕不帶著任何情緒。

電腦才剛打開，一段影片隨即播送了出來，畫面裡是個禿頭男子，與隆史穿的白色襯衫很像，但是上身的灰色西裝外套，有種領導者的風範，麥爾斯甚至覺得他長得像布魯斯・威利，但是眼神多了些邪氣，總有種侵略性，像個獨裁者，像個軍人。

影片發出聲音：「你好，新入住碉堡的居民，你一定對於眼前的這一切充滿疑惑，很榮幸由我來為您介紹，我是『碉堡』的創辦人與維護者，大家都叫我蘇格拉底，你也可以這麼稱呼我……」

麥爾斯想把影片給暫停，他一心只想知道外界訊息：『波利塞那場年度派對後來如何了？伊森？馬里諾？克里斯？艾瑪他們是否都好，還有搞砸這一場派對對塞凡公司的影響，愛蓮娜當時看自己的眼神跟這次綁架有什麼關係？綁架，對，這是一樁綁架案，天啊！』

「可惡！」滑鼠按了任何按鈕都沒有反應，這個電腦完全不受控制，麥爾斯氣憤地把桌上的鍵盤給甩到地面，影片仍繼續播送。

「……『碉堡』打造在地底下，不要試圖與外界聯繫，因為那是辦不到的，但是您仍舊可以知道外界的一切動態……」

「……我們只會留你在這邊住個幾天，詳細時間不一定，但是我們保證，只要你順利完成一場演出任務，我們就會還你自由，你甚至會覺得這是一個很棒的旅程，我會提供您合適的資源來完成這個演出，硬體設備或是最適合你的一切所需，僅此一次，未來即便你想要再來「碉堡」都不會再有機會了，請務必珍惜……最後再次謝謝你，希望你在碉堡有著愉快的體驗。」

蘇格拉底的影片終於結束了，麥爾斯發現電腦可以操作了，但是試過一切網頁與軟體，這裡果然無法與外界聯繫，但是可以用網路查詢到外界的一切，電腦裡幾乎什麼都有，就像剛剛看到的那放滿酒的玻璃櫃一樣，大量的電影、音樂，編曲軟體、應用程式，甚至連Netflix網路頻道都已經付好費用，麥爾斯發現這場莫名其妙的綁架過後確實在實行著軟禁，一切奢華的享受，無限的資源，但是就是沒有自由，麥爾斯懷疑這間房說不定到處都是監視器，這裡的主使者一定是個變態。

點開了新聞頁面，波利塞派對竟然已經是一週前的事了，王者麥爾斯只演出兩首歌曲，麥爾斯被綁走之後，沒想到塞凡公司馬上遞補上其他樂團繼續演出，由於王者麥爾斯的演出曲目太少，波利塞公司被參與派對的觀眾與網友強烈抨擊，但是罵歸罵，王者麥爾斯的演出大受歡迎，波利塞與塞凡的股價竟然翻上歷史新高，麥爾斯不敢相信，自己被綁架的事情竟然沒有被播報出來，僅有『王者麥爾斯樂團演出後快閃神隱』的傳言。

麥爾斯跌坐在辦公桌前的椅子上，手指埋入頭髮，緊緊抓著頭，身體產生了一些顫抖，他再次確認到這背後主使者一定有著相當大的能耐。

網路新聞影片突然插播著廣告影片，正播送著著王者麥爾斯的第二張新專輯《諾亞方舟》的宣傳廣告，麥爾斯睜大著眼，這專輯發行的消息，他絕對是樂團成員裡最後一個知道的人，經過昏迷這一週，他也可能是全世界最後一個知道的人，他以為自己擁有著音樂的力量，但是卻又如此無能為力，這一切感覺讓麥爾斯從憟顫轉為暴怒。

「What the fuck！」

35. Guilty All The Same｜罪惡地帶

要是沒有看著這電腦螢幕顯示的時間，麥爾斯甚至連現在是白天還是夜晚都不得而知，這座「碉堡」實在太神祕，自己待在這裡也太詭異，太多的未知讓他感到煩躁，動物性的基本需求，讓麥爾斯吃著碉堡提供的美食，洗了澡，也睡了一陣子。

隆史曾進來過一次，帶著餐點，除了換了床單，也幫電腦換了個新的鍵盤，動作時很少言，只是微笑著，動作迅速地幫房間進行了維護，偶爾搖搖頭看似不捨，但是就是不願回答麥爾斯的任何疑惑，麥爾斯曾一度想舉起吉他直接往隆史頭上砸，但是大概清楚這並沒有什麼效果而作罷，而且要是沒有隆史，搞不好甚至下一餐都沒有著落了。

麥爾斯為了打發時間，也拿起吉他試彈了一下，偶爾有了創作的念頭，卻又馬上逼自己放棄，他一點都不想在這被囚禁的地方寫出什麼歌，或是留下什麼音樂紀錄，一點也不值得，他認為。

大多的時間只好盯著這唯一的電腦螢幕，這是他得知外界一切的窗口，而這窗口的設計確實只能進而不能出，任何訊息想傳出去都會被阻擋，能輸入的只有搜尋列而已。

聽著《諾亞方舟》專輯，那些在克里斯家寫的歌曲收錄了不少進去，其中還包含了他們水泥球時期的創作，重新編曲又加了吉他Solo，確實都非常有水準，麥爾斯真覺得克里斯的加入真是太幸運了，但是也懊惱專輯選歌以及發行的重要時刻，他沒能參與到，真不知道其他團員是什麼心情。

他望著專輯封面，看到了一篇深入報導才知道封面上面的那黑色的圖像是伊森設計的，那圖騰像是瞳孔，也像是個黑洞，King Myles的字樣被藏在線條中若隱若現，線條邊沿嚴然是中國傳統的毛筆筆觸，本來內心感到失落，原來主唱被綁架了專輯依然可以照樣出，突然好像可以體會那些死去的巨星，專輯繼續出版的感覺，無力參與過程，也無力參與榮耀，但是封面是伊森設計的卻讓麥爾斯感到很欣慰，至少無能為力下，還是有些程度地揮灑，而這毛筆筆觸似乎也挺符合專輯中一些中文歌曲的味道。

這些讓麥爾斯默默認同了，也讓他想起伊森在刺青店的模樣，他永遠不知道伊森身上到底有多少個刺青，只知道數量不斷地增加，每一個印記都有著故事，那麼這個專輯封面，或許就訴說著他們走到現在的一些象徵。

這個世界是瘋狂的，網路世界更是，麥爾斯默默看著網路上的流言蜚語，這個想法不斷地滋長，有網站募集了全球歌迷在身上刺下專輯封面的圖騰，有人整個背都刺上了，畢竟伊森設計的這個圖騰真的頗適合當刺青，但是另一方面又看到了有網友抨擊這麼做違反了專利權，接著又有人提倡每個人本來就有著身體自主權，接著引發的網路熱戰，甚至延伸牽扯到了性自主與兩性平權的議題。

有電視台分析麥爾斯的神隱是第二波的行銷手法，畢竟一次醫院的風暴引起了太多的關注，看到艾瑪在一個記者會嚴詞否認這個說法，麥爾斯總覺得艾瑪眼眶紅紅的，那欲言又止的模樣，他忍不住用手觸摸著螢幕上的艾瑪，碰著她金黃色的頭髮，內心十分心疼。

塞凡召開的記者會開得很倉促，記者提問艾瑪也都答非所問，看著她勉強說著做作的官方語言，麥爾斯相信她也是很無奈，在巨大商業包裝下，大家都像是個棋子，即便艾瑪現在總監之姿，也還是扛著些責任，事實有時候會造成更多的混亂。

不管是不是商業手法，這波飢餓行銷，還是引爆了風潮，本週美國告示牌專輯排行榜第一名是《諾亞方舟》，第二名是《擺盪人—致敬》，是繼一九九一年Skid Row的《推磨的奴隸》（SLAVE TO THE GRIND）專輯後，第二個直接空降冠軍的樂團。

更有通路商聲稱王者麥爾斯的專輯周邊商品出貨量已經超越最新款的iPhone手機。

最後，記者會的結論，塞凡官方說詞是，隨著吉他手克里斯的加入，王者麥爾斯創作能量爆發，將進行不限期的閉關創作，巡迴演出都將暫停，希望趕緊催生第三張作品回饋樂迷。

這樣的說法，等於是向世界宣告麥爾斯消失的正確性，這背後的陰謀到底是什麼，麥爾斯實在百思不解。

螢幕上的影片再度強制播放，加強了麥爾斯的惆悵，蘇格拉底又現身了。

「你好，麥爾斯先生，這次不是錄影播放，而是現場視訊，很意外的，噢不，其實滿符合我的預期，你的『輪盤日』很快就到了，下注實在太踴躍了，一如我的預期，畢竟現在打開任何媒體，不是聽到你的名字，就是聽到你那獨特的歌聲啊。」

「輪盤日，就是你換取自由的那一日，您沒聽錯，我們碉堡裡就像是一個大型賭場，我們都用賭場術語當作代號，我是賭場的荷官，碉堡可以是一個巨大輪盤，也只有這一款遊戲，而您，就是輪盤上的那顆球，要讓球轉動，大家就得盡力下注。」

「說到這裡，你一定還是一頭霧水，讓我來放個真實範例吧。」

螢幕突然出現一個演唱舞台畫面，是派蒂絲。

派蒂絲一身酒紅色的晚禮服，隨著音樂微微搖擺著身軀，身後有著完整編制的交響樂團，樂團成員每一位都戴著金色的面具，隆重地演奏著曲目，派蒂絲握著身前一個復古造型的麥克風架，開始運用著渾厚的嗓音旋唱著，是個極為傑出的表演，麥爾斯佩服讚嘆之感油然而生。

鏡頭切換之中，麥爾斯看到了台下觀眾僅有一人，臉上也帶著豪華的面具，上面有著羽毛與珠寶的裝飾，面具很像是他熟悉的義大利威尼斯面具，但是面具卻顯得更有包覆性，幾乎完全遮蔽了觀眾的臉，只有間隙孔洞中窺見膚色與部分輪廓。

美妙歌聲的畫面瞬間轉換到ＮＢＡ的球場，派蒂絲在前排觀眾席為比賽吶喊的畫面，滿臉洋溢著興奮。

畫面又回到蘇格拉底嚴肅的臉，甚至更加地嚴肅：「這就是派蒂絲前天完成輪盤日演出的畫面，然後她成功地獲得了自由，也拿走了輪盤日延伸的佣金，您看，自由之後她現在還可以去看ＮＢＡ比賽，還可以有與明星球員的緋聞，未來依舊美好……」

「拒絕輪盤日會如何呢？抱歉以下畫面有點不堪，但是，這就是真實與現實。」

像是監視器的攝影畫面出現了，那是一個昏暗的停車場，一位穿著白色背心的壯碩男子走進了畫面，手臂上的星型刺青讓麥爾斯認出，那是當紅金屬搖滾樂團Black Campanulaceae（黑桔梗）的主唱泰勒。

這一點讓麥爾斯睜大了雙眼，喉頭一陣乾燥，因為就向來喜歡研究搖滾界情報的他明白，前一陣子新聞才傳出泰勒在飯店裡上吊身亡的消息。

泰勒在一台跑車旁看似要往駕駛座方向前去，突然一名男子跟隨，那男子西裝筆挺，麥爾斯覺得身形似曾相似——那人正是在後台廁所把自己矇住的那位男子！看著泰勒被背後來的布袋蓋住，那掙扎踢腿的模樣，麥爾斯感覺到自己心跳加快，手中的拳頭也握得很緊。

下一幕的泰勒坐在一個鐵椅上，身處在那個像是太空艙的金屬感房間裡，泰勒手腳都被綁住了，模樣十分激動：「我錯了，再給我一次機會，再給我一次輪盤日，我保證！我保證我會好好表現……」

像是死命掙扎一般，在鐵椅上的泰勒瘋狂地顫抖，也極力掙脫，那身上結實的肌肉，上面全是斗大的汗珠，泰勒聲淚俱下，鼻涕、淚水與汗水都在臉混雜在一起，與向來霸氣十足的模樣差異甚鉅。

麥爾斯看到這裡，緊握拳頭，完全不可置信，他猜想到，但是卻也不敢繼續猜想，難道他此刻的臆測是真的？

一位穿著跟隆史相同服裝的高大男子緩緩走近泰勒，戴著手套像是在準備些什麼，鏡頭的角度看不清楚男子的面貌。

「我錯了！我錯了！我不會搞砸的！再給我一次機會，再給……啊……」泰勒持續咆哮，男子拿出一條毛巾把泰勒的嘴給塞住，接著拿出一只針筒在泰勒頸上注射下去，沒一會兒，泰勒不再掙扎，全身癱軟。

高大男子將泰勒手腳上的鐐銬解開，接著便離開了。

不一會兒，泰勒開始顫抖著身體，抖動幅度不斷增大，進而四肢怪異地甩動著，接著跳了起來往攝影鏡頭撞去，隨著鏡頭碰撞倒地，麥爾斯看到影片的視角也呈現幾乎垂直的歪斜，只看到泰勒在房內的角落抱頭嘶吼，不斷地以頭撞擊牆面與地板，牆面沾上了血痕，泰勒的臉已經血液模糊，但是那撞擊的力道絲毫沒有減弱，然後像是暈過去似的，泰勒側臥在地，身體依舊顫抖著，那目光停滯，好像緊盯著攝影鏡頭。

在懾人的畫面下，麥爾斯咬著手指，冷汗直流，腦海閃過某次音樂節Black Campanulaceae表演的狂熱畫面，泰勒在副歌時幾乎都會轉換嗓音成黑嗓，那暴力的吼叫都讓人有種瞬間燃起熱情的能力，那種力道像是無窮無盡一般，游刃有餘。

畫面切換到蘇格拉底時，麥爾斯驚嚇了一下，覺得背脊都涼了。

「很多充滿天分的明星，因為沒能好好把握輪盤日，所以只能像流星一樣地消逝，你看到的就是Black Campanulaceae主唱泰勒，新聞說他是在飯店上吊自殺，死前有注射迷幻藥物……，是有注射沒錯啦，是我們直接幫他注射，你看到影片的最後一段就是泰勒拒絕與我們碉堡合作，叛逆的他毀了自己的輪盤日……」

「那藥物是俗稱『殭屍浴鹽』的新興二級毒品甲基卡西酮，很厲害吧，它的粉末很像浴鹽，所以有這稱號，殭屍就別說了，你看他剛剛的反應，有沒有像是布萊德，彼特主演那部《World War Z》（末日Z戰）裡面殭屍的模樣啊，通常這種『殭屍浴鹽』應該要放在錫箔紙上方，點火加熱，變紅後再吸食那氣體，就跟你們許多愛吸毒的搖滾樂手一樣使用，不過我們是將它溶水後直接注射，這種效果更好，你知道嗎這種甲基卡西酮還有『羊毛戰士』、『象牙海浪』的封號，在中國甚至還有更美的名稱，叫『香草的天空』，它其實是氧化偽麻黃鹼製作而成，還需重鉻酸鉀、磷酸、乙醚、無水硫酸鎂……唉，每次講到這種化學品我都會太過興奮，不小心又說多了……」

「其實只要善用自己的優勢好好地演出，就只要演出幾分鐘而已，就自由了……非常簡單。」蘇格拉底神情顯得很無所謂。

「所以你應該可以猜測到，泰勒其實不是自殺的，那些自殺的場景都是我們事後打造的，這時候你應該會猜想你一生中聽過很多樂手自殺的消息，你該不會天真的以為樂手都愛自殺吧？你所聽過那天妒英才的二十七歲俱樂部，而且死因又這麼地千奇百怪，沒這麼剛好死掉的音樂家、搖滾樂手都是二十七歲吧？其實也是有其脈絡啦，太多人一生最精華的時候，也是最適合被人下注的時刻，很多都是在二十七歲的，不過也不一定啦……咦，泰勒這麼剛好就是二十七歲啊，我們一不小心又塑造了傳說。」

麥爾斯聽到這裡，完全不可置信，哪些他從小就聽過的太多搖滾軼事，在這裡未知的恐懼下，面對這一切，他的呼吸越來越急促，好像快要吸不到氣一般，讓他咳嗽不已。

蘇格拉底像是十分陶醉在自己的演說中，語氣優雅從容：「跟你報個料好了，你想到的幾乎都是我們幹的，只有那些莫名其妙被槍殺的跟我們無關，像是克里斯蒂娜・圭密（Christina Grimmie），富恩特斯（Alejandro Jano Fuentes），他們都曾經在《好聲音》這類的節目出現過唷，一個在美國，一個在墨西哥，一個二十二歲，一個四十五歲，要是你……也發生了什麼，參加過《義大利好聲音》的你，這些巧合也就太多了，可能《好聲音》節目就變成了一個詛咒啊，不過老實說槍殺確實不是碉堡的風格……對了，我要強調，約翰・藍儂（John Lennon）不干我們的事，我個人非常欣賞他呢！」

「總之，我們要為你做的事情很簡單，一場秀，你只要好好地唱首歌，你就跟可以跟派蒂絲一樣，離開這裡，回去做你自己，碉堡絕對再也不會打擾你，反之，泰勒的處境你也看到了，我們可無法保證你會是哪種方式上新聞，上吊？藥物過量？車禍？或是你想要指定一種？老實說藥物類的操作我們比較拿手……」

停頓了一會兒，蘇格拉底改用很誠懇的表情緩緩地盯著鏡頭說：「不過，我能保證的是，追思會一定會很盛大，帶著鮮花與蠟燭到切納塞的人一定很多，這些我們都看多了，我想一定會有那麼一天的，你們都是，不過，如果這麼早發生那也太可惜了，麥爾斯先生，我知道你失去了家人，你也沒什麼牽掛，但是我相信你是個聰明人，好好準備吧，輪盤日事宜，隆史會協助你。」

「為什麼？就一場秀？你們到底在搞什麼鬼？你們殺了泰勒！」麥爾斯才剛大吼出來，直播的畫面隨即關閉，他也馬上意識到，這個直播視訊可能只是單向溝通，他現在的憤怒，現在的恐懼，都傳不到那位蘇格拉底耳裡，麥爾斯將情緒全注入在電腦螢幕上，舉起偌大的電腦螢幕往一旁牆上砸去。

麥爾斯跪坐在地上，莫大的無力感來襲，泰勒那抓狂撞牆的畫面在他腦海裡揮之不去，畢竟那不只是個搖滾巨星，更也是自己、馬里諾與伊森都十分欣賞的主唱。

36. Interview II｜二號訪談

義大利羅馬的人民廣場（Piazza del Popolo）擠滿了圍觀的民眾，馬里諾本來以為現場會瘋狂到失控，但是民眾似乎都意外地和善與守秩序，都露著與這一天陽光相同般的笑靨，大家挺著脖子往馬里諾的方向觀望，像是討吃的天鵝，而那些也像天鵝脖子的手臂之間都夾帶著智慧型手機與平板電腦，爭相錄影拍照。

不管怎樣，馬里諾還是很享受被眾人簇擁的感覺，也認定今天結束後自己一定成為許多社群網站上討論的焦點，自己被側拍的畫面充斥著網路，馬里諾打定主意今天回去一定要好好搜尋一下自己的名字，預想到那爆滿的留言與討論，馬里諾的笑容幾乎收不住。

才剛從弗拉米尼亞門（Porta Flaminia）拍完一系列的照片，或站或靠的姿態，馬里諾穿著義大利知名品牌Kiton的訂製西裝，這一身深藍色的顯瘦剪裁，雖然包不住馬里諾的大肚腩，但是整體看起來還是讓馬里諾變得很優雅，畢竟Kiton是使用頂級羊絨製成，與西裝常見到的硬挺厚實完全不同，馬里諾穿著這次專訪的贊助服飾，內心驕傲不已，這件事絕對可以讓他說嘴好一陣子。

畢竟這次通告是ＧＱ雜誌的邀約，不知為何伊森完全不感興趣，可能是ＧＱ的時尚感與龐克搖滾形象相距甚遠，馬里諾也認為伊森最近的沈悶一定與麥爾斯的「失蹤」有關，雖然他一直懷疑塞凡公司的說詞，也納悶媒體的說法，麥爾斯失蹤這件事，竟被塞凡下封口令，連身為總監的艾瑪都似乎被冰凍了，馬里諾還記得艾瑪在會議裡那雙幾乎要落淚的紅眼，這一切實在太詭異了。

自己兄弟失蹤成謎雖然內心非常擔心，但是另一方面馬里諾覺得自己的擔憂中夾雜著怨恨，恨自己也恨這世界的不公平，他其實一直以來也不是個笨蛋，他看過愛蓮娜看著麥爾斯的眼神，那眼神跟大多歌迷相同，麥爾斯本來就是樂團裡最受歡迎的人，那個模特兒身材，那個陰鬱眼神，那個神奇的嗓音，他並不想承認但是又不得不承認，他擁有的一切其實都是靠麥爾斯嗓音的崛起。

愛蓮娜肯定愛慕著麥爾斯，馬里諾總有這樣的感覺，偏偏愛蓮娜也隨著麥爾斯失蹤當天而不見蹤影，他更合理懷疑，愛蓮娜是為了麥爾斯而來接近自己的，雖然他不知道為什麼她總是願意滿足自己的一切性需求，任何要求都願意，但是那眼神裡就是少了什麼，少了愛，對，就是少了愛，但是想起愛蓮娜那金髮動人的模樣，還有皮膚滑嫩的手感，馬里諾想到這裡，眉頭一皺，下半身似乎微微地堅挺了起來，馬里諾趕緊換了個姿勢並找了個台階坐下來，此刻外拍地點已經換到了廣場另一端海神噴泉（Fontana del Nettuno）前面，這個地方是水泥球有著回憶的所在，馬里諾內心更膠著了，但是比起自己的慾望，假象真相他也不在乎了。

馬里諾用手拉撐著西裝外套，接著把玩著袖扣，試著擺出自認為優雅的姿勢，反正此刻麥爾斯不在，自己終於是主角了，就好好沈浸在這一刻吧。

一路上以超級巨星的姿態走著，馬里諾從來沒有在義大利人民廣場如此風光過，內心激動不已，觀眾包圍簇擁著，雖然被保鑣與工作人員隔開，馬里諾還是默默享受著四周投射過來的目光，一行人終於移到了廣場旁的一間咖啡廳內，要進行專訪的環節。

一頭烏黑亮麗的長髮盤在頭頂，小麥膚色的美女在眼前，那身黑色低胸的洋裝實在太貼身，乳溝禮貌又典雅地展現著，馬里諾腦海不禁淫穢著，看著眼前的採訪者，馬里諾努力控制自己的目光不要死盯人家的身材，內心卻又試想，既然現在自己已經是超級巨星的姿態，身上又穿著這麼貴氣的西裝，放肆地多看兩眼應該沒關係吧，畢竟今天自己是主角，待會結束訪談，絕對要得到這女人的電話……

隨著工作人員安置好一切，看著小麥膚色美女把微型麥克風別在迷人胸前時，馬里諾試著不經意地再度望向那乳溝，馬里諾忍不住淺淺地一笑。

一位攝影師調整著攝影機，有一人舉著指向式麥克風，馬里諾總覺得那麥克風就像是浣熊的尾巴，甚至說是巨型逗貓棒都可以，幾個人陸續在自己身旁打轉，一個人擁抱這一切，感覺就是不一樣。

一下有人整理馬里諾的頭髮，一下有人幫馬里諾補上臉妝，連咖啡桌上的插花都有專人調整著擺放方式。

小麥膚色的美女開口：「感謝你接受GQ的採訪，畢竟這次是拍攝封面，所以我們花很多時間在外拍上，接下來由我來進行採訪環節，你應該事先有收到我們寄給你的問題列表，待會我會依序詢問你，另外過程中會錄影，之後我們會剪輯，是電子版雜誌的花絮，可以嗎？」

「Okay，開始吧，今天有問必答，對了，妳的義大利文真標準，哪邊學的？」馬里諾努力控制自己的眼睛聚焦在對方臉上，而不是胸口。

「我母親是義大利人……」

「嘿，難怪，混血兒總是非常亮眼。」馬里諾想到了麥爾斯，混血兒似乎就是天之驕子，永遠發亮得耀眼，一股嫉妒走上心頭：「你是北方人吧？因為沒有南方西西里的口音。」

「對，嗯……馬里諾先生，我們是不是可以正式開始了？」美女態度顯得冰冷而專業。

「Anytime。」攤著手的馬里諾認為此刻瞬間用英文回答非常地幽默，臉上的笑容也異常地燦爛。

「恭喜王者麥爾斯推出了新專輯《諾亞方舟》，並且在各國的排行榜上長居不下，對於這次的專輯有別上一張《擺盪人—致敬》，都是屬於自行創作的曲目，給歌迷相當大的驚喜，你可以談談這次的專輯嗎？」

「嘿，你知道的，雖然貝斯在歌曲內不像是吉他、鼓、歌聲那樣明顯，但是貝斯一直都是相當重要的，可以說是歌曲內的靈魂，並不像表象那樣清楚，但是就是默默地深植人心，那些旋律就是需要貝斯在背後支撐著，諾亞方舟是條船嘛，貝斯不是船上風帆，也不是那個甲板，他是船桅，支撐著，穩固著，你懂我在說什麼吧？」馬里諾覺得把這一串他想了一整夜的詩意說詞給說了出來，顯得相當滿意。

「船桅，嗯，相當棒的形容，是的，我相信貝斯在曲子中扮演相當重要的角色，你能談談新加入的吉他手克里斯嗎？他的加入給你們帶來什麼樣的化學反應？」

「你說牛皮紙袋頭小子，哈哈，克里斯本來是個網紅，我們以前早就在網路上聽過他彈吉他了，他的技巧跟音樂性絕對是無庸置疑，不過他一直很神祕，只有我們看過他的真面目，這部分我們還是得尊重他的決定，對外界來說他確實很神祕，我不能說太多，只能說，他的加入，給我們吉他編曲上多了很多元素，你也知道的，麥爾斯又要唱又要彈，其實很累的，有了另一名吉他手，我想對整體是加分的，他的吉他聲與我跟伊森的搭配沒有衝突，反而有更多的可能性，不過我可以偷偷告訴ＧＱ的讀者們，他其實長得沒有我帥啦，哈哈。」馬里諾覺得自己真是幽默極了，這樣講絕對讓自己魅力加乘。

「哈哈，我相信，今天你穿得正是義大利知名品牌的訂製西裝，非常地亮眼，ＧＱ讀者也是對於時尚關注的一群，你可以聊聊你最喜歡的穿著方式嗎？」

「其實我很少穿西裝，身為搖滾樂手，我其實偏好不穿衣服，你知道Red Hot Chili Peppers的Flea就不喜歡穿上衣，他一直是我的偶像，我甚至還有一把他送我的貝斯呢，我手臂上也有一枚跟他一樣的刺青，我想時尚就是一種態度吧，態度對了，人就時尚了，我不是很在乎那些品牌啦，不過Fender如果要找我代言，我非常地樂意，哈哈哈。」

「我想是的，伊森的造型一直都非常有態度，麥爾斯之前在被直昇機接走的傳奇灰色上衣與牛仔褲甚至變成樂迷模仿的焦點，克里斯的牛皮紙袋頭也是種特色，那你可以說說你個人專屬的時尚特色嗎？」美女不帶情緒地繼續詢問。

「這……就跟我剛剛說的一樣，態度，態度就是我的時尚，除此之外，其實我覺得品酒也是種時尚態度，我……，我認為……低調，對，像我說的船桅，就跟貝斯一樣，不顯著……但是依然重要那樣的低調……，就……就是這樣。」馬里諾突然覺得一陣悶熱，表情鐵青，好像體溫上升是因為身上緊實的西裝，但更多的詞不達意是因為眼前的問題根本就不在事先的稿子內，馬里諾惱羞成怒，但是依舊努力地壓抑著情緒。

「很特別呢，低調的態度，那你可以說說……」

美女持續詢問，不知道胡亂回答了多少問題，馬里諾覺得腦子一片空白，他想要發怒，這根本不是他預期的，他應該要一直被吹捧著才是，但是眼前的美女是他感興趣的對象，不管怎樣他必須維持風度，或許美女是故意要引起他的注意，畢竟咖啡廳的落地窗外已經塞滿著好奇觀看的群眾，他是今天的主角，這點自信是必須要有的。

「這次我們來到羅馬的人民廣場，聽說對於王者麥爾斯有著特別的意義，你願意談談這部分嗎？」

終於回到稿子了，馬里諾找到了熟悉的脈絡，內心慶幸了一下，馬上大開厥詞：「Yeah，這個地方對於我們樂團來說也可以說是發跡的地方，我們曾經在海神噴泉那邊當街頭藝人表演，那個台階，那個水花，那個水神涅普頓雕像，拉丁語是Neptūnus，他是一名羅馬的水神，那個地方真的充滿回憶……我們在雕像前面就像是水神庇護的子民，水泥畢竟需要水，哈哈，所以受水神眷顧……」這個梗他想了一整夜，為了海神噴泉的歷史還上網查了維基百科。

馬里諾看到眼前美女終於因為自己的幽默而露出了一絲笑容，顯得更有信心了：「你知道的，就很簡單，麥克風、木吉他、木箱鼓，而我拿著民謠貝斯，你懂的，跟民謠木吉他一樣，只是上面只有四條弦，那是不用插電就很大聲的貝斯……很棒的回憶，我們當時一貧如洗，放頂帽子在我們表演前方的地上，賺一些零錢或小鈔，跟一般街頭藝人一樣，你懂的，而今天一切都不一樣了，我站在那裡，穿著頂級西裝，你懂的，這就是個勵志的故事，我們一直都不放棄音樂，從未放棄。」

美女的專業態度如身上小麥膚色相同的沉穩而均勻：「最後一題是歌迷最關注的問題，之前伊森有參與一個爵士鼓品牌的記者會，克里斯也成為知名吉他雜誌繼Buckethead—布賴恩・卡羅爾（Brian Carroll）之後，第二位出現在封面不露臉的吉他手，接著是你接受GQ的專訪，而麥爾斯一直都沒有在媒體或是螢光幕前出現，據塞凡唱片表示你們正在閉關準備下一張專輯，但是有傳聞麥爾斯其實一直沒曝光是另有隱情——」

再度脫稿詢問，馬里諾馬上打斷對方的提問：「嘿嘿嘿，等等，今天是專訪我還是在打探麥爾斯？我們唱片公司的人呢？米莎？米莎在哪裡？不是說好不討論麥爾斯動態？」馬里諾朝著工作人員方向探著頭，也瞥向美女觀察她的神情，美女依舊冷淡也冷靜。

「米莎呢？塞凡的人不是一直有跟著？人呢？快去找她過來？」馬里諾納悶著，也非常不可置信自己會陷入現在的情況，之前與GQ交涉時塞凡方面已經再三確認不可以討論麥爾斯的動向問題。

現場安靜了一陣子，但是落地窗外的樂迷似乎在躁動，有些工作人員也在竊竊私語，麥爾斯這三個字總會挑起眾人的關注，窗外討論聲漸漸冒出，有觀眾在吶喊著麥爾斯，更多的鼓譟聲響起，可能廣場外許多不知情的觀眾以為麥爾斯出現在這邊，聲音越來越大，一位像是統籌的人員指揮了一下，馬上就有工作人員出去要大家降低音量，採訪因而暫停了。

馬里諾突然有種被騙的感覺，似乎現在簇擁自己的一切，都是為了打探麥爾斯的消息，這世界還是繞著麥爾斯打轉，自己只是依附在王者麥爾斯威名下的蛭蟲，就像剛剛說的，伊森、克里斯都有自己的特色，自己卻什麼都沒有，只有模仿Flea的刺青，模仿Flea的貝斯，現在連愛蓮娜也不在自己身邊了。

『低調？他媽的低調，今天不是我才是主角嗎？』馬里諾心裡碎念，雖然氣急敗壞但依舊努力壓抑著，就算是仰賴著麥爾斯，他也不在意了，就像是愛蓮娜一樣，反正真的假的他不管，反正蛭蟲能夠吸附到他想要的即可。

馬里諾調整了一下自己的氣息，把身上的麥克風給拿了下來，毫無遮掩地盯著眼前美女的乳溝，接著把目光抬高到對方的臉上，低聲地說：「我知道了，妳也是只關注麥爾斯的粉絲，你是為了套出麥爾斯消息而來的吧？」

「馬里諾先生，我是這次雜誌特派的採訪記者，挖掘故事是我必須做的，我並不會特別偏好麥爾斯，我關心的是讀者想要的——」

「你不顧ＧＱ與塞凡之前的協議敢這樣問，那妳為了知道這些消息，你願意付出多少？」

「你什麼意思？」美女終於帶著一點情緒了。

「結束訪問妳跟我走，我或許會把我知道的一切告訴妳……」馬里諾笑得很猥瑣，並刻意把眼神掃視對方的身軀，不只是愛蓮娜，有些愚蠢的女樂迷確實都曾上鉤過，自從被塞凡簽約以來，馬里諾很少孤單一人住進酒店套房，名氣一直帶給他找女伴的無往不利，再加上多金這項武器，這些優勢給馬里諾無比信心。

「馬里諾先生，你知道我叫什麼名字嗎？」美女一臉冷酷，但是身子卻挨向前。

「你說什麼？你的名字？」馬里諾一臉錯愕。

此時馬里諾隱約聽到米莎與其他人急趕過來的話語與步伐，也聞到了眼前美女靠近後的香氣，那香氣令人陶醉傾心，小麥膚色的脖子與鎖骨的光澤簡直是完美，乳溝深處更是神祕的所在，馬里諾忍不住順著香氣把臉湊過去。

啪！

一聲的巴掌聲清脆地響起，美女一掌打了馬里諾的臉頰，並迅速起身：「連對方的名字都不知道，還想把妹，放尊重點，Che coglione（蠢蛋）！」

美女刻意丟下了西西里地區不會用的詞，然後轉身就離開，也留下一臉錯愕的馬里諾。

馬里諾手揉著被打紅的臉頰，看到落地窗外群眾的目光、現場眾多的工作人員，還有剛剛趕到馬里諾身旁的米莎與塞凡公司的人員，覺得羞愧極了，罵了一連串的義大利髒話後迅速逃離現場。

事後不夠完美的問答都被刪減掉，塞凡公司的公關部確保了這件事，而GQ雜誌堅持下也獲得了克里斯除了會彈吉他之外還曾有製琴師身分這一個話題性，一切都安插在刊出的專訪內容裡，而馬里諾身穿西裝的英挺畫面，在雜誌封面顯得十分男子氣概，仔細看的話，會發現連褲襠都很英挺。

而馬里諾想為一巴掌報復也沒有用，小麥色美女不但是來自有威望的媒體工作室，更是義大利某眾議員的女兒，很會挖新聞的訪問風格早就是眾人皆知，只有馬里諾不知。

受不了悶氣的馬里諾，那一夜到酒吧買醉，用麥爾斯的私房故事為號召，找到一群無知的迷妹到他下榻飯店狂歡。

37. Action Figure｜玩物

失去自由之後才知道自由的可貴，有了很多時間之後，發現了更多未曾善加運用的時間。

麥爾斯在碉堡的房內疑惑著、恐懼著，已經過了好幾天了，隆史每次進房總是提到輪盤日近了，但是又有了變數，即使麥爾斯還是不完全明白，只知道有什麼正等著他，他會有離開碉堡的這一天，只是不知道是怎樣的狀態離開，像泰勒那樣？還是派蒂絲那樣？

煩惱於事無補，他打定主意如果待在這裡是他人生的死期，像是泰勒那樣死去，雖然很恐怖，很無奈，但是至少現階段他能夠做些什麼讓自己好過些。

他把玩著吉他，發現了有些Gibson吉他有不一樣的手感，嘗試調整這裡擺放的前級與後級擴大機時意外摸索出獨特的Tone音，當下他好想跟克里斯討論一下那琴衍的設計，還有剛剛調出來的Tone，隨手刷刷和弦，有些和弦級數的安排好想跟伊森與馬里諾分享，在這無法與外界聯繫的牢籠，麥爾斯即使有很多靈感但是仍放棄創作，就是有種不情願這些美好在這裡發生，在這逼迫的環境下。

不知道艾瑪過得好嗎？是否在這一切的發生後被為難？塞凡公司？波利賽？想到艾瑪，麥爾斯總覺得自己身邊的人都很悲慘，也懷疑是不是自己給大家帶來厄運，最親近的父母離開了，以為自己的樂團兄弟們會因為成名在望而多了很多機會，但是現在又是怎樣的局面，麥爾斯總想起艾瑪看自己的目光，還有在NAMM會場，艾瑪離去的背影，莫名的罪惡感來襲，麥爾斯覺得自己像是眾人的希望，但是也可能因此帶給大家絕望。

放棄了玩樂器，麥爾斯把目光轉移到媒體，電視頻道翻轉著，發現各國頻道都有，讓他不禁懷疑，這碉堡到底在哪裡?本來以為是在美國境內，但是現在他不敢肯定，轉到了熟悉的義大利節目，偶爾看著入迷而出神，但是突然間的廣告又把他打醒，那個畫面，那個背景音樂，那個不該是自己的自己。

球場、舞台
流汗、喝采
Get Ready!
Air Myles!

像是機器人用氣音輕輕念著廣告台詞，那科技感十足又鮮豔的燈光炫目，斗大的台詞字體浮現又快速消逝。

「搞什麼鬼?」麥爾斯不可置信地看著自己竟然出現在運動品牌廣告裡，那個廣告剪輯得真是流暢，毫無破綻，麥爾斯在舞台上的各種角度畫面切換，加上肢體動作的特寫，麥爾斯的側臉，側臉上的汗珠，汗珠滴落在手臂上，手舉高握緊麥克風，麥爾斯腳下的鞋子應該是個簡單的帆布鞋，但是畫面中的鞋子卻不是自己熟悉的那一雙，被合成為一雙黑灰線條俐落的氣墊鞋。

背景音樂的音符鮮明，麥爾斯馬上認出這是出自於自己手彈奏的樂句片段，而畫面剪接幾乎配合著旋律，準確又流暢。

諾亞方舟前
黎明再起時

Get Ready!
Air Myles!

畫面中的黑灰運動鞋像是個閃亮精品似地，斗大地彈在畫面中心，三百六十五度忽快忽慢地旋轉，這回麥爾斯才看清楚整雙鞋的面貌，鞋面像是麂皮材質，一下慢動作的瞬間還可以看到鞋帶離心甩出飄散的模樣，黑色鞋帶上有著銀灰色的Cesena字樣，是王者麥爾斯的發跡地點切塞納，隨著鞋帶飄散角度的變換，字樣還因反光而閃爍了一下，而鞋舌還有個十字圖樣。

麥爾斯意會過來了，那灰色與像極直昇機螺旋槳的十字圖樣，根本是取材於自己曾穿著灰色棉T從家中被直昇機載走的畫面。

如果擁有自己為名的鞋子，麥爾斯自認應該是要興奮極了，每個男孩從小就著迷於好看的運動鞋，而且這已經跳脫出一個搖滾樂手的疆界了，不是代言活動、不是代言飲料，而是運動鞋，這太令人驚奇，但是這一切都不是他所知道的，新的廣告合約？新的代言商品？設計完全沒有參考他的意見？這一切被蒙在鼓裡，肖像權、智慧財產權、自由意志，麥爾斯想起這些關鍵字而忿忿不平，但諷刺的是，想到自己現在幾乎是軟禁的狀態，更別想自己其他的權益了，本來好不容易平靜的內心又掀起波瀾。

緊接著電視傳來耳裡的歌曲不再是王者麥爾斯的了，但是印入眼簾的畫面卻是又熟悉又突兀，麥爾斯的心又揪了起來。

『多麼貼切又諷刺啊！』麥爾斯心裡想。

畫面出現的是麥爾斯唯妙唯肖的模型公仔，不斷切換不同角度下公仔的神情樣貌，還有身上的服裝細節，那白色襯衫的皺褶與黑色窄版領帶的紋路，那是當時麥爾斯在《義大利好聲音》節目裡演唱的模樣。

畫面佐以科技感十足的舞曲電音節奏，音樂中不時夾雜著電吉他的破音、日本傳統大鼓與三味線的聲響，更讓人驚訝的是，麥爾斯甚至聽出義大利傳統樂器曼陀鈴（Mandolin）的聲響，整個聲響讓人有種西洋與東洋融合的錯覺，硬是要把義大利、日本元素與舞曲做結合，麥爾斯真覺得這樣的配樂像是四不像，有點像是為了迎合市場而刻意製作的。

麥爾斯覺得貼切又諷刺，因為現在的他，或是乾脆說是成名後的他，確實就像那尊公仔一樣，是個受人操控的魁儡，也是一個商品，一個待價而沽、光鮮亮麗的商品。

KOA KING OF ARTIST 藝術の王者

Limited Edition! Coming Soon!

麥爾斯看著自己被做成公仔的模樣，一股厭惡感油然而生，覺得整個廣告愚蠢又詭異，看到畫面上飛躍的毛筆藝術字體是日文，這公仔像是日本設計大師製作的，又好像刻意要把麥爾斯混血的東方血統做一個呈現，但是自己明明沒有日本血統。

一直以來麥爾斯的自我認同上的負面感受又從心深處勾起，每每提到台灣，許多人的反應以為那聲Tai是泰國的泰，而亞洲的日本文化又太過鮮明，常常被歐美人所關注，想到這些膚淺的表徵，這些人們的誤解，那些沒有根的感覺，自己確實適合當著魁儡，任由那些細線與木條操縱著……

看著畫面中公仔的神情，那雙眼，那個臉的輪廓，麥爾斯突然覺得那個模樣好像父親，自己有多久沒有想起父親的臉，好像再不想起，自己有天會完全遺忘那張熟悉的臉，這張臉到底離開自己多久了，要是不曾離開，現在的自己是否不用面對這一切，是否可以簡簡單單的，或許也沒有被綁架的必要了，而公仔頭上的那些直髮，源自自己的母親，像中坑的瀑布，埔里的純真，現在的自己卻是困在這複雜的現實世界、囚禁在碉堡牢籠中……

想到這裡，已經不知道過了多久，好像剛剛電視裡隱約閃過了其他的廣告，而現在的畫面正放著一部不知所云的電影。

麥爾斯發現自己眼角濕潤著。

麥爾斯關掉電視，走到新的電腦螢幕前，想起上次隆史把他砸爛的螢幕碎片換走時，竟然一聲都不吭，好像這樣子的情形隆史已經遇過太多，拆裝動作都顯得老練，更讓麥爾斯覺得碉堡實在太病態了，到底有多少人在這裡掙扎過。

不想深陷於自己無能為力的廣告之中，麥爾斯試圖想查詢其他人的情況，要在網路找到自己關心的一切竟然如此容易，到處都在討論王者麥爾斯，還有發現碉堡內其他被綁架的人，都正好是近期的當紅炸子雞，依然在媒體中活躍著。

人都被綁架了，沒想到都還能在媒體中一直存在，麥爾斯更延伸覺得這世界也很病態，有些名字就像是商品一樣地不斷地被消費、被使用、被討論。

「王者麥爾斯投資的搖滾酒吧」斗大標題讓麥爾斯鎮定地點了影片，經過太多的驚訝後，似乎已經沒有什麼能夠再讓他感到奇怪了。

「記者所在位置是王者麥爾斯投資的Mr. M搖滾酒吧門口，剛剛開幕儀式已經順利完成，現場來了眾多的媒體與藝人，我們現在把鏡頭轉到裡面的訪問現場。」

眾多麥克風包圍著馬里諾，馬里諾站在銀色亮得發白的Mr. M巨型立體招牌前，顯得十分福泰，但是笑容非常燦爛。

看到電腦螢幕裡的馬里諾，麥爾斯突然覺得一陣親切。

一名男記者詢問：「馬里諾，據說搖滾酒吧的創立宗旨是為了扶植更多優秀的地下樂團，讓他們有更好的舞台，你可以說說這個觀點嗎？」

「嘿，老兄，你是對的，我們開設這一間搖滾酒吧就是想到了我們的出身，水泥球，喔不，王者麥爾斯就是從小酒吧的演出開始的，有個優秀的舞台確實非常重要，我們尊敬這一點，所以我們支持這一點，你聽到的傳聞沒錯，這就是我們開店的宗旨。」

接著輪到一位女記者搶問：「有網友抨擊Mr. M的價位太高，一般民眾可能吃不起，是不是變相的吸金呢？」

「哈哈，不，我們提供一流的服務，而且店內擺放了許多王者麥爾斯的私房物品，還有珍貴的練團照片，幾乎是博物館等級，況且，要支持地下樂團，就用實質的金錢支持他們，搖滾是無價的。」

女記者繼續追問：「傳聞說這間店其實只有你一人投資，王者麥爾斯其他團員並無資金投入，請問這是真的嗎？而且這也是今天只有你一人到場的原因，是嗎？」

「當然是假的，你從哪裡聽來的消息，要是只有我一人投資，裡面只會放馬里諾的專屬物品，你看王者麥爾斯的兄弟們都提供珍貴的資源，他們正在忙於新專輯錄製，貝斯部分我幾乎已經完成了，我們之中，我比較有商業頭腦，所以我代表他們。」

女記者還不滿意：「所以你一直用王者麥爾斯的名號賺你自己的錢，網友票選說，你是唯一退團後也不影響他們音樂的人，你怎麼說？」

「妳！妳是來搞亂的嗎？妳是哪一家記者？」馬里諾仔細望向女記者，表情驚訝：「又是妳！眾議院的女兒！妳……」

幾名高大的保鑣隨即推開麥克風，讓採訪中斷，並護送馬里諾離開現場，場面一度混亂。

這段影片下方還有詳細的文字報導，報導的口吻看樣子就是那位刻意鬧場女記者撰文的，血淋淋地把王者麥爾斯的成功做了深度分析，麥爾斯混血兒的獨特模樣加上獨特嗓音是主要關鍵，伊森幼時曾在義大利全國爵士鼓大賽拿過青年組冠軍，克里斯吉他技術已經在網路上受到肯定而竄紅，塞凡公司在音樂界的影響力，而馬里諾似乎唯一做對的事就是加入了水泥球。

報導針對性地指出馬里諾的成功全沾麥爾斯的光，而現在更是在消費麥爾斯，連獨資開店都取了Mr. M這種擺明利用麥爾斯名號的店名，還謊稱是樂團成員合開，其他團員都沒有出面澄清更加深了這猜測的真實性。

麥爾斯搖搖頭嘆了口氣，他完全可以想像馬里諾看完這報導會有多不爽，他想起了艾倫秀當時的情況，他如此努力地修補著馬里諾的信心，也曾精心安排馬里諾在演出中好好展現貝斯功力，但是似乎有些媒體與樂迷就是不埋單，這一點在搖滾生態中並沒有出現過，他著實納悶。

麥爾斯細數自己所知道的搖滾團體，有些樂團被樂迷極端的愛與恨，像是加拿大Nickelback（五分錢樂團）、德國的Tokio Hotel（東京飯店酷兒樂團），就讓樂迷有那種明顯好惡的分壘。

拿這兩個團名問樂迷，幾乎都會換來明顯的表情反應，不是興奮尖叫就是白眼作噁，沒反應的則是沒聽過這些團名，另外美國的Design the Skyline與另類樂團The Bunny The Bear都是一面倒地被抨擊，而針對個別團員被討厭的部分大多是被樂團本身給排擠，像是因為團員在舞台上脫序演出，或是因為吸毒、理念不合、吵架而拆夥，基本上樂迷大多會愛屋及烏地愛護一整個樂團才是，這樣的情況真是太特殊，麥爾斯實在想不透。

看著報導網頁上記者的名字—法拉奇（Fallaci），麥爾斯搜尋了一下，確認就是那位馬里諾口中眾議院的女兒，看樣子法拉奇過去報導過許多政商秘辛還有娛樂八卦，是位喜歡揭露社會不公不義以及挖藝人瘡疤的記者，因為家世背景雄厚，而且外型亮眼，一直在各個知名雜誌中設有專欄並且有著超高的評價。

麥爾斯突然想到母親常說過的一句話並且深感認同：「沒消息，就是好消息」，看了很多的消息只讓自己的腦袋更加混亂，而面對現在的一切自己又無能為力，麥爾斯心裡湧起要趕快離開這裡的念頭，這些媒體消息唯一讓他感到欣喜的是一個他以前一直都不知道的事情。

『義大利全國爵士鼓大賽青年組冠軍？伊森真是深藏不露，好傢伙，真想看看他以前青澀的模樣啊。』

麥爾斯的思緒隨著隆史的到來而打斷了。

「麥爾斯先生。」隆史依舊禮貌，身上的衣服也依舊乾淨筆挺。

「還不到晚餐時間，你今天比較早。」

「麥爾斯先生，為了即將來到的輪盤日，我現在進來是要好好解答你的一切疑惑的，在這邊住了幾天，你一定很多問題想問吧？」

「難得你話變多了，之前我都問過了，你不是都不想理我嗎？」

「不是不想理，而是不能理，我們荷官有規定，他還沒授權之前，只有他有針對輪盤日的發言權，而現在我獲得授權了。」

「荷官？蘇格拉底？」

「是的，蘇格拉底先生應該有跟你說過輪盤日的運作機制，為了準備輪盤日，我現在首要任務是解決你所有的疑惑，然後讓你可以好好的專心演出。」
「好，是你說的，這裡是哪裡？」
「碉堡。」
「在美國境內嗎？」
「恕我不能告訴你這個。」
「你不是要解決我所有的疑惑嗎？」
「有些話題必須要是蘇格拉底授權的，我才能回答。」
「哼，那好，跟輪盤日有關的話題是吧？泰勒是你們殺的？」
「字眼可以不用這麼銳利，應該是說，泰勒先生違反了輪盤日遊戲規則。」
「所以說輪盤日我不配合演出，我的遭遇也會一樣。」
「是，不配合絕對是非常不明智的選擇，這樣的叛逆案例其實不多，大多數人都能夠配合演出，有些人以為這是什麼實境秀，以為這是個玩笑，或是有些人天生反骨，像是泰勒先生那樣。」
「Fuck，你們這樣是犯罪，你們——」
隆史稍微提高音量壓過麥爾斯的怒氣：「我們只是完成一個供需平衡的生態。」
「供需？你們不就是主使者。」
「麥爾斯先生，你應該聽過Virtual Reality虛擬實境吧，簡稱VR，這個玩法還在發展流行中，電玩、電影、或是結合訓練、運動等等，但是說實在的，這樣的東西在金字塔頂端已經顯得相當幼稚……」
麥爾斯不發一語的盯著史隆，他的情緒還是十分不滿，那些無能為力，還有泰勒死去的真相都讓他把怒氣集中在這一刻的瞪視。

「我可以體會你的心情，但是我還是得好好說明，這樣說吧，碉堡提供的服務就是PR，Personal Reality（個人實境），最真實的體驗，獨特的、獨自的體驗，你應該有注意到蘇格拉底給你看的表演影片，台下的觀眾是不是只有一位呢？這就是PR，像是在泰國，老虎被人下了藥，失去其獸性，才能讓遊客任意在牠身邊拍照，我們原理也是一樣，威脅利誘，用生命當賭注，用金錢與自由當酬勞，來控制你們這些老虎，然後提供得標者最獨特的實境享受。」

「你在說什麼？得標者？」

「我說過了，這是供需原則，有需求，我們才有服務，金字塔頂端的人們已經走入了更加獨特的享受了，就像是有些人額外付費享受脫衣舞孃的密室獨舞那樣，有人選擇直接在脫衣酒吧與大家一起看，但是就是有人喜歡付出多一點得到更私密的享受，而且是別人沒有的體驗，所以我們接受競標，最高出價者得到輪盤日PR享受，而且這樣的享受僅此一次，絕無僅有，也不再加開場次，所以更提升了這服務的珍貴性。不過……也好險有這個僅有一次的規則，你們只有一次輪盤日，一生一次，完成演出後，你們就永遠自由了，獲得了終身豁免，未來想再來碉堡，都沒有這機會了呢！」

「你們瘋了，你們不怕那些獲得自由的人報復反撲嗎？」

「感謝你對碉堡的關心，這你就不需要擔心了，碉堡進行了嚴格的會員管控，並不是有錢就可以獲得會員，需要更高的門檻與機運，高到你無法想像，那是連塞凡、波利賽這種大財團都無法觸及的龐大後台，而且絕對保密，不然享受服務的人何必戴著面具呢？更何況，在這世界上，碉堡幾乎是不存在的，蘇格拉底不存在，我也不存在，任何人都找不到這裡的。」

「泰勒他……還有多少傳奇樂手被你們殺了？那些媒體聲稱自殺的？」

「這蘇格拉底沒有授權，我只能跟你說，不多，大多人都能夠完成輪盤日的演出，說實在你要做的真的不難，就是對著一個得標者好好唱一首歌就可以了，得標金的分紅可能甚至高於你們王者麥爾斯暢銷專輯的版稅，還有你別一直掛念著泰勒死去的畫面，多想想那位拉丁歌手派蒂絲吧，大多的人，都像她一樣，配合，然後重獲自由，別跟自由過不去。」

深深嘆了一口氣，麥爾斯努力調整了情緒：「被帶到碉堡的都是歌手？」

「不全然，跟你說過了這是供需原則，有需求，自然就會有服務，超乎你的想像，有人競標只為了聽一首鋼琴曲，有人競標只為了F1賽車手開車載他跑一圈賽道，還記得你隔壁房的茱麗亞吧，她是AV女優，這演出就費事多了……但是，確實的，大多進來碉堡的都是歌手居多沒錯，這是上流圈的喜好。」

「你們，這根本就是奴役！是逼迫！是恐嚇！」

「我確實不能否認你，但是能到碉堡也不是這麼容易，必須是該領域的佼佼者，才能引起需求以及如此鉅額的競標金，你該高興如此年輕的資歷就被肯定——」

「我覺得你們是一群變態，想親自聽現場演出，買演唱會門票不就行了。」

「我倒是覺得這是全然誠實的獨佔慾望，你想想，有錢人買了演唱會VIP的席次，然後近距離聽著自己偶像的演唱，然後呢？拍張照片放上網路炫耀？不不不，這是膚淺，這是表象的，這些投標者是真正懂的人，他們追求的是真正獨一無二的體驗，甚至無從炫耀，因為這一切都是保密的，而且他們懂得尊重，不然我們直接把你賣給得標者當奴隸，這樣他們要聽你唱一輩子都行，不是嗎？他們要的只是一首曲子的時間而已，卻願意付出如此高昂的代價，而且懂得放手，最終還給你們自由，你感受得到這其中的珍貴嗎？僅此一次的獨一無二感……」

「哼，哈哈哈哈，哈哈哈……」麥爾斯笑出聲，長髮在臉前披落，笑得有點歇斯底里。

「另外補充一件事情，你該慶幸，你是碉堡有史以來獲得最高投標金額的人，說實在現在這一刻，這金額還不斷地再上升，不斷地突破歷史新高，你該感謝現今網路媒體的傳播性，讓你能夠這麼紅，你幾乎要超越上次美國總統大選的話題性了，幾乎像是北韓核彈一般地震撼。」

「哈哈哈……珍貴？你說尊重與放手嗎？」麥爾斯越講越激動，突然把手緊緊扭住隆史的領口，把隆史壓退到牆邊：「我想這只是為了降低兇手罪惡感的理由吧！搶奪之後，還期待我們有斯德哥爾摩症候群的反應嗎？你們這到底是什麼鬼組織？會員到底有誰？這到底是哪裡？」。

隆史的表情依舊泰然：「麥爾斯先生，我了解你的心情，我只是據實以告，你就算揍我一頓也是無法動搖這碉堡生態的一絲一毫，更何況，你心裡也明白，你完全動不了我的，我只是不想傷害我們的商品，但是如果有必要的話……」

「商品……」麥爾斯鬆了手，兀自走向沙發旁，輕輕地拿起了一把電吉他，目光眼神被披落的長髮給遮蔽著，接著緩緩地轉頭看著隆史：「一首歌是嗎？我要做的只是演出一首歌？對吧？」

隆史攤攤手：「沒錯，專業演出一首歌，前提是，假如得標者感受不到你的誠懇與盡力，你還是會成為下一個泰勒。」

「那我什麼時候可以他媽的離開這裡？」

「你說你的輪盤日嗎？本來是後天，但是依照破歷史新高的得標金額看來，蘇格拉底還想再磨個一天，看看還能有多高的突破，你現在要做的就是告訴我你演出的資源需求，而我要告誡你的，則是碉堡舞台的演出規則。」

「可以談條件嗎？」

「條件？」

「你不是說我破了歷史得標紀錄嗎？看樣子現在碉堡很需要我吧，難道你們希望這次破紀錄的演出失敗嗎？」

「你需要什麼，假如符合蘇格拉底的規則，為了舞台的呈現，我們幾乎什麼都可以提供？世上最貴的麥克風，最稀有的樂器，百人編制交響樂隊，只要符合規則甚至是──」

「舞台？不，我要的很簡單，我只是要撥通電話就可以了。」

「撥電話報警求救嗎？向媒體爆料這一切？告訴你別傻了，你還無法認清我們在這世上擁有的力量嗎？」

「只是一通電話而已。」麥爾斯溫和的口氣像是無奈服從，但是眼神依舊堅定。

38. Interview III｜三號訪談

「各位Face to Face節目的觀眾朋友大家好，我是主持人喬許，今天我們現場相當的龐克，我們特地到這個現在最流行的動態蒸氣龐克餐廳來採訪我們相當龐克的一個人物，他是王者麥爾斯的伊森，我們歡迎他。」穿著紫色格子紋西裝，脖子上打著特別大朵的紅色領結，相當俏皮活潑的男主持人大力拍著手，試圖把氣氛給炒熱。

伊森身穿黑色皮衣，頭頂著刺蝟頭，眼睛特別上了厚實的煙燻妝，一副不容侵犯的霸氣，但又像是沒有睡飽。

「嗯，伊森，來跟我們Face to Face的觀眾打聲招呼吧。」

伊森把他巨大的手掌舉起，從皮衣袖口露出了充滿刺青的手腕皮膚，嘴角生澀地擠出笑容。

「首先，今天我們來到的地方非常特別唷，是蒸汽龐克（Steampunk）為主題的餐廳，觀眾朋友們可以看到我們現在坐在沙發區這邊，整個背後都是蒸汽龐克熟知的齒輪造型，還有工業革命的設計，那首先我們先請伊森來聊聊今天來到這裡的感覺唷。」

「這不是……」

「伊森，你說這不是什麼？」

「這，不是龐克。」

「呵呵呵，蒸汽龐克不是龐克啊，好，沒關係，我是問說，你今天來到這邊感覺如何？」

「嗯。」伊森點點頭。

「嗯？」

「嗯，這不是龐克。」

「好唷，沒關係，我們今天還有很多問題要問你，也是很多樂迷朋友想知道的問題，我手邊有幾張問題小卡，是集結我們觀眾朋友在網路上提出的問題，我們來逐一討論吧，首先第一個問題是——」

主持人喬許舉起了字卡，照著上面念：「關於刺青，請問伊森為什麼會喜歡在身上刺青？有特別的意義嗎？來，我們請伊森來聊聊，首先我很好奇，目前伊森身上有多少個刺青呢？」

「Travis Barker（特拉維斯・百克）。」

「咦？你說的Travis Barker是？」

「Blink-182。」

「哇嗚，你說182個刺青嗎？那真是有夠多的，看來我們只看到了冰山一角——」

「不。」

「咦？什麼？」

「Travis Barker來自Blink-182。」

「Blink-182？」喬許抓抓頭愣了一下：「卡卡卡，暫停一下，太不順暢了……等一下……」

塞凡派來的一位助理向前對著主持人咬耳朵，主持人接著說：「喔，瞭解了，他說的Blink-182是一個樂團，裡面鼓手叫Travis Barker，全身上下都是刺青啊，原來如此，好了，我接著問，到時候剪接一下，我們現在繼續。」喬許對著攝影師點點頭示意了一下，接著說：「嗯，哈哈哈，好……Travis Barker，伊森，你是受Travis Barker影響嗎？怎麼說呢？」

「他有很多刺青。」

「所以你是因為崇拜Blink-182裡面的鼓手Travis Barker，所以效仿他刺青嗎？」

「不是。」

「咦，你剛剛不是說——」

「是態度。」

「態度？」

「我喜歡他的態度。」

「喔，原來如此啊，Travis Barker他打鼓的態度嗎？」

「刺青。」

「咦？刺青？你是說你喜歡他的刺青？」
「他刺青的態度。」
「喔，刺青的態……等一下，我受不了了，暫停一下，那個塞凡的人，那一位助理可以過來嗎？伊森他一直話都這麼少嗎？」喬許露出厭惡的表情，先是張望著工作人員的反應，接著轉頭緊盯著伊森的嚴肅目光，突然顯得有點懼怕：「老兄，你這樣我很難問的，你……你也不用這麼兇的表情吧，我不是針對你啊，但是……」
「抱歉。」伊森緩緩地說。
「好，我們再一次啊，直接跳下一個問題好了，好，我們從這邊接……」喬許拿起另一個字卡照著念：「另外一個觀眾們感興趣的問題是關於新專輯封面的設計，大家都知道這次是由伊森設計的，可以描述一下創作的動機嗎？」
「是眼睛。」
「對，這是一個瞳孔的圖樣對吧，請問這個靈感是來自哪裡呢？為什麼會選擇放在這次《諾亞方舟》專輯的封面？」
「麥爾斯。」
「麥爾斯？你說這是你們主唱麥爾斯挑選這圖樣當封面嗎？還是說他給你帶來的靈感？」
「這是他的眼睛。」
「嗯哼……」喬許點頭繼續聆聽，試圖引導伊森多說些什麼。
「我畫的是麥爾斯的眼睛。」
「喔，原來你取材自麥爾斯的眼睛，說到麥爾斯，觀眾朋友都很好奇，他好像是神隱一樣，你可以說說他最近在忙什麼？實在是太神祕了，是像大家說的那樣，在籌備下一張專輯？你可以稍微跟觀眾們透露一下嗎？」

說好不討論麥爾斯現況一直都是近期塞凡公司的政策。一旁塞凡的助理顯得十分不安，幾乎要衝進現場制止些什麼的，但是馬上被另一位節目工作人員拉住了，節目繼續錄製著。

「唉……」伊森表情一沈。

「咦？伊森你可以說說麥爾斯的近況嗎？或是你們團員最近的近況嗎？」喬許繼續嘗試著。伊森低頭沉默不已。

尷尬僵持了一下子，喬許看到訪談停滯不前，一臉失望，起身離開沙發，嘴巴似乎想要開始抱怨些什麼，但是突然一位工作人員向他遞上了手機，模樣震驚。

喬許走向攝影機，手揮了一下示意攝影暫停，接著走向一旁聆聽電話。

「什麼？麥爾斯？」喬許驚呼出聲：「你說的是真的嗎？法拉奇拿到了麥爾斯獨家專訪？怎麼可能……什麼！剛剛已經已經在廣播電台播出了？」

「麥爾斯？」伊森聽到麥爾斯的消息，瞬間站了起來，走向喬許：「麥爾斯？麥爾斯在哪裡？」

伊森一手抓住了喬許的手臂，一臉殷切擔憂。

喬許嚇了一跳大叫：「你幹什麼？你幹什麼？」

「麥爾斯在哪裡？」伊森試圖搶奪喬許的手機，喬許雙手亂揮努力掙扎，工作人員都趕緊過來幫忙，想把兩人給架開。

「救命啊！」喬許放聲尖叫。

「麥爾斯！」伊森奮力低吼。

一大群人團團圍住兩人，努力地制服這場混亂，伊森肩膀撞倒了一個人，一旁的道具架也隨之崩塌，喬許揮舞著手，指甲劃破了某個人的皮膚，伴隨著喊叫聲，幾個人奮力抓著伊森的肩膀，一個人緊抱著喬許，幾乎把喬許抬離地面，另一個人誤抓到伊森的刺蝟頭，伊森的低吼更加憤怒，場面失控。

攝影師嘴巴張得很大，默默地把鏡頭轉過去，拍攝下眼前的荒謬畫面。

39. Call Me Maybe｜獨家

米蘭市區一間設計感十足的大樓，冷豔俐落的外牆顯得冰冷，高聳在街道上，與一旁的古老教堂建築相比，非常有衝突感，這一棟霸氣建築並非一個企業財團的進駐，反而只是隸屬一間工作室，一間幾乎雄厚到像財團的工作室。

這工作室的來頭不小，這邊產出的每一則報導或文章都價值不菲，無論是話題性還是公正的說服力，不只是義大利的媒體，世界各國的傳媒都極度渴望可以獲得這工作室的一點點青睞，這一點青睞所帶來的漣漪效應可能是銷售量，可能是點閱率，更多的期待是一種不按牌理出牌的新鮮感，還有一種深植讀者觀眾心中的正義感。

那些挖掘八卦秘辛以及揪出不公不義的魄力，一直都是媒體界需要的。

這間工作室的報導不只跨足娛樂圈，連運動界、政商界，甚至是學術界都有專業性十足的記者群進行採訪與專欄，這個工作室的總編輯正是有著議員爸爸撐腰，還有美艷外表的法拉奇。

其實這個工作室早就可以自成一個媒體頻道了，但是法拉奇就是不想經營媒體，只想要經營內容，她深信絕佳的內容才是重點，媒體只是個載具而已，載具可以隨意更換，但是內容永遠震撼人心。

向來喜歡親力親為的她，不少採訪都親自參與，而亮麗小麥膚色與招牌的黑色緊身洋裝更讓她有著媒體界「黑寡婦」的稱號。

要直接聯繫到法拉奇並不容易，但是這天一通特別轉接來的神祕電話，給工作室帶來不小衝擊。

這電話從特別助理那裡轉接而來，讓法拉奇有點不滿，尤其在她制定的「閉關思考」時間區段，任何打擾她的消息都是要不得的。

另外向來未達到頭條新聞等級的議題，傳到總編法拉奇之前，特助要先行過濾，而過濾前更要經過記者團隊完成分析賣點報告後才有機會給特助過目，但是就算是大家都覺得值得報導的事情，法拉奇也可能不以為然。

關於這一點即使是跟隨在身邊多年的特助，也難以拿捏法拉奇的喜好，呈上去的題材要總編點頭的可行性還是說不準，畢竟法拉奇自己就會不斷找到題材，工作室主要業務量其實都是法拉奇指派下來的，幾乎仰賴這個金字招牌。

特助聽聞過一些與法拉奇合作過記者的看法，法拉奇人生太過勝利，人美、有才能又好勝，當萬物都成為她囊中之物時，當然不知道要選擇什麼，有時為了好勝心而挑戰，有時為了無聊，有時為了好奇心，但是只要報導能夠獲得鎂光燈下的注目則是屢試不爽，大概是耀眼奪目的光芒下，正是美麗花朵綻放的絕佳時機吧。

但是她每次出手都光芒萬丈，到底是報導給她光芒，還要她自己帶給報導耀眼，就跟先有雞還是先有蛋一樣無法說清。

「法拉奇小姐，我想你該接這通電話。」特助小姐聲音中帶著不確定以及敬畏，她認為此刻應該就算是那美麗花朵能夠綻放的機會吧。

「你想，表示你不確定？哪個達官顯要打來讓你不確定？你知道現在是什麼時間嗎？」法拉奇認為自己訂的規則再清楚不過了，這個特定時間，不是打來的人位階夠高，就是要爆的料太過聳動，這樣的情況實在少之又少，還記得上一次破例是因為傳奇樂團Guns N' Roses（槍與玫瑰）中的主唱羅Axl Rose與吉他手Slash的世紀破冰大和解消息。

「這……我想你會感興趣。」

「不用先給團隊分析過濾嗎？好吧，接過來吧，最好是夠份量的，否則……」

一個獨特的嗓音從電話裡傳出，聲音有點遠，彷彿從很遠的地方撥過來：「你是記者法拉奇嗎？」

「是啊，我是法拉奇，你是哪一位？」

「我是麥爾斯。」

「麥爾斯？哈哈，你是麥爾斯，那我還女神卡卡（Lady Gaga）呢！」

「是，我是麥爾斯，我打來是要跟你談談你寫關於馬里諾的一則報導。」

「現在還沒有任何媒體可以採訪到王者麥爾斯裡的麥爾斯，你現在跟我說你就是麥爾斯？哼……」

法拉奇停頓了一下，想到特別助理的謹慎，還有這有距離感的聲音，聽起來嗓音確實十分獨特：「等等，你是麥爾斯？你能證明嗎？」

「我沒有辦法證明，但是我要告訴你一件事，關於馬里諾開的Mr. M餐廳，還有你分析王者麥爾斯的成功與馬里諾無關的錯誤形容，這報導對我的兄弟馬里諾非常具攻擊性，如果你願意澄清這件事，我可以給你獨家的採訪。」

「不可能，我親自調查的報導有絕對的真實性，而且——」

電話另一端馬上打斷法拉奇：「身為知名八卦媒體工作室，你這電話有錄音功能吧？」

「你……現在有錄音沒錯……」

「好，那事後你們自己去剪接調整吧，雖然要你承認錯誤可能有點困難，但是如果你要這個獨家，以下是我的聲明：『感謝法拉奇的採訪，各位聽眾大家好，我是麥爾斯，之所以消失在媒體前這麼久除了是要加緊在第三張專輯的創作之外，還有我個人的因素，請大家放心，很快就會與各位樂迷見面。針對法拉奇的好奇與關切，我們王者麥爾斯都感到很榮幸，在此說明一下，Mr. M這間餐廳確實受到我們的授權，也有我的股份，我也十分高興有這樣的餐廳可以為大家服務，而馬里諾確實是我們團裡比較有商業頭腦的人，所以我們都推舉他出來，我們兄弟的感情無庸置疑，包含新加入的克里斯，我想要強調，沒有馬里諾就沒有現在的王者麥爾斯，他的貝斯確實就是諾亞方舟裡的船桅，希望大家仔細聽聽這次專輯裡的貝斯聲，貝斯的編排上絕對具有巧思，也十分動人，很推薦大家去找上次法拉奇專訪馬里諾的報導，在最新一期義大利ＧＱ雜誌裡，對吧！』好了，我說得夠慢了，以上聲明你最好一字不漏的都報出來，最好再對我兄弟來點微婉的歉意，這樣我保證未來我們有更多合作的機會，可能有點突然，但是懇請你照做吧。」

法拉奇本來不敢相信，但是從這聲調與特意安排好的說話內容，見獵心喜的她早就高興地喜上眉梢，深深覺得自己誤打誤撞地掌握了麥爾斯的痛點，原來對方最在意的就是自己的好兄弟，這一點一定是未來可以繼續追擊的罩門，她也想到現在把握到如此難得的獨家，一定更能將自己工作室在媒體圈的聲望提高一層，想到這裡她的態度瞬間軟化：「麥爾斯，要我低頭沒問題，倒是你說的獨家專訪我們約什麼時候——」

「抱歉，我現在時間有限，接下來我會參照你在GQ常問的問題加以自問自答，並且適時的報一些料給你，讓你增加採訪的內容與聳動性，你就把錄音檔好好編輯，看是用電台聲音專訪形式，或是雜誌文字方式都好，請務必去除馬里諾在媒體的負面形象，老實說要我打這通電話十分不易，目的都是為了他，請妳明白。」

接著法拉奇細細聆聽著話筒裡磁性的嗓音，話筒的聲音雖然總覺得像是隔了一層什麼似的，讓人感覺遙遠，但是想到自己可以與現在全球關注的麥爾斯本人通電話，而且這聲音獨特而沉穩，帶給她莫名的歡愉，法拉奇的臉上出現了許久未見的紅暈，工作長年面對著醜陋八卦與黑幕，現在這樣直接的電話溝通，那話語帶來的氛圍，特殊的口音，讓她好像重新回到高中舞會時候的青澀單純，她想起那個她多年前初戀的義大利男孩，但是現在麥爾斯卻又有別於一般義大利男人總帶有的過度浪漫，聽著這樣誠懇而直率的言詞，要不是現在正在錄音，法拉奇幾乎想要拋下專業，好好與話筒中的男人曖昧挑逗一番。

麥爾斯像是手邊有稿子一般，但是聲調卻又起伏自然地侃侃而談，從他個人幼時埔里的生活到義大利樂器行工作，一直到後來水泥球的結成皆有所著墨，包含克里斯加入的過程到整個團一起編曲的經過，整個內容有著耐人尋味的音樂分析與欲傳達的搖滾理念，另外更是從讚許克里斯戴著牛皮紙袋這件事的哲學意義，延伸到澳洲創作歌手希雅（Sia）曾經一度「封臉」的故事。

麥爾斯講述自己很欣賞當時希雅在任何公開場合都把臉遮住，無論是紅毯、雜誌封面、現場演出都堅持不露臉的態度，像是對於自己走紅這件事的抗議回應，而其中真正的原因是某次希雅的朋友正告訴她自己得了癌症的消息，但是過程中突然被路人打斷並要求和希雅合照，這樣的困擾讓她下定決心進行

「封臉」的舉動。然而這樣越是遮掩，反而獲得更多的關注，這種矛盾的感覺也是麥爾斯有所共鳴的。

雖然話語中沒有明講，但是法拉奇默默感受得到麥爾斯透過希雅的故事想表達的意涵，除了透露了成名帶給自己的衝擊與無奈，也希望大家可以回到欣賞音樂的本質，體會搖滾音樂帶給人的力量，而別把藝人給物化或是英雄化的扭曲。

這些話語吐露出麥爾斯的內涵與思想，著實也驚艷了法拉奇，畢竟法拉奇已經採訪過太多膚淺的藝人，現在耳裡這樣強烈的靈性深深吸引著她，讓她不禁在麥爾斯話語間很巧妙地穿插了一些技術問題，想讓麥爾斯說得更深入，或是導向她想探知的部分，但是她卻反而更加驚訝，自己並非引導著對方，而是一直被對方牽著走，她也肯定，這內容已經不太需要編輯，這已經是絕佳的報導題材，無論是話題傳播性、還是藝術深度性。

不知道麥爾斯何時掛上電話的，法拉奇還不斷地思考回味著這個獨家驚喜，連話筒都還一直緊貼著耳朵，直到特助敲門走進她的辦公室，她才倉皇地放下話筒，試圖趕緊恢復她黑寡婦的女強人形象，但是臉頰紅潤還有不自覺上揚的嘴角，讓察覺到異常的特助也心照不宣。

特助動作顯得小心翼翼，但是隨即微微吐出舌頭，眼神淘氣地把自己身上的西裝外套敞開，秀出外套裡的T恤圖樣，正是王者麥爾斯新專輯封面，那一顆像瞳孔的圖騰。

法拉奇露出了「原來如此」的表情，原本有所保留的神態逐漸放鬆，面容透露了肯定與滿意。

特助知道自己做對了。

兩人都不禁笑出聲，越笑越開懷。

40. Youngblood｜少年

據說澳洲新南威爾斯西南邊有一個湖泊已乾涸了超過一萬四千年，這個說法讓人耐人尋味，假如地球的地殼變動，讓原本在海裡的土地隆起而超越了海平面，就可以稱這個島是個脫離海洋萬年的礁石嗎？陸地可能本來是海，海也可能淹沒了陸地，這樣一個早已經是萬年陸地的所在，仍然可以稱它為湖，這個名為「蒙哥湖（Lake Mungo）」的地方，正是蘇蘇前往的所在。

蘇蘇對於這個湖很不以為然，因為眼前這片荒漠般的貧瘠與荒涼只能說是沙漠，跟湖這個字可是相差了十萬八千里，果然是乾涸了超過一萬四千年的湖，但是吸引她前來的理由並不是只有這個，而是因為旅途中翻到一本雜誌上的介紹，說到蒙哥（Mungo）這地方是考古學家的夢幻寶地，這是世界上最重要的人類火葬場之一。

追尋倩倩的跳島行動之餘，蘇蘇不自覺得非常想追尋與「死亡」相關的事物，並不是有任何求死的念頭，而是對於死亡的任何解讀，她都想多接近一些，好像多接近些跟死亡相關的地方，就可以離倩倩更近一點，可以多了解倩倩死去了，接下來是去哪裡？畢竟台灣文化、信仰的解讀，蘇蘇總覺得在澳洲並不適用，好像換了一個土地，死去的靈魂也必須用不同的方式對待，蘇蘇也懷疑當時在大堡礁的招魂儀式，能夠招到些什麼？在海底沉睡的倩倩，那個海，可否稱為總是淹沒的陸地呢？海葬與火葬，最後又有什麼區別呢？就像現在眼前的荒漠，竟然可以曾經是湖，這一切蘇蘇都不知道，她只知道，她只要一停下腳步，她的思念會很痛，所以她一直在前進，那些倩倩去過的島嶼，她已經去過大半了，她深怕當她走完日記本上的每一個島後，倩倩的指引就永遠消失了，所以她放慢了腳步，也不知不覺體會了更多，她珍惜倩倩帶給她這樣的旅程，思念痛楚與新奇冒險間拔河的矛盾中，她只知道要繼續前進。

開著四輪傳動車，蘇蘇頭上戴著一頂漁夫帽，身體隨著車子因為不平的砂質路面而起起伏伏，蘇蘇把脖子上的毛巾拿起來擦了一下汗，車裡廣播放了一首熟悉的旋律，但是歌聲十分特殊，突然炎熱煩躁的感受被歌聲給稍微驅趕了些，這首歌曲的到來讓蘇蘇非常驚喜，在澳洲的電台可以聽到〈望春風〉，這也太有趣了。

這是一個男生的聲音，聲音帶著滄桑與憂鬱，但是清亮的部分卻又充滿著春天的氣息，讓蘇蘇總有種心痛的感覺，但是在異鄉聽到熟悉的歌，又有種受到撫慰的感受。

熱得發昏的蘇蘇聯想到了炙燒比目魚鰭邊握壽司，這道料理她也曾在飯店做過，炙燒微焦的部分是滄桑，但是柔嫩比目魚則是青春，那室溫的壽司米飯，對於現在來說，應該可以算是清涼了，蘇蘇吞了口水，喉頭十分乾燥不適，想到要是再加點日本細蔥提味，稍微滴上一點檸檬汁，那就太好了。

因為歌聲非常地特別，為了去除車子震動聲的干擾，蘇蘇索性把車停在路邊熄了火，細細聆聽著這首曲子，也不禁隨著歌聲一起唱了起來。

『呼，夭壽唷，太熱了。』蘇蘇發現熄火之後車內冷氣也停擺，這個炎熱的時刻，瞬間的車內高溫讓蘇蘇受不了。

車子重新發動，蘇蘇拿出水壺，喝著被周遭環境影響而溫熱的水，但是心裡一直惦記著涼涼的握壽司，她知道在這荒漠所在，這種聯想根本是海市蜃樓。

歌曲結束了，蘇蘇聽著電台主持人介紹說這是義大利樂團王者麥爾斯演出的版本，讓她非常驚奇：『是阿多仔唱的唷？台語還滿輪轉的耶。』

這時候她看到後照鏡印來，一個不太真實的畫面。

蘇蘇打開車門緩慢地把身軀擠下車，一腳陷落在沙地裡，膝蓋帶給她疼痛的不適感，蘇蘇在艷陽下極力打開雙眼往車後望去，空氣中竟然有惱人的蒼蠅飛來飛去，蘇蘇拿下脖子上的毛巾，在臉前揮舞，內心依然不解，為什麼缺水的沙漠能有這麼多蒼蠅？

遠方慢慢清晰的身影是一個瘦小的身軀與一台鐵馬，說是鐵馬實在太貼切，那台腳踏車細細的支架被厚胖的包包綁得到處都是，就像是一匹肥馬，但是卻只有鐵骨支撐。

緩慢走近的少年皮膚曬得通紅，但是露出的白牙笑容非常醒目，朝著蘇蘇點點頭並喊了一聲Hello。

「夭壽唷，我換成這種沙地四輪傳動車都很難開了，你還騎腳踏車來，你瘋啦？」蘇蘇知道自己表情誇張，但是她眼前所見實在是更為誇張。

「咦，你怎麼知道我是台灣人？」少年帶著墨鏡，看不出眼神，但是聲音爽朗。

蘇蘇往前一指：「你車上插著國旗啊，這麼明顯。」

「大姐也是台灣人啊，真是太巧了。」少年的嘴角沾黏著黃沙。

「什麼大姐，裝客氣，叫我阿姨。」

「好……阿姨好。」少年的口氣相當地喘。

「少年耶，這地上都是沙，你這樣根本不能騎啊，你一路在推車唷？我剛剛開過去怎麼沒看到你？」

「我剛剛有看到阿姨的車唷，我當時在一旁草叢邊休息啦，太累了……沙地確實騎不動，所以我都用推的……」少年伸手擦擦額頭上的汗。

「推車推一整天唷？那你有吃東西嗎？」蘇蘇身為母親的本能便是關心這件事。

「有……有啦，我有巧克力，只是都融化了……」

「你是笨蛋嗎？你這樣騎單車旅行很危險耶，馬路不騎，跑來沙漠幹嘛？」一邊講蘇蘇已經打開後車廂，在紙箱裡翻找著食物，餘光看著一旁行動小冰箱。

「我來澳洲就是想要挑戰自己啦，而且我這輩子從沒去過沙漠，我想來看看，我包包裡面很多水，也有乾糧，還有修車工具，我餓不死啦。」

蘇蘇發現自己的囤糧大多是需要烹飪的，當下實在無法給少年什麼，只剩一罐保久乳可以分享，但是又猶豫著這是自己要泡拿鐵咖啡用的，這樣荒涼的沙漠地帶，應該很難再買到吧，接著打量著少年的單車以及少年本身：「你目的地是哪裡啊？」

「蒙哥國家公園裡面有個叫長城的，什麼Walls of China的地方，地圖上標示在那之前會有露營地，我今晚要在那邊紮營。」

「哼，你這樣推，推到明天天亮也不會到啦，不然我載你去吧，我也是要去那邊，我的車應該載得下你的單車吧。」

少年安靜了一下，一臉猶豫。

「哼，你怕我給你綁架唷。」

「不是啦，阿姨，假如我給你載，這樣我的旅程就不是自己騎完的了，這是我的任務啊，我不能偷吃步⋯⋯」

「任務？」蘇蘇突然想到倩倩的跳島任務，大概能體會少年的想法：「好吧，你自己高興就好，你們年輕人總有堅持的點，我沒什麼東西能分你吃，只有這罐牛奶可以給你，要是你晚上騎得到露營地的話，我會在露營地煎牛排，到時候再分你吃。」

「牛排？你說牛排？⋯⋯阿姨那麻煩您載我一段好了，拜託了，哈哈。」少年摸著後腦杓，十分不好意思。

「聽到牛排就改變主意囉，你真是很沒有堅持耶。」蘇蘇笑了。「阿姨，畢竟《牧羊少年奇幻之旅》一書有說過：「當你真心渴望某樣東西時，整個宇宙都會聯合起來幫助你完成的。」

蘇蘇覺得少年說話的態度好像倩倩，那天真無邪又無可救藥的正面思考：「你們來澳洲當背包客的年輕人，都滿像的啊，什麼夢想、目標的……，好啦，少年耶，你輪胎拆得下來嗎？後車廂可能放不下，不然單車塞在後座好了。」

「可以可以，謝謝阿姨。」少年急忙從單車旁馬鞍袋裡翻出工具，蹲在單車邊拆解著單車，看樣子想吃牛排的動力非常地巨大。

經過一番調整後，兩人的臉都被酷熱的氣候掠上一陣暈紅，那些汗還來不及流下就被蒸發了，終於把單車跟行囊給裝載上車。

在行進的車上，少年一臉興奮，像是幾百年沒搭過車一樣，也一直不斷讚嘆：「哇，坐車速度真的好快啊，阿姨，您真是好厲害，根本就是印第安那瓊斯，你這樣很酷耶，你怎麼會在澳洲一個人開車狂飆啊，你也有任務嗎？你在追尋你的夢想嗎？哇噻，你還有望遠鏡唷，這可以借我看一下嗎？」

蘇蘇任憑少年興奮地呼喊，都不予理會，只是微笑開著車，身子繼續隨車子跳動起伏著，蘇蘇也感到很新奇，身旁少年的熱情跟優子的含蓄貼心完全不同，這樣的熱情不至於到令人反感，反而讓旅途的孤寂都一掃而空。

蘇蘇也突然想到，曾幾何時自己是如何變成現在這般模樣，變成少年口中的「印第安那瓊斯」，一人開著車到處奔走，風塵僕僕地探險，本來害怕跟擔憂的事情都越來越熟練，一個人到處搭帳篷，也到處投宿背包客棧、汽車旅館，一個人想去哪裡就去哪裡，遇到好多不同國家的人，旅程度過了多少天也沒有特別計算，反正戶頭還有錢花就好，以前會有的保守，現在似乎也不適用了，沒有包袱沒有羈絆，這是自己過去從來都沒想過的事情，這樣的經歷，蘇萍覺得是種成長，而且是種突破，在旅途過程中，台灣的蘇萍不知不覺蛻變成了澳洲的蘇蘇。

只是哭泣的能力依舊沒有找回來，想到這裡，蘇蘇內心一沉。

而一路上蘇蘇也發現似乎亞洲人特別會對冒險旅程感到興奮與好奇，好像這樣的旅行對於西方人來說是再正常不過的方式了，而亞洲人總可以為旅程扯上「夢想」或是「壯遊」這些稱號，把單純的事情給偉大化了，倩倩也是這樣吧？這也讓蘇蘇為台灣人感到不捨與欣慰，終於，島上的年輕人都透過打工度假、背包客旅行來感受世界，說是太晚了，但是也不嫌晚啦，自己也是，倩倩也是，身旁的少年也是，即便倩倩因而失去了生命，但是生命在追尋出口的過程，是怎麼樣都攔不住的吧。

四輪傳動車乘載著兩人不斷前進，輪子揮出了漫天的塵土，矮小的針葉植物與黃色土丘不斷隨著車子的推移而消逝，景物不斷地被拋向車後，迎接而來的依舊是類似的畫面，讓人忘記了時間，繁複又單純，昏熱而膨脹。

「啊，阿姨，我還不知道你的名字呢？」

思緒被打斷的蘇蘇突然有感而發：「少年耶，你騎車旅行，真的要注意安全啊，凡事都要注意安全，平安最重要了……」

「好唷，謝謝阿姨關心……阿姨你還是沒告訴我你叫什麼名字呢？」

「我叫蘇萍，在國外阿多仔都叫我SuSu，叫我蘇蘇就可以了，那少年耶你叫什麼名字啊？」

「喔喔喔，蘇蘇阿姨，我叫王寒，王是三橫一豎王，寒是寒冷的寒，阿多仔就叫我的英文名字Cold，哈哈，Stone Cold（冷石）剛好是我最愛的摔角手，你知道Stone Cold嗎？」

「難怪你會來沙漠唷，名字這麼寒冷。」

「不是啦，我爸最喜歡一個作家叫做韓寒，所以給我取名叫王寒。」

「寒寒？那也真夠冷了……」蘇蘇注視著前方，看似忙碌地操控著方向盤，在這貧瘠的沙地路上，非常容易辨別那少有而明顯的路標，路標顯示露營地快要到了，而太陽光線似乎也趨於柔和，不知不覺黃昏了。

蘇蘇點點頭，完全明白，她想到了過去為倩倩取名字的點滴。

父母總是對孩子有著過多的期盼，甚至希望孩子能夠成為自己的延伸，完成自己辦不到的夢想，蘇蘇想到自己過往的人生在嫁到大溪後，那傳統教條的束縛，逐漸失去的自我，而她唯一強力堅持的事情便是為女兒取名字這件事。

按照夫家傳統，兒女必須選用族譜裡面的字，一來只有傳宗接代的兒子取名一定要受到這族譜的規範，二來大著肚子時候的她，難得受到公婆寬容的對待，雖然她總覺得那些善意都是指向著自己肚子的骨肉，但是至少為女兒命名這件事情，先生跟公婆是願意贊同她的。

蘇蘇覺得自己這浮萍般的人生在婚後像是被截留在大溪這條溪（精準地說其實是大漢溪），過往獨立工作女性的驕傲與自信就像近年大漢溪的乾枯，而每每看到電視上《文茜的世界週報》節目，陳文茜用那知性、感性、專業的樣貌去剖析國際大小事，讓她欣賞不已，讓她總想念起自己在國外交換學生的光景以及在飯店裡專業工作的自信心，「倩」便是取著茜的同音字而來。

記得在第十八週的產檢時，超音波便推斷出肚子裡的寶寶是女孩，雖然家中每一個人都興奮不已，但是她輾轉聽到公公曾嘆氣用台語說了一句：「生查某？唉！嘎郎豬奮的！（生女生，是給人煮飯的）」，認為女孩未來嫁人是給人煮飯的，這樣對女性歧視的話語，讓蘇蘇內心所剩不多的自尊受到很大的打擊，更加強了她為倩倩命名的堅持，因為「倩」的含義是「古時男子的美稱」，她希望倩倩的美好未來是不受性別拘束的。

這樣的由來也算是諷刺，女兒的愛情竟也是超越性別的，女兒飛出去的胸懷也是自己殷切期盼的，但是為何自己內心有一塊卻又矛盾地希望倩倩能夠綁在自己身邊呢，雖然她從未這麼做，但是是否這麼做了，倩倩現在依舊活得好好的呢？但是要是不快樂，那就跟自己像是被截留的浮萍一樣淒慘，不是嗎？

做為母親奇妙的感受，即便物換星移時光飛逝，那種感覺永遠這麼深刻，蘇蘇伸出左手摸著自己的肚子，好像前一刻倩倩還在懷裡一般，突然飢餓感的來襲，像是懷裡骨肉透過臍帶給自己最直接的需求呼喚，蘇蘇覺得坐在車裡，現在車子的每一次起伏，都讓自己靈魂彷彿往下沉了一點點，每一次都好像讓自己多彎腰駝背了一點點，往傷痛裡沉溺。

沉到最後，車子停了，蘇蘇若有所思，接著轉頭看向少年，累壞的少年不知何時睡去了，蘇蘇沒有叫醒他，只是靜靜看著，看著那少年睡去的臉龐，像是蒙上一層淡淡的細沙土，也終於觀察到少年身上的旅途磨耗，那雙腿上滿是瘀青與ＯＫ蹦，手臂上有許多的污漬與破皮，短褲上的破洞旁冒出了參差不齊的布料線頭。

蘇蘇暗自決定，今晚的牛排，要把最大塊的留給他。

41. Red Corner｜紅色角落

異物感還停留在臉上，大約一個鐘頭前，那條矇著雙眼的緞帶已經移走，但是麥爾斯仍然覺得那束縛感還在，忍不住往眼角旁的皮膚上搓揉了一下。

這一天的開始，麥爾斯似乎面對了一大群隆史，自己像是個皇帝一般，被眾人「服侍」，那個感覺就是麥爾斯小時候在台灣看過的宮廷劇一般，幾乎不需要用一丁點力氣，像是一切都被人張羅了，但是也被束縛了，軟禁原來是這麼一回事，原來皇帝跟囚犯有著極為相似的處境。

嚴格說起來，那是一群穿著跟隆史一樣筆挺服裝的人，包含各種人種、膚色，有人忙著設備器材，有人說著麥爾斯聽不懂的語言，有人忙著服裝，有人幫忙給麥爾斯修容，有人給他注射了據說是維持健康的藥物，聽說也含有微量的「開嗓針」成分，一切都是為了保證這一天的順利。

臉上綁上緞帶，失去了視力，麥爾斯幾乎忘記到底搭乘了多少個運輸工具，有像是電梯的爬升，有車輛轉載的起伏，而大多時間，麥爾斯認為自己一直在一個黑暗列車車廂裡，列車在軌道上奔馳著，他從微微的光線晃過臉上的速度感猜測，這個列車速度並不快，但是恍惚睡去又醒來，讓他失去了時間感，這一切讓他感到疲累，並非身體的累，而是精神上等待的折騰以及不得已的妥協。

把緞帶移走後，第一個印入眼簾的人是隆史。

這是一間牆上布滿絨布材質的房間，像是錄音室一般地隱密，也像是舞台後台的準備室，其他人都離開了，現在只有隆史一人在身邊。

隆史的禮貌姿態一如往常：「麥爾斯先生，我們待會就要開始了，待會會照你昨天彩排的方式進行，但是別忘了我們的規定，演出勢必要有誠意，否則，我想我不必再多說，接下來——」

「你為什麼會在這兒？」麥爾斯開口，發現自己聲音非常清晰，開嗓針果然十分有效果。

「在這兒？因為你是我負責的，剛剛幫你打針的那一位黑人你還記得嗎？他可是來自加勒比海的巴貝多，像他就是負責派蒂絲，他們同一個種族的好溝通嘛，每一個輪盤日的荷官都是蘇格拉底，但是每一顆輪盤上的球都會有一位負責照顧的人。」

麥爾斯不帶情緒，像是心如止水似地，緩緩說著：「我可不是日本人，而且我問的不是這個，我問的是，你為什麼會在碉堡工作？」

「這並不重要，你要關注的，是等一下的表演，完成輪盤日，你就自由了，我也會確保這件事的發生，你放心。」

「你確保這件事發生，有多少次了？換回自由的有多少人，你記得你手中有多少人死去？」

「我不為輪盤日之後的事情負責，我只負責到輪盤日這一天的發生為止。」

「你是指，執行醜陋事情的劊子手另有其人，所以你的手一點也不血腥？」

隆史把耳朵上掛的微型耳麥拆下，緊盯麥爾斯的雙眼說：「不……我記得每一個人，每一張臉……」

「每張臉？你說的是每一顆球吧，你們不是把我們當球嗎？輪盤上滾動的一顆球，即使到輪盤日，蘇格拉底也不會現身嗎？把自己保護得真好，你們都是他的奴隸嗎？到底是可以得到多少好處，讓你願意這麼做，你不會有罪惡感嗎？」

隆史終於帶著一點情緒了：「你不明白，這不是好處而已，這是可以改變世界的一些犧牲而已。」

「犧牲？犧牲了泰勒，你們又能如何？一個未達成的個人秀，一個私慾沒得到滿足的有錢人，一群碉堡敗類的斂財手段，都是為了錢是嗎？」

「你不明白，你待會只要好好地——」

「讓我為你而唱吧！」

「你說什麼東西？你是要為得標者而唱。」

「我恨透了這一切，我也想要自由，所以我不得不妥協，但是請給我留下一點尊嚴好嗎？」

「我不明白，你待會不會耍花樣吧？你別拿自己性命開玩笑，你看過泰勒變成怎樣的——」

「所以我說，讓我為你唱吧，我會好好唱完，但是我是為你唱，不是為了什麼天殺的得標者，就當作感謝你這麼多天的照顧，這不是什麼斯德哥爾摩症候群，我只是想在這灘泥沼中找到一點值得感恩的事而已，至少你曾為我做些什麼，像是送餐點給我，像是回答我的疑問……即使你也是碉堡混球之一，但至少……你懂我在說什麼嗎？」

「你真是個異類，荷官一直提醒我要留意你，我以為你們這些玩搖滾的都一個樣……」

「呵呵，什麼樣，泰勒那樣嗎？他的叛逆帶給他厄運，但是我倒覺得他只是在做自己而已，雖然代價實在太大了……」

「…………」隆史沉默不已，但是顯得面紅耳赤。

「所以，待會你應該聽得到表演吧，請記得，待會我是為你而唱，請好好聽吧。」麥爾斯越說越輕鬆，好像一切都只是個兒戲。

隆史激動了起來：「這不是正常的程序，你該全心為舞台前的得標者表演……你這樣違反了規定……」

「什麼規定，我會好好演出，得標者會感受到誠意的，你放心，這點能耐我還有，水泥球好歹也在地下演出多年了，我知道我該怎麼做。」

「你……」

麥爾斯不想再談，刻意轉身撇開頭，專注在手邊吉他的調音上。

隆史打算離開，才走了幾步便停了下來，若有所思後又走到麥爾斯身邊，神態慎重：「你知道二〇一一年日本大地震引起的福島核災嗎？」

麥爾斯抬頭望向隆史，微微點頭，提到地震，心頭總是有些哀傷。

「那一年，我剛畢業從國外回到日本，回到我的家鄉福島，那裡，已經跟我記憶中的福島差距甚大了……，你體驗過台灣的九二一大地震，我想你能體會我說的，那個熟悉的家園變得……變得無法用言語形容……」

「原來同是天涯淪落人，原來蘇格拉底就是這樣故意把我指派給你負責，是嗎？比較有同理心？還是一樣悲哀？」麥爾斯雖然態度平靜，但是言詞還是釋放著犀利的諷刺。

「我父親就在核電廠裡工作，地震那一天他沒有值班躲過了最直接的災難衝擊，但是他竟然馬上奔去核電廠幫忙，頭也不回的……」

「所以你失去了他，然後你開始厭世？」

「是，我失去了他，但是他並不是馬上死去，他受到超量的輻射侵害，我一路看著他凋零……不只是他，還有我的家人、家鄉的一切……但是我也是當時遇見了蘇格拉底，他帶我進入了碉堡，收養了我，不只如此，他更是有能力動用你想像不到的資源，協助福島重建。」

「你是說，輪盤日所帶來的金錢？」

「蘇格拉底掌握的不只是金錢，他還掌握著這裡每個人的心，每個來到碉堡裡工作的人都忠誠不已，你口裡指控我們的罪惡，我都承認，但是你知道嗎？這些罪惡其實可以換給世界更多的美好，像是福島重建，你知道很多災難與悲劇不是靠慈善募款就能解決的，是需要更龐大的資源跟力量，你無法想像的龐大……」

「所以，輪盤日就是公益演出，你是想這樣解釋嗎？」

「我已經越權了，這些我不該說的，我話只能說到此，麥爾斯先生。」

「所以，你是說我這破得標紀錄的輪盤日，可以解救蒼生？」

「那金額是天文數字，幾乎可以解救好幾個國家，你不明白，再有名氣再有影響力的藝人們齊聚一堂，那樣的募款活動都無法達到碉堡的集資能力，這是完全金字塔頂端的——」

麥爾斯：「哼，所以我該慶幸來到碉堡，我可以好好地公益演出？」

隆史低下頭轉身離去，不再多說。

麥爾斯在隆史握到房間門把的剎那又補充了一句：「那泰勒的家人呢？誰來拯救他們？那些因為輪盤日而受到傷害的所有人？你們手上都沾上了血！」

隆史停頓了一下，依然背對著麥爾斯，輕聲說道：「小の虫を殺して大の虫を生かす。」

「嗯？什麼意思？」

「這句日文意思是，犧牲小我，完成大我，碉堡內，對跟錯沒有絕對，重要的只有成就更偉大的理念，這是蘇格拉底教我們的，之所以荷官會叫做蘇格拉底，是因為他就跟蘇格拉底一樣，一樣是位哲學家，麥爾斯先生，祝你好運了，我會好好聽你唱歌的，如果真的不幸遇到了那一刻，希望你解脫得痛快點……」

隆史離開後把門輕輕帶上，房間瞬間安靜的很，但是麥爾斯的心反而激盪不已。

42. What About Now｜順流逆流

扇形舞台延伸出去有著雙層的觀眾席，像是一個隆重的歌劇院，裝潢十分華麗，但是體積較為迷你，燈光昏暗，看不太清楚周遭的環境細節，但是微光中可以在觀眾席看到一位女子戴著面具，靜靜地坐在那邊，手上拿著一只紅酒杯，杯內的液體與女子嘴唇一樣朱紅，一襲黑色的晚禮服像是隱身在這昏暗之中，也顯得露出來的肩膀、手臂與長腿，白得發亮。

這個場景並不陌生，麥爾斯在派蒂絲的演出影片中看過相同的舞台，但是差別是少了交響樂團在背後，麥爾斯獨自一人坐在舞台上的高腳椅上，抱著木吉他，顯得人影單薄，舞台上的金黃色光柱打在身上，覺得溫熱。

他稍稍打量眼前的女子，是什麼樣的人花了天文數字只為了獨享一首歌曲？麥爾斯好奇著，想嗤之以鼻，但也帶著無法理解的納悶，更多的好奇是對方的動機，是像隆史說的成就大我姿態，還是單純盲目地揮霍追星？麥爾斯想不通。

女子面具底下的的朱唇，似乎一直掛著微笑，神泰自若的態度，好像撇除了盲目這個懷疑。

這把深沉木頭色的吉他是麥爾斯唯一指定的舞台樂器，這把CCFL3EC-BLBL吉他有著有趣的系列名稱，叫作胖女孩系列三（Fat Lady Series 3），來自澳洲的Cole Clark品牌。

在「軟禁」的日子中，麥爾斯除了試圖查詢那些他關心的一切之外，唯一讓他能夠忘卻痛苦與無奈的就是音樂，這些天來，他也難得有了自從王者麥爾斯爆紅以來所失去的空閒時間，他幾乎聽遍了一切他想回味的專輯：

Bon Jovi（邦・喬飛）的《These Days》、Pink Floyd（平克・佛洛伊德）的《The Dark Side of the Moon》、Phil X & The Drills（菲爾・X）的《We Play Instruments n Sh!T》、Audioslave（音魔合唱團）的《Revelations》、Alter Bridge（幻化結構樂團）的《Fortress》、All Good Things的《All Good Songs》、亥兒樂團（Higher）的《炎黃子孫》、五月天（Mayday）的《知足》、Stella Diana的《Nitocris》、Hopes Die Last的《Your Face Down Now》、Deep Purple（深紫色）的《Machine Head》、The Beatles（披頭四）的《Abbey Road》、David Bowie（大衛・鮑伊）的《Blackstar》、Carlos Santana（卡洛斯・山塔那）的《Super Nature》……。

歌曲聽多了，有時候突然想念起父親過去常聽的〈O sole mio〉，或是母親喜愛的〈望春風〉，但是麥爾斯下意識覺得，在這邊的一切都被監控著，一來不想讓心中神聖的父母與這邊有任何牽連，二來也怕聽這熟悉旋律而讓自己潰堤，在這裡他其實無時無刻都是用力讓自己堅強著，他知道他必須撐住。

無論是義大利還是台灣的樂團，各國經典老搖滾還是新搖滾，史詩（Epic）搖滾到流行搖滾，其中最讓他放鬆的是Jack Johnson（傑克・強森）的吉他聲，因此他也沿用了Jack Johnson慣用的Cole Clark吉他作為他演出用的樂器，希望在這被迫害的無奈中，至少能夠擁抱著這一把自然木紋的清脆聲響。

麥爾斯耳裡的監聽耳機傳來了提醒，此時舞台的光柱更加群聚在身上，手上握的木吉他，金屬弦發亮著。

身上穿著暗紅色的毛衣外套與淺藍色牛仔褲，打著赤腳，簡單而純粹。

麥爾斯往舞台側邊的虛無望去，點點頭，隆史應該要知道，麥爾斯在暗示他即將要開始演唱了，而且他自認是為隆史而唱。

麥爾斯左手食指在指板上第四格壓著封閉和弦C#m，右手用手指撥弄著弦，一陣清脆的吉他聲傳出，清亮不已。

這分解和弦的彈法作為開頭，和弦行進的轉換之間再搭配手指的槌弦，讓單吉他演奏顯得不單調，重複兩次四小節的和弦進行後，麥爾斯停了下來。

完全靜止不動的麥爾斯坐在舞台上的高腳椅，像是一個蠟像一般，說是魁儡更是貼切，這停頓像是在對於一切迫害的無聲攻擊，麥爾斯更是閉上了雙眼，睫毛像是闔上的翅膀羽毛，一秒鐘、兩秒鐘、三秒鐘，時間好像前進得緩慢，羽毛遲遲不願意再展翅。

觀眾席上的女子，微微移動了身體，像是調整姿勢，不知是疑惑還是不耐煩，表情被面具遮掩無法猜測。

隆史在音控室專注地看著，望著靜止不動的麥爾斯，他的冷汗流了下來，但是仍刻意保持著從容，內心不禁想：『你別玩花樣啊，麥爾斯。』

音控室裡的其他人員都一如往常的冷靜，這樣的輪盤日一如往常的進行，一切照著規則走。

隆史一聽就知道，耳裡聽來的旋律完全跟麥爾斯之前彩排的不同，本來是安排好要演唱Coldplay（酷玩樂團）的〈In My Place〉，但是碉堡現在對這臨時的改變無能為力，因為這完全自彈自唱的演出，掌控權全在彈奏者身上。

舞台依舊安靜，麥爾斯的髮梢，在金黃色光線下，好像微微地飄動著。

好像被按下了暫停，這無聲的等待叫人無法估計時間，女子轉頭往後方音控室望去，隆史發現後內心更是著急，要是得標主抱怨，就代表表演誠意有一定程度的失效，不只是讓史上最高得標紀錄留下著遺憾，更是要按照規則殺了麥爾斯，這兩者都是隆史不願意看到的。

一分鐘了嗎？還是五分鐘了？一點動靜都沒有，麥爾斯就像個雕像石化在燈光下。

向來從容的隆史手指竟然顯得有些顫抖，抓著音控室的麥克風，正想要打開開關向麥爾斯說話，他幾乎可以想像得到蘇格拉底的表情了，那下令處決泰勒的冷酷果決。

麥爾斯終於發出聲音了，吉他聲也一併釋出：

Ricky was a young boy
He had a heart of stone
Lived nine to five and worked his fingers to the bone

高亢的歌聲，讓隆史起了雞皮疙瘩，更多的驚恐是，之前的停頓，他以為一切都玩完了。

麥爾斯依舊緊閉著雙眼，甚至非常用力地閉眼，眼角的微微魚尾紋連接著扭曲的表情，這樣用力地演唱，迅速讓隆史放下了心，因為這樣幾句歌聲完全達到了水準之上，讓人很難把目光從舞台移開。

麥爾斯嗓音的渲染力，不斷蔓延開來。

繼續搭配著吉他聲演唱，這一首Skid Row（史奇洛）的歌曲〈18 And Life〉，歌詞似乎暗喻著隆史的情況，即使表達著不同意思，但是不難發現端倪，隆史內心開始複雜了起來，他也明白麥爾斯是故意的。

He had no money, oh
No good at home
He walked the streets a soldier

And he fought the world alone and now it's

麥爾斯接著抬起頭睜開了雙眼，炯炯有神地往舞台前方射去，像是帶著攻擊的姿態，也像是在傳達一種態度，這個方向不難看出，麥爾斯的目光直接跨越了觀眾席的女子，緊緊盯著後方高處的音控室。

Eighteen and life you got it
Eighteen and life you know
Your crime is time and it's
Eighteen and life to go

隆史被這樣的傳達給震懾到，內心竟然感到了強大的罪惡感，然而這樣的罪惡感卻是無來由的，隆史思考著，難道是擔心得標主感覺到這場表演並非是專門為她的？自己為何要為麥爾斯擔心？對於自己家鄉福島的鄉愁？在碉堡的一切難道是個錯誤？

『不！蘇格拉底是對的！碉堡是對的！』隆史內心對自己喊話，自己一直以來堅持的信念，怎麼可能被一首歌給輕易擊敗，輪盤日的規則就是一切，這一切可能帶來更大的救贖，自己的信念就是維持自己一直走下去的最高準則。

麥爾斯開始揮動右手刷弦，相同的旋律，但是顯得更加有力道，歌詞也開始改變，變成了中文，整個感覺像是另一首歌，但是轉換過程卻感不到突兀。

改變 改變給我一個完美世界
戰爭吹灰湮滅 仇恨付諸流水
飛躍 飛躍 跳過傷心的畫面
愛是溫軟棉被 真情包容一切
哈雷 哈雷 路亞默念一遍
即使困難當前 永遠心存正念
Change the world. You can do it
Change the world. We must be

麥爾斯沈浸在自己的表演之中，原本銳利的神情開始變得木然，像是呼吸本能似的彈唱著，這些歌曲已經表演過無數遍了，在有母親的埔里家裡，在山裡的教會，在欣賞的女孩面前，在水泥球的練團室，在義大利的樂器行裡，在街頭、在羅馬廣場的海神噴泉前……

〈18 And Life〉一直是麥爾斯拿到一把新吉他後用來測試弦距好不好壓，吉他聲響清不清楚的測試歌曲，因為和弦中有封閉和弦、開放和弦、也有強力和弦，曲中的Solo獨奏包含了推弦、泛音、音階過門、速彈等技巧，十分多元，更何況這首歌也是搖滾經典。

而後面銜接的則是自己過去寫的歌曲〈Change The World〉，一次台灣颱風災情嚴重，死傷了很多人，尤其是山區，更需要重建的力量。當時與泰雅族的基督徒同學一起玩音樂，因為同學想在教會演唱這首歌曲來撫慰人心，而讓麥爾斯有了創作靈感，而產生了這首溫柔的歌曲。

現在彈唱著反倒是在安慰著自己，也安慰著隆史，天災的力量太過龐大，其實人都無能為力，但是要改變一切，也只能透過一個信念而已。

看見 看見 眼前遼闊視野
大地創造 美麗樹木花蕊 用心就會看見

信念 信念 堅定你的信念
忘記背後努力向前 希望之光在你面前

哈雷 哈雷 路亞默念一遍
即使困難當前 我會在你身邊

Change the world. You can do it
Change the world. We must be

一樣的旋律，一樣的歌詞，麥爾斯反覆再唱了一次，但是使用的歌唱技巧卻大不相同，不斷地恣意揮灑那得天獨厚的嗓音，像是不斷變換不同的聲音，參雜著咆哮、哭泣、興奮、無奈、漠然、失望、悲哀、期待，直接的表達又帶著技巧地玩弄，魔力的歌聲在扇形舞台盤旋，氣氛與磁場完全掌控在這一個人身上。

Change the world. You can do it
Change the world. We must be

史上最高得標金額的輪盤日，沒有磅礡的大編制演出，沒有特殊的華麗安排，一個男人，一把木吉他。

最後一個歌詞唱完後，吉他分解和弦繼續繚繞，接著也輕柔地彈完最後一個音，那一個音像是逐漸消去的回音，迴盪著，漸漸飄為虛無。

女子不停地拍著雙手，忍不住發出了些許嗚噎的聲響，但是聽不清楚在說些什麼，眼眶濕紅，即使戴著面具仍看得到那弄花的眼妝，跟一開始冷豔的形象大相徑庭，似乎一首歌曲便讓這女子卸下了心房，全然地感動著。

在音控室的隆史，身上的血液像是被這歌曲給沸騰，心跳得很快，明顯感受到自己的激動，但是他仍然刻意表現得從容，不斷察看周遭的人，深怕露出激動的異狀，歌曲結束隨即離開音控室，門才一帶上便急奔到一個暗處的小房間內，獨自蹲坐在地上啜泣著。

麥爾斯的演出像是特調伏特加一樣的灌注到隆史耳裡，看似透明又沒有侵略性，但是後勁已經爆發開來。

隆史很驚訝自己現在的情緒，他捧著自己的臉，淚流不止，啜泣又哽咽，像是蓄積已久的水庫潰堤，雖然哭得酸楚，他卻感受到前所未有的釋然。

其實表演尚未結束，麥爾斯完成了自己的輪盤日，但是也毀了輪盤日。

在演出劃下句點的那一刻，舞台布幔緩緩降落，麥爾斯竟然在陰鬱的目光裡透出了一絲得意，微笑得十分詭異，帶著傲氣也帶著叛逆，他輕輕地對著麥克風說了一句：「謝謝，這首歌獻給蘇格拉底，碉堡的荷官，碉堡的偉大哲學家。」

轟！

他的出其不意，一切都來不及反應，布幔已經遮住了舞台，留下錯愕的得標者。

女子站了起來回頭望向音控室，眼睛睜得斗大，模樣十分震驚。

一個沈悶地聲響，突然背景的細微噪音全被抽離，那些本來不易察覺的空調運作聲響在突然消失剎那才被人注意到，燈光也隨之暗了下來。

不只是舞台，整個會場都失去了電力。

隆史發現情況不對，打開小房間的門後，發現外面也是全然的黑暗。

『停電了？怎麼可能？』

43. Say Isn't So｜別鬧了

這一切像是得知自己中了樂透頭彩，甚至都已經開始揮霍了那份喜悅，但是到了兌獎那一刻，才發現彩卷不見了一樣。

可能這麼形容不太恰當，但是艾瑪內心著實覺得無法接受，經紀生涯終於有了一個樂團得到了商業上的巨大成功，而自己似乎也陷入了愛戀的情緒之中，即使以為自己可以堅守那份自己設下「決不與樂團成員談戀愛」的理智準則，但是情不自禁之中，她已經無法自拔了，更何況還沒走到真的談戀愛的地步，艾瑪認為自己一廂情願的狀態是暫時可以接受的，感性還是成功讓理智做了妥協。

於公於私都好，心繫這個樂團的艾瑪，好不容易得到品牌總監的地位，可以好好施展專業，好好經營這份得來不易的期待，然而麥爾斯就這麼失蹤了。

一直以來，艾瑪都曾自我懷疑，是不是因為自己的緣故，那些經手過的樂團才會一個個殞落，甚至有些連起飛的高度都不夠，每一次終於有些進展時，就是會有一些狀況發生，像是得了獎的專輯，卻不賣座，賣座的樂團，卻無法維持到下一張專輯，而有才氣有潛力的樂團，卻有了大頭症，積極努力的樂團，演唱會門票卻滯銷……總是有種帶著衰運的遺憾感。

直到王者麥爾斯的一飛沖天，像是火箭，完全勢如破竹地衝破大氣層，但是飛向太空的麥爾斯卻像是被黑洞吞噬了，就這麼消失在艾瑪的目光範圍。

塞凡高層對艾瑪說，麥爾斯是塞凡這公司成立近百年以來難得的奇蹟，公司啟動了「名人堂政策」，這是董事會開會出來的決議，認為在現今這個年代，純粹商業上的成功已經不再是企業唯一追求了，連唱片公司都該要走向企業社會責任（Corporate Social Responsibility）的境界，為世界盡一份心力，然而創造出一位對音樂界有巨大價值的音樂家，就是對這世界最棒的貢獻。

公司號稱要採用像是足球俱樂部對足球明星的栽培方式，一路讓足球明星登上義大利足球名人堂（Hall of Fame del calcio italiano）一般，要麥爾斯進行祕密特訓，透過優渥入股與各項專業安排，讓麥爾斯未來可以登向搖滾名人堂（Rock and Roll Hall of Fame），不只是要塑造巨星，更是要創造一位傳奇人物。

而這個專案則由執行長塞凡本人欽點委託一個非塞凡公司的顧問團隊進行操作，說是為了要維持此專案的獨立客觀性。

艾瑪在塞凡公司多年，雖然知道公司高層有派系之分，董事會也有權力鬥爭的傳聞，但是至少知道塞凡先生是位講理的人，這些內鬥也從未嚴重影響過自己的工作，但是這次連自己品牌總監的地位都無法涉入其中，讓艾瑪無法認同。

艾瑪更無法認同的是，自己竟然莫名獲得公司一大筆的分紅，並且留職留薪的有一個月的假期，艾瑪認為這是公司把自己支開的一種方式，雖然她怎麼樣也猜不透原因。

艾瑪已經幾乎忘記自己回到義大利後放了多少天假了，美國巡迴、波利賽年度派對，這一切像是一場夢，身為工作狂的她，沒了工作這生活重心，幾乎醉生夢死的度日子，即便找了姐妹掏吐吐苦水，還跑回家鄉托斯卡納（Toscana）陪父母住了好幾天，但是看著新聞播送關於麥爾斯神隱閉關的消息，看著伊森、馬里諾、克里斯繼續活躍在媒體中，把這一切都置身事外的自己，有種難熬的情緒，這完全讓艾瑪不禁聯想：『難道公司也認為我總是會把事情搞砸，所以現在要我暫時脫手，降低樂團失敗的風險？』

自我懷疑的情緒再度降臨，大白天，依然賴床的艾瑪在床上翻來覆去，試著釐清頭緒：『但是，既然如此，為何要升我當總監？還是不信任我的能力嗎？』

『麥爾斯到底在哪裡？』

艾瑪回想這一切不對勁，波利賽年度派對中那混亂的後台，記得伊森說麥爾斯被人綁走了，大家一片嘩然，但是執行長特助突然現身，說演出計畫改變，這一切就變了樣。

艾瑪在派對結束後的隔天參加了執行長緊急召開的會議，那是一個電話會議，執行長塞凡特別從總部打來美國宣達「名人堂計畫」的啟動，似乎所有的疑惑都沒有得到合理的解釋，只有敷衍與政策式的命令，艾瑪試圖回想那些對話，想找到些蛛絲馬跡，因為自己最不想承認的就是自己的失敗，另外她對麥爾斯的擔憂也加深那些疑點。

「到底怎麼了？為什麼麥爾斯消失了，伊森說他看見麥爾斯被人載走了，就算有這個計畫，那為什麼沒有提前跟我們說？」聽完名人堂計畫政策的艾瑪感到疑惑。

塞凡機械式地回答，不帶情感：「這是董事會臨時決定的政策，而且我說了算，難道你不希望公司可以更加用心經營樂團的發展嗎？我們要打造的不再是藝人，我們打造的是傳奇，這是更高的榮景，更偉大的使命……」

艾瑪情緒激動：「這太奇怪了，公司從來沒有這樣子做事情的啊？這不符合程序——」

「公司也從沒遇到王者麥爾斯這樣重要的資產啊。」

「我明白這很重要，但是你怎麼沒有跟經紀團隊先溝通過，有安排，我們也可以配合執行啊？」艾瑪委屈得快哭了，眼淚在眼眶打轉。

米莎不敢出聲，默默安慰著艾瑪，其他工作人員面對高層根本不敢插話。

塞凡說：「這是公司政策，不需要取得你們的同意，你明白嗎？」

伊森開口：「麥爾斯同意嗎？」
克里斯也幫腔：「對啊，麥爾斯怎麼說？」
「當然，難道我們笨到不經過他同意隨意執行計畫，要是麥爾斯不爽了，我們未來還有得玩嗎？你們的合約是我逼你們簽的嗎？」
馬里諾也有疑惑：「嘿，我們是一個樂團，難道你們只打算捧麥爾斯，我們呢？我可以體會啦，畢竟我們都是靠他獨特的嗓音，你就直說吧。」
伊森說：「不，這不像麥爾斯，不。」
「馬里諾，伊森，還有克里斯，我之前有說過，這個計畫有安排，你們都在計畫內，一步一步的，我們都會為你們安排，陸續都需要閉關，這是為你們好，當然如果你們不願意，我們都可以再進行討論……」
艾瑪說：「好，這是政策無法動搖，讓你總要跟我們說，那個獨立顧問公司是什麼？他們背景是什麼？我們怎麼知道他們有這個專業讓藝人進行什麼閉關，這部分說不清楚啊。」
塞凡把音量放大：「說清楚的話還叫閉關嗎？就說了是祕密特訓，所以麥爾斯無法跟大家聯絡，現在是網路社群媒體的時代，消息太容易外洩，連我們內部都不能交換太多細節是最沒有風險的作法，我親自授權的顧問公司就是夠資格，你們就別再說了，政策！公司政策！董事會的決議絕對不會動搖，明白嗎？我說到這邊，後續怎麼做特助會再跟你們說明。」話說完電話就掛斷了。
特助在會議室繼續說明後續作業，眾人的疑惑依舊沒有解答，但是特助一一給了每個人說服的說詞，那個說服也像是威脅，為了保有米莎與許多同事們的工作權，艾瑪無奈接受了暫時放假的要求，伊森與克里斯的氣憤，也因為艾瑪的妥協而妥協了，雖然他們表態只願意配合艾瑪的安排來進行後續活動，但是艾瑪不希望因為自己的意氣用事而影響大家，艾瑪反而請求兩位能夠繼續配合下去，而馬里諾則是意外地配合特助的安排，尤其是接下來GQ雜誌的專訪，更是萬分期待。

馬里諾的表態，伊森不爽地把他叫去一旁訓斥了一番，這個會議在詭異的氣氛下結束了。

艾瑪記得大家當時的表情，那種疑惑，那種無奈。

想到這裡，艾瑪從床鋪上坐了起來，這些不合理還是無法接受，她緊抱著懷裡的棉被，把頭埋了進去。

突然間，落在床邊地毯上的手機響了，那鈴聲是麥爾斯的歌聲，艾瑪心頭一震，伸長著脖子探頭去看，手機上顯示著，是伊森的來電。

『伊森？』艾瑪第一次看到伊森主動打來的電話，十分驚訝。

接起電話後，艾瑪收到了朝思暮想的消息。

「艾瑪，麥爾斯出現了。」伊森說。

44. Scar Tissue｜傷痕

原本預期的是舞台閉幕的燈光驟暗，但是突然的漆黑，想必是停電了。

麥爾斯對於停電痛恨極了，九二一大地震引起的停電，在那瓦礫堆中喘息的經驗永遠是麥爾斯心中的陰影，這樣的感受麥爾斯還曾為此寫下一首歌曲〈Blackout〉來表達心境，但是歌曲完成後水泥球一直鮮少彈奏這首曲子，大家皆有默契地不去觸碰到麥爾斯內心的傷痛，這首曲子變成了僅有水泥球三人聽過的神祕歌曲，麥爾斯曾以為，將這樣的痛楚寫下之後，就可以脫離自己的腦海，把痛苦留在歌詞與譜曲之中即可，當然，這只是自欺欺人，一旦這種突然漆黑的氛圍來臨，除了那陰影之外，連自己譜寫的旋律都油然而生，更加深了這種不適。

面對這一場被逼迫的輪盤日，本來就是已經一種折騰了，從綁架、軟禁到舞台，還要面對著眼前的得標者，即便不斷說服自己是為隆史而唱，但是這一整個過程都是種精神上的艱辛，麥爾斯已經心力交瘁，那泰勒死前的掙扎是他無法視而不見的衝擊，現在突然的黑暗讓麥爾斯胸口一陣絞痛。

「抓住他！」

「快聯繫蘇格拉底！」

麥爾斯聽到有人喊著，隨即感受到有幾個人抓住了自己的手臂與肩膀，麥爾斯再也受不了這一切了，抓狂似地掙扎，試圖掙脫眾人的束縛：「啊——！」

麥爾斯胡亂揮拳，在黑暗中，似乎終於稍稍甩開了眾人的束縛，麥爾斯不顧一切地想往前衝，全面的黑暗，根本沒有方向感，突然一個巨大的重擊，麥爾斯頭部一陣劇痛，突然的光線也讓眼前一陣暈眩。

麥爾斯發現自己被眾人架住，抬向舞台後方，倉促之間，麥爾斯往觀眾席方向望去，觀眾席上的女子已經消失，轉頭迎面而來又是一記拳擊，麥爾斯暈眩感再度來襲，兩腳癱軟，僅感受到眾人十分粗暴地扭扯他的身軀，身體各處一直傳來痛楚……

「放我走，我完成輪盤日了……放我走……」

前進的速度似乎很快，這些人像是進行病患搶救一般，好像非常有默契並且清楚知道要做些什麼，麥爾斯很快地被拖進了一個小房間，環顧四周，麥爾斯明白，這個房間是泰勒當時被注射的地方，開始奮力掙扎：「為什麼？我完成了你們要求的，為什麼？隆史呢？蘇格拉底？」

頸部一陣刺痛，麥爾斯知道自己被注射了藥物，隨即完全使不上力，任由眾人把癱軟的他抬上躺椅。

躺在那裡，眼前燈光刺眼，麥爾斯說話的力氣都快消失，印入眼簾的是一張臉，那張只曾在螢幕中看到過的人物——蘇格拉底。

麥爾斯在有點失焦的目光中看到，蘇格拉底表情極度憤怒，眼前的禿頭男子比印象中還要蒼老，那憤怒的目光像是背負著殺氣，若說同是禿頭的亞當像是商人，那眼前的男子則像是軍人，仔細一看，臉上很多細細疤痕，像是曾經歷過了什麼……

「蘇格拉底，這不是你想的，他確實完成演出了。」麥爾斯聽得出來這是隆史的聲音，隆史正在這房間內。

蘇格拉底呼出一口長長的氣，像是盡力在控制自己的怒氣，聲音幾乎發抖：「隆史，請你出去，我……晚點再跟你算帳。」

隆史：「不不不，這情況不一樣，蘇格拉底你聽我說——」

「出去！」蘇格拉底聲音突然放很大。

房內迴盪著這個聲響，像是冷不防的震波，激盪著麥爾斯無力的身軀，但是深深感受到這聲響的震撼力，並不是聲音的力道，而是完全可以感受到這號人物的權威。

當這男人掌握局面時，週遭眾人皆停下動作，大家對待蘇格拉底像是充滿著尊敬。

雖然看不清楚，但是麥爾斯猜想隆史現在就跟以往一樣，禮貌而謙卑的姿態，可能彎著身軀緩緩地退出這個房間，不知道蘇格拉底所謂的算帳，會不會帶給隆史什麼不可預期的麻煩，大禍臨頭的麥爾斯竟然還在為他人著想。

那張臉又再度緩緩地靠近自己，麥爾斯眼神快要失焦，但是被掐住了脖子，那突然的痛楚給他帶來幾分的清醒，眼前十分接近自己的那張臉，夾帶著檀香木的古龍水味道。

那充滿自信的眼神沾著淡淡的血絲，咖啡色瞳孔裡，麥爾斯看到了自己，這位碉堡裡的主宰，玩弄多少生命於股掌間的人，現在自己正在這人的瞳孔裡，是否也如泰勒一樣無力掙扎。

「可惜啊，得標金額史上最高，你知道你做了一件多麼愚蠢的事嗎？」蘇格拉底字字句句唸得咬牙切齒。

眼前的人氣場十足，眼神像是冷到冰寒，麥爾斯完全被震懾著，在接連失去母親與父親後，麥爾斯從未感受到如此恐懼的感覺過，像是感受到自己的生命即將受到極大的衝擊般，是藥物讓自己無法動彈還是被威脅的氛圍控制，已經無法分辨了。

麥爾斯試圖緊握拳頭，身體的暈眩不斷要自己睡去，但是脖子的束縛疼痛喘不過氣。面對著蘇格拉底給予的壓力，麥爾斯想要在這情況下突破現狀，那僅存的一絲絲力量全給了自己的不甘示弱，面對這一切不公不義的遭遇，麥爾斯奮力吐了口口水在眼前老男人的臉上，這幾乎用盡他全身的力氣。

「哈哈哈哈哈，你很有種嘛！」蘇格拉底拿出手帕擦拭了臉，接著彈了下手指，旁人恭敬地遞給他一個東西。

東西很快地靠近了自己的眼前，麥爾斯本能式的想閃躲，才發現自己一動也不動，身體只剩下微弱視覺的能力了，而且這能力也在逐漸喪失中，麥爾斯非常努力地讓自己清醒著。

蘇格拉底拿著針筒，用針尖不斷往麥爾斯眼球逼近，用著氣音在麥爾斯耳旁說著：「本來你有選擇權的，現在你自己把它放棄了，聽說泰勒的死讓你很憤怒是嗎？那你們一起分享一樣的死法吧，這一劑

『殭屍浴鹽』會給你一個痛快，讓你死得像一個Rocker，待會就盡情搖擺吧，一樣的東西用在不一樣的人身上可能會有不一樣的效果，人啊，在獲取第一感性認識的信息就有差異了，對於這感性認識的信息加工，使之成為理性認識的方式又不可能完全相同，會導致不同的人，對同一事物得到完全不相同的理性認識，呼，我又說多了，總之這一切都是哲學啊。」

蘇格拉底離開了麥爾斯的視線範圍，只聽到蘇格拉底說了幾句外文，像是拉丁語，與義大利語有點相似，但是麥爾斯卻完全無法辨認字詞，麥爾斯猜想那是執行死刑的語言，自己的死期將至，泰勒那發瘋撞牆的模樣待會就會發生在自己身上了。

麥爾斯原先的恐懼竟然在下一秒鐘全然地從腦海中散去了，心裡竟然冒出了期待的感覺，像是回到父母懷抱似的。

好久了，失去了親人的錐心之痛一直都隱隱作痛在麥爾斯身上好久好久，即使隱藏在深處，那瘀悶在心的感覺，就像是一根插在心田裡的墨條，每當暴雨沖刷、每當暖流經過，即便娟娟細流，都會讓那黑色混屯瀰漫上來，而當這黑色出現，麥爾斯總是帶著痛楚與罪孽，自己就是這樣的混雜，這樣的帶給人黑暗。

麥爾斯記得兒時喜歡抱著那台母親的紅色收音機，聽著電台裡播送出來的音樂，那首張雨生的〈帶我去月球〉，瞬間可以讓自己衝出大氣層，那首韓氏兄弟（Hanson）的〈I Will Come To You〉，幻想自己嗓音可以因為青春期的變聲而能夠跟歌曲的轉音有些類似，每次這一台小小的紅色鐵盒子，就是可以發出各式各樣讓人驚喜的旋律。

原來這個紅色鐵盒子就是自己的音樂啟蒙，後來壞了想要買新的，竟然就再也找不到紅色的款式了，漸漸的，那些黑色、白色當道的塑膠或是合金盒子，連錄音帶都沒地方放了，剩下ＣＤ，還多了Ｕ

SB的插槽，甚至後來什麼都不剩，只剩下喇叭與藍牙……，當有些東西獲取越來越容易的時候，有些快樂卻反而越來越不容易……

原來麥爾斯一直都沒忘記生命的很多時刻，只是一時記不得了或是選擇性的遺忘，記得一次在調整收音機頻道的時候，那吱吱喳喳聲響間隙中，無意間聽到了隔壁房裡父母的爭吵，那總是親密恩愛的父母從未有過如此嚴肅口氣的對話，完全引起了自己的注意，聽到了父母刻意壓低音量似乎不想讓自己發現，麥爾斯便繼續故意弄著收音機旋鈕，讓吱喳聲與各頻道的聲響來掩飾自己的不在意。

「回義大利？你希望麥爾斯離開他喜歡的學校，離開他的同學朋友們？」

「這個工作機會會給我們全家人更好的生活，只要我們搬去義大利。」

除了這兩句，其他的對話父母親用中文與義大利文各自說著，像是各說各話，他們從未用不同的語言這樣對話，這樣的堅持，這樣的主張自己的觀點，反覆換句話說地陳述這兩句話延伸的討論，雖然一句罵人的話都沒出現，但是那是第一次聽到父母用激烈的口氣對話，也是最後一次。

麥爾斯知道母親在這個對話中勝出了，因為自己還是在埔里生活著從未搬離，一直到地震降臨。要是時光可以倒轉，自己有這樣的先知與勇氣，走到隔壁房裡勸告父母離開埔里嗎？一定不可能吧，麥爾斯記得自己當時還慶幸自己不用離開埔里，這個他喜愛的埔里，也是他最難過的埔里。

記得那一次，麥爾斯把收音機關閉，那些不確定，那些擔憂的感覺，促使他放了那一張暗藍色的專輯，裡有首歌好能表達自己的心情，那是陶喆的〈沙灘〉，那個年紀他不明白歌詞的意境，但是那憂鬱的感覺似乎讓男孩瞬間長大了很多。

麥爾斯終於想清楚了自己為什麼這麼痛苦了，終於明瞭自己就是罪魁禍首，只是自己一直不願意承認罷了。

都是為了讓自己可以繼續待在自己喜愛的學校、喜愛的生活裡，要是母親不這麼為自己著想，或許全家人早就搬到了義大利，母親也不會在地震中離開，而後來終於搬到義大利了，父親卻也遭遇不幸，這樣的厄運絕對也是因自己而起，牽連了父親。

如今，以為可以帶給團員們更棒的未來，這一切只也是商業的假象而已，伊森、馬里諾、克里斯、泰勒、隆史、蘇格拉底、碉堡，孑然一身的自己才能夠不牽連到別人，而當自己死去了，也就與父母團圓了，這一切罪惡也就得到了救贖。

這就是母親曾說過的一個詞吧，「掃把星」是彗星拖著長長的尾巴，所到之處帶著厄運，會發生災難……父親也曾說過，看到流星應該要許願才是，「流星」是好運的象徵……

正當針頭微微刺進麥爾斯的皮膚，麥爾斯心想：『父親啊，抱歉，母親一直都是對的，我不是流星，我是掃把星，當我的氣息停歇時，災難也就停止了，我很快就會去找你們了，我好想念你們……』

在釋然地放棄後，麥爾斯鬆了一口氣，但是眼角的淚珠不爭氣地擠了出來，突然之間麥爾斯腦海中閃過流星的光芒，那夜空中明亮的形象，那個總是閃亮的模樣，不知為什麼，麥爾斯腦海竟然浮現一個人的臉。

那耀眼活潑的姿態，尖叫聲刺耳而明顯，那被氣旋氣流吹亂的金髮，那個在直昇機上，那救贖的手，那一個甜美的笑容。

突然一股熱流上心頭，那是一股不願意放棄的力量，不想就這樣結束，也不該是這樣結束，不該在這裡，碉堡不該是最後的歸屬，麥爾斯微微張著嘴輕輕念著：「艾……瑪……」

「等一下！」一個女人的聲音高聲喊著。

麥爾斯以為是自己的幻覺：『是艾瑪嗎？』

女人勢如破竹地闖入：「你們在做什麼，得標者是我吧，你們在幹什麼？」看樣子任何人也阻止不了她，連蘇格拉底也是。

『果然不是艾瑪，想到再也見不到她，為什麼我心裡如此難過……』麥爾斯發現了自己的感受。

「注射了嗎？你注射了嗎？」蘇格拉底刻意鎮定著。

「還沒有，只是刺進皮膚，這劑量……」

「趕快停止，全部給我滾，讓得標者過去！」蘇格拉底大喊。

麥爾斯已經沒有力氣，微微睜開眼，想了解發生了什麼，只看到了一位戴著面具的女人，女人緩緩把面具拿開，露出了精緻豔麗的五官與朱唇。

這位揭曉面容的得標主，默默靠近了麥爾斯的臉，在麥爾斯臉頰上微微親吻了一下，輕柔地像是用沾的。

那口紅黏滑的觸感一瞬間像是遲遲不肯離去的導電凝膠，將兩個溫熱的臉進行了電流交換，那個吻像是會吸取力量似的。

麥爾斯連支撐眼睫毛的力氣也盡失了，感官知覺飄散，沈重的眼皮鋪上了黑暗，剛剛才印入眼簾的女人模樣竟然瞬間就記不得了，但是鼻息尚留有迎面而來的一絲玫瑰淡香，便沈沉睡去。

隨著睡去，沈入的黑暗裡竟然漸漸地明亮了起來，麥爾斯知道，又是那一個夢，那一個曾經出現多次的夢，那一個白色的夢，但是這個白色越漸迷茫，像是霧一般，越來越模糊，模糊到散掉了。

45. Lost and Found｜迷惘與追尋

蘇蘇把帳篷架設完畢後，開始用行動氣化爐烹煮食物，澳洲買的米其實沒有台灣米好吃，不知為什麼就算是買進口過來的也是，蘇蘇對此很不滿，吃米飯比較不容易餓之外，久久沒吃到米飯也會讓蘇蘇惱怒，所以為了旅程上的體力補充，蘇蘇還是繼續煮著這她認為不夠完美的飯。

悶煮米飯時鍋蓋微微震動著發出聲響，另一只氣化爐蘇蘇同步在煎著牛排，雖然旅程行囊是越輕越好，蘇蘇在這裡買鍋子時，還是忍不住挑了沈重的鑄鐵鍋，反正再怎麼重，也是車子在承受，想起少年的腳踏車，蘇蘇又多了點心疼，即便她不知道少年一路上用什麼烹飪器具，但是感覺任何的重量都會是單車踩踏的負擔啊。

鑄鐵鍋在台灣潮濕的環境需要保養，蘇蘇總喜歡用大溪農會賣的苦茶油來當保養液，幫鍋沾上薄薄一層防鏽，以至於每次煎煮都會有個苦茶油的香味，這個特殊味道並非所有人都喜愛，所以蘇蘇總會使用較普及的橄欖油來烹調，但是多少因為鍋子表面而混雜了一點苦茶油香，變成了眾人說不出來的好味道，即使是不喜歡苦茶油的人，也會讚賞。

蘇蘇疑惑，到底是真的不喜歡，還是其實任何的不喜歡中，都會有參雜一點點喜歡的成分，蘇蘇突然想起了前夫，她曾經很喜歡的前夫，但是她不喜歡與前夫的婚姻生活，這樣的情況，是不是就像是苦茶油的矛盾呢，雖然想起前夫，即使曾經跟這個人相處過幾十年的光陰，但是這個時候卻怎麼樣都想不起他的臉。

車門打開的聲音引起了蘇蘇的注意，他看到男孩一臉倦容地跳下車，甚至腿還有點站不穩。

「好香唷，我還聞到飯的味道？喔，阿姨你連帳篷都搭好囉，好快。」

「那是你睡到不省人事了，你快去穿件外套吧，這邊入夜變冷了，先吃完晚餐你再搭你的帳篷吧，不然飯都冷了。」

「好好好，謝謝阿姨。」

蘇蘇看到男孩的臉在氣化爐微微火光與露營燈光的映照下，笑得好燦爛。

少年扒著飯，吃得很起勁，嘴巴滿滿地，臉頰都鼓起來了，卻一直想說話：「好好吃啊，阿姨，我已經很久沒吃到這麼好吃的飯了。」

「少年耶，慢慢吃，又沒人跟你搶。」

「阿姨，你說話方式好像我媽唷，她總是說：『你就系塞呷，呷嘎滿四界（你就是貪吃，吃到滿地都是）』。」

「你媽是河洛人？」

「她是客家人，但是她台語說得很好唷。」

「那你想念你媽煮的飯嗎？」

「當然啦，她做飯跟阿姨一樣好吃。」少年繼續大快朵頤，突然有點羞愧地說：「阿姨，其實我不是真的睡到不醒人事啊，你一停車我就有點醒了，只是真的太累了，所以動都不想動，我不是故意不下車幫你做飯的，對不起啊。」

「所以睡著了，還是多少會有知覺的？對不對？」

「對啊，像是你在沙發睡著了，有人拿被子給你蓋，你大概可以察覺到，但是太舒服不想動，而且心裡暖暖的，更安心地繼續睡下去那種感覺。」

蘇蘇想到倩倩高中時課業壓力重，常常唸書唸到趴在桌上睡著，那麼自己拿起毯子幫倩倩蓋上時，倩倩也是這種感覺嗎？蘇蘇在昏暗營地裡，彷彿看見了倩倩趴著睡著的身影，那柔弱的肩膀，那披在手臂上的頭髮，那檯燈的光線，那書桌前貼著張惠妹的海報……

「阿姨你怎麼了？」

「喔，我只是想到我女兒。」

「阿姨，你有女兒啊，她在台灣嗎？」

「她……她在大堡礁那邊……」

「蛤，她沒有跟你一起嗎？」

「我就是要去找她啊。」

「喔，有這種媽媽真是太酷了，我媽還反對我來呢，更不可能要她來澳洲找我玩了，我好羨慕啊，阿姨你真是太酷了，你根本就是印第安那瓊斯，喔不，現在是流行白日夢冒險王，你有看過《白日夢冒險王》這部電影嗎？」

蘇蘇微微一笑，像是苦笑：「你吃飯話還真多啊。」

「哈哈，我媽也常常這樣念我啊，阿姨那你是直接要開去找她嗎？還是你有什麼目標，跟我一樣有個夢想、目標在前進呢？」少年眼睛發亮。

「少年耶，你們年輕人好像一直把在國外探險當成夢想這個層級來討論齁，我女兒也常常這樣說。」

「當然啦，平常哪有機會出來看世界，現在旅行就像是朝偉大的航道前進啊。」

「我大概能體會啦，我以前也出國當過交換學生，那種出去看看世界，體驗不同文化的感覺確實很夢幻啦，像是電視看到的那些美國畫面，都出現在眼前。」

「交換學生，好酷唷，阿姨你真是我的偶像啊，那你在這開車旅行不算是夢想嗎？」

「夢想？」蘇蘇苦笑：「確實連做夢都想不到哩，我倒希望這是場惡夢，醒來一切都恢復正常……」

「阿姨你真幽默……」少年有點摸不著頭緒。

「說實在，一路上遇到你們這種背包客很多，我發現……只有台灣、日本、韓國，這些亞洲國家的年輕人會說來打工度假是完成夢想，那些歐美其他國家的背包客們，他們沒有在講夢想的啦，好像來這邊只是一個必經過程，好像稀鬆平常一樣……」

「阿姨你說的對，我遇到的外國人們，他們年輕人到處跑很普及，這種Gap Year已經行之有年，他們好像還沒完成學業就先出來看看，好好想想自己要什麼，不像我們都畢業了才來。」

「那你覺得為什麼台灣的年輕人會這樣呢？」

「我覺得因為我們被困在鬼島上啊，我們一直以來都要乖乖地按照社會大環境的要求，也不知道哪來的傳統，好像就要唸書，好成績，好學校，啊，對了，就像是每次過年大家要討論的啊，你第幾名啊？你畢業沒？你當兵沒？你結婚沒？你生了沒？你一個月賺多少？然後有小孩的再來一次這種循環，你第幾名啊？畢業沒？哈哈哈。」

「傳統唷？也像是媳婦就要負責煮飯洗衣，媳婦應該以夫家為重這樣的傳統嗎？或是同性戀不能結婚這種？」

「對對對，類似這種，不過現在時代在變，我想會越來越好啦。」

「越來越好唷？你剛剛不是說是種循環嗎？」

「循環歸循環，那些守舊的老人，那些觀念不好的人都死光之後，社會就變好了啊，哈哈哈……

啊，阿姨對不起，你當然不是守舊的人啦……而且……」少年覺得自己失言了。

「你說的太對了，觀念差的人都死光之後，就沒問題了，哈哈。」蘇蘇覺得眼前的小伙子實在太有意思了。

「所以唷，當這種背包客變成流行，越來越普遍時，到時候幾乎大多的台灣年輕人都試過了，我們就跟外國人一樣，都變成一種理所當然的體驗啦，就跟去補習一樣稀鬆平常，那就不會是夢想了，誰會把補習當夢想呢？哈哈。」

「你剛剛不是說你媽反對你出來，那你是怎麼說服她的？」

「其實也是經歷一番戰爭與溝通啊，但是說實在騎單車旅行這件事，我一直都想試試看，好像沒試過，我會終身後悔啊，就像是遇到喜歡的女生，我遲遲沒告白的那種悔恨啊！」少年表情懊惱得誇張。

「哈，有這麼嚴重啊，那你可以在台灣環島就好啦，幹嘛來澳洲？」

「阿姨太厲害了，我媽也是這樣說啊，但是台灣到處都是7-11，那邊騎單車少了一種荒涼感，就是那種天地之間只剩下我一人的那種荒涼感啊。」

「所以你跟笨蛋一樣跑來沙漠推車？」

「對對對，真是太過癮了，雖然很痛苦，但至少是我自己選的啊，這不是像念書一樣，是被逼的。」

「自己選的，說得好啊，少年耶，那我回答你剛剛的問題，我開車在這旅行，不是夢想唷，我這麼做是因為我必須這麼做，有些地方我必須去，去完之後我要接著去找我最心愛的女兒，就這樣子。」蘇蘇覺得透過對話，自己好像也再次確定了自己的目標。

「阿姨，我真是覺得你太酷了，那我也不要講什麼夢想了，我騎單車旅行，單車環澳，是我必須這麼做，因為我想這麼做，所以我正在這麼做，嗯！」少年點了頭，還握起拳頭。

「對，不是夢想，是應該要做的，小事一樁，跟走家裡廚房一樣稀鬆又平常，但是依然重要。」

「對，小事一樁！就像五月天那首〈最重要的小事〉一樣，那阿姨我們 Give me five。」少年伸出手，眼睛在夜裡顯得很明亮，像是玻璃彈珠一樣。

蘇蘇笑了，少年被她的說詞影響了，但是她反倒覺得自己被少年的熱情給撼動了，讓自己今夜說了不少的話，蘇蘇也伸出手，與少年用力擊了一掌。

少年笑得開懷，嘴角還黏著一粒飯粒。

蘇蘇慶幸自己路上撿到了這少年，這夜裡並不孤單，反而有趣極了。

她也想到了優子，也想到了一路上遇到好多旅人的臉，那些孩子稚嫩的面容，充滿著徬徨，充滿著興奮，充滿著無知與純真，充滿著期待與渴望。

不知道優子過得好嗎？她是否找到了自己想要做的？必須做的？不管如何，只希望一路上遇到的孩子們都好。

好像這些孩子一旦吃過自己煮的料理，自己就有了照顧大家、給予大家祝福的義務了，蘇蘇頓時覺得自己的生命有了點意義，說不出所以然來的意義。

46. Waking Up｜醒來

這是個雲霧四散的地方，也像是從飛機窗戶往外看的景象，只是周圍雲霧無法讓人辨別上與下，地心引力似乎也不復存在，麥爾斯覺得身軀飄蕩著，就像身旁的雲霧，一切都很輕，但是耳邊傳來的聲音卻重得扎實。

「你不明白，這不是好處而已，這是可以改變世界的一些犧牲而已。」隆史說完轉過頭就消失在雲霧裡了，但是聲音還在。

「小の虫を殺して大の虫を生かす。」（犧牲小我，完成大我。）

蘇格拉底出現了：「很多充滿天分的明星，因為沒能好好把握輪盤日，所以只能像流星一樣地消逝。」

麥爾斯餘光似乎撇見了熟悉的身影：「艾瑪？」

「我們接到你了啊——！這真是太瘋狂了！啊——！」艾瑪高聲喊著，但是聲音被直昇機轟隆隆的螺旋槳噪音給壓制著。

麥爾斯發現自己懸在半空中，只有右手被艾瑪抓著，氣流突然吹拂得好用力，麥爾斯像是要被吹走似的，他奮力抓著，往腳下望去，那是切納塞的老家屋頂，但是轉眼間突然變成瓦礫殘骸，那殘破不堪的模樣，竟然是在埔里老家的模樣，腳下的地震劇烈，地面幾乎裂開。

「媽！」「Madre！」麥爾斯覺得喘不過氣，他努力大喊著，好像母親就在那瓦礫堆中，他抱著一絲希望，但是全身卻充滿著絕望的恐懼。

肩膀一絲觸感，似乎把麥爾斯給拉了回來，麥爾斯發現馬里諾正拍著自己的肩膀，嘴裡嘟囔了一長串咬字不清楚的西西里方言，接著露出欣喜的表情：「天啊，你的聲音真的變了……真的是……都不一樣了！」但是隨即垮下了臉：「當然認真的，我們坐在這邊，他媽的還不夠認真嗎？我跟伊森在這邊根本是佈景啊！」

「馬里諾？是你嗎？馬里諾？兄弟？」麥爾斯反覆呼喚著，但是馬里諾卻怎樣都不願意抬起頭。

光線越來越亮，一陣慘白蘊染了整個視野，麥爾斯覺得暈眩，眼前接著出現的是大量的閃光燈，還有極度吵雜的群眾呼喊聲與尖叫聲，麥爾斯緊捂著耳朵，他看見了好多人的面容，那些飢渴又瘋狂的表情，每個人都向他撲過來，每隻手都好用力好銳利，麥爾斯覺得手掌開始刺痛，傷痕開始布滿著手臂，接著是身軀，還有臉，他快要被眾人給抓得體無完膚，那些人的表情變得像是電影裡的殭屍，連嘴巴都露出利齒想要啃咬他。

泰勒的臉突然出現在群眾之中，不斷咆哮著：「我錯了！我錯了！我不會搞砸的！再給我一次機會，再給……啊……」

泰勒開始顫抖著身體，抖動幅度不斷增大，進而四肢怪異地甩動著，接著往麥爾斯身上壓去，泰勒抱著頭嘶吼，開始以頭撞擊麥爾斯的臉，不斷地撞擊，泰勒的臉已經血肉模糊，麥爾斯也感受到自己頭上的血不斷湧出，幾乎要遮蔽自己的視線。

麥爾斯覺得自己這個時候就像是泰勒，而泰勒就是自己，已經分不清楚這兩者的差異了，濃稠的血液已經遮蓋了視線，眼皮像是被黏住了，接著是鼻腔，麥爾斯努力大口呼吸，接著是喉嚨，他一陣乾啞，一股窒息感襲來，喉頭像是灼燒一樣，麥爾斯想要喊出聲，但是卻怎麼喊都沒有任何聲響……

嗶嗶嗶嗶！嗶嗶嗶嗶！

一陣聲響把麥爾斯給驚醒了，他清楚感受到自己劇烈的心跳聲與喘氣聲，也發現自己滿身是汗。環顧四周環境，麥爾斯發現自己正裸著上半身躺在一張床上，這個房間麥爾斯有來過，他想起來了，這間總統套房是位在威尼斯的達涅利五星級酒店，過去塞凡把這裡包了下來，這裡是他們想出〈擺盪人—致敬〉專輯的基地，而且似乎是同一間房，週遭沒有任何人，也沒有先前那樣堆滿的樂器與禮品。

麥爾斯發現床邊桌上有一個精緻的木盒，上面放了一張卡片。

伸手去拿卡片也注意到了，木盒裡還放著自己的護照、證件，還有一張從未看過的黑色信用卡，信用卡上面用金色的浮凸字體印著麥爾斯的名字，而床腳的竹藤籃子裡疊放著整齊的衣物。

這樣整齊疊放的方式讓麥爾斯想到了隆史的一絲不苟。

卡片打開竟然是隆史的留言，那是非常典雅的英文草寫，整齊得像是用印刷的，但是卡片上的墨水又顯得非常油亮，讓人有好像是前一刻才剛寫上去的錯覺。

親愛麥爾斯

恭喜你，你自由了，讓我誠實告訴你發生了什麼事情，因為那是你應得的。

表演時停電了，那是蘇格拉底啟動的緊急程序，蘇格拉底親自按下這斷電的按鈕，是怕你違反更多的規則而採取的措施，因為你確實有意無意地違反了規則，為了讓得標者感受到完全的誠意，你的刻意與叛逆，也讓我背負了罪，因此我已不再適任於碉堡的工作了。

你本來應該被注射了殭屍浴鹽，但是得標者救了你，她在最後一刻闖了進來阻止了一切，那微微殘留在你體內的劑量可能會對你產生些影響，但是不足以致命，你大可放心，她改變了規則必須付出代價，但至少她不必背負著喜愛偶像因自己而死去的罪惡。

你很幸運，那位得標者的家族是碉堡創立重要成員之一，所以她確實夠有力量，能夠任性地打破了規則，規則一旦打破，碉堡勢必有所影響，至於影響是什麼，以後也都將與你無關。

凡事總有先例，你是先例，你的破紀錄的得標金額是先例，蘇格拉底的緊急程序是先例，得標者的干涉也是先例，就連這張卡片也是先例。

你自由了，當這張卡片打開後的半小時之內，你將會接到房裡的電話，在這聲電話啟動後，也代表著塞凡唱片已經得知你的回歸，而塞凡公司指派的車也會在樓下等您，好好享受你往後的人生吧。

另外，旁邊的黑卡是你的演出酬勞，還有你那把打破先例表演的Fat Lady吉他，放在房間的門口，我想或許你會想留著她。

最後，我想告訴你，你很特別，我原本以為你跟我接待過的那些Rocker一樣，但是我錯了，你不只是如此，你比你自己想像的還要強大，有一天，你會明白的。

不用試圖找尋或著是想報復碉堡，因為在這世上，碉堡並不存在。

Takashi隆史

麥爾斯用手捏了自己的眉心，然後往門邊望去，看到了一只軟木塞顏色的吉他硬殼斜靠在門邊，內心覺得荒謬：『就這樣？像做一場夢？差點連命都丟了，最後留下這一把木吉他給我？』

麥爾斯覺得剛剛的惡夢還心有餘悸，瞬間又躺回去床上，閉眼思索，拳頭也握得很緊，經歷了這一遭，麥爾斯現在心裡有著複雜的憤怒。

睜開眼再度把剛剛的卡片拿起來看，竟發現上面的字跡全部消失了，仔細翻看，連卡片封面的圖樣也消失了，只剩一片空白，揉揉眼睛，麥爾斯懷疑自己頭昏眼花，但是又確信自己很清楚地讀到了訊息，畢竟上頭說的黑卡就擺在一旁，麥爾斯再次捏捏自己的眉心，試圖讓自己更清醒點，便跑到了浴室。

打開水龍頭，將水不斷捧上臉龐，還大喝了幾口，離開碉堡後，讓他瞬間覺得鬆了一大口氣。

細細觀望著鏡子前的自己，麥爾斯發現自己頭髮變得更長了，臉上掛著黑眼圈，那凌亂的鬍渣，一副就是好幾天沒刮了，麥爾斯不禁疑惑，自己到底是昏睡了幾天，到底碉堡在哪裡，離義大利究竟有多遠，這幾天自己到底怎麼了？

另外除了臉頰削瘦了些，看著自己赤裸的上身，身型也消瘦許多，手臂與脖子上都有著瘀血，應該是扎針造成的，原先的頭昏感終於消失了，但是還是有些許的耳鳴。

『是該趕緊通知大家，大家一定很擔心。』這個念頭一出現，麥爾斯趕緊找到電話，急急忙忙的想要撥通。

緊握著話筒，正要按下按鍵，麥爾斯猶豫了，艾瑪、馬里諾、伊森、安格？沒有了家人的麥爾斯發現在這世上自己能聯繫的人，或是自己在乎的人，也就這麼幾個，然而這些在乎的人，會不會因為自己而走向厄運？麥爾斯也意外，自己竟然會想到安格。

一股強烈的罪惡感襲來，麥爾斯在碉堡曾有的感覺又冒了出來，他躺在那邊任人宰割時的恐懼，他也想到當時腦海的念頭，沒錯，正是自己害雙親離去的，現在的成名之道，似乎也開始危害著身邊的弟兄們，艾瑪如此單純善良的女孩，他也絕對不希望有任何不幸加諸在她身上。

麥爾斯輕輕放回話筒，滑坐在地上，身體微微顫抖著，把臉埋進自己的手掌裡苦惱不已，但是沒多久他就理清頭緒了，他心裡只冒出了一個單純的念頭：『要遠離自己在乎的人……』。

此時房裡電話響了，麥爾斯謹慎地接了起來，不發一語。

「Hello，是麥克斯先生嗎？」

『麥克斯？』麥爾斯疑惑著。

「Hello，是麥克斯先生嗎？這裡是大廳前台，塞凡公司有車來接您，正在門口……Hello？」

麥爾斯大概猜到原因了，過去曾耳聞The Beatles（披頭四）當中的保羅・麥卡尼（Paul McCartney）為了低調也為了避免困擾，在各地都會用別的名字來訂房，用以躲開樂迷，沒想到自己也會有這樣的一天，成名不只是困擾，更是帶來厄運，麥爾斯開始不斷這樣告訴自己。

麥爾斯又想起泰勒那血肉模糊的臉。

隆史的安排正好給麥爾斯冒出了一個新想法——逃離這裡、逃離世人。

麥爾斯迅速起身，把隆史準備的衣服攤開後，無奈地發現竟然是當時在碉堡表演的暗紅色的毛衣外套與淺藍色牛仔褲，更諷刺的是，旁邊還擺著一雙全新的Air Myles球鞋。

看著這雙以自己為名的鞋子，那股自己像是商品一般的厭惡感油然而生。

飯店的電話再度響起，麥爾斯知道時間不多了，趕緊把衣服鞋子換上，把隆史寫的空白卡片與黑色信用卡塞進毛衣外套口袋裡，一手提起Fat Lady吉他盒，便離開了房間。

特別搭了飯店人員專用的貨梯到了一樓，便往後門奔去，接著跑出巷口發現一台計程車，便趕緊開門把吉他與自己都塞進了後座。

「先生要去哪裡？」計程車司機是個微胖的大叔，卡其色的衣著，一副一切包在我身上的從容神態，麥爾斯覺得他跟安格的表情有些神似。

「嗯……喀……」麥爾斯突然覺得喉嚨像是從未使用過，難以發聲。

司機盯著照後鏡，眼睛一亮，馬上轉過頭仔細端詳眼前的乘客：「嘿，我看過你……，等等，天啊，你是麥爾斯……小子，你臉色糟透了，你看起來像坨屎。」

麥爾斯在臉上勉強擠出了一絲笑容正想開口說話：「我……咳咳……載我去……」

麥爾斯不可置信他聽到的聲音，從他嘴裡說出來的聲調，幾乎像是個滄桑老人的嗓音，而且是瀕臨死亡狀態的無力、乾竭、沙啞。

像是台第一次發動的汽車，卻發出了陳舊的引擎聲，喊出即將拋錨的凋零。面對著這自己完全不熟悉的嗓音，愣在那裡的麥爾斯不知所措。

反倒是司機大叔依舊從容：「哈，我能理解，昨天喝多了對吧？狂野的派對是吧？我也有經驗，感冒也會鎖住聲帶，吃顆普拿疼睡個一天，大概就恢復一半了吧，去哪裡啊？對了……你這種人怎麼會需要計程車啊？你在躲狗仔是吧？」

「嗯……麻煩……麻煩載我到切納塞的……」這個聲音發出來非常吃力，麥爾斯像是出生嬰兒在學步似地努力喊出聲響，故作鎮定的他其實內心驚恐不已。

司機大叔不等麥爾斯說完便流利地背出了一段地址，正是麥爾斯在切納塞的家。

「怎麼……？你是塞凡派來的？還是碉堡？你們到底……」還無法消化自己聲帶的變化，就又面臨了新的驚訝，說了些話後漸漸可以駕馭了這嘶啞的喉嚨，但是每個字句說起來比平常更花了點力氣，雖然發出不熟悉的聲音，但是這是現在麥爾斯唯一能表達的管道。

「嘿嘿嘿，放輕鬆，搖滾小子，你以為我那麼厲害，會讀心術？私家偵探？狗仔隊？得了吧，你家我一週不知跑多少趟呢！」

「什麼……」被叫小子的麥爾斯，聲音卻是十足的老人。

「拜託，你們藝人是活在雲端嗎？你多久沒回家啦？那天直昇機把你從閣樓窗戶給接走，那裡根本就變成是一個拍照打卡景點啊，太多你的粉絲來切納塞就是指名去你家，你以前工作的樂器行也是，所以你家我去了無數次了，熟得很。」

「好，那麻煩你載我回家。」麥爾斯向後一躺，把沈重的頭向後靠著，確信司機不是碉堡或是塞凡派來的，自己已經脫離綁架，也確實可以按照自己的自由意志行動讓他稍稍放鬆了一點，只是現在的嗓子完全變了樣，比他以前哭啞變聲前更是糟糕百倍，他心裡浮出了最壞的打算，但是還是抱持著懷疑，或許是現在狀態不佳，過些日子就恢復了吧，他這樣安慰著自己。

隨著車子的移動，車內維持了好一陣子的安靜，除了司機偶爾發出微弱的哼唱聲，麥爾斯看著熟悉的義大利街道，心裡平靜不少。

不知過了多久，司機大叔打破了沉默：「聽著，雖然我沒什麼立場問，但是我真是太好奇了。」

麥爾斯不發一語。

「你知道的，我們開計程車的接收資訊就是聽廣播，所以我聽到不少，我很想知道你們王者麥爾斯這個團到底在搞什麼，說實在現在聽到關於你們的新聞都沒好事啊。」

「不干你的事。」麥爾斯微微動了點怒氣，好像把嘶啞的聲音怪罪於眼前的人。

「是不干我的事，但是我女兒是你們的粉絲，這就干我的事了。」司機大叔說得雲淡風輕，但是口氣裡帶著一絲絲責備。

麥爾斯的罪惡感微微浮現，內心也覺得似乎是有點責任，也想到了有兒子的安格，接著壓著喉嚨問：「你聽到什麼新聞？我們給你女兒帶來什麼負面影響？」

「你們那個刺蝟頭，前陣子把一個節目主持人給揍了一頓，人家主持人提出告訴，昨天我又聽到你們那個馬里諾上新聞了，他在酒吧裡跟人爭風吃醋，聽說為了個女孩跟人大打出手，結果自己被圍毆，被打得跟豬頭一樣……」

「什麼？什麼時候的事？」

「就昨天啊，另外你神隱的消息也是，連得獎了頒獎典禮也不出席，只有一個戴著牛皮紙袋的人出來領獎，這也太扯了，你們年輕人玩樂團的愛喝愛嗑藥我大概可以理解啦，我年輕時也瘋狂過，但是——」

「馬里諾？他還好嗎？」

「你還問我，你們不是同一個樂團的嗎？」

「我……」麥爾斯慚愧不已。

「我知道我只要把我的車開好就是了，你也不必聽這些，但是小子，聽著，身為一個義大利公民，身為一個父親，我還是得說，你們這些人家心中的偶像，是有著社會責任的，你知道我載了多少樂迷去找尋你們的蹤跡，他們的神情都是滿滿的期待，那種雀躍跟興奮的樣子，我是在想……要是你們可以多給他們一些正面的影響力……總之，你們也不用做什麼好事啦，那些糟糕的鳥事不要一直出現就好。」

「你說的對，我很抱歉……」

司機大叔聽到麥爾斯的認錯感到很出乎意料，反而不好意思繼續指責，開始稍稍緩頰：「不過你們歌確實好聽啦，我女兒都會唱呢，我女兒竟然還會唱中文歌，還開始學中文了，這部分倒是件好事啦……但是你現在的聲音真是糟透了，跟我印象中聽過的差很多啊。」

「就像你說的，你也年輕過，一些鳥事總是一直會發生……」

「是啊，鳥事總是一直在發生，但是載到大明星這種事可不是天天有，我也想問你，待會你要怎麼回家？」

「什麼意思？」

「我剛剛說了啊，你家已經是觀光景點了，到處都是人，你下車應該會被包圍吧？快到了，你自己看吧。」

車子緩緩轉過街角，熟悉街坊一一映入眼簾，沒想到時間過這麼快，已經到了切納塞，這個麥爾斯心裡一直感到很特殊的地方。

看著建築與店家，街道的色彩，甚至是空氣裡的氣味，在埔里長大的麥爾斯，幼年一直覺得切納塞是每年去一次的度假場所，是只屬於父親的家鄉，壁爐上的相框裡有著跟父親很像的面容，那是從未見過面的祖父母，他們很早就離開人間了。每次造訪切納塞的回憶總是好的，那是暑假，那是旅行，但是直到跟隨父親搬回來這長住後，沒有母親的存在這裡就是個空虛的所在。

車子經過了他曾工作過的樂器行，確實生意變好了，好像透過店面玻璃窗，隱約可以看到裡面有不少的人，車子因為紅綠燈而停下，樂器行門開了，走出了一位年輕男子，手裡捧著紙箱，麥爾斯覺得這個男子像是過往自己的投射，自己也曾無數次這樣搬運著紙箱，而他也是在這裡認識了馬里諾與伊森。

思緒總是跟不上景象，前一秒還注視著紙箱上的圖樣，不知不覺已經到了麥爾斯的家，麥爾斯看著眼前的荒唐，看著近在眼前卻無法觸及的家門。

「看吧，如果這邊可以收門票，或許收入會很可觀……」司機大叔椰榆著，把車子緩緩停靠在斜對角的路旁。

麥爾斯看到了屋子四周的人潮，雖然沒有當時的ＳＮＧ車與滿滿的記者，但是人數也是不少，更誇張的是，麥爾斯發現大門口邊竟然還有著自己的人形立牌，不少粉絲有秩序地排隊上前合照留念，那人形立牌竟然還露著燦爛的笑容，麥爾斯一陣倒胃的感覺。

窗邊有人拿著相機一直往屋內拍著，甚至還有人拿著像是望遠鏡的東西往屋內窺視。

接著吉他彈奏聲傳來，麥爾斯把目光向聲音望去，側邊有一群樂迷圍著，眾人一起開始合唱著王者麥爾斯的新歌：

若這個世界到了盡頭～時光的最後～只能有一人陪你渡過～

從人群的夾縫中，麥爾斯看到了那些樂迷的身影與表情，大家隨著旋律輕輕搖擺著，而發音不標準的中文歌詞卻聽來非常有誠意。

麥爾斯內心感到十分複雜，這樣的畫面不知道要讓他開心還是難過，他甚至希望這一切都從來沒發生過，他是不是不該搭上那直昇機，他是不是不該撥那通電話，他甚至不該走上Foo Fighters的演唱會舞台，他也想到了一些新聞畫面，之前泰勒上吊身亡時，世界各地很多樂迷都舉行了追思的活動，許多樂迷就像此刻眼前的畫面，大家聚集在一起手捧著蠟燭，一起合唱著Black Campanulaceae的歌曲，感傷著，緬懷著，麥爾斯彷彿跟著歌聲追悼著自己，差別只在於現在少了燭光閃閃的畫面。

「怎麼樣，跟我說的一樣吧，今天的人算是少的了，你打算要下車嗎？下去給大家一個驚喜？」司機大叔顯得一派輕鬆。

麥爾斯面對眼前的熟悉與陌生，內心更明確了：「不了，你載我去另一個地方，載我去加里波底（Garibaldi）公園，那旁邊有一間叫做蘭帕諾的咖啡廳。」

「蘭帕諾？」

麥爾斯突然有種找到避風港的感覺。

47. Panadol｜普拿疼

「到了，蘭帕諾咖啡。」口氣像是道別，但是司機大叔感覺好像欲言又止。

「可以接受信用卡嗎？」麥爾斯發現自己一貧如洗，只有口袋裡的那張黑色信用卡，而且他也不確定這張卡到底能不能用。

「喔喔。」大叔驚覺想起了什麼：「抱歉，我車上的刷卡機器剛好故障，你沒現金嗎？還是你們這種大明星習慣會有助理或是什麼人幫忙付錢？蘭帕諾裡有人可以幫你付？」

「我只有這張卡。」麥爾斯遞出手上的信用卡，一臉無助，悲慘的嗓音更像是多天沒吃飯的老乞丐。

大叔眼神發亮，拿起卡片高舉了起來，仔細端詳著：「天啊，這是傳說中的黑卡啊。」

「黑卡？因為它是黑色的？」

「我沒看錯的話，這確實是黑卡啊，這是地球上唯一可以刷卡買飛機的卡片啊，這可是有錢也申請不了的信用卡，你難道不知道嗎？」大叔小心翼翼地把卡片還給了麥爾斯，但是眼睛死盯著卡片捨不得移開。

麥爾斯低頭看著卡片，內心疑惑。

「不然這樣吧，那把吉他是你的對吧？你在上面簽個名，就以那把吉他代替車資吧。」大叔口氣像極了安格，神態自若，模樣老練。

「好，你有筆嗎？」麥爾斯打開吉他硬殼的同時，大叔也開始在置物箱翻找著筆，麥爾斯望著吉他指板上的木頭紋路若有所思，還稍稍猶豫了一下，甚至還有個念頭，如果可以，腳下的鞋能夠抵車資嗎？自己還有哪些籌碼？

簽上名的同時，大叔還有要求：「你簽這字這麼潦草，誰知道是你簽的啊？」

「這……」

「不然你拿著這吉他讓我拍張照吧，也證明這是你簽的。」

「你是要拿去網路上競標嗎？」麥爾斯感到無奈，但是乖乖還是把自己糟糕的倦容晾在大叔的手機鏡頭前，心裡也浮現剛上車時大叔說過的話：『小子，你臉色糟透了，你看起來像坨屎。』

「不，我是要給我女兒的，你可以下車了。」大叔的語氣像是被得罪了而不滿。

麥爾斯點點頭覺得有點愧疚，畢竟無法付車資的是自己，把吉他擱置後便匆忙開門離去，也帶著一絲絲不捨，畢竟這把吉他在自己心中還是有種特殊的存在，但是好像拋下它，碉堡的一切也可以順勢丟下了？

「嘿！」大叔拉下車窗喚了一聲，麥爾斯回頭探視。

「你會出現吧？」大叔問道。

「什麼？」

「你神隱很久了，趕快出現在媒體吧，上個節目也好，不然我女兒會失望。」

「我已經讓太多人失望了……」麥爾斯也對自己現在的嗓音非常失望。

大叔聳聳肩，嘆了一口氣後，便駕車揚長而去。

兀自站在街上，路人特異的目光讓麥爾斯不自在，可能是現在自己的狀態不佳，也可能是碉堡蒙上的那層陰影，好像一旦曝光自己行蹤又會被綁架或是被當成商品看待，趕緊轉身往蘭帕諾走去。

往蘭帕諾的玻璃窗望去，窗邊坐著一個龐克身影，那個身形與髮型太像了，麥爾斯心生期待，回到老地方可以遇到熟悉的人，那股安全感幾乎讓他鬆了一口氣，即使不久前他只想逃離大家。

打開門後，麥爾斯大喊：「伊森？」

店內的客人都被驚動了，往門口望去，那一顆刺蝟頭也回頭看了一眼。

『不是伊森……』麥爾斯愣在門口，果然他想太多了，這些美好的過往時光，似乎回不去了。

「麥爾斯？」「天啊！是麥爾斯！」「喔！是他！」店內客人無不驚奇，一瞬間麥爾斯已經被陸續貼近的人們給包圍了。

「可以給我簽個名嗎？」「我的天啊……」不少人拿出手機要拍照。

麥爾斯感到沮喪，伸出手想阻擋一切，他想逃離這些喧囂，這些簇擁，這些把自己商品化的一切，他想轉身逃離這間店，就是現在，最好拔腿就跑，但是該跑去哪裡呢？

一個熟悉的聲音傳來：「抱歉，各位，請給他一些空間好嗎？」

偌大的臂膀瞬間像是圍牆一樣，把群眾隔了開來，麥爾斯看到了眼前厚實的老人，那張臉似乎更老了許多，雙鬢髮白，白色的山羊鬍，但是依舊是那樣地熟悉，那是蘭帕諾的老闆佛瑞。

麥爾斯看著佛瑞用那炯炯有神的目光盯著自己，像是有著千言萬語要表達，帶著不捨也帶著惋惜，但是也好像也不需要言語，只用一句話就訴盡了一切：「到吧台後方，來吧。」

「抱歉，各位，他是來找我的，請大家給他點空間，好啦，抱歉抱歉。」佛瑞一手勾住麥爾斯肩膀，把他推進吧台，另一手則阻隔著眾人，也揮手示意要大家回到位置，老人中氣十足的聲音莫名地有說服力，大家好像被催眠似地紛紛放棄了簇擁，留下一些扼腕嘆息聲。

麥爾斯其實一直都不知道佛瑞的真實姓名，只知道第一次水泥球一起到這兒喝一杯時，馬里諾一進門看到老闆帶著紅色毛帽，加上那山羊鬍模樣，像極了Limp Bizkit（林普巴茲提特）的主唱佛瑞・德斯特（Fred Durst），便一直喊著佛瑞，這樣沒禮貌的舉動，沒想到老闆一點也不在意，反而哈哈大笑。

從此之後，水泥球常常到這兒，也一直都叫老闆佛瑞，叫久了似乎真以為老闆的名字就是佛瑞。

「孩子，你看起來糟透了，你要喝點什麼嗎？」佛瑞把麥爾斯帶進後台廚房，拉了一張椅子給麥爾斯坐下，在廚房的一位紅髮女子一臉不可置信地看著眼前的稀客。

「佛瑞……」麥爾斯再次使用了他那聽起來比佛瑞還要年長的嗓音：「嗯……我很抱歉……我……」

佛瑞似乎對於麥爾斯的嗓音不感到驚訝，像是什麼都沒發生似地處之泰然：「不，你不需要抱歉。」「席亞娜，倒杯水過來，然後幫我去前台顧一下。」

席亞娜把水拿過來的同時，一臉像是觀察珍奇異獸的模樣緊盯著麥爾斯，小心翼翼地說：「你是麥爾斯嗎？王者麥爾斯的麥爾斯？我的天啊……」

「快去前台，席亞娜，謝謝妳。」佛瑞的話語總是讓人無法拒絕，席亞娜手抓抓自己的紅髮嘴巴張得很大，默默往前台走去。

一口氣把水喝盡的麥爾斯被水嗆了一下，咳聲大作，每一聲都沙啞地像是喉嚨泡過鹽酸似的。

待氣息穩定後麥爾斯說：「佛瑞，我沒有地方去了，可以讓我待在這幾天嗎？」

佛瑞的山羊鬍露出了笑容：「孩子，隨你要待多久，蘭帕諾永遠歡迎水泥球，儲藏室旁的房間你可以隨便使用，但是我家就不行了，你懂的……我太太她……」

「謝謝……你……你沒有問題想問我嗎？」

「孩子，你現在最不需要的就是說話，但是你或許需要吃點東西，來吧，想吃點什麼？」

「嗯……」麥爾斯想了想，咳了一聲，接著很吃力地擠出一句：「佛瑞……你有普拿疼嗎？」

48. Hidden—藏

「這實在太奇特了，實在太像是『喉返神經損傷』，你聲帶在不同的小地方有些許的癱瘓，而造成了嘶啞，但是這種病症通常是手術誤傷，應該跟你描述的浴鹽藥劑無關，但說是毒物的促發這原因也不無可能，而且你的勺狀軟骨形狀卻又跟一般人不同，而你的喉嚨不適感，我也懷疑跟臆球症有關，壓力或情緒波動大時症狀可能會惡化，這實在太難判定，我從沒看過這樣子的病例……」

佛瑞帶著麥爾斯去找了一位神祕的老醫生進行多項檢查，檢查地點不是醫院或診所，倒像是一間什麼設備都有的實驗室，冰冷儀器以及金屬光澤的牆面，讓麥爾斯總聯想到碉堡內的一偶，這位醫生是佛瑞的老朋友，退休一陣子了，是個值得信任的夥伴，除了會保守祕密之外，更說明了可能會發生的狀況。

「說真的，我從沒看過像你這樣勺狀軟骨形狀特殊的案例，這是耳鼻喉科界的奇觀啊，這可能是你之前唱歌音域可以這麼廣的原因之一，要是硬要說一個特殊案例，我倒是聽過有位日本女歌手的個案，或許跟你這現在的症狀有關，Aimer，你們有聽過她嗎？」

麥爾斯搖搖頭。

佛瑞問：「日本？你唸的這是法文名字吧？」

「Aimer其實是日本人，我聽說她小時候因為過度使用喉嚨而導致聲帶疼痛，後來選擇了沉默治療法——」

「沉默？麥爾斯只要沉默，我是指……嗓子休息就會好嗎？」佛瑞深鎖的眉頭稍稍舒緩，像是在擔憂中抓到了一絲希望。

「Aimer聲帶損傷而造就了她的嗓音，她後來還選擇不要治療，以免痊癒後這樣獨特的聲音就消失了，我……在電視上聽過你先前的歌聲，我猜想你的那嗓音或許跟聲帶損傷有關，而我想你現在有可能是傷得更重了，我很遺憾，但是這是我目前的判斷，這種損傷治癒過程，可能很難拿捏好壞比例，或許你再也回不去之前那寬廣的音域了……不過我說的不一定正確，畢竟你這情況很特殊……」

麥爾斯覺得想吐，努力忍耐著那種感覺，不斷地強吞口水。

醫生補充說：「我明白你們保密的考量，但是假如你去外面求診，可以獲得痊癒的機會也絕對會增加，畢竟像是你這樣的病狀案例太特殊，沒有任何醫療學者想錯過這研究的，類似你這種案例的研究只要有些成果幾乎保證會登上四大頂級醫學期刊……不過你藝人身分太特殊，可能也會有其他可能性我也不敢斷言……」

醫生說的每一句話麥爾斯都莫名覺得刺耳而模糊，那些專有名詞也不甚明白，但是隱約那種可能會被當成白老鼠實驗的不適感確實馬上加劇了喉嚨的不舒服，讓他幾乎想要咳嗽，難道就是醫生描述的臆球症？壓力或情緒波動大時症狀可能會惡化？

佛瑞追問醫生剛剛的說明：「那保密情況下，你能夠幫他嗎？」

「佛瑞，我退休了，我真的無能為力，雖然這案例……，我有推薦的醫生，他是這方面的專家，我馬上可以聯絡他，我想……我想你的唱片公司應該會願意不計一切代價把你治好吧？畢竟……」

「那有什麼藥物或是方式可以先讓他好轉點，或是舒服些？」

「其實可以嘗試些方案，但是都有風險，我倒覺得在仔細評估前什麼都別做得好……最好住院仔細觀察一陣子……」

麥爾斯終於還是忍不住咳了出來，夾雜著沙啞與嘶吼聲，咳得痛徹心扉，咳到天旋地轉……

席亞娜默默觀察著，自從老闆帶著麥爾斯神祕地跑出去再回來後，麥爾斯躲在蘭帕諾儲藏室旁的小房間已經好幾天，沉默寡言，像是獨居老人，而且咳嗽聲音確實很像老人，老闆從未多說過什麼，只是默默地照顧著麥爾斯，也默默地著照顧著咖啡廳，自然無比，一如往常，這種態度像是麥爾斯曾經來這邊住過一樣，讓席亞娜不可思議，老闆到底與這大明星有著什麼關係呢？

席亞娜倒不想要像老闆那樣鎮定，總是跑來向麥爾斯提出很多的疑問。

「你不是賺很多錢嗎？為什麼你現在這樣狼狽呢？」

「馬里諾真的像新聞報得那樣混帳嗎？」

「克里斯牛皮紙袋下到底長得怎樣？是帥哥嗎？」

「伊森的髮膠一瓶可以用多久啊？」

「你怎麼認識老闆的呢？我聽到你叫他佛瑞，他為什麼叫佛瑞？」

「網路上說你的Air Myles球鞋，推出原因是因為你唱歌有Air空氣感，代表高音的開闊，但是這跟運動鞋又有什麼關聯呢？」

「你可以教我幾句中文嗎？」

「你聲音為什麼變了呢？你要喉糖嗎？」

「你躲在這兒，是為了躲避黑道追殺嗎？還是唱片公司太煩人了，你想要獨處？」

「台灣在哪裡呢？唸起來很像泰國，他跟泰國有什麼關係？」

這位紅髮女孩漸漸地也知道過問半天會自討沒趣，麥爾斯常常只是聽完點點頭，偶爾擠出一絲笑容已經是最顯著的反應了，她好像也漸漸習慣了咖啡廳後面躲著一位大明星，似乎麥爾斯到來的那一天，有些店內客人有拍到些什麼傳上了社群網路，造成許多跑來咖啡廳詢問的樂迷或是媒體，席亞娜學著佛瑞的方式，漸漸駕輕就熟地把人給打發走，就像是麥爾斯從來沒到過店內一樣。這樣的祕密感，讓席亞娜興奮極了，她覺得自己就像是大明星的妹妹一般地存在，衝著這一點，席亞娜忍住把專輯拿給麥爾斯簽名的衝動，好像這麼一簽，這樣兄妹般地親密感會瞬間打退回原本歌迷的地位。

佛瑞在忙的時候，席亞娜就會代替佛瑞照顧麥爾斯，說是照顧，其實也只是遞送個食物，或是走去倉庫旁確認這位大明星還活著就好。

直到有一天麥爾斯兀自走到了吧台，鬍子布滿著臉龐，像極了流浪漢，沒有任何客人認得出來，這位男子是鼎鼎大名的麥爾斯。

席亞娜在吧台旁一邊擦拭著玻璃杯，一邊默默觀望著眼前的落魄大明星，也訝異這麼多天了，麥爾斯的嗓音竟然從未改善，一定有什麼不對勁。

「佛瑞，我需要你幫忙。」麥爾斯聲音殘破地真像是需要別人立即的幫忙。

「儘管說，只要我能幫得上忙的。」佛瑞的神情像是早已經預期到這一刻的到來。

席亞娜看到麥爾斯遞出了一張黑色卡片還有一張紙條，卡片看起來像是張信用卡。

「這個給你，無論裡面有多少，拜託拿一半去吧，當作我在這兒的房租，我打算去澳洲，需要你幫我一些忙，這些事項都寫在紙條裡，拜託了，這是最後的請求。」

「孩子，別傻了，如果你還把老爹當做你們水泥球的老爹，就別在意。」佛瑞攤開紙條看了看，點了點頭：「沒問題，這些我會搞定，只是……為什麼選澳洲？你不留在義大利？」

麥爾斯笑得很靦腆：「其實……我偷用你的電腦查了一下，我搜尋全球音樂排行榜，王者麥爾斯的歌曲在每個地方都排名至少前三名，只有在大洋洲的澳洲是排名第十。」

「我想你不是為了爭取更高名次而去的吧，你是覺得躲在那邊比較不會被人關注？」

「希望是。」麥爾斯說完目光瞧了席亞娜一眼，席亞娜差點把手上的杯子給落下，趕快故作鎮定地撥了一下額頭上的瀏海。

佛瑞語重心長地說：「雖然我不該干涉你什麼，尊重你每一個決定但是……孩子，我希望你趕快好起來，也振作起來，即使你失去了好聽的嗓音，你還是可以當音樂人，別忘了你會彈吉他，你還是會寫歌，這世界還是需要你的，畢竟……你以前來蘭帕諾的時候歌聲也沒好到哪去啊？你們不還是一直開心做音樂？」

麥爾斯笑了，連笑聲都像是老人：「哈哈，對，以前確實沒好到哪去……但是佛瑞，我似乎回不去了，現在這局面……我……總之，謝謝你的幫忙。」

「其實我也是幫我自己，看著你們水泥球，其實常讓我想到年輕時候的自己，一種……對搖滾的態度吧？」

「搖滾的態度？」

「其實搖滾不一定是大鳴大放，或是要很絢爛奪目，要有多帥，要有多少絕佳的音樂技巧，其實搖滾是日常，你懂嗎？以前跟你們水泥球的互動，你們展露的那種執念，就是搖滾了吧，就算做不好也要繼續做下去的執念，跟我開這家店也很像，生意沒有非常好，但是總有人愛來喝杯咖啡，不是嗎？」

麥爾斯點點頭，沉默了一下子，然後開口：「我想是吧，我也頗想念那個時光。」

接著席亞娜看到麥爾斯往自己方向走來，並且在自己眼前停了下來：「席亞娜，你叫席亞娜對吧？」

席亞娜驚慌失措：「我？嘿，對，席亞娜，沒錯。」席亞娜覺得自己的回答真是蠢斃了。

「謝謝你這陣子的幫忙，我不是不想回答你問的很多問題，只是我……，老實說跟我扯上關係的人其實都沒好下場。」

「哈，老闆也是嗎？他的模樣確實不是什麼好下場，哈哈哈……」席亞娜尷尬地指著老闆，內心覺得這玩笑其實一點都不好笑。

但是麥爾斯卻笑出來了，聲音像是睿智的老人：「佛瑞，佛瑞他……他不一樣，他幾乎是土地公那樣，無敵了。」

「土地公？」席亞娜第一次聽到這奇特的名詞。

「喔，那是台灣常見的神祇，總之，謝謝，之後替我好好照顧佛瑞。」麥爾斯誠懇地說，臉上擠出了比平常都還要大的笑容，便隱身到後方去了。

席亞娜覺得臉上一陣溫熱，現在的自己一定臉紅得不像話，接著望見了老闆投向自己的目光與竊笑，更是覺得害羞不已，一不小心把手上玻璃杯給鬆開，響亮的玻璃破碎聲響此時才驚動了咖啡廳裡的客人，紛紛投來關切或好奇的目光。

席亞娜的臉，就像她的頭髮一樣地紅。

49. Find The Way｜線索

在一個偌大的大樓前，採著高跟鞋的女子，抬頭望向大樓，眼神帶著決心，一手握緊著拳頭，一手握緊著包包，也像是帶著一點緊張，左顧右盼後，像是確定了什麼，便踏步往大樓裡走去。

艾瑪已經有事先預約安排好了會面，因此非常順利地直達大樓高處。

艾瑪深知即將面對的女子不好應對，今天要是自己犯了些什麼錯誤，說錯什麼話，可能隔天媒體出現什麼奇怪的標題也都不奇怪了，但是她還是得來，這是唯一的線索，本來伊森執意要陪同前往的，但是有了馬里諾的前車之鑑，伊森會引發些什麼她也無法預料，這件事情必須瞞著塞凡公司，而且她並不信任公司的那些狗屁說詞，為了保護樂團，為了解開心中的疑惑，而且也是自己職責所在，艾瑪覺得自己必須前往。

「艾瑪小姐，這邊請。」一位穿著體面的女子想必是助理，一路引領著艾瑪走到深處的辦公室，緊接著出現在眼前的豔麗的女子，美麗到讓人感到刺眼。

露肩的緊實米色套裝襯托出這位小麥膚色的女子，乳溝豐滿而圓潤地在V領裡幾乎完美無瑕，閃閃動人的姿態，眼神卻銳利地像是獵豹一般，艾瑪覺得自己好像隨時會被出乎意料地攻擊，顯得不安。

一想到麥爾斯消失後只接受過眼前這女人的專訪，而且這女人還美到不行，就覺得非常嫉妒，艾瑪稍微低頭看看自己的模樣，就算今天已經穿上她最驕傲的美麗套裝與高跟鞋，好像還是沒能像眼前女子那樣亮眼，這種被比下去的感受也讓她增加了一些怒氣與勇氣，便抬頭挺胸地前去面對。

「真沒想到王者麥爾斯的經紀人會在我辦公室，真是大駕光臨了，艾瑪小姐，久仰大名，請坐。」

法拉奇的聲調倒完全沒有有任何的景仰感，顯得官腔而敷衍。

「法拉奇小姐，我知道我的到訪很奇怪，我們塞凡，不，應該是身為經紀人的我應該最了解我們自己旗下藝人才是，我——」

「你們根本失去了麥爾斯的蹤影，是吧？其實全世界都找不到他吧。」

「不，麥爾斯被公司派去參與一個計畫——」

「你不用跟我說那些塞凡的官方說詞，我們直接打開天窗說亮話吧，可以省去妳我的時間，你來就是因為我們獨家取得麥爾斯的專訪這件事吧？你也想知道麥爾斯的行蹤是吧？很抱歉，其實我並沒有他的行蹤，是他主動打電話過來的，這一切專訪都是他的意思，他……倒是個特別的人呢。」法拉奇的眼神竟然變得陶醉，嘴角滿意地笑著。

「他的意思？電話？你是說……？」

「哼，當然是他的意思，難道我要捏造，確實啦，這本來就是捏造的，這個專訪是他打電話過來，我們錄音，然後我們剪接成電台訪問，就這樣，就我可靠的媒體情報，我根本就知道馬里諾的店完全沒有麥爾斯的持股，麥爾斯純粹只是想幫馬里諾刪去一些污名而已，說真的，我很羨慕你們塞凡，竟然可以簽下麥爾斯這號人物，那個嗓音應該是百年難得的吧？而且他跟一般藝人非常不一樣……」

「那除了專訪內容，他是否有提到他從哪裡打來？他之後要去哪裡？或是一些蛛絲馬跡呢？拜託妳，這真的對我很重要。」艾瑪激動了起來，眼眶閃爍著光澤。

艾瑪看到法拉奇不發一語地緊盯著自己，好好打量了一番，嘴角還微微地提起，讓她非常不自在。

「你愛他對吧？」法拉奇撐著自己的下巴，一臉耐人尋味地笑著。

「你說什麼？」

「艾瑪小姐，你我都是女人，我看你的模樣，看你說話的方式就知道了，你愛著麥爾斯，對吧？我了解，他……很難讓人不愛他吧。」

「我是他經紀人，我當然要……我——」

「妳放心，同為女人，我報導也是有道德跟原則的，我不會拿妳做文章的，妳大可以放心，但是有些資訊，我們必須要用交換的，我今天可是向你透露了不少唷。」法拉奇起身一邊說一邊倒著紅酒，並拿了一杯放在艾瑪面前的桌上。

「交換？我能提供什麼情報給妳？」

「我問妳，妳愛麥爾斯，那他愛你嗎？你回答我這個就可以了。」

「麥爾斯他……我不知道，應該是我一廂情願吧……」艾瑪此刻覺得自己像是個徹底的輸家，過來前的心理準備根本一點用都沒有，自己像是赤裸地攤在這女人面前，而現實世界似乎總是繞著眼前這樣有權力有美貌的女子身上吧，她不禁這麼想。

「呵呵。」法拉奇舉著高腳杯並搖晃著，目光盯著紅酒，優雅地欣賞著紅酒色澤：「我想也是。」

艾瑪微微調整自己的坐姿，刻意隱藏自己的不安。

「接下來，我要說的，你必須保證，一旦妳出了這一個辦公室，就當作一切沒發生吧，但是我想要知道，塞凡方面是怎麼說的，你們高層對你們說過什麼，關於麥爾斯神隱的一切，我都要知道，這跟我長期關注的一個重要研究報導有關，妳或許可以提供些有用的情報，我嚴重的懷疑……」

「研究報導？」艾瑪摸不著頭緒。

「唉，算了，就算你說出去，你也問不到什麼的，這在現實世界根本就是無稽之談，這也根本不存在啊，不存在的事情，討論完也還是不存在啊，根本沒人理妳啊，連我追蹤多年也都幾乎徒勞……」

「妳在說些什麼？我完全聽不懂。」

「好吧，我一步一步解釋吧，妳聽過世上最孤單的島嗎？」

「最孤單的島？」

「你說麥爾斯在一座島上？」

「呵，很好，妳稍微進入點狀況了，很棒的聯想，跟這有關沒錯。」法拉奇緩緩地品嚐了一小口紅酒後繼續說：「南大西洋上有一個小島叫做特里斯坦達庫尼亞島（Tristan da Cunha），位置很偏僻，幾乎與世隔絕，一五〇六年首次被人發現，一八一六年曾被英國人佔據，島上人不多，要上島也非常的困難與麻煩，沒有相當的財力與管道，可能也不容易到達，但是其實真正最孤單地方不是特里斯坦達庫尼亞島，而是島上一個號稱『碉堡』的神祕所在。」

「碉堡？」

「你相信演藝界有百慕達三角洲嗎？」

「演藝界有百慕達三角洲？」艾瑪懷疑自己是否聽錯了，在業界打滾多年，這是她聽過最荒謬的用詞了。

「沒錯，不只是演藝界領域，我懷疑碉堡就是各種領域佼佼者的百慕達三角洲，有些人到達某些成就或狀態時，就會神祕地消失，尤其是藝人，我調查很多年了，一直受到很多阻饒，也缺乏明確的證據……我父親還一度以為我是小說看太多了……」

『碉堡？』艾瑪開始懷疑眼前的女子是否因為喝了酒而胡言亂語，但是這一切竟然會跟麥爾斯有關聯？難道麥爾斯是被綁架？但是被綁架的他又如何自編自導了一則專訪來為馬里諾澄清？

面對當下聽到的一切荒謬，艾瑪拿起了眼前的酒杯，將紅酒一飲而盡，好像喝完之後，她也才能到達對方的瘋狂狀態，探索些未知。

「再給我一杯吧，我們來好好聊聊。」艾瑪覺得胸膛一陣灼熱，她的內心好想要尖叫，她心底認為這股灼熱感不是因為酒精，而是因為壓抑這尖叫的心情而感到體溫升高，像是發燒。

50. Meet｜相遇

前一刻與少年的對話還歷歷在目，蘇蘇這陣子過得非常平靜，好像自己是倩倩一般地存在著，好像也年輕了起來，每一口呼吸像是代替倩倩呼吸，每一個眺望都像是代替倩倩欣賞風景。

她幾乎踏遍了倩倩日記本裡所說的每一個地方，而現在這座島嶼已經是「跳島行動」中的尾聲了，那是倒數第二個島，一座竟然呈現心型的島嶼。

倩倩之前走過的旅程，似乎也是代替自己延伸出去，就像是倩倩出生後，蘇蘇總覺得自己疲累的身軀可以生出一個活力充沛的女孩是件不可思議的事情，好像自己身體蘊藏著無比的力量，力量大到延伸出去，她想，這應該就像是植物開花結果後，另外又繁衍出另一顆苗的神奇吧。

倩倩的生命替媽媽的生命有了另一種可能性，雖然自己不是倩倩，但是倩倩旅程的體驗，媽媽也與有榮焉，好像也就參與過了，而現在媽媽也踏上旅程，真切地體驗了倩倩踩過的足跡，就像是交換了身體，即便旅程的所見所聞一定有所差異，但是那種驕傲的感受，讓蘇蘇感到慶幸，她慶幸至少女兒離開世界之前，每天都好新奇愉悅，倩倩不曾離過婚、倩倩不曾被迫離開自己喜歡的工作、倩倩曾經愛過，是啊！曾經愛過，不管是男是女都好，愛過總比沒愛過好。

蘇蘇內心感到複雜，就算母女連心，蘇蘇還是覺得無法體會愛著同樣是女人的身體，那種愛情是什麼感覺。

想到這裡，本來的胸有成足，好像又有了點不安，蘇蘇切菜的手，停止了動作。

蘇蘇試著回想倩倩女朋友的臉，不，倩倩說是男朋友，那位倩倩的男朋友，那張倩倩愛的臉，當時望著自己的表情是這樣地誠懇，這樣地與自己有著相同的心碎，自己竟然沒有留下她的聯絡方式，愧疚、後悔、好奇、不知如何面對的各種感受膠著在一起。

蘇蘇突然覺得有點時空錯亂的感覺，好像旅行久了，常常自己置身哪裡，都要下意識地確認一下，蘇蘇觀望著四周，這一間背包客棧沒有太多人，而且現在這時刻，大多背包客都已經外出去進行農作物採收的打工，不像早餐與晚餐時候被各國的年輕人打擾的那種狀態，畢竟不管她烹飪什麼，那香味總是吸引著人們圍繞，雖然她也不討厭被熱鬧包圍，但是現在的她確實頗享受這安靜的廚房時光。

思緒飄到了倩倩的日記本上，依照倩倩描述，現在這個島嶼是一個惡魔的家，一個叫做塔斯（Taz）的惡魔，牠也是華納樂你通的一個卡通人物，因為牠是咖啡色的，所以倩倩決定在島上的每一天都一定要喝到咖啡。

想到這裡，蘇蘇把目光望向前方的咖啡杯上，一連好幾天她也這麼照做了，每天都喝咖啡，但是每天試著不斷地減量，她一直希望那喝咖啡而心悸的現象可以得到改善。

此時咖啡杯方向有個身影緩緩踏入，印入蘇蘇眼簾的是一位鬍子滿臉的男人，男人赤裸著上身，只穿著一條牛仔褲，露出結實的好身材，但是這蓬頭垢面的模樣像極了原始人，或者說是像湯姆·漢克斯

（Tom Hanks）在《浩劫重生》（Cast Away）裡的模樣都頗為貼切，但是隨著男子越走越近，蘇蘇感到了一種莫名的親切感，像是想到了什麼，但是卻又忘記了什麼，來自廚房窗戶的光線灑在原始人頭上，那頭髮閃出了類似咖啡的色澤，色澤延伸到鬍子上，蘇蘇心裡繼續浮現著日記本的句子：『塔斯的惡魔，牠是咖啡色的』，而眼前原始人的毛髮似乎也是咖啡色的……

原始人竟然開口說了中文，而且聲音無比地低沉沙啞：「好香啊，是羅宋湯嗎？」

蘇蘇訝異極了，眼前的五官模樣，尤其深邃的眼窩，這外國人的中文竟然非常的標準啊，而那個模樣蘇蘇終於想到了什麼，便脫口而出：「啊，想到了，鬍鬚張啦，好像鬍鬚張魯肉飯那個！」

「魯肉飯？不是啊，這應該是羅宋湯的味道吧？」眼前男子的聲音跟外型不成正比，年輕的身體，卻有著老態的沙啞。

「我是說你長得很像鬍鬚張魯肉飯的那個圖案啦。」蘇蘇笑出聲響，但是突然覺得有點不好意思，好像有點失禮。

「喔，我知道你在說什麼，我有看過，我有看過。」男子的聲音像是燒聲的烏鴉，但是表情興奮極了，那笑容埋在鬍子裡不太明顯，但是一口白牙倒是很誠實。

「等一下，你怎麼一看到我就對我說中文？」蘇蘇問。

「你一臉就是台灣人啊。」男子一副理所當然。

「那你一臉就『不是』台灣人，你怎麼講話口氣跟台灣人一樣？」蘇蘇特別把不是二字念得很重。

「我從小在埔里長大的，你這是羅宋湯嗎？好香啊。」男子直接走到爐前，拌弄著湯瓢，仔細打量著鍋子裡的東西，接著又說：「那我可以拿東西跟你交換一碗嗎？」

『交換？』蘇蘇對此人的好奇心又增加了，向來只有向她討飯吃的背包客，不討的也會露出那渴望的神情等她施捨些什麼，美食當前，任何人都是如此地自然流露，但是在澳洲這麼久了，還是第一次有人主動說要用東西來交換。

「啊你要用什麼換？」

男子表情像是有點吃力，用那糟透的聲音說：「我自彈自唱一首歌給你聽，如何？」

「當然好啊。」看著外國人頂著鬍鬚張的面容唱歌，聲音又啞成這樣，這也夠新鮮了，蘇蘇抱著看馬戲團的心情答應了。

男子緩緩走回房裡拿了一把木吉他出來，默默拉了一張高腳椅在蘇蘇身旁坐下，接著專注地調著音，蘇蘇在等待的過程也自顧自地繼續忙著手邊的料理。

「望春風好不好？有聽過吧？」男子終於叮叮咚咚地調好了吉他弦。

「Of course，哇系呆丸郎內。」蘇蘇用台語回答。

「那我要唱的是王者麥爾斯的版本唷。」

「那是誰？」

「你沒聽過王者麥爾斯嗎？那太好了。」

「那是什麼？是皇室嗎？還是零食的牌子？」

「哈，沒什麼，不知道最好……」

獨～夜～無～伴～

才剛唱出第一句，蘇蘇就笑翻了，那沙啞的嗓音實在糟透了，根本像是感冒的豬在叫：「啊哈哈哈哈，夭壽唷，有夠歹聽。」
認真壓著喉嚨低鳴的男子，本來還持續認真地想唱下去，但是隨即被蘇蘇的笑聲給感染，自己也忍不住大笑，還岔了氣，在一旁狂咳：「咳！哈哈哈……」
「哈哈哈，你別唱啦，拜託你，我湯請你喝，求你別唱了，啊哈哈哈哈……」蘇蘇像是被點了笑穴，欲罷不能。
男子也笑到東倒西歪，跌下高腳椅，笑聲大多是氣音，然後扶著餐桌繼續咳著也笑著，十分吃力。
兩人在廚房裡笑得開懷，笑到好一陣子才終於笑到一個段落。
蘇蘇母親的本能又開啟：「你去穿件衣服啦，不然會著涼。」
「喔。」男子乖順地往房間方向走去。
蘇蘇突然想到什麼似的，又捕了一句：「少年耶，你叫什麼名字？」
男子回過頭：「麥……斯威爾……不，我是麥爾斯，叫我麥爾斯。」
「叫我蘇蘇，穿好趕快出來喝湯。」
蘇蘇總覺得這男子的歌聲好像哪裡聽過，有種似曾相似的感覺，但是又想到這樣可怕的嗓音應該是沒聽過才對。
但是男子帶給她那親切的感覺，蘇蘇在攪拌羅宋湯的時候，攪得更加地溫和了。

背景一陣電吉他Solo的聲響，推弦推得有點故意，搭配哇哇（Wah-Wah）效果器音效，音升高後又迅速推回到原音，可以想像得到那推弦的手指不斷上上下下，加上些許Reverb的空間感，要是再重複一個小節，就會讓人發脾氣的那種討厭感。

但是隨即一陣像是薩克斯風的音調傳出，一陣藍調音階後，又像是參雜了爵士Swing的律動，也好像是Latin的律動，感覺有點Funk，風格有點難定義，聽眾要試想這旋律是屬於哪種類型可能是徒然，因為那推弦的高音聲響又來了，討厭感再度來襲，讓人覺得先前那些驚人的即興其實根本是亂彈，意猶未盡前吉他聲又嘎然停止，像是整人一樣，但是又不得不佩服這樣的編排，那些鮮明的記憶點，聽過絕對不會忘記，就像是發條音樂盒內部結構滾筒（Cylinder或Drum）凸起的顆粒，堅固也頑固，你只能讓腦中的梳片（Comb），隨之跳彈。

這是克里斯・懷德頻道的開場音樂，曾經有網友把這段旋律給remix成舞曲，結果大受歡迎，成為繼〈哈林搖〉（Harlem Shake）之後網友爭相錄製上傳隨這旋律起舞的畫面，而且必定要拿著一瓶牛奶瓶，原因是經過remix後，其中吉他聲調在混音調整下外加用Fresh Push Play Pro按出來的電子鼓聲，某些片段聲音聽起來像是英文「Milk」的發音，讓這舞曲也有了「Chris Milk Shake」（克里斯奶昔）的別名，還成為年度YouTube熱門搜尋關鍵字。

克里斯・懷德早已經是知名網紅了，但是加入王者麥爾斯之後，所經營的YouTube頻道更是訂閱率呈指數增加。

今天克里斯開啟了網路直播，這是為了達成之前給眾多網友的承諾，當頻道破一百萬人訂閱後，他便開始舉行Q＆A有問必答的直播，他本來以為不會到達這一天的，畢竟聽吉他自媒體的受眾在YouTube平台中還是屬於小族群，電玩、美女、搞笑、寵物、流行樂才是最多人觀看的類型，但是自從麥爾斯神隱後，這種誤打誤撞類似「飢餓行銷」的方式，任何可能有麥爾斯消息的地方，都受人強烈地關注，即使克里斯開宗明義說過，任何問題都可以問，但是麥爾斯的下落他確實無法回答，即使如此，累積的問題投票中，探聽麥爾斯的消息還是排行冠軍。

背景音樂結束後，那個牛皮紙袋的頭現身在畫面中，紙袋上用黑色麥克筆畫著「孟克的吶喊」表情，隨意畫的筆觸，讓那捧著孟克臉的手此刻就像是耳朵一般地存在。

克里斯抱著一把自製電吉他，琴頭是淺木頭色的Fender Stratocasters，但是琴身卻是黑色Gibson SG的牛角造型，指板上的鑲貝還微微反光而發亮。

「各位觀眾大家好，克里斯來了，答應你們的有問必答來了。」克里斯說完便隨便即興了一小段吉他Solo，還用泛音勾出了學校課堂的鐘聲。

「之前一萬人訂閱大概累積了五年，沒想到一萬變成一百萬竟然只要一個月，真是太瘋狂了呀。」

克里斯似乎面對攝影機就會變得有點綜藝，或許是有牛皮紙袋保護，也或許面對自有頻道的主宰感，顯得自信又輕鬆。

「好，我將花點時間回答上週起開始讓網友們提出的問題，其中獲得投票最高的幾個問題，當然第一名那個麥爾斯問題我真的不知道，我一直活在牛皮紙袋裡，你們自己去灌爆塞凡的官網與粉絲團吧，別來問我。」

「什麼，剛剛有人留言說官網早就已經被灌爆了？」

「好，第二個問題是，有人問我到底是誰？可不可以脫下牛皮紙袋？」

「我是誰，我就是克里斯．懷德啊，牛皮紙袋唷，可以唷，竟然都一百萬人訂閱了，我們可以實驗看看當我露臉後，訂閱會是瞬間都退訂，還是馬上繼續攀升？我今天直播結束前會脫下來的，大家敬請期待吧。」

「下一個問題是，馬里諾餐廳你有去過嗎？在餐廳可以看到王者麥爾斯團員嗎？」

「有唷，我有去過，記得那是我第一次去義大利呢，好美的地方啊，說到Mr. M，我有去吃過，當然不是戴著牛皮紙袋，所以沒人知道我是誰，這就是戴牛皮紙袋的好處不是嗎？所以囉，各位網友們，你們在餐廳裡交談，要是說我壞話，我可能會知道唷。」

「再下一個問題，對於那些模仿你戴牛皮紙袋，或是假冒你的那些人有什麼想法？想對他們說什麼？」

「說什麼唷？有種就直接用吉他來決勝負吧，沒有彈出我風格的，通通不是我，一概不承認，我也只會在這頻道放影片，另外就是塞凡公司官方釋放出來的影片是我，其他通通不是我，就算剛好拍到真的是我，我也不會承認唷。」

「下一題，王者麥爾斯團員私底下是怎樣的人呢？」

「嗯，他們都很有意思啊，我們一起寫歌，當下就會覺得時間跑得很快，幾乎忘記時間的那種，或是忘記吃東西那樣……至於每一個人……麥爾斯，可能今天收看的人有一半以上是為了聽他消息吧，好吧……那我就先聊聊他吧。」

「麥爾斯除了聲音很獨特之外，他也是很特別的人，他懂很多搖滾界的傳奇啊、故事啊、八卦啊，他都瞭若指掌，相信他真的是很熱愛搖滾樂啊，另外……他是一個很聰明的人，很會觀察，然後很敏銳的人，他心裡因為……受過些傷，你們也知道的，所以在這邊也請各位喜愛他的樂迷們，多給他些包容跟空間，相信他很快就會回到舞台上跟大家見面，他私底下，就跟你們在媒體上看到的沒什麼差異，頂多……沒有打理儀容時稍微狼狽了點……哈哈。」

「而馬里諾，說實在，你們真的要好好聽他彈的貝斯，他的貝斯功力真的是沒話說，他常常會碎念一些義大利文，聽說是西西里方言，其實我聽不是很懂，這也是他可愛的地方啦，我知道他常常上新聞，而且新聞幾乎都是些負面的啦，但是，我也不知該怎麼說，他其實是很直接很真誠的一個人，至少比我真實啊，不像我總是戴著牛皮紙袋，即使我出糗了，也沒人知道啊，所以囉，虛假的是我，虛假的是媒體，不是他，而音樂是最誠實的，請用心聽他的貝斯吧，相信大家也是因為音樂才認識王者麥爾斯的，就請繼續透過音樂這媒介與我們交流吧，所以再次呼籲，去仔細聽馬里諾的貝斯，我特別推薦〈拉魯〉這首歌，這首歌出現時我還沒加入王者麥爾斯，不然我很希望可以參與更多這首歌的創作過程呢，〈拉魯〉裡面，馬里諾有彈出一種特別的味道，雖然這首歌的貝斯不難彈，現在看直播的觀眾中懂貝斯的人應該會知道，說實在，越簡單的旋律其實越需要更扎實的功力去支撐，相信我，待會直播一結束就去仔細聽〈拉魯〉這首歌貝斯的部分，歡迎你在下面留言，告訴我你聽到了什麼。」

「好啦，接下來是伊森，伊森很有趣，其實所有團員私底下就跟他們接受媒體訪問時是一樣的個性啊，伊森確實就像是網路上討論的，話一直都很少，所以相對地他一點點表情就很引人注意，當我彈完一段Solo，如果他點點頭，喔，那就是對我最大的肯定了，確實會讓我高興好一陣子，雖然我對他總是裝酷啦，你們懂的啦，當搖滾樂手……總是要酷酷的嘛，哈哈。」

「其實伊森有點像是樂團裡的老大哥，他一直看照著我們，但是他不太說什麼，也不會要求你什麼，就是有種莫名的安定感，就像他髮膠那樣地穩固啊，哈哈哈，咦，我以為會有人要問他髮膠是什麼牌子的說，哈哈，竟然都沒人問。」

「下一個問題，有人問，加入王者麥爾斯後有什麼改變嗎？除了更紅之外，有沒什麼包袱？」

「嗯，終於有個問題比較深入一點了，改變唷？對於主流媒體的商業操作……我覺得創作其實很孤獨，多少都想被人聽見吧，但是現在輕易可以被人聽見時，很多事情反而要屈服於商業，滿足了商業才有機會做實驗吧，像是王者麥爾斯〈擺盪人—致敬〉專輯並不是創作專輯，後來有了些成績後才能夠玩自己的創作，哈哈，講這些不是要酸塞凡公司啦，每個操作的背後都有其原因跟期待嘛。」

「包袱的話……但是我倒是還好，我在這頻道一直在彈我自己喜歡彈的，去幫王者麥爾斯彈吉他，他們也不會逼我彈什麼我不喜歡的，反而是多了些人一起討論合作，也讓我彈奏上多了很多新的想法，而我也剛好跟上他們首張創作專輯，也就是《諾亞方舟》，給我很多揮灑空間，另外，我還是戴著牛皮紙袋啊，我去超市買東西也不會有人跟我要簽名，我過得很自在啊。」

「下一個問題，麥爾斯有女朋友嗎？太好回答了，就我所知，沒有！」

「好啦，要回答完所有問題簡直是不可能任務，我大概把前幾名最受關注的問題都講完哩。」

「你們也應該早就知道我另一個身分是製琴師，我今天手上拿的這一把就是我自己亂搞的，我等下要去再亂搞幾把，你們就在底下留言吧，我隨機挑幾位送吉他，嗯，那就送五把吧！當作感謝大家的觀看。」

「最後，我當然沒忘記要把牛皮紙袋拿下來，看來我將來的日子會真的有變化了，在路上認出我的話，歡迎跟我打招呼，但是不要叫我跳什麼Chris Milk Shake就好，哈哈。」

「好，揭曉時刻來臨，我數到三，就把牛皮紙袋抽走。」

「一！二！三！」

「噠啦！」
克里斯把畫了孟克的吶喊圖樣的牛皮紙袋迅速抽走，結果紙袋裡面卻是戴著一具小丑的面具。
「哈哈，接下來進入到YouTuber最愛做的，業配主題。」
「史蒂芬・金（Stephen King）原著小說改編的電影——《牠》（It），已經上映了，請大家趕快去看，在底下留言的，我也隨機抽十五張電影票唷，還有外加這個小丑面具，哈哈。」
「其實這電影票是我自己買的，我是史蒂芬・金的粉絲啊，這是免費的業配，哈哈。」
「Yeah！今天直播到此，Peace Out，拜拜！」
克里斯開始瘋狂垂勾弦，速度快到不行，搖頭晃腦地甩動那戴著小丑面具的頭。
畫面逐漸放大，直到整個畫面都是小丑的臉，還有那明顯的紅鼻子，然後失焦……

52. Sad Pain｜麻痺

不修邊幅的麥爾斯，邋遢模樣似乎成了絕佳的隱身條件，從蘭帕諾離開後，麥爾斯就沒有再理會自己的容貌，也算刻意地不想被人認出來，所以鬍子越來越長，眼神越來越渙散。
不知道是蘭帕諾的佛瑞很有辦法，還是因為有錢能使鬼推磨，麥爾斯竟然連假護照都有，在機場甚至都沒有被海關人員認出來，或者是露出質疑的目光。

假護照上的照片，那個深邃眼神也沒有了，就如現在一樣渙散，而麥爾斯也有了新的名字：麥斯威爾（Maxwell）。

麥爾斯當時拿到新護照後心裡的第一個反應：『麥斯威爾？咖啡品牌？看這張臉確實需要點咖啡啊。』

他突然想起了以前幼年常喝咖啡，這個已經離他很遙遠的事，就這樣因為一個名字的聯想，而挖出了腦海中深層的記憶，麥爾斯小時候的埔里家中，總是會放一箱鋁箔包裝的「咖啡廣場」，每天讓他帶一罐去學校，而同學總會說，你天天喝咖啡，缺乏鈣質會長不高唷，那同學振振有詞的面容，似乎都浮現在腦海了。

這個飲料這個味道並不是搬到義大利後才消失，似乎脫離童年後，就離開了自己，突然之間，麥爾斯甚至冒出一股念頭懷疑，說不定就是自己小時候咖啡喝太多，所以那個醫生說的什麼勺狀軟骨形狀才會異於常人，自己才會有這個怪異的嗓音變化，說不定未來又有什麼變化？啞了？還是……

眼前的貨架上擺滿了咖啡產品，麥爾斯看著琳琅滿目的即溶包、濾掛式、膠囊咖啡、咖啡豆……，麥爾斯一手推著推車一手像是在感受什麼一般，一邊走一邊不斷觸摸滑過貨架上一盒一盒的咖啡，像是把手伸出車外去抓取流動空氣的模樣。

在這間澳洲連鎖的Coles超市，麥爾斯完全沒有採買的頭緒，只知道自己要來買食物及日用品，走了好久推車裡還是空空如也。

他苦笑了一下，想起了在美國巡迴的時光，下了巡迴巴士，大家到加油站的商店或是大型買場補充糧食，那樣地愉快那樣地時間緊迫，而現在他像是醉生夢死一樣，明天要幹什麼都不知道。

『那個男孩叫什麼？湯米？』麥爾斯想起了一個男孩的臉，那是當時在大賣場遇到的，當時的對話猶言在耳。

湯米：「你，你好像是電視裡面唱歌的人！」

麥爾斯：「嗯，我是電視裡面唱歌的人。」

湯米的母親，一位棕髮女人對著麥爾斯微笑：「湯米，不要打擾別人，這位大哥哥要走了，我們也要走了。」

湯米望著麥爾斯問道：「要走了？你要去哪裡？」

麥爾斯當時心裡想著：『是啊，我到底要去哪裡呢？』

忙碌巡迴演出的自己，好像不知道自己到底是要何去何從，但是與現在的自己相比，原來當時的忙碌才是有目標的。

麥爾斯覺得自己總是在失去，但是卻沒能好好珍惜自己早已擁有的，當時不管是否成名在望，不管是否取得成功，至少推車裡，麥爾斯可以拿個伊森愛吃的東西，可以看到馬里諾在賣場與米莎大聲吹噓，可以與一群人有著相同的前進方向，或許就是一個很好的目標，或許還能隨意在賣場裡買一副卡通太陽眼鏡給卡特，那些絕對可以預期的眾人反應與笑聲。

還有，還有一直有個愛尖叫的女生在身旁，一直照顧著大家，也照顧著自己。

突然之間，他好想聽到那個人的聲音。

一直逛到了超市旁的bottle shop，麥爾斯看著架上的瓶瓶罐罐，看到了波利塞的威士忌還故意別過頭去，雖然裝作沒看見，但是多少還是在心裡留下了點情緒，看著各式各樣的酒精飲品五顏六色地在陳列架上，此時他終於大概理解了馬里諾為何喜歡喝酒麻痺自己了，有些時候，人就是無法開心起來，買個酒精麻醉一下自己，雖然對人生於事無補，但是至少買到了一時的舒暢或醺甜。

麥爾斯想到喝完酒或許會帶來更深沉地沮喪，也可能傷害他那已經糟透的喉嚨，麥爾斯打消了本來想買幾瓶的念頭。

最後麥爾斯只在超市旁的店家買了一片Pizza果腹，還有張國際電話卡。

在街道邊的公用電話亭，即使努力清了喉嚨，聲音的嘶啞還是依舊，但是好像這麼做，就有種謹慎與誠懇的感覺，麥爾斯顯得非常猶豫，好幾次要把電話掛上又拿了起來。

電話撥通了。

「你好（Pronfo）。」電話那一端的男子用著純正的義大利腔調問好。

「……」麥爾斯並沒有出聲，內心滿是疑惑，好不容易提起的勇氣瞬間煙消雲散，馬上就把電話給掛上。

『男生？』這是他完全沒有預期的聲音，他原本以為當自己表明身分後，會聽到那熟悉的尖叫聲，也或者是疼惜的安慰聲，也或許自己根本不敢表明身分也無法表明，過去那特別的嗓音早已不復存在，但是掛上電話後又瞬間後悔了，他恨自己的衝動與多愁，或許再多有耐心幾秒鐘，多問個一句，他就能夠聽到他此刻最想聽到的聲音。

「隨便吧。」麥爾斯像是洩了氣的皮球，也像是賭氣，他決定要放縱自己此刻的感覺，他走回bottle shop，抱了一箱啤酒去結帳，用他那僅有的黑卡。

身為掃把星的自己，竟然有想要與過往聯繫的愚蠢想法，那又何必逃到南半球呢？麥爾斯搖搖頭。

抱著一箱Victoria Bitter的他，在荷伯特市區的街頭胡亂走著，在一個麵包店前的椅子上，麥爾斯默默地坐下來喝著啤酒，後來他聽到了些吉他聲。

朝聲音望去發現對街有個街頭藝人正抱著木吉他自彈自唱，街頭藝人是個留著長髮的男人，看起來造型就像是的Zakk Wylde（扎克・懷爾德），一身皮衣，鬍子不少於麥爾斯。男子非常陶醉在自己的演唱中，不時閉眼沉醉著。

麥爾斯一邊看一邊不斷把啤酒往嘴裡灌，其實他酒量並不好，平常就是一兩支的份量而已，不知不覺他已經喝完了一手，開始有了微醺的飄然。

對街的男子演唱了好幾首歌，有The Cranberries（小紅莓）的，也有Good Charlotte（狂野夏洛特）的，從AC/DC唱到Linkin Park（聯合公園），但是唱最多的就是Zakk Wylde在Black Label Society（烈酒公社）的音樂，可見這位老兄確實是Zakk的愛好者。

麥爾斯訝異這些搖滾的歌曲用木吉他來詮釋竟是這樣地特別，像是歌曲本來就是首慢歌，而完全沒有出現王者麥爾斯的歌，讓麥爾斯覺得真是來對地方了，南半球這個地方確實不著迷王者麥爾斯，讓他有種放心的感受，而這個念頭一出現，麥爾斯著實為自己現在成為一個普通人而感到踏實。

看到男子似乎要收攤了，開始收拾著東西，麥爾斯走過對街去，放了一瓶啤酒在男子身旁，男子見狀伸出拳頭與麥爾斯致意，麥爾斯便也擊拳碰了一下做回應。

「Zakk Wylde，你呢？」男子說道。

麥爾斯覺得很有趣，這位Zakk的愛好者竟然自稱Zakk Wylde，便也回了一句：「我是Ozzy Osbourne。」

「Ozzy？哈哈，謝謝你的啤酒。」

「不客氣，我有一箱。」麥爾斯稍稍舉起手上抱的那箱啤酒示意了一下。

麥爾斯發現對方並不在意自己發出的悲慘嗓音，離開前試探性多問了一句：「你聽過王者麥爾斯嗎？」

「從來沒聽過，那是嘻哈團體嗎？」

「他們是……搞笑團體，並不重要，下次見了。」麥爾斯滿意地轉身離開。

麥爾斯走了幾步之後，男子才回了一聲：「下次見啦，麥爾斯！」

麥爾斯回頭看，男子早已經消失在街道上。

麥爾斯在路上不斷咀嚼剛剛的對話，難道那個Zakk是真的Zakk Wylde？而他喊我名字，是覺得我長得像，還是他根本就認出來了？

天色黑暗了，走到一處偏僻公園，麥爾斯走得越來越吃力，甚至開始有點不穩，但是這種感覺卻意外讓他覺得舒服，走到公園裡的一角繼續消耗著箱內的啤酒，攝取更多酒精的他，覺得天旋地轉，在偌大的草坪上張大著手，胡亂跳舞。

這公園的廣闊對碉堡來說完全是極端的對照，這邊什麼都沒有，只有樹與草，但是空氣充滿著自由，麥爾斯享受著此刻的自由，像是指揮一般，眼前漸漸冷冽的空氣就是他的交響樂團，他胡亂揮舞著雙手，他望著漫天的星斗，麥爾斯覺得自己像是回到在美國的車屋公園，他恣意地在空氣中刷著弦，用他嘶啞的嗓音唱著熟悉的歌曲，彷彿兄弟們就在身邊，而艾瑪也投來肯定的目光。

喉嚨用力的結果，讓麥爾斯不斷地咳嗽，咳倒在地，手指緊抓著地上的草，咳得聲嘶力竭，咳到忘記時間。

試圖站起身來的麥爾斯，卻被突如其來的碰撞給打回地面。

肩膀一陣劇痛，麥爾斯勉強站了起來，眼前雖然模糊，但是慢慢地也能釐清了眼前的發生，還有傳入耳裡的嬉鬧聲。

一群澳洲原住民少年不斷追逐奔跑著，像是彼此追逐著，但是每每經過麥爾斯都故意用身體去碰撞，或者是直接用手推擠，好多笑聲環繞著麥爾斯。

麥爾斯被撞到不斷咳嗽，而身上疼痛不斷，他撐著身體揉著臉想看清楚眼前的一切，那張張稚嫩的黑皮膚在他眼前閃爍著，他伸出手試圖溝通：「嘿，你們要啤酒嗎？都拿去吧。」

麥爾斯身上的痛楚並未消失，反而更加強烈，麥爾斯攤開雙手，幾乎要投降。

而此時他身上突然有了暖流的感覺，他發現自己手臂在滲血，額頭也是，他也才明白這群孩子正拿著石頭不斷砸向自己。

聽著週遭戲鬧的笑聲，麥爾斯也笑了，邊咳邊笑，跪坐在地上後，他張大雙手徜徉著痛楚。現在的痛苦根本不算什麼，跟碉堡內的恐懼比起來根本不算什麼，跟失去親人的折磨比起來根本不算什麼，跟嗓音變啞的無力感比起來根本不算什麼，他此刻甚至希望自己乾脆就融入在這個公園裡，永遠不要醒來。

麥爾斯覺得血在自己皮膚表面上流動著好溫暖，自己也像是浦公英一樣，開始隨風拆解，散在空氣中，飄到了遠方……

「先生，先生，醒醒，你不可以睡在這裡！」

眼睛浮腫的麥爾斯，幾乎睜不開眼，他覺得自己像是戴上了浮腫的面具，而這張面具是這樣地擁擠與痠痛。

眼前是個警察，看到麥爾斯醒來後告誡了很多事情，麥爾斯一時之間有點消化不了，大概聽到了像是澳洲的戶外公共場合是不可以喝酒的，下次再看到將會重罰的，或是遣返出境，另外問到是否需要送他去醫院或是其他協助，麥爾斯擔心身分被識破，假護照、被狗仔發現、負面新聞、被抓回塞凡、被抓回碉堡，各種假想浮現腦海，麥爾斯趕緊裝模作樣地說自己沒事。

好不容易把警察打發走之後，麥爾斯也清醒了不少，除了身邊剩下幾個啤酒空瓶之外，黑卡已經被搶走了。

麥爾斯拖著疲憊又傷痛的身軀慢慢走回背包客棧。

失去了黑卡，好像與碉堡的聯繫便不復存在，麥爾斯竟覺得有點輕鬆，另外也慶幸自己已經付好背包客棧一週的房租，所以還有地方住，而他接下來生命最重要的事情就是想辦法讓失去金援的自己活下去，這一點竟然讓他興奮不已。

麥爾斯一路上盤算著，是該找份工作讓自己活下去了，而自己從路人投來的目光猜想，大概知道自己現在的樣子應該就像是一個流浪漢，王者麥爾斯的任何光環已經成功地在他身上消失了，想到這裡，麥爾斯笑了起來，笑得歇斯底里，接著又是無止盡的咳嗽，以及身上連帶觸發的痛楚。

麥爾斯覺得無比痛快。

53. From The Clouds｜白色的夢

『空氣中有著泥土的氣味……』這是給麥爾斯的第一個印象。

有著剛下過雨的潮濕，地面泥濘，麥爾斯覺得步伐好沉重，腳上的鞋子像是黏滿了泥塊，而褲管似乎也吸收了泥水，貼著小腿皮膚，冷冷的，十分難受。

他看到前方擠滿了人潮，喧囂聲與鼓聲陸續傳來，他伸直身軀向前探頭望去，一直不清楚發生了什麼事，前方像是有舞台，人潮一直往舞台方向走去，麥爾斯覺得腳步沈重，但是也跟著人潮隨波逐流地前進著，後來發現自己不只是努力拖行著腳步，而是拖行著全身，僵直的身軀，他覺得自己像是用意志力操控著木偶般的身軀，好像稍稍不注意，那傀儡的操控繩就會斷裂，他將會癱瘓在這泥濘裡，永遠爬不起來。

好不容易擠近了不少，已經再也擠不進去了，麥爾斯仰著頭往前望，舞台那一端都是白色的布幔，天空瞬間好像也是一片慘白。

他聽見了電吉他扭曲的聲音，那個聲音像是使用反饋音效製造出刺耳的噪音，一開始非常難以入耳，但是漸漸地，那聲響像是具有魔力，讓麥爾斯覺得身軀越來越輕，像是飄浮了起來，但是視線依舊很模糊，被眾多人推擠著，讓他知道自己還是站在原地。

在人群搖擺的一瞬間，麥爾斯好像在隙縫中看到了舞台上有一把白色的電吉他，那弦已經被推到緊縮在一起，那個力道與耳邊傳來的聲響相呼應，那黑色的手指在吉他指板上揉著，跳著，握著。推弦的聲音無限地向上拉高，高到一種近似尖叫的聲響，聲響越來越大聲，麥爾斯不禁摀住耳朵，但是那聲音越來越大聲，更扭曲成嘶啞，依舊傳進麥爾斯耳裡，麥爾斯頭痛欲裂。

嘶啞聲瞬間消失，麥爾斯從床上摔了下來，全身痠痛，他才意識到這是一場夢。

這個夢曾經出現過，麥爾斯記得，他曾經有段時間日復一日地夢到這一個白色的夢，現在，相同的場景，相同的氣味，但是這一次更加地清晰了。

他下意識地痛恨這一個夢，過去這一個夢出現時，都在他極度悲痛的情況下，但是現在內心有些部分卻是希望這個夢可以繼續下去，因為他總是看不清楚前方的白色，到底前面有的是什麼，這一個夢到底在表達什麼，為什麼在這麼久過後的今天又再度纏上自己。

不知道是怎麼辦到的，身軀疲累且痠痛，但是麥爾斯在渾渾噩噩間已經跟著一群人坐上了廂型車，來到了一個農場。

一貧如洗的麥爾斯此時覺得輕鬆無比，好像失去了一切之後，任何一絲一毫的擁有都是那麼地珍貴，此刻的他只要努力地專注一件事，就是活下去。

而這活下去的方法就寫在背包客棧裡的佈告欄上，那天回到背包客棧後，麥爾斯看到了佈告欄上貼著蘋果採收工作的招募訊息，而此刻的他穿著雨鞋戴著手套，身旁還有一個農場提供的梯子。

拖著梯子，踏著沈重的步伐，麥爾斯好不容易爬上了一個陡坡，自從第一次來到這裡開始觀察別人的動作之後，他已經學會蘋果採收的方法，他習慣把梯子與自己拖到偏僻的所在，默默一個人採著蘋果，減少與任何人有接觸或交談的機會，他總覺得少說話，他也可以少聽到自己難聽的聲音。

今天的那個夢一直在他腦海裡盤旋，雨鞋踩著泥巴的感覺，跟夢裡十分相近，他也聯想到了自己的嗓音就像是一把拾音器壞掉的電吉他，完全無法傳達正確的琴弦震動聲響，會認為是拾音器問題而非弦的問題，也代表他內心深處仍有一塊是認為自己唱歌沒有問題，只是暫時那個嗓子無法正確傳達而已。

為了賺錢養活自己，採蘋果的麥爾斯覺得十分踏實，那些親力親為的揮汗勞動而換取來的鈔票，讓他覺得簡單而實際。

不太需要思考的勞動工作，漸漸地每一個步驟演變成了機械式的本能反應，麥爾斯感到困擾的是，因為這些孤獨與安靜，讓他多了很多感受上的放大，像是他爬上梯子，就很難不去想到自己爬上直昇機時的那種感覺，腳下梯子如此穩固，但是偶爾他卻覺得自己就是「擺盪人」搖搖欲墜，在搖晃之間，好像就要墜入深谷，而把蘋果堆置在胸前的袋鼠袋時，又讓他憶起他在樂器行工作時搬貨的畫面，甚至想到自己與伊森一起搬運醉倒的馬里諾時，那種沉甸感，而當袋鼠袋堆滿時，那胸前的壓迫感則讓他想到地震的恐懼，被瓦礫困住的那種感覺，偶爾農場另一頭傳來某位女性的笑聲，他總想起艾瑪……

過往實在難以割捨，不想憶起的反而一直出現，但是努力回想的，卻開始顯得模糊。

他偶爾回想自己父母的模樣，卻覺得有點吃力，好像這些畫面開始被塵封，逐漸消散，他覺得很害怕，害怕忘記，便努力地去回想，但是越是用力，他越會遺忘，這些感受，每天陪著他日出日落，隨著一顆顆蘋果的採收，一次次感受著。

沒工作的週末，麥爾斯喜歡喝酒，就像是在公園醉倒那一晚一樣，隨著酒精的麻痺，有時候他覺得很放鬆而飄然，然後忘記自己嘶啞的嗓音而願意與人交談，而那些也微醺的人們似乎也會忘記曾經與眼前的男人交談過、狂歡過、憂愁過，其實背包客棧裡的旅人們人來人往，大家打工賺到錢後就移動到下一個地方，留下來的只有麥爾斯，還有他的憂鬱。

這些日子麥爾斯很常夢到那個相同場景的夢，那個白色的舞台，白色的電吉他，那個泥濘的土地，那個空氣裡的味道，那個電吉他扭曲的聲音。

直到有一個週末，麥爾斯睡到快中午醒來，第一個直覺是要去買醉，好讓他繼續回到那個泥濘的環境，他一直無法清楚看到白色舞台上的面貌，那一直是他心中的問號。

但是走出房門他就聞到了一陣香氣，他害怕遺忘的面容竟然因為這股香氣而清楚了起來，他想起了母親的臉，非常地清晰，好像往廚房走去他就可以看到自己的母親，而母親正在做著料理，他熟悉的味道。

當然母親不可能再出現了，麥爾斯看到眼前的女人，跟自己母親的模樣不同，但是卻有著相同的表情，台灣母親的獨特表情，假如母親還活著，應該也是這個年紀了吧？

「好香啊，是羅宋湯嗎？」麥爾斯緩緩開口，發出那至今都無法習慣的沙啞聲音。眼前的女子露出驚訝的面容：「啊，想到了，鬍鬚張啦，好像鬍鬚張魯肉飯那個……」

「魯肉飯？不是啊，這應該是羅宋湯的味道吧？」麥爾斯覺得對方的口音親切極了，幾乎像是自己母親的口音。

「我是說你長得很像鬍鬚張魯肉飯的那個圖案啦。」女人笑出聲，表情和藹而美麗，好像有陽光照耀著一樣。

麥爾斯突然覺得很溫暖，重拾了遺忘很久了的一種感覺，很久沒有這樣開心了，開心到想唱歌，即使嗓子壞掉都想唱的那種喜悅感。

那一天，麥爾斯說了好多的話，好像把之前沒說的全給補齊了一樣，那一夜，那個反覆出現的夢也有了新的進度。

腳下依舊是泥濘而使步伐沉重，而麥爾斯似乎離舞台更近了一些。

天空越來越亮，像是舞台布幔一樣的白，電吉他扭曲的聲音反覆出現，刺耳的噪音漸漸柔順，麥爾斯沉重的身軀也隨旋律越來越輕，像是飄浮了起來。

舞台上的身影晃動，那是嬉皮的造型嗎？那個人影的形象讓麥爾斯用力猜想著，麥爾斯伸長著脖子想要看得更清楚，但是人潮中太多人高舉著雙手，還有人揮旗吶喊，光線也越來越亮，幾乎讓他感到刺眼。

終於他看到了那個舞台上的人，頭上戴著紅色的布條，像是革命鬥士一般揮舞著上身，在台上揉著白色電吉他，聲響迷幻而動人。

那個身影好像似曾相似，但是週遭的環境確實從未見過，麥爾斯覺得自己在夢境中像是超越了時空，這個地方很像在某個電影畫面裡看過，但是又這麼的陌生，怎麼想都又想不起來。扭曲的吉他聲響持續在腦中盤旋著。

54. Resonance｜共鳴

漂泊時，總覺得時間是靜止的，好像沒有在前進，不，其實不只是在前進，更像是無限延伸的，時間是可以盡情消耗浪費的東西。

蘇蘇沒想到這一天這麼快會來到，她還沒有心理準備，說是沒準備，並非是沒預料即將結束的旅程，而是不知道該怎麼面對，結束旅程後的人生，那個沒有倩倩的人生。

現在至少每個步伐都跟倩倩有關，每個方向都是向著倩倩，每個島嶼都是倩倩挑選的，每個地方都跟日記本有所呼應。

旅途顛簸了多久，蘇蘇根本沒去注意，現在是何年何月何日都可以忽略，唯獨還掌握著一天的作息時間，時間到了就該煮飯做菜，就該好好吃飯，這是蘇蘇一直堅持的事情，畢竟自己總是要求女兒要好好吃飯、按時吃飯，自己沒做到，就像是一個失職的媽媽了，她的人生可以滿是遺憾，但是作為一個母親，是她最引以為傲的，那是她付出最多愛的一件事情，永不止息的事情，即使愛隨著洋流飄走，被席捲而來的海浪不停稀釋，她仍從未停止付出愛。

發現自己原來已經忽略今夕是何日這件事，是在報名潛水課程的時候，當櫃檯人員向她說明課程的日期是哪一天開始時，除了驚訝自己在澳洲待了這麼久的時間，更提醒了自己，複製倩倩的跳島行動已經到了尾聲。

前一個弗雷沙島旅程好像才是不久前，身在大堡礁的她，竟然已經走到了這一步。

聽完了說明，領著潛水報名表在一旁座位開始填寫時，蘇蘇特別還把日記本從包包拿了出來，動作十分謹慎緩慢，像是一不小心日記本就會疼痛似的。

她緩緩翻開地圖那一頁，看著那些紅色的圈圈，細數地圖上每一個島嶼，心理百感交集，除了想到倩倩再也無法跳往下一個島嶼去看下一個景色的遺憾之外，自己竟然也走遍了這些紅色圓圈，一股成就感也隨之而來。

「麻，你知道麥克阿瑟的『跳島戰術』嗎？」

倩倩的聲音彷彿才在昨天聽到。

「我知道啊，我也追著你跳完了呢，麻麻也跳完了呢，麻麻也跳完了呢，麻麻有沒有很厲害？是倩倩帶著麻麻玩了好長一趟旅行呢，麻麻有沒有很厲害？」蘇蘇在心裡不斷地默念著。

觸摸著日記本，蘇蘇想起了前些日子的對話，好像自己在告誡對方些什麼，但是反而收穫最多的是自己，那場獨特的相遇。

蘇蘇覺得，在塔斯馬尼亞遇到麥爾斯說不定就是倩倩的安排，古靈精怪的倩倩果然找了一個外國人臉孔，但是靈魂卻是台灣人的男孩來戲弄自己，這也難怪日記本上，塔斯馬尼亞這座心型島嶼被倩倩打了一個好大的星星。

可能就是因為這樣認為，蘇蘇像是遇到熟悉的家人一樣，蘇蘇面對麥爾斯時感到十分自在，兩人像是許久未見而重逢的母子，毫無保留地侃侃而談。

那個時候，日復一日，大部分時間蘇蘇都會在廚房遇到麥爾斯，每一天這一個孩子早上出去採蘋果，蘇蘇就會去買菜或是在荷伯特市區閒逛，每次到了傍晚彼此都會很有默契地在廚房集合，像是連載小說一樣更新進度，交換彼此的意見，也訴說彼此的故事，像是沉澱，也像是藉由對方來向自我對話，似乎言詞也不擔心尖銳而觸碰到對方什麼地雷，能輕鬆地暢所欲言。

蘇蘇總覺得這個聲音蒼老的年輕人說的故事很誇張，但是不想當面戳破他，她羨慕他有著這麼豐富的想像力，即便有著這樣糟糕的聲音，仍有著曾經天籟的故事，還說什麼這世上有著碉堡這樣的祕密基地，不管那些誇張的陰謀是真的還是假的，這孩子的眼神一直都很誠懇，而且憂鬱得令人心疼，所以她願意聆聽，也樂於訴說。

「那麼，追隨女兒的步伐時你有體會到女兒的感覺嗎？」

「嗯……一直都有，但是越到後面，我反而越來越少去體會或猜想女兒的感受，隨之而來的，竟然是我自己冒險過程中的體會，這麼想有時候會覺得很愧疚，到頭來我好像不是為了女兒，而是為了自己而前進。」

「或許，你女兒就是這麼希望的啊，就像是你說的，這日記本就是你女兒為你準備的指引啊，你要自己好好去體會這些旅程。」

「嗯，我打算下週就去弗雷沙島。」

「那是『跳島行動』的最後一個島嗎？」

「大堡礁才是，倩倩說大堡礁是水裡的島，那一個才是最後一個，我想是吧，有沒有下一個，我永遠也不知道了，那你呢，你下一個島是哪裡？」

「我想我會在這邊採蘋果直到終老吧。」

「哼，是嗎？我不覺得耶，你不是說你以前一開口唱歌就贏得了全世界的心嗎？」

「嗯，大概是這樣子沒錯，那是一個意外，完全無法預料。」

「那你現在這樣夭壽的聲音也是意外？」

「嗯，可以說是意外沒錯，但是我比較傾向說那是『無奈』。」

「假如說倩倩是我的導遊，那你想，你父母算是你的導遊嗎？」

「我想是吧，是他們讓我認識了一切，還有音樂，我的第一把吉他是我媽媽送給我的，我想那吉他就是我的指引吧。」

「所以吉他指引你來這邊採蘋果？」

「不，吉他讓我認識了自己，讓我開始開口唱歌，也讓我認識了朋友，也讓我學會怎麼表達自己。」

「沒有繼續追逐自己的夢，這樣滿遺憾的吧，像是我雖然不能繼續在飯店餐廳工作，但是至少我每天還是都有煮好吃的料理啊，沒有為別人，自己吃都開心。」

「所以我也有繼續彈吉他唱歌啊，我不是唱給你聽了？」

「夭壽歹聽，你還是採蘋果就好。」

「哈哈哈哈！」

「好啦，雖然我這樣講你，但是其實我也有很多遺憾，我為了家庭而放棄本來喜歡的工作，確實會遺憾，但是我不後悔，想到我女兒，我都覺得很值得。」
「你知道嗎？到澳洲以來我都用假名字過生活，你是第一個在澳洲知道我是麥爾斯的人耶。」
「哼，你也是第一個一開始就知道我女兒情況的陌生人啊，連那個之前跟我很要好的優子，我都是後來才告訴她的。」
「你願意一開始就跟我說，是不是因為你終於承認倩倩已經離開的這個事實了，隨著旅程而釋懷，或者是……接受了？」
「其實我早就接受了，只是我以為輕易說出來會很痛苦，或是擔心別人因此說那些安慰的話語，安慰確實會讓我感到困擾，但是，我發現說不說都一樣困擾，像是一顆蛀牙，不管你刷不刷牙，它都已經蛀牙了……說我，那你呢？你躲在這邊就是逃避啦，還用什麼假名字，你以為你是特務嗎？電影看太多，你不一定要唱到贏得全世界的心，你只要唱給自己聽，就像是你為了喝一碗羅宋湯而唱一樣。」
「是逃避嗎？也許吧，說真的，以前玩樂團時做音樂都很希望別人能聽見，越多人聽到越好，現在光是唱給自己聽都很有挑戰了，我只是覺得，我會帶給朋友們厄運，不只是朋友，整個唱片公司都是，所有與我有關的人都受到影響，或許我父母也是，所以……」
「你覺得？那你也得問問他們啊，他們或許不覺得啊？你自作主張做了決定，不是很自私嗎？」
「那假如他們不覺得，但是實際上確實是我害了他們，我一定無法原諒自己。」
「我倒是覺得你一樣可以自私地作決定啊，你要怎樣沒人可以攔你，但是好歹你要講清楚，然後自己再盡情地任性，躲起來這樣很不好，假如倩倩騙我……其實她到底是不是騙了我，我也不知道，她的男朋友其實是女朋友，這樣說也不知道對不對，唉，如果她一開始就跟我說，我還真的不知道我會怎樣反應……」

「那假如你有天愛上了一個男人，你覺得你女兒會支持嗎？」

「我想……她應該會支持啊，因為她知道我受過的苦，應該是說，女兒了解我的遺憾，她應該會希望我過得幸福，其實她曾經有鼓勵過我找第二春呢。」

「那就對了啊，你會希望她支持你，就像她也會希望妳支持她啊，所以不管她愛男生還是女生，她快樂就好，你支持她快樂吧？」

「也許吧，但是傳統的觀念，一時之間我還無法釐清頭緒，但是我確實希望她過得快樂，只是我無法體會，愛上同性是什麼感覺。」

「所以你女兒可能也是了解你傳統的想法，知道你無法一時之間釋懷，所以一開始瞞著不講，等到時機成熟後再慢慢讓你知道。」

「那你瞞著大家都不回去，關心你的人一定也會擔心啊，擔心是最痛苦的，你知道嗎？」

「所以我該給他們報個平安？」

「當然啦，你要採蘋果採幾年都隨便你，你都不說，還敢說你是他們的兄弟？」

「嗯……」

「還嗯，這什麼年代了，那誒安內，連手機仔都沒有，你不是採蘋果賺到錢了，明天就去辦一支手機吧，不然我以後怎麼跟你聯絡？」

「但是我有跟你說過，這背後有很大的陰謀，我曝光了之後可能會有危險，你跟我保持聯絡，可能也會有危險唷。」

「是你有危險還是他們有危險？你現在歌聲這麼糟，沒有利用價值了啦，安啦，有夠安全的。」

「哈哈，我還真的說不贏你耶。」

「廢話，你不只說不贏我，我隨便唱兩句也都比你好聽多了，哈哈哈。」

「哈哈哈哈。」

「你這年輕人，好像比我這老人還要頑固，你有聽過一句話嗎？人不是因為老了才頑固，是因為頑固才變老的，你現在這樣老很快唷。」

「好嘛，那我之後有手機，我一定會給你我的號碼，這樣你想聽我唱歌時，隨時可以打給我。」

「我才不想聽你唱歌，但是我會跟你聯絡，畢竟你是倩倩派來跟我說話的。」

「咦？你女兒派我來？什麼意思？」

「沒有意思，派你來喝湯的啦，你趕快把麵吃完，都要糊掉了。」

蘇蘇感到很奇妙，麥爾斯確實輕易地讓她打開了心房，也幫她釐清了頭緒，而此刻蘇蘇也覺得對優子與王寒，甚至是一路上遇到所有的朋友感到抱歉，因為她總會掛念著麥爾斯，而不是他們，就像一個偏心的長輩。

報名表格寫到了一個欄位，是關於保險的，幾個英文單字就讓蘇蘇的心輕易地隱隱作痛，了無牽掛的人哪裡需要保險，而她卻還在享用著倩倩留給她的保險金，更痛苦的是，即便帶著痛楚或不捨，她卻哭不出來。

她多麼希望，可以大哭一場。

對於旅程越來越得心應手，與人相處越處之泰然，她反而越不能原諒自己，而這些折騰，她甘願承受這些罪惡的累積，當作懲罰自己的方式，然後繼續呼吸下去。

她多麼希望，可以大哭一場。

她不禁這麼想，難道麥爾斯的嗓子是因為太過悲傷而哭啞的？這一個也失去所愛的可憐孩子，還這樣自我放逐，她感到不捨，從眼神裡，她感覺得到這孩子靈魂深處有著巨大的痛楚，另一方面她感到羨慕，即使哭啞了，只要能夠哭，有時也是種恩賜。

她多麼希望，可以大哭一場，一次也好。

55. Interview V｜五號訪談

鏡頭慢慢推向一位穿著白色牛津襯衫的型男身上，畫面逐漸放大，這是有著義大利傑米・奧利佛（Jamie Oliver）外號的型男主廚貝爾，他露出招牌的笑容，酒窩迷人，牙齒白得發亮，白色襯衫像是小了一號，好像稍稍手臂用點力，襯衫就會被撐破一樣，衣服完全遮不住他那健美的身材。

自從貝爾在網路上實驗性地發佈了一部他只穿一件內褲做菜的影片，那三角褲包覆一大包的視覺衝擊，像健美先生的結實身材，還有燦爛的白齒笑容，瞬間引起了網路上討論的熱潮，更有YouTuber到街頭實際訪問民眾，大多女性民眾看完影片完全無法回答到底貝爾做了什麼菜，只記得他的健壯身材，尤其是那一大包。

看過這樣的街訪影片，貝爾發現自己努力烹飪的細節完全因為自己身材而被忽略，當時他在訪問鏡頭前伸出了對準鏡頭的手指說了一句「Are you serious?我可是非常認真在做菜啊！」

很快地貝爾近期成為媒體寵兒，並且獲得了經紀合約，在更多資源的挹注下開始主持網路節目《Bear is serious！──貝爾的認真廚房》。

「歡迎來到貝爾的認真廚房，Bear is serious！我是最認真的貝爾，今天我們邀請來的來賓，你們可能會問：『真的嗎？你是認真的嗎？』但是我們就要讓你們知道，這位仁兄比你想像中的還要認真，我們歡迎，王者麥爾斯的──馬里諾！」

「嘿，網路上的觀眾你們好，我是馬里諾。」

「不免俗地，還請你對著鏡頭說出我們節目的招牌名句吧。」

「OK，馬里諾 is……serious！」馬里諾表情僵硬而靦腆，好像做錯什麼事一樣，但是手指仍然俏皮地往鏡頭指，模仿貝爾的招牌動作。

「哈哈哈，很好，很好的開始。」貝爾笑容總是迷人：「我們知道，最近你常常上新聞版面，大多是……有關……桃色糾紛，或者是……在哪個酒吧裡跟人爭風吃醋……總之，你們也知道媒體總是比較誇張，但是我們其實也是托現今媒體的功勞而有了更多的機會，像是我本身就是靠網路影片而有了主持這節目的契機，我相信王者麥爾斯也是，那網路上瘋傳直昇機擺盪人的姿態，還有你們讓人如癡如醉的演唱畫面……馬里諾，說說你對這網路爆紅、媒體炒作有什麼感想？」

「嗯……是的，網路的資訊真的是非常地快速又發達，我們也可以很快速地知道大家真實的想法，尤其是網路上可以有匿名發表的言論……你懂的……」馬里諾用著他濃厚的西西里口音慢慢地講述，顯得十分誠懇：「我常常可以看到網友對我的評論。」

「你是說關於負面的評論嗎？」

「嘿，幾乎是一面倒的負面評論啊，要找到正面的評論還蠻難的？」

「你是說關於王者麥爾斯的負面評論？」

「喔不，王者麥爾斯整體評價都不錯，主要只有我這麼淒慘，我不知道為什麼，你知道的，克里斯本來就在網路上有了知名度，伊森一直很酷啊，你看他那顆頭，不酷都不行了，麥爾斯更不用說，他一開口就征服一切了，我想相對的，我只是一個又矮又肥的胖子，而且還是容易被忽略的貝斯手。」馬里諾口氣稍稍有點激動了起來。

「不過這也是這次單獨邀請你上節目的一大原因啊，我們要用你不為人知的完美廚藝來為你平反，讓大家知道馬里諾 is serious！」貝爾露出潔白的牙齒。

「我希望可以囉。」

「好的，那我們就來開始今天的烹飪教室，你今天帶來的認真菜色是？」

「西班牙海鮮燉飯。」

「喔，我還以為你會為我們準備道地的西西里料理呢？」

「其實很多人說，真正好吃的西班牙海鮮燉飯不是在西班牙吃到的，而是在葡萄牙，很多人這麼說。」

「真的嗎？」

「假的啊，其實是在義大利！」

「哈哈哈？為什麼，我在義大利倒是沒聽過。」

「就在這裡啊，現在，貝爾的認真廚房，我會做出最好吃的西班牙海鮮燉飯，甚至可以改名為『馬里諾海鮮燉飯』，這道菜也是Mr. M的招牌菜。」馬里諾說到食物便有著異常的自信。

「哈哈，我們拭目以待，現在我們看到現場材料都已經準備好了，為了平反你其實是最認真的，一如往常，我們會在每一個食材加入的間隔中讓你抽一下旁邊的紙條來念一下，那是網友們最毒辣的評論，然後你可以選擇默默接受、解釋或者是反擊，好嗎？馬里諾，那我們開始第一個食材。」

馬里諾圍上圍裙後一邊熟練地動作一邊解說：「首先是雞肉，熱鍋之後放幾塊雞腿肉，像這樣皮先朝下煎一下。」

「喔，看你的動作，感覺常常在做菜唷。」

「嘿，我以前很窮啊，不會自己煮就完蛋了，為了省錢啊。」

「那現在還需要自己煮嗎？王者麥爾斯這麼地成功。」

「是比較少了，巡迴的時候，工作的時候，塞凡公司會為我們張羅。」

「那你把妹的時候，會在意女生是否會做菜嗎？」

「嘿，貝爾你想挖坑給我跳啊，對對對，我在酒吧跟人打架就是在吵眼前的美女會不會做菜這件事，有這麼瞎嗎？哈哈，好了，像這樣，煎到肉快熟，有點金黃色就拿出來備用。」馬里諾俐落地把肉刷進一旁的盤子上。

「厲害，看來你真的很認真，是有備而來的，我不是在害你，我是給你機會解釋啊，這是認真廚房的節目宗旨啊，等等，在你弄那些蝦之前，先抽張紙條吧，看看網友想罵你什麼。」

「嘿，我手濕濕的，貝爾幫我抽這張。」馬里諾手抓著蝦，乾脆用用蝦頭指向著一張纏繞成滾筒狀的紙棍。

「好，我們看看這隻蝦選了什麼，我攤開紙條給你看，你自己唸出來吧。」

「嗯……這個網友說：『Mr. M為什麼東西這麼貴，到底是賣名氣還是賣食物？我天天去店裡消費整整一週了，為何總是看到那胖子，麥爾斯到底會不會來？如果只有馬里諾，那價格應該要降低才對。』

「喔，第一張就這麼殺，如果只有馬里諾，那價格應該要降低才對，如何？你怎麼看，接受？解釋？還是反擊？」

馬里諾緊盯著鏡頭：「呼，當然要反擊，這位網友，你是用眼睛吃東西還是用嘴巴吃東西？假如麥爾斯會來店裡當你的服務生為你端菜，那你看到的價目表絕對不會是這樣的，而且說實在我兄弟麥爾斯他真的在音樂造詣上非常地天才，他總是有很多地嘗試或是想法，所以如果各位花了大錢為了聽他唱歌彈吉他，絕對很值得啊，但是，我得老實說，我們整團之中，我的廚藝最好了，要是你在Mr. M看到我，而且看我常跑廚房，那恭喜你，你絕對賺到了。」

「其實我看你今天使用廚具的動作就可以看出來，你確實有兩下子，不過你說的反擊，我倒覺得像是解釋，確實滿有道理的。」

「這樣好了，我改選擇接受，不只是這位網友，太多人了，連媒體也質疑過Mr. M到底股東有誰啊，或是價位到底貴在哪？說要支持年輕樂團到底是怎麼樣？吧啦吧啦，一堆問題，這樣好了，從明天起Mr. M開始打折，大家明天會看到全新的菜單，價目表絕對合理，另外你只要在店裡看到我，找我簽名或是拍照，你那一頓餐就讓我招待吧，如何？馬里諾招待，不是麥爾斯招待，不是伊森招待，不是克里斯招待，是馬里諾招待。」

「哈哈，各位觀眾，這真是太棒了。」貝爾拍拍馬里諾肩膀，力道十足：「我下次去Mr. M我一定先打給你，確定你在場。」

「好，接下來是蝦子，同一個鍋子，放一點點油，放上蝦子，再放一點白酒去腥味。」馬里諾把鍋蓋覆上，並仔細透過透明鍋蓋觀察鍋內狀態：「等看到蝦子捲曲後就可以先拿起來了。」

「剛剛鍋子就已經熱過了，看來蝦子的部分很快就好了，我們來抽下一張吧，馬里諾。」

「好，等一下，蕃紅花先拿一點泡個水，這個對燉飯除了有上色效果，味道也會很好，不易取得時，用紅椒粉、薑黃粉也可以，我之前很窮的時候還試過咖哩粉。」

「蕃紅花確實比較昂貴，不過用咖喱粉我倒是第一次聽，馬里諾果然比我們想像的還要認真啊，我們接著唸下一個網友評論吧。」

「好，下一位網友說：『馬里諾彈的貝斯其實技術非常高超，尤其在五弦貝斯上，那聲音的層次感與律動感十足……』」

「等等，你確定這是節目提供的紙條嗎？」貝爾一臉茫然，但是仍保持著迷人的酒窩笑意。

「哈哈，當然是我亂念的啊，說實在我的貝斯跟我的廚藝一樣好，我想網友們可能不覺得啦，但是稍微懂貝斯的人會認同的，你仔細去聽我彈的，聽我在王者麥爾斯歌曲裡貝斯的編排，用耳朵聽，而不要去看我肥肥的肚子——」

「等等，你沒照念就開始解釋了嗎？哈哈，怎麼了，這一個紙條有這麼犀利嗎？」

「這一個，我想王者麥爾斯其他人也都不會認同的，好吧，我唸出來，這一個網友說：『披頭四絕對不可以沒有保羅・麥卡尼（Paul McCartney），但是王者麥爾斯這個團要是沒有馬里諾也還是會是王者麥爾斯。』砰！」馬里諾手拿著一隻蝦故意做出朝自己腦袋開槍的動作椰榆著。

「喔，這一個說法確實滿狠的，所以你剛剛已經解釋過了，希望大家去仔細聽歌曲裡面的貝斯編排，還有要補充解釋？反擊的嗎？」

「其實也沒什麼好解釋的，要我接受也可以，沒有我可能真的沒差吧……」馬里諾突然語氣沉了下去。

貝爾被突如其來的低沉也顯得很尷尬：「你也知道網友總是很狠的，也有人曾在網路上打賭說，我之前那爆紅的影片，那內褲的一大包一定是有塞東西進去，所以實際上不可能這麼大，哈哈……」貝爾努力笑著想要緩和氣氛，但是發現馬里諾無動於衷。

「Fuck，其實我來這節目，也不是為了要扭轉我什麼形象的。」馬里諾搖搖頭。

貝爾發現不對勁仍想繼續緩和氣氛：「嗯……不過你知道的，有時候越多人討厭你，表示你成功了，畢竟沒沒無聞的人根本沒機會被人討厭，所以另一方面也可以解讀為，越多人討厭你，相對的也是因為有更多人喜歡你啊……」

「其實我上節目說這些，不是想對大家說什麼，貝爾我可以先停下來嗎？我是指海鮮燉飯。」

貝爾點點頭：「當然。」

馬里諾誠懇地望向鏡頭，眼眶紅紅：「嘿，Man，我現在其實只希望有一個人可以看得到這節目，要是他看得到就好了，可以給我一點時間嗎？」

「你是說錄影暫停還是海鮮燉飯……？」

「我是指讓我透過節目對他說些話，而且不准剪掉。」

「當然可以，你儘管說吧，去他的海鮮燉飯，我答應你這一段絕對不剪掉。」

「對，去他的海鮮燉飯，重點一直都不是海鮮燉飯，而是我要表達的訊息。」馬里諾像是快要哭出來的模樣，努力深著呼吸，然後堅定地開口：「Man，我的兄弟麥爾斯，我不太想管什麼Mr. M賺不賺錢了，我也不管那些負面新聞說我什麼了，我也不想管公司說的什麼保密條款還是什麼狗屎『名人堂計畫』，我現在只想要你回來，麥爾斯，你聽得到嗎？無論你在哪裡，我們只希望你回來，我希望你回來，就像過去的舊時光，一起隨便玩玩樂團都好，不用管什麼商業的狗屁考量，我只希望你回來就好，就這樣。」

馬里諾與貝爾握了手說了聲抱歉，然後自己拆下領口上的微型麥克風，並把身上的圍裙給扯下來放在桌上，他探頭看著剛剛烹飪的雞肉與蝦嘆了口氣了並哽咽了起來，接著便搖著頭走離攝影棚。留在原地的貝爾似乎深受感動，目光泛紅地對著鏡頭點著頭：「馬里諾 is serious！」

節目內容雖然被塞凡公司嚴厲提出了刪減或是禁播的要求，但是這網路頻道為了難得的炒作爆點而硬是播送了出去。

這個播出內容一開始並沒有獲得廣大的點閱率，但是隨即被幾個YouTuber拿來當題材另外拍攝了模仿的搞怪影片，反而大受歡迎，接著更多的網路紅人陸續拍攝了類似的烹飪教學影片，並且都會改編馬里諾當時的用詞與動作，就這樣馬里諾在貝爾節目裡的話題開始發酵，變成了一種潮流，讓原本的節目內容在網路上病毒式地傳播開來。

「馬里諾的呼喚」、「馬里諾在貝爾的認真廚房」、「麥爾斯失蹤」、「名人堂計畫」、「西班牙海鮮燉飯」等等，成為了當月各個媒體甚至是搜尋網站的熱門關鍵字，而「我現在只想要你回來」這句話也變成了流行用語，甚至成為知名BL論壇的網站最新標語，引起熱烈話題。

馬里諾真性情的流露以及做菜時的自然表達讓他難得獲得了網路上正面的評價，更有網友自製了商品在e-bay上熱賣，推出了「馬里諾的呼喚」馬克杯以及胸針，上頭有著馬里諾眼眶泛紅的漫畫圖樣，模樣十分逗趣。

馬里諾在節目裡引發的話題在全球各媒體間不斷地被熱議，但是塞凡公司一直拒絕說明或澄清，記者走訪Mr. M時，餐廳員工說明已經很多天沒看到馬里諾了，外界傳聞麥爾斯失蹤的消息越演越烈，各式揣測都有，但是一直沒有任何可靠的消息能夠證實這些傳聞，而外界也傳言馬里諾在脫序的言論後被塞凡公司冰凍了起來，完全無法聯繫到。

56. In Between｜咀嚼

麥爾斯一如往常地早起，跳上接駁車，然後跟著一群背包客前往農場，今天他意外地發現，原來採蘋果的工作在每個農場風格不同，這次換到的農場竟然僅採用團體式的，三到四個人一組進攻同一棵樹，然後把蘋果收集在同一個大籃子裡。

這樣的工作模式他無法像過往那樣獨自孤僻，但是自從認識了蘇蘇後，他覺得自己心門似乎打開了些，也比較願意與人接觸了。

一開始麥爾斯有點困擾，有人一邊採收一邊哼著王者麥爾斯的歌曲，唱得五音不全，但是麥爾斯自覺現在自己的聲音一定會唱得更慘，而旁人一些閒雜的對話，也讓他的思緒飄忽不定。

一個褐髮青年，動作熟練得像是做這個工作已經很久了，麥爾斯甚至覺得他說話的口氣像是這農場的主人，他不時的會提醒著大家：「哈囉，各位，記得紅到這種程度的才能採，不然不夠成熟，另外被蟲蛀爛的就直接丟掉啊。」

麥爾斯盯著樹上的蘋果，心裡想，藏在樹葉叢裡還沒成熟的蘋果若是水泥球，那麼王者麥爾斯就是放在籃上等人待價而沽的紅蘋果，紅到令人討喜，將被貼上標籤，成為一個商品，而現在的自己，應該就是剛剛提到那種直接可以丟掉的爛蘋果。

假如自己就像蟲蛀爛的蘋果，無法成為商品，等於也獲得了自由，那麼似乎也獲得了腐爛的權利。

想到腐爛，麥爾斯今天覺得自己就像是拖著腐朽的身體，可能昨夜酒喝多了，現在偏著頭痛，手臂肌肉也痠痛，難不成是快要感冒了？昨天蘇蘇一語成真？麥爾斯想起昨夜，也想起了自從蘇蘇出現後，那些在背包客棧廚房裡的心靈對談。

「少年耶，你這樣一直喝冰啤酒，不怕感冒唷？天氣開始變涼了說。」蘇蘇說話總是有著媽媽擔心孩子的口吻，而麥爾斯總喜歡蘇蘇從不叫他的名字，而是輕鬆地亂喊著。

「但是，喝著酒，會有種微醺的感覺，讓我覺得很放鬆。」麥爾斯總覺得要是母親還在世，應該也會這樣叮嚀吧，或者是直接罵一頓也不錯。

「這麼需要放鬆，是因為採蘋果很累，還是說你一直過著充滿壓力又緊張的日子？」

「不會累，也不緊張，只是想稍微逃避現實吧，我想。」

「但是我總覺得，你繼續這樣喝下去，夭壽，你的沙啞應該不會好唷。」

「本來就不會好了吧。」

「嗓子不會好，那你的心會好起來嗎？」

「我想我的心損壞得比嗓子還嚴重耶，那我用同樣的問題問你呢？蘇蘇，你的心，你覺得有好起來嗎？」

「我是不確定啦，但是至少我朝著『可能』會好起來的方向前進，至少這個旅程是這樣，但是到最後會如何我不知道，至少到目前為止……感覺是有改善啦。」蘇蘇眼睛望向天花板，似乎很認真地在感受自己的感覺：「嗯，有改善唷，我第一次到澳洲時多傷心啊，傷心到，我連哭都哭不出來。」

「哭不出來？那是什麼感覺？」

「徹底絕望吧，我也不知道怎麼形容，但是你絕對不會希望自己哭不出來的。」

「真的很難想像，因為我很愛哭，曾經哭到嗓子都變了。」

「那很好啊，我羨慕你愛哭。」

「那你說改善了，表示你現在會哭了嗎？」

「也不是，只是這趟旅程改變我了，我好像比較願意好好吃飯好好睡覺了，我會照顧自己，讓倩倩放心。」

麥爾斯點點頭，若有所思，心裡覺得眼前的這位媽媽真的很努力，而自己似乎只會逃避。

「你唷……」像是猜中麥爾斯在想什麼，蘇蘇語重心長地說：「那，你想想那些關心你的人，你現在有照顧好自己，不讓他們擔心嗎？」

「沒有，我想我辜負了他們……」

「如果說，你真的像你之前說的那樣，那麼紅，紅到全世界都瘋狂了，那你覺得你這麼有影響力嗎？」

「我想有吧，現在打開電視或網路可能都還在討論著我們的團，不過澳洲可能比較不會，這是我來這邊的最大原因……」

「哼，少年耶，你真的很幽默耶，像你這樣臭屁的自嘲方式，我都快相信了……，那……好啦，既然曾經這麼紅，紅到喊水會結凍，那會為何不繼續發揮你的影響力呢？」

「我就是覺得我的影響力是負面的，會害到那些關心我的人。」

「那就要看你說的影響力是什麼了，照顧好自己，不讓別人擔心，你不覺得也是一種很厲害的影響力嗎？」

麥爾斯覺得對方說得很有道理，完全無法反駁，只好默默拿起酒瓶，往自己嘴裡灌入些啤酒。

「我覺得你現在就是有心魔啦，你自己過不去你自己那一關，對吧？」

「嗯……」麥爾斯點點頭。

「不然你自己好好分析一下，假如你真的像你說的這麼帶衰，你回去繼續搞樂團的話，最嚴重會發生什麼事？你會真的害到你在乎的人到什麼程度？」

「這樣子啊，想一想最壞的可能性的話，因為我聽過太多搖滾樂團殞落的故事，下場通常都很慘，那種被毒癮纏上的，或是無法承受盛名自殺的，或是因為進入娛樂圈大染缸而失去自我的……我很怕我的兄弟們失去自我……我也會失去自我……我的世界或是他們的世界都變得更慘……」麥爾斯說出這些話後的這一刻，他也釐清了自己的恐懼，也想到了泰勒的臉：「對，就是很慘，還倒不如一開始就不要成名，該有多好……」

「你講半天我覺得你是想太多了，你一開始玩樂團就想到將來會發生悲劇嗎？」

「喔，這倒不會，玩音樂單純很多。」

「這就對啦，要是我一開始就猜到倩倩到澳洲會有危險，我怎麼可能答應她來，要是我一開始就知道將來會離婚，我幹嘛要結婚，我們不可能預料得到的啦。」

「所以我才選擇離開，我想這樣就能避免悲劇發生。」

「雖然我不知道這樣做是不是最好的方式，但是有種方式可以解除你的擔憂，那就是像我一樣啊，面對它！」

「面對它？」

「澳洲是我的傷心地，我偏偏跑了過來，反而你是來這邊逃避的，你怕的事情，你就更要刻意去面對啊，你怕樂團會走偏，那你更應該要去好好經營，讓它維持得更好，假如真的不行，那至少你盡力了啊。」蘇蘇說完，把手邊的茶杯又再注入熱水，一股桂圓的味道飄了出來。

「我大概懂了。」麥爾斯覺得蘇蘇這一席話很有威力，也發現手中那瓶啤酒已經喝乾，嘴裡多了份苦澀。

「唉，有時候，人真的都是想太多，擔憂太多，你以為自己很重要，但是置身事外後你就一點都不重要啦，想改變什麼，就是要跳進去，深陷其中，才能有點變化嘛，假如你喜歡你的樂團，你應該要堅持下去，就算你嗓子壞掉，大不了不要唱歌，你就彈吉他就好啦！像我想吃什麼，就自己把它煮出來就是了。」

「就像你堅持要把跳島行動給完成一樣嗎？」

「對啊，所以我還在努力前進，這個島跳完，我還要去弗雷沙島呢，日記裡的最後一個島，厚，講一講，跟你比起來，我才發現我勇敢很多呢！哈哈哈。」

「那弗雷沙島之後呢？你要回台灣？」提到台灣，麥爾斯眼神顯得很溫柔。

「我……我還要去大堡礁。」

「去大堡礁？你……」麥爾斯小心翼翼地，雖然他們總是無話不談，但是講起大堡礁他還是怕觸碰到蘇蘇心裡的痛。

「放心，我不是要去悲傷的，我早就去那邊招過魂了……」蘇蘇喝了一口茶，舒緩一下心情後說得很慎重：「倩倩去那邊學了潛水，我打算也去學潛水，這樣這本日記的旅程才是真正的走完。」

「嗯，旅程確實要好好走完呢。」麥爾斯想起了那段美國巡迴的旅程，覺得很想念，也很遺憾。

「少年耶，我覺得你一直在這裡不是辦法，你不是在保護別人，你也不是逃避現實，我倒是覺得你是自暴自棄……，聽我的建議，回去吧，遺憾並不是最痛的，後悔才是，就算事情不是照你想的，但是你至少可以去努力一下，至少……你可以發揮一點影響力，別讓在乎你的人擔心，不是嗎？」

「在乎我的人……還有我在乎的人……」

麥爾斯此刻腦海浮現好多人的臉孔，父母、伊森、馬里諾、克里斯、艾瑪、米莎、卡特、不知為何他還突然想到安格的兒子，也想到了一些承諾，一些人情，想到蘭帕諾的佛瑞，然後想起了那些吶喊的樂迷們，並非王者麥爾斯的樂迷，而是水泥球的樂迷，也是那一場Foo Fighters演唱會時的樂迷，也是自己，是所有熱愛搖滾的樂迷，大家都吶喊著，歡呼著。

「嘿，老兄？」「哈囉？」

麥爾斯轉過身朝著聲音來源處望去，是那位褐髮青年，麥爾斯露出疑惑的神情。

「老兄，休息時間到了，走吧，一起把這一籃搬到一旁去，等等會有人開車來載。」

麥爾斯點點頭，默默地把身上袋鼠袋裡的蘋果倒進籃子裡，身旁的其他人也照做著，接著一起把籃子扛到一旁走道上。

這時候麥爾斯注意到褐髮青年的外套上別著一個有塗鴉的胸針，胸針上畫的臉跟馬里諾很像，胸針下方旁還印著一行字「Marino's Call（馬里諾的呼喚）」

麥爾斯仔細盯著那圖案，十分肯定那就是馬里諾，但是心裡充滿著疑惑。

「嘿，老兄，你在看什麼？」褐髮青年發現異狀。

「沒……沒什麼，你那個……」

「喔，老兄，你的聲音真是……天啊，沒有冒犯的意思，但是……」

麥爾斯勉強露出我知道我也接受的敷衍表情，想說對方應該又是要問自己是不是昨晚喝多了，不然就是要形容這聲音有多蒼老，這類型的評語他越來越習慣了。

「但是……我真是覺得……你這聲音很像泰勒的歌聲。」

「什麼？」麥爾斯突然有種做錯事被發現的驚恐，但是又馬上懊惱自己為什麼會這樣想：「泰勒？」

「嗯，Black Campanulaceae的主唱泰勒啊，你聽過嗎？你唱Black Campanulaceae的歌曲應該滿適合的，你知道的……那種獨特的黑嗓，唉，泰勒，Rest in peace，你知道的……天妒英才啊。」

「泰勒的黑嗓啊。」麥爾斯若有所思，同時之間他也突然意識到，自己似乎已經很久沒有咳嗽了，試著回想是什麼時候的事，好像是遇到蘇蘇之後。

麥爾斯覺得蘇蘇的出現，總讓他感到溫暖，而他也期待著每天工作完畢後可以到背包客棧的廚房，嚐嚐蘇蘇的料理，這種感覺就像是回到孩提時，每天放學回到家都可以看到母親已經在準備晚飯那樣地幸福。

大家機械地搬運完籃子，不約而同地把身上袋鼠袋給卸下，大家朝著工廠方向走去，那是每個上午皆有的十五分鐘休息時間，工廠內會提供咖啡與茶水。

褐髮青年看著麥爾斯沒有其他反應，以為自己稍微冒犯了對方而默默閉了嘴。

一邊走著，麥爾斯一直獨自想著，感覺千頭萬緒在心中。

泰勒……黑嗓……馬里諾的呼喚？

57. Interview VI｜六號訪談

穿著紫色格子紋西裝，脖子上打著特別大朵的紅色領結，一如往常的模樣，但是這一次喬許卻顯得有些不自在，甚至可以說他的臉上沾染了些緊張的神情。

『這真是個壞主意，要不是高層給我壓力，這真是太扯了，我到底是怎麼被說服的……』

自認專業的喬許，在攝影機開拍後，瞬間露出自然又洋溢的笑容，即使坐在他身邊的那位龐克壯漢一直讓他有壓迫感。

「各位Face to Face節目的觀眾朋友大家好，我是主持人喬許，今天我們的來賓非常有誠意，他說無論如何也要再上一次我的節目來，為上次那個……那個誤會來說明，並且要正式給我道歉，哈哈哈，說什麼道歉呢，我知道這一切都是個誤會，就讓我們今天在節目裡好好澄清吧，我們有請，來自王者麥爾斯的伊森，我們歡迎他。」

刺蝟頭又黑又亮，伊森穿著黑色的襯衫，繫上鮮紅色的領帶，看起來十分筆挺，但是捲起來的袖子露出滿手臂的刺青，又顯得霸道而叛逆，臉上少了重煙燻的頹痞，伊森今天似乎比平常多了一點誠懇。

伊森伸出厚重的手，對著鏡頭示意了一下。

「好，今天我們來到的地方很特別，也可算是王者麥爾斯發跡的所在，許多搖滾粉絲都會專程慕名而來的地方，伊森，你可以向我們說明一下嗎？」

「嗯。」

「嗯？這裡是哪裡呢？」

「樂器行。」
「嗯哼，這是什麼樣的樂器行呢？」
「在切納賽。」
「對，我們在王者麥爾斯發跡的切納賽，而這個樂器行特別在哪裡呢？伊森。」
「這裡是……」
「卡卡卡，暫停暫停。」喬許深深吸了一口氣停頓了一下子，接著把麥克風拿開，並且壓著耐心說：「聽著，伊森，我不管塞凡動用了什麼關係為你安排了今天這節目，第一，你話這麼少是無法繼續錄下去的，第二，今天的錄影剪輯會非常謹慎，所以你放心，絕對不會有失控的情況流出去，也不允許有失控的狀況，第三，別忘記你們塞凡的封口令，今天絕口不提麥爾斯的動向，你自己要記得，最後，你千萬別想再有什麼揍人或是古怪的舉動了，好嗎？」
伊森點點頭。
「好，我們繼續下去。」喬許調整了身上的領結，示意了一下攝影師後，嘴角機械式地上揚露出了潔白的牙齒：「好，今天我們來到的地方很特別，也可算是王者麥爾斯發跡的所在，許多搖滾粉絲都會專程慕名而來的地方，伊森，你可以向我們介紹一下嗎？」
「嗯，這裡是切納賽，這個樂器行，是我們相遇的地方。」
「你說這裡是王者麥爾斯團員彼此遇到的地方，是嗎？」
「嗯。」
「伊森，你可以說說你們遇見的經過嗎？」
「麥爾斯，他……」伊森認真地回想：「他在這裡工作，而我來這邊買鼓棒。」

「所以你是因為買鼓棒而認識了當店員的麥爾斯，那什麼緣故你們會變成朋友，甚至一起組團呢？」

「馬里諾，他……跑了進來，我是說，我在買鼓棒時跑了進來。」伊森閉上雙眼回想著。

「馬里諾跑進來？你是說，他也來買樂器？」

伊森睜開眼，表情十分感慨的模樣，嘴裡像是咒罵著什麼，十分小聲：「你到底在那裡？」

「什麼？你說什麼？你說馬里諾跑進來，他是來買樂器？」

「不，馬里諾與麥爾斯，他們本來就認識。」

「喔，他們倆先認識，那你們怎麼會有組團的契機呢？」

「比賽。」

「什麼比賽？」

「一個比賽。」

喬許盯著伊森，場面陷入了一陣沉默，接著喬許再度挪開手邊的麥克風，露出一臉無奈：「伊森……」

「我……我盡力了，好嗎？」

「好，再一次機會，最後一次機會，請你侃侃而談有這麼難嗎？」喬許再度調整了一下領結，恢復笑容：「好，各位，我們先行之前討論過的那個道歉環節吧，哼，我現在正需要道歉呢。」

「嗯。」伊森同意。

「好了，接下來我們要聊聊當時的混亂場面，各位觀眾應該都在新聞畫面或是網路上流出的畫面看到過，那一個引起熱烈話題的事件，還有我當時那恐怖的表情與姿態，哈哈哈，真是見笑了……當時伊森來錄製Face to Face，我們現場有些紛爭，觀眾看到的畫面大概是伊森與我，還有一些工作人員一起扭打的畫面，哈哈，這真是天大的誤會啊，是不是啊，伊森。」

「嗯，是個誤會。」

「讓我來說明一下好了，其實節目組也有所不恰當的地方，因為當時我們找的地方是蒸汽龐克餐廳，其實這個跟真正的龐克，尤其是伊森所認為的龐克，是有所差異的。」喬許把目光望向伊森。

伊森隨即點頭：「嗯，不一樣。」

「當時其實是我們節目組有一位工作人員的疏失，除了地點選擇之外，在節目內容安排與協調時不夠謹慎，所以後來對於伊森所珍視的龐克精神有所出入，當時有一些觀念上的摩擦，甚至有些誤會衝突，而我衝上前去是為了勸架，其實根本沒怎樣，是我搞錯了，撲上去反而多了些肢體碰撞，造成更多的誤會……哈哈哈……」

「是的，對不起。」

「其實節目也有不恰當的地方啦。」

「不，喬許，我很抱歉。」

「不過，我撲上去，被網友說這是我此生最Man的舉動，這個評價我是滿喜歡的啦，哈哈哈哈。」

喬許還翹出小指故作姿態。

伊森淺淺一笑，笑得很尷尬。

「哈哈哈哈，所以這一切都是誤會啊，今天我們這節目有一個很大的目的就是為了世紀大和解，還請觀眾朋友們別再臆測了，都是誤會啊，我跟伊森，我跟王者麥爾斯，還有塞凡公司還是很要好的，對吧，哈哈……」喬許把手拍向伊森的肩膀。

「對。」伊森一直點頭。

為了讓錄影更加順利，專業的喬許想到了一個好方法，喬許請伊森帶領著鏡頭參觀一下這一個樂器行的特色，除了請樂器行店長稍微透露一下麥爾斯在這邊打工的一些情況，也請伊森好好秀一下打鼓的技巧，讓錄影片段的長度可以達到預期。

接著喬許再度補錄製先前未完成的片段。

「好，今天我們來到的地方很特別，也可算是王者麥爾斯發跡的所在，許多搖滾粉絲都會專程慕名而來的地方，伊森，你可以向我們說明一下嗎？」

「嗯，這裡是切納賽的樂器行……這是……我們水泥球……彼此相遇的樂器行……」伊森越是想要侃侃而談反而越是顯得生澀，但是還是有了些突破：「我……來這邊買鼓棒，麥爾斯是店員，他……非常厲害地向我介紹……然後馬里諾跑來……跑來說……」

表情稍稍抽蓄，伊森雖然刺蝟頭依舊堅固不摧，但是似乎刺蝟頭底下的腦袋有了些情緒的起伏，突然停頓了下來。

「你說……麥爾斯在向你介紹鼓棒的時候，馬里諾跑了過來，他們倆本來就認識對吧？」

「……………」

「嗯，他們本來就認識對吧，那又是什麼契機下你們會想要組團，聽說是因為一個比賽的機緣是嗎？伊森你可以跟我們談談那個比賽嗎？」

「……………」

「伊森？」

「你到底跑去哪裡啊？」伊森低訴著。

「咦？你說什麼？」

伊森突然離開座位走向攝影機，然後用手抓住了鏡頭，像是確保鏡頭不會偏移：「麥爾斯！你到底他媽的跑去哪裡？」

「卡卡卡，等一下，你在幹什麼啊？」喬許大叫。

「麥爾斯，我們在等你回來，我知道你看得到，也相信你看得到，我、馬里諾、克里斯、艾瑪、蘭帕諾、Foo Fighters、whatever，所有人，所有人都在等你回來，只要你還活著，你就應該回來，你到底他媽的跑去哪裡？我不相信你就這樣失蹤了，啊啊啊啊啊！」像是積怨已久的困獸，伊森越吼越大聲。

攝影師跌坐在地上驚嚇不已，三位工作人員努力把伊森給架開，但是依舊拿伊森沒轍。

「我受夠了！」喬許氣到跳腳，看著眼前荒唐的發生，果然如他所料，這節目安排果然是最壞的主意，他正想走離開現場放棄錄影，但是隨即卻看到伊森緩緩地走回原位坐下，像是洩了氣的皮球，喬許本來的氣焰瞬間被疑惑給消滅。

「夠了嗎？」伊森態度平靜得嚇人。

「什……什麼？」喬許顯得小心翼翼。

「長度夠嗎？……我指……錄影長度夠剪接嗎？補拍片段？」

「嗯……我跟節目組討論一下……」喬許抓著頭，像被伊森強大的氣場給控制住似的，話語突然客氣了起來。

安格站在街角，將抽完的煙丟到地上滅掉，望著自己手上的The Rolling Stones刺青，吐出舌頭模仿了一下，然後笑了笑，接著走向對面的樂器行。

樂器行門口有人將安格擋下，安格露出毫不在乎的表情，然後在牛仔褲口袋裡翻找了一下，掏出了一只打火機，幾枚硬幣，與一張塞凡公司工作人員識別證。

安格舉起識別證在對方面前晃了晃後走進樂器行，裡面好多人，樂器行此刻變成一個節目的錄製現場。

安格往人群裡探了探，還不經意在人群的夾縫中看到前方伊森的刺蝟頭，然後發現了戴著平沿嘻哈帽的目標站在角落，安格便往那目標靠過去。

「你是愛蓮娜的朋友奎格？」

「Yep！」

「奎格，你值得信賴嗎？」

「Yep！當然，今天我可是看愛蓮娜的面子。」

「好，奎格，請確保今天的錄影，任何提到麥爾斯的片段都會曝光，毫無保留，絕無剪接，直接在網路上流出。」

「Yep！你說了算，老兄。」

「好，成交，別讓我失望。」安格從後腰掏出了一包牛皮紙袋塞給奎格，從那飽滿的厚度可以知道那是一大筆錢。

奎格把紙袋往外套裡塞，接著朝四周望了望，確保沒人察覺後迅速地消失在人群中。

深夜的電話裡，一場行動的的彩排正展開。

「愛蓮娜？不！」伊森大吼。

安格說：「我知道你一直認為愛蓮娜有問題，你說過不只一次，麥爾斯的失蹤絕對跟她有關，但是我調查過了，她確實是被收買的，她不知道事情會這麼嚴重，而且她也不知道源頭到底是哪裡，她只是收錢辦事而已。」

「不……」

「伊森，這次我們確實需要她的幫忙，那個工作人員是她的朋友，只有透過她的交情我們才能辦到。」

「安格……麥爾斯他……」

「我知道，我知道你的顧慮，但是你不是希望可以好好發出你的聲明，你的說詞，你的態度。」

「對，我希望麥爾斯聽得見。」

「現在塞凡下的封口令更加嚴格了，你知道他們的人脈跟能力，而且你也還有合約條款綁住很多限制……，對了，馬里諾後來還好嗎？」

「被禁足了……」

「跟當時你們在醫院被波利塞軟禁一樣？」

「嗯……差不多。」

「交給我吧，伊森，你好好上節目，把想說的說了，而我會保證讓它播出去的。」

「嗯。」

「放心，有安格在，一切沒問題。」

掛上電話後，安格摸摸手上的刺青笑了笑，心裡想：『這一切實在太搖滾了！Mother fucker！』

58. Partners｜羈絆

『好久沒有當學生了。』

蘇蘇這幾天的心情是複雜的，其實她來到澳洲後沒有一天心情不複雜，也可以說倩倩離開後，她就開始複雜了，那是個猜想與釋懷的拔河，她猜想著最熟悉的倩倩，也疑惑著她不熟悉的倩倩，常常需要用很多的方式安慰自己，也用了很多方式希望可以刺痛自己，希望可以痛到流淚，淚水或許才真正接近釋懷。

但是思念很深，不捨很多，這旅程她終究沒有真正明白倩倩，但是她卻領悟到一件事：每一個人都是獨立的個體，即便親如母女，即便看到相同風景，感受還是最私有的。

這或許也是安慰自己的方式，即使心裡深處悲痛，當蘇蘇看到了美麗的海光粼粼、望見了湖面上月光倒印形成的「月梯」、遇見喊不出名字的野生鳥兒，認識這輩子都不曾想像過的旅人們，那種喜悅與感動，讓她覺得罪惡又欣慰，罪惡是自己怎麼可以獨自在這揮霍，欣慰是想到倩倩也看過這樣的美景，就覺得美好。

來到倩倩消逝的大堡礁地區，是個非常能勾起痛苦的所在，但是重新當學生的蘇蘇，因為學習而有了期待，反而讓她多了新的生活重心，有別以往跟隨地圖式的移動，現在她是真真切切要到海裡，那個美麗夢幻的所在，也是帶走倩倩的恐怖領域。

蘇蘇猜想倩倩應該是參加「開放水域潛水員課程（Open Water Course）」吧？雖然不得而知，游泳也不是太擅長的她，報名這個也已經是蘇蘇的最大極限了，聽說這也是最多人報名的課程。

兩天的學科知識教學，在教室裡蘇蘇認真地做筆記，她覺得那位叫作阿蜜莉雅的助教總是對她有著異樣的眼光，原本認為自己多想了，但是跟其他助教比起來這個目光的差異感就更明顯了。

說不上來是特別關心，也不像是對亞洲人的歧視排斥，就是有種很突兀的神情，像是想說什麼卻又有所保留似的，這一位助教蘇蘇覺得十分面熟，好像在哪裡看過，阿蜜莉雅這名字好像也曾經在哪裡聽過，這一個金髮碧眼的女孩，有著阿蜜莉雅這樣柔美的名字，但是身材十分結實，動作姿態感覺像是男孩子般粗獷率性，也許是因為潛水運動帶來對身體肌肉的影響吧？蘇蘇總覺得這個助教非常適合演好萊塢動作片。

學科的課堂裡教學員怎麼計算體內氮氣含量，這決定了你能在水下待多久，以及需要多長的水下安全停留時間，每每討論到關於安全的內容，蘇蘇實在無法不去想，倩倩的離去，是不是哪個環節出了問題，也驚覺自己從未追究那些細節，而那些細節似乎在到大堡礁招魂時，好像不乏有人告訴著她或是試圖與她討論，好像連保險業務員都有提過，但是當時太過於悲傷，無法接受事實，蘇蘇什麼也聽不進去，蘇蘇有點懊惱，但是又驚訝自己現在擁有的理智。

複雜的心情永遠像是無法沉澱的泥水，想要稍作靜止也無法，上方的土石流總是接連不斷地注入，自從倩倩離開那天起……

上完了學科之後的隔天終於要碰到水了，泳池中基本潛水技能訓練需要兩兩一組，教練說這是為了安全的「潛伴制度」，下水都必須兩兩一組，互相確認裝備狀態，熟知對方配重位置和備用氣源位置，潛水過程必須距離潛伴一定的距離內，由於這堂課程的人數剛好是奇數，原本教練想安排其中一組是三個人，但是阿蜜莉雅竟然主動說要與蘇蘇配成一組，這樣讓蘇蘇感到更奇怪了。

觀察了一下，蘇蘇又有了新的感覺，她總覺得阿蜜莉雅好像太過於小心翼翼，像是深怕冒犯到自己一般，避免做錯事那樣地謹慎，蘇蘇感到疑惑，自己應該是個親切的人，不會帶給人壓力才是，更何況要是困擾到對方，為何對方要主動跟自己一組呢？蘇蘇也曾猜想是不是對方是同性戀，但是想到自己的年紀，也想到自己應該沒有同性戀的頻率（在彩虹背包客棧認清的），真覺得自己是想太多了。

這個念頭很快地就不被蘇蘇在意了，因為真正困擾她的是那個泳池，潛水訓練用的泳池中間有一個區塊特別深，教練說有三米深，在泳池裡踩不到地就足以讓蘇蘇恐慌了，更何況是個更深的地方，蘇蘇覺得那是一個黑洞，會把自己吸進去。

但是多虧了阿蜜莉雅的細心指引，蘇蘇直到身處泳池之中時，才深深慶幸自己可以跟助教一組，要是與相同恐慌的學員一起，蘇蘇會覺得就算身上背著氧氣瓶也還是會於事無補地缺氧。

在上課的空檔，甚至上課的時候，蘇蘇常常會想到麥爾斯。

這種想念不知道是被需要而來的，還是因為本來就跟這孩子十分投緣，也可能是因為自己失去了孩子，而這孩子失去了父母，剛好短暫地像是互相補足了這點缺憾，即使這片拼圖不契合，但是卻能觸動內心某個已經遺忘很久的區塊，那柔軟的一塊。

記得自己對麥爾斯道別時，那一個嗓子沙啞的男孩，竟然會痛哭失聲，而且那哭聲實在恐怖。

「少年耶，我明天要走了，我要離開塔斯馬尼亞了。」

「準備要去跳島行動的最後一個島嗎？」

「對啊。」

「然後依照計畫去潛水嗎？」

「對啊，潛水，跟倩倩一樣。」

「你走了我就吃不到好吃的食物了。」

「哈哈，每個人吃過都會想念，這正常的，我還曾經在別的背包客棧廚房被年輕人們包圍，大家都捨不得呢。」

「我……」

「少年耶，你好好照顧自己吧，像倩倩一定希望我照顧好自己，你的家人一定也希望你好好照顧自己，好好找到自己的方向吧。」

「我……嗚……」麥爾斯沙啞的哽咽，眼眶竟然流出斗大的淚珠。

「夭壽啊，少年耶你哭什麼啊？吃不到我煮的真的這麼難過唷。」

「嗯……呼……我也不知道……我……我怎麼回事……」麥爾斯止不住地流淚。

蘇蘇笑了一笑，看著眼前的大男孩，如此粗壯的身軀，竟然哭成淚人兒似的，實在反差太大，她便伸出手給麥爾斯一個擁抱。

麥爾斯抱著蘇蘇哭得更厲害了，那嘶啞的聲音太悽厲，引起背包客棧裡不少好奇的目光。

蘇蘇拍拍麥爾斯：「乖啦，你要堅強唷，像我一樣堅強。」

「媽……我好想你……」麥爾斯小聲地擠出了這幾個字。

蘇蘇突然地情緒也湧上，心裡一陣酸楚，彷彿聽到倩倩對自己的呼喚，麥爾斯像是代替倩倩心疼自己，而麥爾斯的眼淚也像是代替自己哭泣一般，讓蘇蘇覺得這些日子以來累積的痛楚有所釋放。

想到麥爾斯從小就失去了母親，蘇蘇擁抱的力道更緊了。

雖然激動不已，蘇蘇依舊沒有流下眼淚，她感激麥爾斯，幫她哭了一場。

好不容易整理完情緒，蘇蘇看著眼前這個髮鬚模樣像是獅子的男人，竟然哭完像是隻貓一樣地溫馴，忍不住笑了出來。

接著蘇蘇拿出了一個瓶子遞給麥爾斯：「拿去，這是我在澳洲以來，除了做菜之外，第一次送人禮物唷，連優子都沒有呢，哼。」

麥爾斯捧著瓶子，好像拿到的瞬間終於止住了潰堤。

「這是超市找到的，紐西蘭蜂蜜，含有什麼紐西蘭特有的麥盧卡（Manuka），聽說有修復身體的功效，又能夠潤喉，沒事多吃點，你嗓子可能會舒服點，啊，在國外要找個枇杷膏還真不容易哩，我只找到這個來替代了。」

蘇蘇看到眼前的貓咪又撲向了自己，又哭了出來，蘇蘇大笑了起來，但是依舊抱著麥爾斯，心裡覺得溫暖。

59. Catharsis｜宣洩

克里斯．懷德的YouTube頻道竟然突然開始了直播，沒有預告，沒有通知，沒有任何徵兆，只有剛好在收看或是訂閱頻道提醒的觀眾才會發現這突如其然的驚喜。

沒有熟悉的頻道開場音樂，也沒有Chris Milk Shake（克里斯奶昔）那Milk的聲響，向來很重視頻道畫面呈現的克里斯，似乎一反常態，沒有任何預先安排的開場或串接畫面，即使是直播，過去也非常有系統性地安排及預告，這次是真正即興中的即興了。

鏡頭中的克里斯搖搖晃晃地，手上的吉他也從未見過，看起來十分老舊，傷痕累累，而琴頭上沒有任何字樣，只能知道吉他是Les Paul的形狀，吉他聲響的Tone調也未曾聽過，聽來哀傷，聽來憂鬱，甚至偶爾有點淒厲，克里斯搖頭晃腦地亂彈，就是單純地Solo，沒有背景音樂，沒有節拍器，沒有鼓聲，彈起來似乎也沒有穩定的拍子，就是胡亂地時快時慢，太多與以往的不同姿態，讓人不禁懷疑那牛皮紙袋底下，真的是克里斯本人嗎？尤其那件白色襯衫，看起來上面有著一片浸濡的水漬。

本來只有數十位正在觀看的網友，老鼠會似地傳播，在短短幾分鐘內，十傳百，百傳千，還是湧進了大批的觀眾。

觀眾紛紛留言，人數越來越多，有人用文字尖叫，有人表達疑惑，有人說自己失戀了，聽到這演奏好有感覺……，大量訊息的湧入，版面隨即不斷更新洗刷，像是眾人集體歡呼般，聲響強烈，但是稍縱即逝，只見新人笑，不見舊人叫。

疑惑馬上得到了證實，克里斯開口了，相同的聲音，當然再加上他鬼才般的吉他技巧，牛皮紙袋下確實是克里斯本人。

克里斯說道：「各位觀眾大家好，克里斯來了。」聲音還算正常。

繼續瘋狂彈奏著，琴聲像是哭泣，不斷哭嚎，不斷宣洩，雖然牛皮紙袋遮住了面容也沒有表情，但是卻讓人著實感受到他想哭喊些什麼。

彈著這沒有在拍子上的即興，左手還在捶勾著弦，克里斯右手竟然從鏡頭外拿了一瓶威士忌進來，嗡嗡作響的吉他聲還在悲鳴，威士忌瓶子從克里斯脖子處塞了進去，他仰頭大喝了一口，牛皮紙袋被噴濺到透出了水痕，威士忌也滴落在身上與吉他上，也繼續被白色襯衫給吸收著。

觀眾才明白，原來那污漬是這樣來的，而有別以往的形象，搖頭晃腦的姿態，難不成是喝醉了？

「他媽的，全部耍我。」

向來禮貌的克里斯第一次在頻道中說粗話，大家非常驚訝。

克里斯繼續彈奏，身體傾斜著，擺動著，腳似乎踢到了什麼，傳出玻璃瓶罐聲響，看樣子克里斯喝了不少。

吉他技巧神乎其技，忽快忽慢像是脈動，但是不在拍子上的哭泣聲響像是R&B不斷拉長又延音的歌聲，克里斯彈出了震撼世人的樂句，可能連他自己都無法預料與複製。

「啊——！」克里斯聲音像是在哭，吉他聲停止了，只剩下音響反饋的聲響，而沒有悶住的弦因為克里斯手臂往吉他身上碰了一下，持續響著噪音，克里斯還刻意把吉他音量旋鈕給轉動，讓那聲響擠出了詭異的聲音，到了後面，竟然有著小提琴的音律。

「Fuck，我真的受夠了！」克里斯又喝了幾口酒：「什麼一堆祕密不能說，什麼合約條款，根本不夠搖滾嘛，Fuck，我都為此離開Gibson了。」

「明明合作的很順利啊，我其實也可以不要當什麼網紅，我也不想變紅啊，可惡，不然我幹嘛戴著這愚蠢的…該死的…牛皮紙袋！」克里斯往自己的頭上拍了一下，力道不輕，牛皮紙袋表面多了些皺摺。

「是啦，我是因為先當了網紅才會被看見嘛，不然王者麥爾斯怎麼會知道我，我確實佔了便宜，我靠網路增加了被看見的機會……」

「我真的要的，不是這個啊……一個人彈吉他……其實……」

「Fuck，一個人彈吉他……很寂寞啊，你們知不知道……就算全世界都在電腦前歡呼，給我再多喝采，我其實想要的是跟你們一起創作啊……我想要有真的鼓聲，真的貝斯，真的歌聲，真的曲子啊！而不是我這些只有一把吉他，跟他媽一堆用電腦合成的……這……這不是我想真正要的……」

克里斯搖搖頭，把手中吉他旋鈕轉開又開始彈奏。

吉他發出的曲子正是王者麥爾斯的音樂，那些克里斯獨奏的片段，但是這次又稍做了改編。

克里斯自顧自地開始狂亂彈奏，連麥爾斯唱名的部分，也直接用吉他單音彈出，酒精的催眠下，彈得更是如癡如醉，網路上的觀眾人數持續地增加，甚至有人留言說道，某新聞台已經即時插播了這項直播訊息，不少觀眾是看到新聞才上線來觀看的，這樣的迴響幾乎是天災等級的播報，不少人不可思議，但是更多後來才進來的粉絲想知道到底發生了什麼事，克里斯是發酒瘋嗎？

「回來…啊…麥爾斯……！」克里斯無奈地吶喊，像是心力交瘁：「Fuck！說好的一起寫歌啊！你他媽的跑去哪裡了？」

「麥爾斯…我知道…你聽得到…快…回來吧，不管你在哪裡，快…回來吧。」

「我求求你，求求你。」

「啊，哈哈哈哈哈。」

「快回來，啊……」克里斯的聲音似笑非笑，似哭非哭。

直播影片倏然中斷了，並且影片隨即在五分鐘後被刪除。

已經側錄擷取的網友馬上又在網路上流出了這影片檔案，網路持續瘋傳。

克里斯鏡頭前的崩潰造成網路上瘋狂的討論，不少網友發起了「克里斯挑戰」活動，在臉書、推特、IG中放上戴著牛皮紙袋喝酒的致敬影片，不少團體也發出聲明加以抨擊此舉給青少年帶來不良示範，另外有威士忌酒商趁勢推出了牛皮紙袋禮盒系列包裝。

包含馬里諾的呼喚，還有網路上流出伊森在節目裡的吶喊，媒體不斷地播送，大量粉絲高度關切。

有人推估這又是塞凡公司的一種炒作手法，塞凡公司強烈否決，但是依舊不對近期王者麥爾斯團員們的脫序演出提出解釋，讓外界不斷地抨擊與質疑。

也有各種論點散布著，有人聲稱在冰島看過麥爾斯，也有人說麥爾斯人其實不久前才出現在切納賽的咖啡館裡，有人揣測麥爾斯遭人暗殺，也有人說麥爾斯因為承受不起爆紅的壓力而躲了起來，有粉絲猜測麥爾斯應該是回到台灣埔里，那個他的童年所在。

有警員匿名向媒體爆料，說明義大利警方已經正式受理麥爾斯失蹤的案件，但是隨即被義大利警署發言人公開否認。

拍賣網站出現了爆紅的非授權桌遊遊戲「尋找麥爾斯」，因塞凡公司的控告而下架，但是該遊戲已成為一盒難求的收藏逸品。

「發現麥爾斯」也成為旅行社主打的套裝之旅，不只有麥爾斯家鄉切納賽探訪，還有王者麥爾斯美國巡迴之旅的踩點行動，更有台灣埔里的追根行程，不少粉絲樂意買單。

麥爾斯行蹤成謎，讓塞凡公司旗下歌手的活動頻頻失焦，包含新銳樂團CRYING WALKERS的發片記者會，甚至是已經頗具名氣的嘻哈歌手MC BJ專訪，大多記者都會詢問到麥爾斯動向以及因為近期失言陸續被冷凍的其他王者麥爾斯團員。

在愚人節當天，塞凡總部大樓被上千名王者麥爾斯粉絲包圍，要求塞凡公司別再開愚人的玩笑了，快把麥爾斯還給大眾，甚至與保全引起肢體衝突，造成十名粉絲受輕傷，並有三人堅持提出告訴。

Air Myles球鞋推出新配色，引發搶購風潮，義大利羅馬店的首賣日排隊人龍突破紀錄，金氏世界紀錄評審委員們在是否納入金氏紀錄上有不同的見解引發熱議。

王者麥爾斯的兩張專輯在過了宣傳期已久的此刻，重新回到告示牌排行榜冠軍與亞軍的位置。

Foo Fighters主唱戴夫則在推特上呼籲：「麥爾斯，不管你在哪裡，來我的演唱會吧，我唱歌給你聽。」

60. The Messages｜元氣彈

「麥盧卡？」

麥爾斯手握著那一罐蘇蘇留下來的禮物，仔細看了罐子的標示，蜂蜜就是蜂蜜，為什麼多添加了麥盧卡，那是什麼東西呢？麥爾斯想著，但是另一個問題又浮現，怎麼沒有標示有效期限？難道麥盧卡是永垂不朽的？想到這裡麥爾斯覺得自己有點愚蠢，愚蠢得有點幽默。

少了蘇蘇在廚房，每天採完蘋果後回到背包客棧，麥爾斯幾乎失去走去廚房的動力，總覺得走到那兒，就會有失去的感覺，好幾次都直接在外面買外食，隨便一片披薩，或是一盒澳洲常見的炸魚薯（Fish and Chips）就打發了晚餐。

『現在的蘇蘇應該在弗雷沙島吧？還是已經到了大堡礁附近？』麥爾斯不禁猜想著：『那邊的廚房應該香氣四溢吧，真羨慕啊。』

麥爾斯想念蘇蘇，也想念蘇蘇對他輕鬆地嘮叨，不管說些什麼都好，就像媽媽對自己說話那樣地自然，而這些日子以來，蘇蘇追尋女兒的腳步這件事深深觸動著他，這是他第一次用母親的角度去思考，也透過蘇蘇，他好像體會到自己母親過往的一些心情了，而也透過這些對話，整理了自己的心境。

畢竟失去了親情，麥爾斯像是因此換來了魔力的嗓音，而也是因為自己的嗓音而演變成這些無法預期的遭遇，無論是推向音樂界的頂端，還是墜入最黑暗的碉堡內，當然還有現在的嘶啞，或許失去了，就不用再擔心失去了。

這些本來的感慨，好像在蘇蘇眼裡都是庸人自擾，蘇蘇明明是帶著傷心在旅行，但是卻傳遞給他無比的勇氣，像是一碗羅宋湯，輕易地、直接地暖進心坎底，如果一個傷心的靈魂也有能力給人正向的力量，那麼自己是否也還有能夠搖滾別人的一點點能力呢？

麥爾斯想著想著，決定要把手上的蜂蜜罐打開，不管麥盧卡是什麼，來自紐西蘭，應該就是純淨的好東西吧？麥爾斯想起兒時在台灣，電視廣告裡的起司或牛奶只要是來自紐西蘭，都標榜純淨天然。

麥爾斯從廚房桌上拿了幾片吐司，把蜂蜜抹了上去後，大口吃了起來。

『嗯，真是很好吃呢。』麥爾斯吃著，甚至有些狼吞虎嚥。

接著麥爾斯從廚房的置物櫃裡找到了自己的袋子，想翻些東西來配，竟發現袋子裡的東西幾乎都用盡了，無論是麵條、米飯、罐頭，連鹽罐也都快空了，多日沒下廚的麥爾斯嘴裡滿是麥盧卡蜂蜜的味道，好像蘇蘇的關心猶言在耳：「少年耶，你好好照顧自己，像倩倩一定希望我照顧好自己，你的家人一定也希望你好好照顧自己。」

麥爾斯決定要好好善待自己一些，別再渾渾噩噩地喝酒或是胡亂吃了，便立刻從房間抓了件帽T披上，去超市買食材，這是蘇蘇交代的，一這麼想，麥爾斯便覺得心裡踏實很多。

踏進店裡，麥爾斯的思緒便給店員給打斷，看起來是位印度人，正與另一個男性顧客聊得熱絡，因為那位店員實在聒噪，說起話來又快得像是唸饒舌，很難去忽略那樣的聲音。

「你知道嗎?這邊的原住民因為身上流著原住民的血,就像是特殊基因一樣,你知道嗎?這片紅色土地就是他們的,以前英國佔領了澳洲,他們把原住民當奴隸或是動物般地對待,那些驕傲的英國血統後來覺得虧欠了他們,開始給他們一堆福利跟補助,不用工作都可以不愁吃穿啊,你知道嗎?」

麥爾斯望著架上的商品,想要走離這個囉唆的聲音,但是腳步踏出去前仍好奇地望向櫃檯,看樣子那位可憐的聽眾只有點頭的份,店員持續說著,好像一場下不停的大雨,不停地落下字句。

「你知道嗎?這實在太不公平了,像我的膚色也幾乎快黑得跟他們一樣了,但是我每天在這邊工作,賺得其實跟他們領的差不多,頂多比他們什麼都不做多個一點點,你知道嗎?這實在不太公平了。」

「但是,他們也沒礙到你啊?」另一個聲音難得出現。

「對,就是礙到我,每次有原住民到店裡買東西,還沒看到他們進來,我就可以聞到了,你知道嗎?只要穿件乾淨的衣服,他們就認為自己乾淨了,我不懂,到頭來所謂的歧視,都是歧視我們這種非英國人,也非澳洲人的外國人,我們領得工資最少了。」

「就因為味道嗎?」

「不只是味道,他們常常喝酒來店裡鬧事,還有一次有一個男人在店門口吐了一地,天啊,你知道那個味道有多難聞嗎?我還得去收拾殘局。」

「但是……也是有正常的原住民吧?」

「有啊,全集中在美術館吧,或是世界文化遺產旁邊吧,都在北領地?我也不知道,總之我對他們沒啥好感。」

「我印象中……英國好像也殖民過印度,是吧?」

「喔,你根本問對人了,我其實就是歷史的活字典,不只是澳洲,我來告訴你印度發生了什麼事,你知道嗎——」

突然一陣音樂聲傳來：

坐上諾亞方舟
經歷大雨過後
任時光蹉跎
唯有你最珍重

「喔，不好意思，我手機響。」這仁兄的聲音像是得救了。

「Hello，對，我要回去了，馬上回去，好好好，拜拜。」「抱歉老兄，我可能要下次再聽你說歷史故事了，我趕著回去接我女朋友。」

「你知道嗎，你這鈴聲我聽過耶，我也超愛他們的，王者麥爾斯，老兄，你實在太有品味了，我跟你說唷，雖然麥爾斯消失很久了，但是我告訴你，我大概知道發生了什麼事情，我跟你說——」

「對不起，我真的該走了，下次見吧！」

麥爾斯聽到那位顧客匆忙離去的聲音，心想終於換來片刻的寧靜，並且打定主意，待會結帳絕對不要引起什麼話題才是，不然自己可能也離不開這裡了。

結帳時，這位店員非常熱切地服務，笑容與舉止都很友善，誰想得到他是如此對原住民有著偏見，並且對於歷史，不，應該是對任何事都充滿著自己的意見吧，麥爾斯想著，盡可能地保持沉默，僵硬地微笑著，然後期待每個東西都能盡快地刷過條碼。

等待的時候麥爾斯試著不要與對方眼神對到，這個念頭麥爾斯也覺得奇怪，為什麼自己要這樣反感呢，這個舉動跟對方不喜歡原住民有什麼兩樣，還是這是來澳洲後本能式的低調反應，還有擔心自己難以入耳的嗓音？

麥爾斯看到櫃檯邊有個旋轉式的架子，上面大多是塑膠的太陽眼鏡以及一些磁鐵紀念品，但是一個熟悉的圖案印入眼簾，那個圖案他曾看過，那是「Marino's Call（馬里諾的呼喚）」。

之前在農場看過馬里諾的呼喚的胸針，而現在架上卻是放著各種形狀的貼紙與卡片，馬里諾的臉雖然是用黑白塗鴉的，但是惟妙惟肖，是馬里諾沒有錯。

麥爾斯拿起了一張貼紙仔細端詳，瞬間引起了店員的注意。

「嘿，老兄，要買一張嗎？這個可是最近話題最熱烈的商品啊。」

「……」麥爾斯猶豫著，但是十分好奇。

「你該不會不知道這個是什麼吧？」

「嗯，這是什麼？」麥爾斯開口了，內心十分矛盾。

「喔，老兄，你聲音真是滄桑啊，沒有不敬啊，這聲音算是很有特色的，有點像……那個誰？那個在那首很有名的歌曲，啊，泰勒，你這聲音可以唱泰勒的歌，你知道那個Black Campanulaceae嗎？」

「你不是第一個這麼說的，這個，馬里諾的呼喚是怎麼回事？」麥爾斯突然發現今天自己的聲音好像沒有之前這麼嘶啞了。

「喔，不好意思，我扯遠了，你說這貼紙嗎？哈哈，你問對人了，我可不是單純因為是店員才知道商品的資訊，而是我正好是王者麥爾斯的粉絲，所以我知道一切脈絡，你知道嗎？馬里諾簡直搞出了他生涯代表作啊。」

「你說新歌曲？」

「不，怎麼可能，麥爾斯失蹤了，他們怎麼可能會有新歌曲，我是說馬里諾，他本來人氣很慘的，大家都不喜歡他，你知道的，他總是像個自以為是的笨蛋，即使這樂團再紅，馬里諾就是不討人喜愛啊，這是大家都知道的事情啊。」

「那這貼紙？」

「老兄，你別急，現在店裡也沒其他客人，我娓娓跟你道來。」

麥爾斯此刻倒吸了一口氣，竟有了後悔的感覺。

「你知道嗎？前陣子他上了那個什麼節目來著？好像什麼廚房？啊，貝爾的認真廚房，Bear is serious！哈哈。」店員竟然自顧自地做出了像是節目手勢的動作，但是麥爾斯看不懂。

「是美食節目？」麥爾斯再度發現自己喉嚨出現了變化，好像平常嘶啞的不適越來越輕。

「對，沒想到馬里諾很懂料理呢，他其實可以當美食家，或許他開餐廳真的有他的道理……」

「他真的很懂美食，尤其義大利菜——」

「你怎麼知道是義大利菜？」

「喔，他是西西里人啊，我猜的。」麥爾斯覺得自己現在的笑容絕對僵硬又愚蠢。

「看來你也是王者麥爾斯的臣子啊，哈哈。」

「臣子？」

「原來你不是啊，你不知道嗎？在網路上，王者麥爾斯的粉絲都自稱是臣子啊，面對王者降臨，我們粉絲都像是臣子愛戴著君王啊，君王也絕對會愛戴著臣子的。」

「這……我倒是第一次聽到。」

「哈哈，我們太投緣了，我怎麼沒看過你，你第一次來這邊買東西嗎？你看起來……很面熟啊。」
「嗯……不是第一次，我之前常來，只是沒遇過你……對了，馬里諾的呼喚，你沒說清楚原因。」
「哈哈哈，你知道的，講到王者麥爾斯就講到了我最感興趣的事情了，一下又扯遠了，馬里諾的呼喚就是因為那個節目啊，這個向來不得人疼的笨蛋竟然在節目裡真誠地不像話，他做菜確實厲害，而且他呼喚著麥爾斯回來的模樣實在令人動容，那是真的兄弟之情啊，雖然很多人猜那是塞凡公司又搞出什麼炒作手法，但是這次，馬里諾實在太可愛了啊。」
「呼喚？他在節目說了什麼？」
「他呼喚麥爾斯快回來啊，麥爾斯消失很久了，所以他試著召喚他自己的兄弟回來，你知道的，雖然很多人傳言那是塞凡公司又搞出什麼新的宣傳手法，但是這次，你知道的，馬里諾他的那個呼喚表情太經典了……在網路上瘋傳，已經變成一種……一種生活哲學吧，那種保持真我的態度跟真誠……所以大家都想買這個貼紙啊或是胸針放在身上，或是別在背包上都好，提醒自己要做自己啊！」
「嗯……」麥爾斯點點頭，心裡還是很納悶。
「你知道的，我是覺得一群臭男生聚在一起總是會胡搞些什麼名堂，像是真心話大冒險之類的吧，更何況是搞樂團的，王者麥爾斯團員之間可能有著什麼賭注或是約定之類的，所以在媒體上亂搞，還一個接一個呢，後來是伊森，再來是克里斯……哈哈哈，這幾乎是塑造傳說了，太有意思了，現在社群媒體從沒遇過這樣宣傳的手法，根本無法預料啊。」
「伊森？克里斯？你說什麼？」
「老兄，你是沒看電視，還是沒有網路啊？後來伊森也在節目裡呼喚啊，然後克里斯在自己頻道裡面開直播崩潰了，媒體說是崩潰嗎？我倒覺得是種發洩吧……一種酒後吐真言的發脾氣……之類的。」

「所以他們都希望麥爾斯趕快歸隊？」

「什麼他們？根本是全球好嗎？雖然這場鬧劇太有趣了，但是大家還是期待新歌曲新專輯啊，或是再來個演唱會之類的……等等……我覺得你……」

麥爾斯猜到了，覺得不妙，便馬上先發制人：「你覺得我像麥爾斯對吧，不只有你這麼說，很多人都這樣說。」

「老兄，看久了，你的眼睛跟鼻子確實很像啊，要是鬍子刮掉或許更像啊，雖然你聲音完全不像，等等，天啊，越看越像啊，其實很神似呢……」

此時一個顧客走進店裡來，是個年輕的女子。

藉著店員目光被走進來的女子給分神之際，麥爾斯乾笑了一聲：「哈，好啦，感謝你分享這麼多，我該離開了，這些多少錢？」

「等等，你……」店員認真打量著麥爾斯：「嘿，小姐，你可以幫個忙嗎？」

店員揮著手喊著女子：「小姐，小姐你看他一下子，如果不看鬍子，這位先生是不是長得很像麥爾斯啊？」

「麥爾斯？王者麥爾斯嗎？」女子撥著頭髮轉頭盯著麥爾斯看。

麥爾斯顯得渾身不自在，便低著頭把目光聚焦在櫃台上：「好了，謝謝你，這些多少錢……」

「麥爾斯……天啊！你是麥爾斯！」女子尖叫了出來。

「你不是第一個這麼說的人……我……」麥爾斯心虛地越說越小聲，也發現自己的聲音出現了明顯的變化，自己發出來的聲音竟然是過去清亮又磁性的嗓音，那個震撼世人的嗓音。

「我的天啊！麥爾斯！你竟然在這裡出現！我的天啊！」女子極度興奮，幾乎要撲上前去，手抓著麥爾斯的手臂，在原地又叫又跳。

「你的聲音？你就是……麥爾斯？」店員也激動了起來。

「我……抱歉……」麥爾斯甩開了手，趕緊往店門口逃去。

麥爾斯奔跑著，他沒想過會有這一刻發生，心裡也在想，到底怎麼回事，嘶啞的聲音竟然消失了，剛剛他聽自己說話的感覺就是從沒被碉堡毒害過一般，原來的嗓音竟然奇蹟似地恢復了？他的腳像是不聽使喚地賣力奔跑著，像是想趕快跑離「麥爾斯」這個名字似的，他驚恐著，疑惑著，也本能式地逃離著。

「麥爾斯！他是麥爾斯！他在這裡！」麥爾斯聽見背後緊追著的女子大聲咆哮。

但是依照麥爾斯的速度很快地就拉開了距離，隨著聲音漸小，麥爾斯稍微放慢了腳步，回頭看了一下並且大口喘著氣。

沒想到後面追來的不只是那位女子，還有其他人，那些不知道從哪裡出現的人們。

才轉身麥爾斯就撞到了人，麥爾斯連忙道歉：「抱歉……抱歉……」

「他是麥爾斯！麥爾斯在這邊！麥爾斯在這邊！」女子的聲音又接近了，在街道中像是鬼魅般的存在。

麥爾斯低頭探視被自己撞倒的青年，只見青年露出驚奇的目光，緩緩地開口：「麥爾斯？」

女子像是追上來了，聽聲音聽來好像加入追逐的人又增加了。

麥爾斯趕緊繼續奔走，往前不斷奔跑，這個名字一直跟著他，像是厄運如影隨形，麥爾斯奮力跑著，那股罪惡感又浮現心頭，讓他跑得更加肆無忌憚，擠出身上所有的力氣，像是想逃離成名後的商業化，逃離自己變成商品的一切包裝，逃離自己帶給別人的不幸，逃離碉堡的控制，逃離世人的目光，逃離，麥爾斯只想逃離。

不知道繞過了幾個街口，奔跑停止了，一個失足，麥爾斯跌倒在地上，他大口地呼氣，氣喘不已，手撐著地面，手臂與膝蓋隱隱作痛，麥爾斯覺得昏頭，跪趴在地上喘氣了一陣子。

「麥爾斯！」「麥爾斯！」

不知過了多久，不只一個聲音傳來，麥爾斯往聲音望去，發現一大群人在不遠處集結著，那群人喊著，揮著手，表情亢奮不已，止步不前，但是卻有躍躍欲奔的模樣。

原來是一個紅燈攔截了眾人，隨著號誌變換，還有車輛的停止，那群人又開始逼近了。

麥爾斯站了起來不可置信，看著瘋狂的眾人，他總覺得被抓到會被包圍，然後進而分屍，這個情況好像似曾相識，在哪裡呢？

麥爾斯想到了，在直昇機的繩梯上。

當時在直昇機繩梯上往下望，那些記者，那些人潮，就像是一群嗷嗷待哺的鱷魚，對著垂吊在天上的食物飢渴不已，那些表情，那些渴望，那些失去理智……

麥爾斯一想到這裡便立刻恢復了奔跑，手腳都傳來極度的酸楚，但是麥爾斯仍努力邁出步伐，拼了命似的。

麥爾斯跑著，神情絕望著，但是後方傳來了些聲音突然像是有魔力，讓他瞬間放慢了腳步。

他以為自己聽錯了，但是停下來後，只剩下自己的心跳聲最為強烈，那些聲音陸續地清晰了起來。

「快回去吧！麥爾斯！他們在呼喚你！」

「他們需要你！」

「馬里諾在呼喚！」

「麥爾斯！他們需要你！」
「他們需要你！」
「我們需要你！」
「世界需要你！」
「麥爾斯加油！」

麥爾斯回過頭去，發現眾人對自己始終保持著一點距離，但是大家持續喊著，持續揮舞著手，像是圍繞著一個以不侵犯麥爾斯為原則的領域。

麥爾斯覺得這好像是過去在街頭表演的樣子，那些觀眾只是圍繞著、欣賞著，並不會近身打擾。不，這些表情跟在繩梯上看到的不一樣，這些表情有笑容，有勉勵，這些表情多了很多的熱情與鼓勵。

麥爾斯不知道臉上的是汗還是淚，也不知道自己的喘息是因為激動還是因為奔跑，但是他心裡像是有股熱流傳出來，也讓他確定了些什麼。

麥爾斯微笑對著眾人揮揮手，並且將手掌拍拍自己胸膛表達心領了，拋下一抹感謝的笑容，隨即轉身跑進了一旁的大樓裡，消失在眾人的目光中。

這個夜裡，月亮銀白得很，高掛在漆黑的夜空裡，顯得非常皎亮，亮得像是一切烏煙瘴氣都已經沉澱，亮得像是想要證明些什麼，亮得像是某個人心中的一股念頭被點醒，亮得像是會讓人感性而衝動地寫下一首歌。

麥爾斯獨坐在公園裡，手上拿著剛剛買的手機，他真不敢相信這年頭手機竟然可以在自動販賣機裡買到。

前幾個鐘頭前，他隱入一棟大樓裡，那是棟像是辦公大樓但是又有一部分像是百貨公司的集合體，無論什麼都好，只要這個時候有個容身之處，有個不被打擾的地方，麥爾斯就覺得獲救了。

他在大樓裡胡亂走著，他駝著背，低著頭，深怕再度被人認出來，他雙手彼此緊握著，像是會冷，那手的觸感讓他突然湧起了一個感受：當時在排隊的人龍之中，他曾牽著一個女孩的手，走向那用吉他鑄成的寶座。

寶座已經不是重點了，重點是那手的溫度，那隻手，那張臉，那一個女孩。

麥爾斯走不動了，他倚靠在牆邊，除了讓身體喘息，也試圖釐清自己的感受，他感受到的竟然是種不甘心，是種嫉妒，麥爾斯也為這種感覺感到非常驚訝。

他想起了那通電話，那個義大利男子的聲音帶給他的妒意，他突然想要釐清心裡的疑惑。

他一直熟記著那支電話號碼，自從他從牛仔褲口袋裡翻出來那張名片，這一切都改變了，他成為了直昇機上擺盪的男子，他成為奪取巨大資源的王者，他成為把樂團推向金字塔頂端的關鍵人物，他成為歌頌悲傷的使者，他成為名利與現實的商品，他成為被綁架的對象，他成為輕易擁有一切也失去一切的人。

這一切也改變了，原來那個尖叫聲，那個眼神，那個手掌的溫度，早就已經滲進他的心裡。

麥爾斯突然好想聽到她的聲音。

意外在大樓裡發現了販賣手機與預付卡的自動販賣機，麥爾斯覺得這是天意，他必須買支手機，然後撥這通電話。

不知道該說些什麼，不知道該如何解釋起這一切的發生，不知道自己現在的嗓音是如何的變化，越想越緊張的麥爾斯竟謹慎地捧著手機走到了公園裡。

那是他曾陷入圍毆困境的公園，沒有了酒精，只有一支手機與一個差點失去勇氣的人。

手機開機後螢幕亮起，照在麥爾斯疲憊的臉上。

「他們需要你！」

「我們需要你！」

「世界需要你！」

一聲聲呼喊聲好像又出現了，在麥爾斯腦海裡，大家都對著自己打氣，那些臉孔，那些期待。

麥爾斯在手機裡輸入了電話號碼，按下撥出鈕，他沒有思考時差的問題，不一會兒手機接通了。

「Hello……」麥爾斯表情驚恐，自己發出的竟是嘶啞的聲音，麥爾斯錯愕地閉上了嘴，心裡不禁想：『怎麼會這樣？』

「Hello？」話筒傳來熟悉的聲音。

「……」麥爾斯沉默著，他完全嚇傻了，那個嗓子就像不是自己的，前一刻不是才恢復的嗎？

「你是……？你是麥爾斯嗎？」聲音顯得很激動。

麥爾斯趕緊掛上電話，並且迅速把手機給關了機。

光線像是逐漸消失似的，公園越來越暗，路燈也沮喪了起來，一閃一閃地像是接觸不良。

明亮的月亮此刻被雲遮蔽，像是給月亮蒙上了一層厚紗。

麥爾斯突然咳嗽了起來，咳得聲嘶力竭，那喉嚨發出來奇怪的聲響，是他自己從未聽過的奇怪聲音，他咳得像是缺氧，跪倒在地上喘息。

不知咳了多久，那股不適才停歇，麥爾斯緊握著拳頭，用他僅存的力氣。

61. Tears In Heaven｜鸚鵡螺號

雖然有助教阿蜜莉雅的幫助，得以漸入佳境，但是好不容易才克服泳池訓練的蘇蘇，緊接著又要面對新的挑戰。

這兩天海洋實習都在比較安全的水域反覆練習，演練所有潛水技能和緊急狀況的應對方式，並且會有兩趟的深潛，說是深潛，其實也只會到十八米左右，對於初學者來說，那已經像是進入地心一般地神祕地帶了。

阿蜜莉雅非常有耐心地與蘇蘇操練著課堂上的所學，那些刻意小心的動作，常常讓蘇蘇猜想，難道自己如此年邁了嗎？對方的舉動像是在攙扶著老人一樣，不，更像是捧著易碎花瓶一般，對方應該不知自己內心某些程度上也可以說是破碎了，而她也不禁想觀察教練與其他助教的動作，難不成這是標準的水裡引導動作？大家都是如此小心翼翼？還是水裡的浮力，讓每個動作都輕柔了許多？

這些疑惑很快地就隨大海稀釋了，初入海底的蘇蘇感到驚嘆不已，看到水中五花八門的絢麗，她更深刻明白女兒為什麼如此嚮往冒險，嚮往不同的國度，自己年輕時不也是如此嗎？

不乏有各式魚種從蘇蘇身旁游過，這些魚跟蘇蘇以前在飯店廚房裡看到的截然不同，這些生氣勃勃的魚類在水中漂蕩，讓她看得入迷，入迷到竟然忘卻了緊張，原本以為離開泳池訓練會有極度的不安，沒想到投入大自然的懷抱後，竟然有種前所未有的興奮感。

蘇蘇不禁想起了她曾著迷的一本書，儒勒・凡爾納（Jules Verne）所寫的《海底兩萬哩》（Vingt mille lieues sous les mers），那些描述，好像都從文字化成了畫面，那些誇張的形容，還有各種奇怪海底生物的面貌，蘇蘇原以為是小說的誇張與戲劇化，但是眼前的一切卻又是那麼地夢幻呈現，她覺得自己此刻就像是迷你的鸚鵡螺號，身上的氧氣裝備、護目鏡就是鸚鵡螺號的堅強裝備，而自己體內就住著阿宏那博士與尼莫船長，自己憑藉著多年累積至中年（甚至可以說是老年）的經驗，足以是個見多識廣的阿宏那博士，而倩倩的拼勁與果斷，就是方向明確的尼莫船長，這艘鸚鵡螺號雖然僅僅只是泡在大堡礁，但是對於蘇蘇來說已經是像是遨遊外太空一般神奇。

蘇蘇沉迷在海洋的絢爛之中，常常在練習時恍神，也常常想著倩倩，直到阿蜜莉雅的動作顯得非常強烈，她才驚覺到其他學員們那邊似乎有狀況。

水裡有時光線折射，有時魚群漫遊，有時水草遮蔽，眼前的水體就像是個巨大水晶體，能見度隨著不同角度、方位而有所不同。蘇蘇看著另一處學員似乎遇到了些困難，大量的氣泡往海面上冒，而他們的動作似乎也很慌張，那些黑色潛水衣看起來十分忙碌，不停地揮舞著四肢。

阿蜜莉雅對著蘇蘇搖擺著手掌接著比出許多手勢，蘇蘇看懂了搖擺著手掌代表有些不對勁，這是課堂中教練十分強調的手勢，而後面許多的手勢她卻來不及判斷與思考，但是大致猜測阿蜜莉雅要前去協助，可能示意自己要待在這裡等她，蘇蘇便伸出手比出了ＯＫ。

蘇蘇看不清楚發生什麼事，但是內心十分擔心，那是身為一個母親最容易散發的關懷，尤其課堂同學們都年紀比自己小，蘇蘇望著阿蜜莉雅的背影，希望多一位助教前去可以讓大家化險為夷，一切都只是小狀況而已，專業的助教一定有辦法解決的。

這種擔心隨著阿蜜莉雅游離自己身邊後開始轉變成恐懼，蘇蘇發現自己真真切切是一個人在海底了，那種不安感來襲讓她恐慌。

『倩倩，妳是在這樣的恐懼中被洋流沖走嗎？』

『倩倩你漂了多久？你害怕嗎？』

『倩倩……』

想到這裡，蘇蘇急忙著揮舞著自己的身軀，想要往阿蜜莉雅的方向游去，至少不要讓自己落單，至少不要讓自己離大家太遙遠才是，但是蘇蘇也突然有了個念頭，自己過去會不會影響到阿蜜莉雅，會不會因為自己的前去而使得情況更糟？讓阿蜜莉雅多了一個人要照顧？才這麼想著，大海像是明瞭蘇蘇的意思，突然一股力量讓蘇蘇停止了移動，這力量甚至不停歇，讓蘇蘇更加地吃力。

蘇蘇踢著蛙鞋，手努力地往身後撥，但是她的背後似乎就是有股引力，她覺得自己越是用力往前游，越是無法前進，好像是陷入流沙一般，這種全身被水流拉扯的感覺讓蘇蘇更為緊張，加速著自己身體的擺動。

好像稍微有點前進了，蘇蘇內心稍微緩和了些，但是自己好像越來越沈重，她繼續努力游向前，這股念頭更加明確了，她決定要趕快靠近大家才是安全之道。

可能用力過度，突然一陣痛楚感來襲，蘇蘇的左腳抽痛，蘇蘇緊咬著氧氣筒，試著讓自己四肢放鬆，她知道自己抽筋了，那種劇痛讓她不敢再對自己的腿用力，但是只靠著上臂划動是不夠的，蘇蘇感覺自己不斷地被洋流給帶走，似乎離大家越來越遠。

怎麼辦？怎麼辦？

蘇蘇慌張極了，她不斷胡亂揮舞著上臂，想抓住些什麼，但是似乎揚起了附近礁岩的砂土，那些氣泡，那些懸浮物體，那些砂，讓視線變得模糊，潛水面鏡有些偏移，蘇蘇急忙中想要調整，反而讓面鏡進了一些水。

海水的鹽分刺激到眼睛，蘇蘇更加地害怕了，她一時看不清楚眼前的畫面，鸚鵡螺號像是失去了引擎動力，胡亂飄移，隨著洋流漂向未知的領域，她想大聲呼救，但是在海裡哪裡辦得到呢？

我會被沖走？像倩倩一樣？氧氣瓶的氧氣快要沒了？另一隻腳也要抽筋了嗎？會不會手也抽筋？面鏡還會繼續進水嗎？我會不會看不見？會不會有危險的魚類出現？我會不會出意外？蘇蘇腦海裡不斷出現那些揣測。

蘇蘇陷入了極度的恐懼之中，她的腿依舊抽痛著，她胡亂掙扎之中，似乎手臂被珊瑚礁給劃傷，那美好的海底絢爛在這此刻早已不復存在，蘇蘇只想趕快抓住一個救生的浮板，什麼都好，讓她趕快逃離這個黑洞。

像是老天會應許一般，蘇蘇感受到自己的身軀被一股力量給穩定住了，這個力量越來越纏繞而緊綳，原來蘇蘇那隻抽筋的左腳被水草給纏住了，身體隨著洋流的推移下，左腳像是成了水草與洋流拔河的那根繩，不斷地施力，讓蘇蘇感到痛苦，但是至少自己終於停下來了，而眼前的能見度也逐漸恢復，蘇蘇不斷地環顧四周，都沒有看見其他學員的身影，她在掙扎之中也無法估計自己到底漂了多遠，而在恐懼之中，感官也失去時間的概念，好像才漂了一下子，但是那深刻的感受卻又像是過了好久好久。

蘇蘇無助極了，她想到阿蜜莉雅身上有佩戴潛水刀而自己卻沒有，但是即便有了潛水刀，如果割開了水草，會不會自己再度被海洋給抽離。

隨著時間一分一秒地過去，蘇蘇從原先巨大的恐懼與緊張漸漸地變成放鬆與豁達了。

『或許這是最好的安排。』

蘇蘇想起了女兒，心疼不已，想到自己女兒曾面臨著著相同的害怕，就覺得痛苦，多麼希望這些痛楚都由自己承受就好了，要是可以代替倩倩，那就好了。

蘇蘇覺得冷，她還抱著自己，想起了那一天，招魂的那一天。

那一天看到女兒留下來的背包時，她就清晰地憶起，陪伴女兒去挑選背包時，女兒臉上掛著的興奮笑容。

她環抱著自己，就像那一天她用力抱著背包，用盡全身的力氣環抱著，用力到會痛，心底深層的痛。

倩倩！回來唷！

倩倩！跟媽媽回家！

倩倩！海水這麼冷，快跟媽媽回家！

招魂時喊的字字句句，好像喊出去就被海風給給奪去，但是那股痛卻從未散去，如定時炸彈上的碼錶，不斷地跳動著數字，每個讀秒都隨脈搏陣痛著。

倩倩！跟媽媽回家！

蘇蘇心裡想著、喊著，字字句句都被洋流給帶走，被浮游生物給奪走。

也好，這些思念要是可以透過大海傳給倩倩，倩倩或許就可以不那麼孤單了。

也好，自己就這樣死去也好，我就可以在這裡永遠陪伴著倩倩了。

這也是倩倩日記裡最後的句點，媽媽都有全部走完唷，媽媽看到好多的風景，媽媽認識了好多人，媽媽一路上都感受得到倩倩的快樂，媽媽很感謝倩倩，因為倩倩，媽媽體會了當媽媽的快樂與勇敢。

倩倩！你不跟媽媽回家嗎？

那媽媽就隨你一起去吧！媽媽陪著你！永遠陪著你！

蘇蘇閉上了眼，身軀隨著海洋的呼吸漂蕩著，隨著身體放鬆，那股拉扯的力道也變小了，放棄了身體的掙扎，也放棄了心裡的掙扎，蘇蘇有了長眠在此的打算。

蘇蘇手撫著海水，像是抓取著什麼，抓取那股重量感，那股重量感一直都在，蘇蘇永遠記得當倩倩還是嬰兒時，第一次抱著她的感受，那股重量感代表著健康，代表著安穩，代表著疼惜，那股重量也代表著一輩子甜蜜的負荷。

蘇蘇手撫著海水，像是撫著倩倩的頭髮，那股滑順的感受，那洗髮精香香的味道，倩倩剛上幼稚園時，蘇蘇每天早上都會為倩倩綁上漂亮的髮型，大多是公主頭，有時編著小辮子，有時候掛上髮箍，用梳子另一側的尖端勾弄著，用手指滑過髮梢，把頭髮整理得好好的，有時別上一朵小花髮夾，每每綁好頭髮，倩倩總會回過頭對自己笑著，像是萬事俱備了，美美地去面對每一天，而蘇蘇則是因為看到了這個笑容，而覺得接下來每一天都會是美美地。

蘇蘇手撫著海水，覺得掌心熱熱的，好像發燙一樣，那一次倩倩晚歸，實在太晚了，蘇蘇太過著急與擔憂，還沒來得及聽倩倩解釋就打了倩倩一巴掌，那一掌充滿著牽掛，也充滿著懊悔，從那次之後，她便決心要做個開明的母親，即便要與先生以及公婆宣戰，她也要保有倩倩的自由與獨立。

蘇蘇手撫著海水，她像是感受到倩倩身上的溫度，蘇蘇徜徉海洋中，像是躺在倩倩的房間裡，那少了隻眼睛的泰迪熊，那個床鋪，那個氣味，那個女兒甜美的笑容。

蘇蘇哽咽了起來，無止盡的思念都喚不回女兒的體溫，她突然覺得不甘心，不捨與心疼，痛楚與悲哀，對女兒的思念像是無處發洩似的，蘇蘇開始動起了身軀，她想抗拒著海洋的包圍，她開始划動著四肢，那水草的拉扯力又加劇在她的左腳，這時候蘇蘇全身的感官又恢復了，她重新控制了鸚鵡螺號。

這時候她好像聽到了倩倩的聲音，是倩倩常常唱的那首歌，阿妹的〈勇敢〉：

路太遠
誰的眼神能永遠
忘了跟你一起走
怎樣才會懂

蘇蘇突然發現自己眼角皮膚感受到一股熱流，是海水嗎？不是，這是……這是……

倩倩，媽媽好想你！

情緒終於得到釋放，蘇蘇發現自己在哭泣，淚流不止地哭泣，累積好久的痛苦，累積好久的思念，終於真切地抒發開來，蘇蘇一直哭著，一直哭著，不知道哭了多久，像是從未哭過似的，要把過去未能哭的部分，全部一口氣哭足。

蘇蘇身體覺得越來越冷，但是心裡卻暖了起來，這股暖意驅使著自己要活下去，是倩倩給予的勇氣。

一股黑影從遠方撲來，像是個幻覺，蘇蘇以為看到了自己的女兒，但是隨著黑影逐漸逼近，才發現那是阿蜜莉雅。

阿蜜莉雅的神情著急，即使在潛水面鏡覆蓋下仍然可以清楚地從眼神看到那股慌張與焦急，那個神情似曾相識，她曾看過一樣的面容，一樣的憂傷眼神，一樣的金髮碧眼，好像也是在這個國度看到過的。

隨在阿蜜莉雅身後，緊接著又出現了教練，還有其他助教，大家紛紛合作幫蘇蘇解困，快要失去力氣與體溫的蘇蘇只能任由別人的擺佈。

每個人都比著手勢溝通著，蘇蘇不認得大部分的手勢，唯有那一個大拇指比讚的手勢，她知道自己獲救了，她即將上升重返海面，海洋並沒有要把她留下，這一個倩倩長眠的地方。

她終於想到了，這個熟悉的臉孔在哪裡看過，難道阿蜜莉雅就是倩倩的「男朋友」？

蘇蘇微微地笑了，並不是她被獲救而高興，而是她發現自己重新擁有了哭泣的能力，她欣慰地笑了，那些無法為倩倩哭泣的罪惡感，像是都被原諒了。

62. Waiting For You｜牽掛

嘟嘟嘟……

辦公桌上電話響了幾回一直都沒人接聽，艾瑪坐在位置上緊盯著電腦的螢幕，不時還會觀望一下放在桌面上的手機，像是期待手機響起似的。

嘟嘟嘟……

電話聲終於不再響起，『感謝老天！』艾瑪慶幸電話另一端的人終於放棄了，也終於讓她取得片刻的寧靜，重返崗位以來她不知道拒絕與打發了多少人，才能讓她專心地沉溺在自己的研究調查之中，雖然她也不確定自己到底在幹嘛，但是不這麼去追尋，就像是有顆蛀牙一直沒處理那樣，不時隱隱作痛。

沒想到安靜才不過一下子，辦公室的門外傳來敲擊的聲響。

本來正想斥喝一聲，隨即又打消這念頭，艾瑪認為最近對米莎似乎有點情緒化，想說沉默以對，米莎與其他同仁應該就會明瞭然後不再打擾。

原以為米莎會微微打開門然後探頭進來，一如往常那樣吐吐舌頭然後離開，或者丟下幾句記得吃飯之類的嘮叨，但是探頭進來的人讓艾瑪出乎意料。

「啊！」尖叫了一聲，艾瑪摀著自己的嘴，壓抑了自己的驚恐，眼睛睜得很大，然後輕聲地開口：「塞凡？你怎麼會過來？」

「喔，你在啊，電話我打好幾通了。」塞凡姿態十分禮貌：「我可以進來嗎？」

「當……當然。」艾瑪怎麼也想不到公司大老闆會出現在自己的辦公室，塞凡向來鮮少待在公司，通常每個禮拜只來開一次會就離開，而且艾瑪也不記得今天聽到老闆有來的什麼風聲，不過最近自己都拒人於千里之外，或許米莎已經提醒過了，但自己卻心不在焉。

塞凡筆挺的西裝還有那梳理整齊油頭的白髮顯得十分幹練與精神，沉穩的表情加上權威的姿態，走進辦公室後，目光巡視了一遍，一手插著口袋，另一手滑過牆上掛的海報，那些都是艾瑪經手過的樂團，當然包含王者麥爾斯。

塞凡的目光巡視到最後，眼神最後落在艾瑪身上：「艾瑪，休完假後，一切還好嗎？」

「我……我很好啊。」艾瑪發現自己聲音像是在發抖，覺得自己說謊技巧十分不好。

塞凡難得身邊沒有圍繞著幕僚與助理，竟然隻身跑來自己辦公室，艾瑪覺得事態嚴重，不過大概也猜到是什麼事情，八成會與王者麥爾斯有關，可能是要下什麼命令了，但是腦海裡也在盤算著，老闆單獨前來，該不會是個好機會能夠打探到那些關於「碉堡」的一切資訊。

塞凡走近艾瑪辦公桌前方，把西裝外套釦子解開，拉了一張椅子從容地坐了下來，停頓了一會兒才開口：「艾瑪，我知道你在這裡工作很多年了，你的表現與努力，是全公司有目共睹的。」

艾瑪看著塞凡，但是餘光望向電腦螢幕，刻意緩慢地伸出手把電腦螢幕關閉，像是怕被發現什麼一樣，並且努力保持著認真聆聽的模樣，此刻對她來說實在煎熬，她知道大老闆一說起話來就會有完沒完。

「你一直很有能力，無庸置疑。」

艾瑪點點頭：「嗯……謝謝，不過你來應該不是要跟我說這些吧？」艾瑪認為這樣切入或許會快一點，節省彼此時間。

「啊哈，聰明的女孩。」塞凡彈了一下手指：「我直接說好了，公司現在有些混亂……我們旗下的樂團、藝人……所有我們力捧的新星，或是已經有成績的，你懂的，你也最了解我們目前經紀的概況，說實在都沒有一個團能夠讓我們公司有這麼顯著性的展望，除了麥爾斯。」

「但是現在麥爾斯在你所謂的名人堂計畫而不見人影，我們怎麼為王者麥爾斯繼續宣傳？」艾瑪試探性地觸碰著地雷。

塞凡像是刻意迴避話題直接繼續說：「但是公司在沒有王者麥爾斯以前，我們還是這樣撐了下來，不管怎麼樣我們在義大利音樂圈還是數一數二的，你明白嗎？」

「你的意思是？」

「我知道你很努力，但是像麥爾斯這樣直昇機直接空降而來的好運，這種事情不會一直出現的，你明白嗎？」

「然後呢？」

「好，我直接跳過那些狗屁的說法，別怪我直接說了，資訊部門調查了一下，最近我們公司在網路的使用上……有些風險。」

「你在說什麼？可以說清楚一點嗎？」艾瑪莫名感到生氣，語調也稍稍提高，本來的緊張與罪惡似乎都沒了，她只想搞清楚老闆到底想怎樣。

「艾瑪，別著急，聽我說完。」塞凡伸出手作勢安撫，但是聲音也逐漸放大，像是氣勢要把對方給壓制：「這陣子你不只是常缺勤，許多既定的重要行程都沒出席，這些其實都還是小事，比較需要討論的事情是，你在公司網路上查的東西，是會影響我們的公司的，甚麼碉堡、什麼失蹤，什麼……一堆死去的音樂人名字……你甚至使用到『暗網』，天啊，我也是到現在才知道這世上有什麼『暗網』的東西，資訊主管向我說明了半天，什麼使用了特殊軟體、特殊授權連上了什麼一般的瀏覽器和搜尋引擎找不到狗屁內容，你到底在找什麼？你是在唱片公司工作，你是搞經紀的，難不成你在查什麼人口販賣，還是槍枝走私嗎？好險我們資訊部門先過濾了，不然政府調查局找上門來查，我們要面對的可是……」塞凡越說越激動，察覺自己太激進了，便停頓了一下，刻意放慢了語調：「艾瑪，你是不是精神狀態有問題呢？你是不是需要什麼協助？你大可以跟我說。」

那些暗網是艾瑪最近正在努力涉獵的東西，她以為可以透過暗網找到有關「碉堡」的一些資訊，艾瑪聽完內心激動，也懊惱著，自己竟然這麼笨，原來這麼容易就被發現，還以為那些VPN（虛擬私人網路）的加密通道可以躲過公司的資訊單位，從沒想過自己公司的資訊單位這麼厲害，那些法拉奇叮嚀與提醒的東西，自己其實根本無法掌握……。

「如果你一直有狀況，我會找回亞當取代你，我想他一定非常樂意回來取代你……」

艾瑪繼續沉默著，眼眶紅著，像是受了委屈。

「你到底怎麼了？別怪我真的找亞當回來——」

「你告訴我啊！你告訴我到底麥爾斯在哪裡啊？什麼搖滾名人堂計畫，那才是狗屁吧，你沒想過為什麼很多當紅藝人一個一個消失或是神隱，我當經紀人這麼多年了，我從沒看過剛發專輯的藝人就這樣消失無蹤的，公司給的說法實在太詭異了，你告訴我啊，我只想知道事實，給我事實，總監我也可以不幹，你大可以找亞當回來！」艾瑪忍無可忍，太多的疑問，公司太多奇怪的做法，法拉奇那一天跟她說的一切，總總的矛盾與疑惑，她再也受不了了。

塞凡剛剛的氣焰突然都像消氣似的，還別開了本來緊盯著艾瑪的目光：「你就別管這些事情了，有些事情你最好不要涉入，有些事情是連我這層級也都無法——」

此刻艾瑪的手機鈴聲響起，是那一首王者麥爾斯的〈諾亞方舟〉：

若這個世界到了盡頭
時光的最後
只能有一人陪你渡過

艾瑪不理會塞凡，很迅速地把手機接了起來：「……是麥爾斯嗎？………你在哪裡？你……你的聲音……？」

塞凡站了起來，露出了不可置信的表情：「麥爾斯？」

艾瑪的目光如炬，緊盯塞凡，也期待著電話那一端傳來的聲音。

「嗯，果然是你，什麼……好，什麼問題我都回答你……嗯？……你打來就想問這個？………我一個人，我還單身啊……啊……那應該是我哥，我哥告訴過我有一通沒出聲音的電話……那是你打的？」話說一半艾瑪瞬間就哭得跟淚人兒：「我就知道是你，只要你開口，我會立刻派直昇機去接你！因為我就是超人與蝙蝠俠的艾瑪！」

「他在哪裡？你怎麼聯絡到他的？」塞凡著急地往撲向辦公桌，伸手想要搶過艾瑪的手機，完全打破他剛才權威的姿態與從容，模樣惶恐而狼狽。

艾瑪躲開塞凡的侵略，往一旁角落退去。

塞凡像是完全變了一個人，表情震怒，飛奔似地繞過辦公桌，直接抓住艾瑪手臂：「告訴我，他在哪裡？」

「啊————————！」

艾瑪大聲尖叫了出來，奮力一踢，那高跟鞋尖端直擊塞凡的小腿，塞凡痛得蹲了下去，艾瑪隨即衝出辦公室。

奔跑中，艾瑪眼眶持續湧出斗大的淚珠，但是艾瑪的嘴角卻是上揚的，她一邊哭一邊笑，手機握得好緊。

63. Special Guest｜特別來賓

旋律像是台賽車，不斷地往前衝。

「鐺鐺鐺鐺……」強力的和弦不斷的出現，那隻右手瘋狂擊打著電吉他，像是宣洩，像是怒吼，那是賽車的引擎，發紅發熱，冒著煙。

背後的鼓聲也越來越快，過門間沒有間隙，鼓點流暢而明確，聲聲相連在一起，像是輪胎緊抓著地面，沒有任何煞車的跡象，地面隆隆地震動著。

賽車不斷地往前衝，油門一直踩著，貝斯像是齒輪油不斷滴在齒輪上，除了幫助了運行的潤滑，那油滴的細微聲響，好像也有了自己的音頻，低聲地和著、沉著、跳動著。

搖滾很多時候就是種發洩，一種反叛的態度，一種野蠻的表情，但是回到本質上，為了那純粹的一種信念而做出來的花式絢爛，像是啤酒表面的氣泡。

但是那氣泡也是搖滾的一部分，搖滾也是啤酒深層下的苦澀甘甜，搖滾是那發酵前的麥子，搖滾是那個心深處的一支嫩芽。

I never wanna die

I never wanna die

I'm on my knees

I never wanna die

I'm dancing on my grave
I'm running through the fire

戴夫拍打著吉他，嘴對著站立式麥克風架吶喊著、釋放著。

這一首〈Walk〉發洩著現實生活的種種不滿，憤怒著日常出現的一切不對勁，訴說著無論如何依然堅強面對的信念。

Forever, whenever
I never wanna die

Live演出總會讓時間一瞬間扭曲了起來，一首歌的時間甚至是一整個演唱會的時間都與實際的時間不同，搖滾放送的時候時間一直都是飛快的，你還來不及反應時，那一首歌曲已經要落下最後一個聲響，那個樂手正準播要從舞台上一躍而起，配合著最後鼓聲一起落到地面。

雖然時間飛快奔馳，但是當下某個時刻，畫面像是瞬間凝結了，像是某個驚嘆的時刻，花瞬間綻放的時刻，值得尖叫歡呼的時刻，那個時候像是慢動作一般，在你腦海裡深刻地錄下，直到日復一日、年復一年後，總有某些時候，你的腦海會在特殊的時候重新慢動作播放這個片段。

所以那時間的扭曲，就像是你試圖操控著音樂播放器，重播、拖曳加速、暫停、開啟與關閉，只是你沒由來的想控制，卻又無能為力的令其恣意扭曲著時間。

或許每一個到舞台前朝聖的子民，都是為了捕捉那自己獨一無二的時空，那個輕易被扭曲的時空。

戴夫奮力唱著，一樣的蓄鬍模樣，一樣的城市，一樣的歌曲，有些時候，好像某個樂句，某個歌詞，就像是把時空推回到了那一年，但是下一個吶喊又回到了現在，那正是搖滾的能力之一。

Foo Fighters又回到了切納賽辦演唱會，不一樣的時空，不一樣的舞台設計，但是相同著搖滾狂熱。

唱完了〈Walk〉，戴夫安靜了一陣子，調整了吉他背帶，調整了麥克風架，腳也踩向腳下的效果器踏板，然後神情十分慎重，他輕柔地把嘴湊向麥克風：「上一次我們到這城市來，是因為奇蹟而到來，你們的連署，你們的呼喚，我們來了……而那一次，我們也意外發現了奇蹟……」

全場觀眾大聲的歡呼著。

戴夫等著歡呼聲漸小才繼續說：「有首歌，我想要送給一個朋友。」

戴夫獨自撥弄著吉他，琴聲發出單純而質樸的乾淨聲響，觀眾隨即聽出來是什麼歌曲，引起更多的歡呼與鼓噪聲。

獨夜無伴守燈下，冷風對面吹～

不標準但是充滿誠意的台語歌詞，讓樂迷樂翻了天，戴夫閉上眼深情地唱著。

十七八歲未出嫁，見著少年家～

接著戴夫露出了滑稽的表情，擠眉又弄眼，吉他聲停了下來，他也唱不下去了：「好了，這是我的極限了，中文歌實在好難學啊……更何況聽說這是台語……」

觀眾的情緒都被挑動到近乎瘋狂，全場鬧哄哄的，笑聲與尖叫聲此起彼落，Foo Fighters其他成員也都笑了出來。

「好了，接下來我有話要對這位朋友說，我相信他就在現場。」戴夫說道，引起觀眾更大聲地迴響。

「接下來，請大家聽我的指示。」戴夫把手往前伸，手刀示意將觀眾席一分為二：「我們應該辦得到吧，雖然我們不是金屬團，但是不少搖滾樂現場演出常常也會有這樣的方式，挪出一個空地……，請現場中間的觀眾，開始慢慢的往兩側移動好嗎？我們像是摩西過紅海一樣，不要衝撞，不要推擠，我們慢慢創造出一條小徑給這特別的人……」

現場觀眾默默地往一旁擠去，一瞬間，觀眾席從中間像是出現了一條溝渠，然後逐漸擴大，一條從戴夫為原點的星光大道嚴然而生，一直延伸到會場末端。

「很好，很好，對，就是這樣。」戴夫十分滿意，繼續指揮著：「再大一點點，再一點點，很好……就這樣。」

當走道成形後，觀眾紛紛投以掌聲。

「Okay，我知道你在現場，老兄，需要我喊你的名字嗎？」戴夫微笑著，露出耐人尋味的表情。

「現在我連跑道都弄好了，快上台來吧。」

現場鼓譟著，但是台下沒有動靜，觀眾紛紛四處張望著。

「麥爾斯，Come on，上來吧，大家都很想你呢。」

麥爾斯這三個字就像是一個開關似的，戴夫喊出來後觀眾區尖叫聲四起，觀眾陸續出現吶喊聲還有口哨聲，現場噪音分貝數上升不少。

「大家一起拍著手吧，跟著我的拍子。」戴夫帶動著大家，現場拍手聲團結而整齊著：「上來吧，麥爾斯。」

人群裡，艾瑪向身旁的人使著眼色：「去吧，不只是我們，大家都想看到你。」

麥爾斯的臉藏在帽T裡面，陰暗得看不出表情，只有兩個眼珠像是寶石一般地透亮著，他緊盯艾瑪，不發一語。

「去吧，是Foo Fighters耶。」艾瑪的表情就是一個熱情粉絲的模樣。

麥爾斯看到後不禁擠出了笑容，光線也才微微照出他的面容，還有那深邃的眼神，他朝艾瑪點點頭。

麥爾斯緩緩地擠身走著，隨著距離與艾瑪拉開後，才不得已地把原先牽著艾瑪的手給放開。

眾人的鼓掌聲很有節奏地拍著，隨著戴夫的指引，頻率好像有越來越快的跡象，鼓手也開始踩踏著大鼓，好像這時候大家的心跳頻率都調整成一致。

那條人牆隔出來的走道，出現了一個身影，透過攝影機在電視牆上播送，大家都看到了，現場眾人的聲響又提升了一個層次，聽起來像是幾乎要暴動了。

麥爾斯把帽子往後撥去，露出了他那修剪過的棕髮，有別以往的飄逸長髮，麥爾斯換成了一個長度不及肩的髮型，比過去更精神了些，還有那沒有蓄鬍的乾淨臉龐，看起來比過往消瘦了點，但是那俊俏的輪廓還是十分引人注目，而那個眼窩深處仍像是個神祕的黑洞，無法探知麥爾斯此刻是怎樣的神情。

隨著聚光燈的注入，又透過長臂式攝影機的特寫捕捉，電視牆上終於播送出麥爾斯透亮的眼睛，那個帶著茫然帶著探索的眼神，而眉宇之間夾著淡淡的哀愁，也參雜著一絲邪氣，像是搖滾的叛逆。

經歷了不為人所知的旅程，麥爾斯的模樣早已有了變化，不再像是當初一臉憂鬱的傷心男子，他看起來成熟許多，但是傷痕累累，這些盛名與輿論，這些經歷與體會像是都寫在他的面容上，他像是從戰場歸來的士兵。

麥爾斯往舞台望去，他看到了戴夫，戴夫也看到了他，原本有節拍的掌聲已經雜亂無章了，聲響依舊驚人。

戴夫歡呼：「Yes！我就知道你在！快上來吧！」

麥爾斯看著戴夫，他想到當時演唱會被抽中叫上台時，那時候他心裡只是冒出一個念頭：『要是可以彈彈戴夫的Gibson，好像也不錯。』而現在的他心裡卻充滿著好多聲音，那是眾人的歡呼，那是兄弟們的叫喚，那是他自己的質疑，前方是起飛的跑道，也可能是殞落的深淵。

舞台旁的大螢幕出現了自己的模樣，麥爾斯也看到了，他覺得好不真實，現在的他像是赤裸一般被大家檢視著，他疑惑地左顧右盼，一瞬間他只覺得周遭的聲音都消失了，像是默劇一般，大家的聲響像是化作了煙，他覺得週遭霧氣飛騰。

大家的表情都像是剛剛艾瑪一樣，興奮而熱情，有人揮舞著手，有人伸長著脖子，有人在原地跳著，有人在拍手。

麥爾斯覺得光線對比強烈而刺眼，眼前是人影重重的黑影，而光線涉及之處卻又金黃而耀眼，一瞬間麥爾斯甚至覺得自己來到了熱帶雨林之中，那種潮濕與溫熱的氛圍，而刺眼的光線就在上頭掃射，舞台的光芒不斷發送出來，人群像是植被、像是樹木枝葉，大家伸長著觸手，不斷往上延伸，像是汲汲營營地想觸及那道光線以吸取養分，吸取那搖滾的狂熱，大家不斷叫囂，像是喝采，大家目光如炬地，大家耳朵敏銳著，大家舞動著身軀，像是進行一項宗教儀式。

麥爾斯走得有些狼狽，四肢十分僵硬，像是還在尋找重心，充滿著不確定地緩緩前進，突然群眾中一個人衝了過來，但是依舊在人牆旁，麥爾斯發現那是安格。

安格從後方人群裡拉了一個男孩到他前方，驕傲地喊著：「麥爾斯，我兒子也來了。」

這時候麥爾斯清楚聽見了安格的聲音，他看著安格兒子那張與安格幾乎一樣的五官，而男孩不斷秀著自己的拳頭，他才注意到，這個男孩的拳頭手背上有著伊森設計的瞳孔圖案刺青，麥爾斯一下子就發現了那是刺青貼紙。

麥爾斯擠出笑容走了過去，把手放在小男孩頭上摸了摸，並與安格擁抱了一下。

一瞬間，他好像隱約在人群裡看到了法拉奇冷豔的笑容，但是因為沒見過法拉奇本人，所以他不確定，接著麥爾斯又看到了其他人，好像是卡特，他覺得自己像是被設計了，但是這一切卻又不會讓他感到不安，他想艾瑪一定知道些什麼，他突然間想到艾瑪剛剛的表情，跟之前他為了設計給馬里諾貝斯禮物時，有著類似的感覺，他回頭探視，艾瑪已經淹沒在人群之中了，他只好繼續往前走。

麥爾斯在人群裡看到了馬里諾、伊森與克里斯，而且克里斯頭上完全沒有戴著牛皮紙袋，露出稚嫩的笑容，馬里諾笑得開懷，氣色好極了，像是被西西里的陽光照耀著那樣燦爛，伊森竟然沒有頂著刺蝟頭，反而戴著一頂黑色的毛帽，整個人看起來溫和得像是鄰家大叔，麥爾斯忍不住笑了，並且大步地想走向前去。

伊森笑著搖著頭伸出阻擋的手勢，嘴型默念著「NO」，向來能夠讀懂伊森心思的麥爾斯馬上就知道這時候不宜過去跟他們相認，不只會造成他們在觀眾席的困擾，更擔心克里斯的真面目可能有曝光的風險。

麥爾斯沒想過會是這個情況下與兄弟們重逢，他看到他們的當下，內心馬上就懊悔著為何自己要躲避著他們，一看到他們，就像是獲得了熟悉的支持，在他們面前，自己可以胡鬧、可以任性，那種信賴感無庸置疑。

這一刻讓麥爾斯瞬間紅了眼眶，他刻意別過頭去，把目光焦點挪開，但是仍不斷地點著頭，顯得十分激動。

繼續往前走著，觀眾都伸長著手想要觸碰麥爾斯，但是卻也乖乖地保持人牆的距離，大家吶喊著，尖叫著，夾雜著口哨聲與歡呼聲，麥爾斯走向人牆，伸出手與大家擊掌。

接著他看到了米莎，看到了塞凡好多工作的夥伴，他一一與他們擊掌，也看到了切納賽的老鄰居們，還有自己過去待的樂器行老闆與同事，大家拍拍麥爾斯肩膀，也有人送上大大的擁抱。

後來蘭帕諾的老闆佛瑞，還有席亞娜的面容也出現了，麥爾斯望著他們內心越來越激動，不需要言語，彼此對望著，佛瑞大笑著，臉上滿是魚尾紋，麥爾斯從沒看過佛瑞笑得這麼開懷。

麥爾斯努力揮著手與大家致意，與觀眾擊掌，走著走著終究還是走上了舞台，與戴夫擁抱了一下。

「各位先生各位女士，我們歡迎——麥爾斯！」戴夫大喊著。

麥爾斯深深地一鞠躬，然後揮著手與大家打招呼。

麥爾斯消失了好久，傳聞不斷，而此刻話題的主角真實地出現在眾人面前，打破了很多流言，雖然不少傳聞與謎團還沒釐清，但是現在像是見證了重要的時刻，參與了頭版新聞，也或許有機會親耳聽到麥爾斯那獨特的嗓音，觀眾越來越瘋狂，歡呼聲四起，大家也紛紛拿起手機錄下這一刻。

「要不要讓我們回到奇蹟的那一天？」戴夫鼓吹著，觀眾的情緒更是熱血沸騰。

戴夫腳踩了效果器，然後調整了吉他背帶後，開始刷起了大家耳熟能響的前奏，是Foo Fighters的慢歌〈Iron Rooster〉，也是當時麥爾斯在台上哼唱的那一首。

戴夫刷著，並且把麥克風架的位置讓給麥爾斯，一副要幫麥爾斯伴奏的樣子，麥爾斯露出抱歉的表情搖著頭並且揮著手，戴夫繼續嘗試著，前奏都快要彈完了，麥爾斯仍然不從。

麥爾斯摸著自己的喉嚨，搖著頭示意嗓子沒有辦法唱，接著把手放在心臟處拍了拍，表達心領了。

戴夫無奈笑了笑：「好吧，我們不為難他了，我們這位朋友今天可是買了票進來聽演唱會的，跟你們一樣，是來享受這一個夜晚的，至少我們看到他完好無缺地站在這裡。」

觀眾的喧鬧聲中出現了好多失望，還有些許噓聲出現，也有觀眾不放棄，繼續拍手吶喊。

「好了，沒關係，大家答應我，待會他下去，可別把他扒光了，哈哈，給他點空間與時間吧，我相信他很快會回到舞台上的，王者麥爾斯很快就會再出現的，對吧？」戴夫說完把頭望向麥爾斯。

麥爾斯心事重重地，笑容顯得尷尬，為了感謝戴夫的體諒，只好點點頭示意。

麥爾斯在工作人員協助下，順利回到了觀眾席與朋友們繼續享受演唱會，音樂向來都是股感染力，Foo Fighters幾首歌演唱下去，整個會場又沉浸在搖滾之中，整個切納賽也都在沈浸搖滾之中……

麥爾斯現身的消息，在這個夜裡開始發酵，在媒體與網路上引爆開來，全世界都期待著麥爾斯的復出。

64. Utopia｜烏托邦

電話聲響了一下子，才匆匆被接起：「喂？晴晴你到了啊？………還沒嗎？剛下交流道……再十分鐘嗎？好好好……那我大概十分鐘後下去。」

蘇萍掛上電話後，匆匆忙忙地翻找著桌面，把東西都塞進手提包之後，她打量著桌上的那個包裹。想說還有時間，蘇萍在餐桌旁坐了下來，把包裹給拆開，裡面是一張CD與一張卡片。

卡片是用潦草又獨特的中文字跡寫著：

Daer SuSu

你好嗎？我有聽你的話，好好照顧自己，而我也回到了關心我的人身邊，也開始好好地照顧我在乎的人，我非常思念你，希望你一切都好，送上一張我們最近剛發行的第三張專輯，也是向你致意，謝謝你的幫助，希望我們可以很快再見面！

P.S.大概明年我們有機會到亞洲巡迴演出，我會再把門票寄給你的。

Myles

蘇萍微笑著，馬上想起這少年滿臉鬍渣的模樣，還有那嘶啞的聲音。

她拿起一旁的CD，心裡想：『哈哈，還這麼認真專程弄這樣的專輯給我唷，還弄得跟真的一樣哩……還敢說什麼來亞洲巡迴演出呢，笑死我了，真敢講！』

此刻的蘇萍還是認為麥爾斯曾說的「一開口唱歌就贏得了全世界的心」是個誇張的玩笑話，她只覺得這孩子很幽默，還特別印製了如此別緻的專輯封面來取悅自己，畢竟她過去曾看過不少客製化禮物，像是家人合照的拼圖，客製化的造型卡片或是馬克杯，因此很輕易地做了聯想，眼前這張才剛在全球引爆的熱門專輯，她以為只是一張客製化的搞怪禮物。

她盯著封面，大聲笑了出來，封面圖案是一個翻倒而側躺的透明玻璃罐，裡頭金黃色的蜂蜜流出了一半，上面寫著：《KING MYLES：MANUKA》（王者麥爾斯：麥盧卡）。

翻到專輯的背面，圖案是張白紙，四周有著被蜂蜜浸漬的模樣，紙上詳列了十二首歌曲，細細爬梳，那些歌曲的命名都很有意思，有著玩弄英文字的巧思，像是〈Fame to Flame〉（成名焰燃）、〈Jean for June〉（給六月的牛仔褲），其中還有一首歌有著日文的唸音，叫作〈SUSU is Su-Go-I〉（蘇蘇很厲害）。

蘇萍會心地笑了，除了知道麥爾斯離開澳洲回到原先的生活，也猜想麥爾斯會列這些有點幽默的歌名，想必是心裡的病應該好了大半，而感到欣慰。

『少年耶還真用心，弄得跟真的一樣，做得這麼精緻啊。』蘇萍把這膠模封好的專輯往桌上一擺，想說有空再打開來看。

電話再度響起，妹妹蘇晴應該是要到了。

「喂，晴晴妳到啦？……好好好，我馬上下去，拜拜。」

蘇萍拎起手提包站了起來準備出發，突然若有所思地停了下來，然後走進女兒倩倩的房間裡，拿起了床上那少了一隻眼的泰迪熊端詳了一陣子，她的眼神漸漸溫柔了起來。

她像是想到什麼好主意似的，接著把泰迪熊給塞進手提包裡，就出門了。

「姐，你都幾歲啦，還要帶娃娃？」在駕駛座上的蘇晴看到姐姐的包包上緣露出了一顆明顯的熊頭。

「這是倩倩的啦。」

蘇晴聽完後識相地不再發問，便專心開著車前往她們今晚的目的地。

到了目的地，兩姐妹便乖乖地按照指引排隊著，這是蘇萍人生第二次參加這樣大規模的售票演唱會，上一次竟是自己在美國西雅圖當交換學生時，想到這裡蘇萍突然有著少女般的心情，覺得自己瞬間年輕了起來。

看著周遭大多是年輕人，蘇萍稍微感到自己在這兒有些突兀，但是看到好多女孩臉上塗著彩虹的彩繪並露出那興奮地模樣，不禁試想，要是倩倩在這裡該有多好，倩倩一定很開心吧，想到這裡她的心裡更加地堅定了，抱著手提包的臂膀也更加用力與沉穩。

蘇晴拿著演唱會門票：「現在這年代真是高科技啊，這次票聽說是晶片卡，好像為了防黃牛，有點像是悠遊卡那樣，當時我為了買到這兩張，可是費不少勁呢。」

身後排隊的女孩附和著：「阿姨，這可是亞洲先例唷，阿妹引進義大利製造的客製化『晶片卡門票』，又稱作烏托邦公民證唷，阿妹說：『這條路往烏托邦別轉彎，加速狂歡！』」說完女孩興奮地把手高舉。

看著蘇萍一臉茫然，女孩問：「阿姨，你們是第一次參加阿妹演唱會嗎？」

「嗯。」蘇萍點點頭，覺得女孩興奮的模樣跟倩倩實在好像。

「啊，第一次，那你應該還沒有簽署。」女孩左顧右盼後，像是終於找到了目標便開始大喊：「這邊，這邊，這邊要簽署。」

蘇萍與蘇晴還沒搞清楚狀況，就看到一個拿著紙板穿著彩虹色背心的人跑過來。

「阿姨，你們支持多元成家嗎？」女孩問。

「我……我非常支持啊。」蘇萍喊得鏗然有力，還握緊了拳頭。

在女孩引導之下，蘇萍與蘇晴皆完成了多元成家的連署。

過程中，女孩與蘇晴在說些什麼蘇萍都沒有注意，她的心思早已飄到了澳洲大堡礁去。

在潛水過程中找回哭泣能力的蘇萍，回到岸上後像是重生一般，一直想要好好哭泣的她，反而在恢復哭泣能力後決定要拋下哭泣了。

並不是拋下哭泣這件事，而是拋下最源頭的悲傷，她決定不要再沉溺於悲傷的心情了，這一定不是倩倩希望的。

她的身上一直有著對倩倩的愛，還有倩倩對自己的愛，她決定要好好地保存著這些愛，並且用這些愛為力量，好好地活下去。

她曾以為自己在追隨倩倩日記的旅程結束後會不知所措，她曾以為自己一直是受害的那一方，婚姻是，喪女也是，她以為旅程中她一直需要別人的幫助，但是這趟旅程，她漸漸體會到自己還是有給予的能力，這個能力一直以來都是因為倩倩的出現而鍛鍊得強大，那是當一個媽媽的本能，她一直教育著倩倩去愛，而自己也因為倩倩而學會愛。

蘇萍想起了阿蜜莉雅，後來蘇萍在結束這個潛水課程時，她特別去向阿蜜莉雅證實她心中的疑惑，原來她只猜對了一半。

阿蜜莉雅的妹妹才是倩倩的男友，難怪蘇萍一直覺得阿蜜莉雅似曾相識，兩姐妹有著非常相近的輪廓外觀，在得知真相的時候，望著阿蜜莉雅的面容，那一刻幾乎讓她回到了當時在海岸邊為倩倩招魂的時候。

阿蜜莉雅的妹妹叫作阿莉森，這兩姐妹都是擔任潛水課程的助教，在倩倩學習潛水過程中，阿莉森便很快地與倩倩相戀了，而自從倩倩意外離開後，阿莉森便無法原諒自己，開始過著頹廢糜爛的生活，並且不敢再靠近海洋。

一直希望自己妹妹振作起來的阿蜜莉雅，當知道潛水課程名單中有著與倩倩相同姓氏的台灣人，便燃起了希望，當她知道了蘇萍是倩倩的母親，便主動要與蘇萍成為潛伴。她認為要是連倩倩的母親都能這麼努力地面對，這一定能夠激勵到妹妹的。

蘇萍後來去拜訪了阿莉森，看著這位女兒的女性「男友」，這位愛自己女兒如此深的人，她不再覺得內心複雜了，她滿是疼惜。

原本蘇萍想要把自己在澳洲這一路上慢慢變勇敢的故事與心路歷程與阿莉森分享的，但是想了想，最後她選擇最簡單也是最溫柔的方式去鼓勵對方。

她煮了一桌倩倩最喜愛的料理給阿莉森，兩人透過料理一起懷念著倩倩，兩人透過一頓餐來互相認識彼此，說是做菜給阿莉森吃，蘇萍更覺得也像是做給自己吃。

蘇萍感到不可思議，她就是在與阿莉森碰面的那一天下定決心的，想起她最珍愛的倩倩，想起優子，想起王寒，想起與他投緣的麥爾斯，想起那些曾經對她手藝讚不絕口的背包客們，她決定要把這手藝繼續下去，現在的蘇萍在台北的一間背包客棧旁有著自己經營的餐廳，叫做「蘇蘇廚房」，而妹妹蘇晴更是辭了工作一起來店裡幫忙。

雖然才剛開幕不久，但是過往飯店的工作經驗以及做菜的手藝，蘇萍非常自信可以經營得很好，更重要的是，她可以用料理繼續溫暖更多的人。

蘇萍在與阿莉森道別時，說了一句：「有空來台灣玩啦！」

那句話像是一個里程碑似的，也像是一句認同的肯定，阿莉森聽到後泣不成聲，只能猛點頭回應，那個當下蘇萍知道阿莉森一定可以振作起來的，就跟自己一樣。

「她是第一個唷，厲害吧。」蘇晴說。

「蛤？什麼？」蘇萍回過神來發現自己早已經擠進了小巨蛋會場裡面。

「剛剛那個拿連署書的志工說，阿妹是多元成家百萬連署書裡面，第一個簽下名字的藝人唷。」

「這樣啊，這麼棒。」蘇萍內心想：『要是倩倩能夠知道我也支持認同就好了，倩倩或許就是在阿妹的支持下，所以這麼勇敢去愛吧……』

一旁的蘇晴像是明白蘇萍心思似的，勾著蘇萍的手挨得更緊了，蘇萍覺得很窩心，也伸手拍拍自己的妹妹。

隨著音樂聲的灌入，兩姐妹開始享受著演唱會的魅力，這是張惠妹的「aMEI | AMIT烏托邦世界巡城演唱會」，在台北小巨蛋正式開始。

阿妹出場的那一刻，全場觀眾齊聲吶喊，聲響劇烈，像是累積已久的能量爆發開來。

蘇萍高舉著那缺了一隻眼的泰迪熊，大聲叫著，哭著，也笑著。

倩倩，妳看，

是妳最喜歡的阿妹呢。

倩倩，你好嗎？

媽媽我很好唷。

我真的很好唷。

65. Manuka — 麥盧卡

又是那一個地方。

那個白色的舞台，白色的電吉他，那個泥濘的土地，那個空氣裡的味道，那個電吉他扭曲的聲音。

這一次感覺畫面更加明亮了，視野更加遼闊了，麥爾斯努力擠身往舞台前去，朝著那吉他聲響的來源前進，身體像是在飄，但是人潮擁擠，要前進仍舊花費了不少力氣。

努力揮動著手臂，步伐相當蹣跚，在擠身前進時，麥爾斯覺得這種感受就像是在水裡面，他努力在水裡划動著，但是前進速度一直不快，人潮就像浪潮一般，一邊前進，身體一邊隨波逐流地擺盪著。

游著游著，突然人潮出現了斷層，麥爾斯像是跌出果凍一般地掉進了一個無人的區塊，回頭一看，人牆依舊，大家搖擺著身軀，與台上的聲響有著相同頻率的呼應。

這個畫面好熟悉，好像不久前才經歷過類似的事情，竟然人潮裡出現了一條無人的通道，麥爾斯朝舞台望去，舞台方向有陽光，一直非常刺眼，麥爾斯看不清楚，但是他期待著身邊有著熟悉的臉孔，直覺好像應該要有熟悉的臉孔，他四處張望，他還是獨自一人，人群裡沒有任何一張臉是他認得的。

那些人們頭上的綁帶，色彩鮮豔的波希米亞服飾，細細的長髮，濃厚的大鬍子，這些嬉皮的造型，讓麥爾斯有著時空錯亂的感覺。

通道沒有了人潮的束縛，前進的速度變快了，麥爾斯繼續奮力挺進，讓自己飄蕩的身軀朝著眼前明亮的舞台前去，那個扭曲的電吉他聲響揉捏著一股電流，從麥爾斯耳朵進去後，身體不斷地感到激盪，刺麻的感覺一路傳到腳底。

光影之中，麥爾斯漸漸看清楚舞台上的人，那人身上像是有著一件披肩，下緣布滿著好多流蘇，晃動之中，光線從流蘇縫裡射散，光亮像是蒸發一樣，融入了白色的天空。

麥爾斯頭痛欲裂，這白色的場景，泥土的潮濕味道，電吉他聲響，到底是哪裡看過，或是聽過，麥爾斯努力地回想著，越是思考，頭的痛楚越是劇烈。

『胡士托？』三個字突然閃入腦海裡，麥爾斯的頭痛瞬間消除。

麥爾斯從腦海深處想起了曾經看過的胡士托音樂節影片，那一個歷史上有著傳奇色彩的活動，音樂與和平的象徵，一想到這個，一切疑惑似乎都得到了解答，麥爾斯明瞭自己現在就在胡士托音樂節的現場，但是剛剛的人牆卻像是……

舞台上的吉他聲響逐漸高亢，吸引了麥爾斯的注意力，像是上方突然出現一大片雲一樣，這樣的遮罩把天空的光亮變得溫和，眼前的舞台不再刺眼，那位表演者的身影漸漸清晰，白色流蘇夾克、頭上紅色的綁帶、白色的電吉他、那張臉……

沒有意外的，與麥爾斯心裡想的一樣，那位吉他彈奏者正是Jimi Hendrix（吉米・罕醉克斯），胡士托音樂節的最後一位表演者，這個傳奇的一刻，幾乎是六零年代的代表意象。

『為什麼會看到Jimi Hendrix？』

麥爾斯才剛想起這一個念頭，就剛好與舞台上的Jimi Hendrix對上了眼，麥爾斯納悶著，只看到Jimi Hendrix對著他笑了一下，僅是輕輕地一抹笑，像是笑他傻，也像是恭喜他終於看明白了這些光亮。

麥爾斯醒了，從這次之後，這一個白色的夢境就再也沒有出現過了。

紐約的百老匯大道與第七大道會合處，有著「世界的十字入口」稱號，擁有大量霓虹燈看板，所在位置集合眾多全球知名企業的總部或分部，也是商業廣告曝光的熱門戰區，股票市場、戲院、商家、人潮，這個極度熱鬧的地方向來是世界關注的焦點，而這幾天其中一個廣告看板，引起了最熱烈的討論。

這個名為「時代廣場」的地方，塞凡公司也曾經砸大錢在此刊登過巨幅看板，用來宣傳旗下藝人當時登上麥迪遜廣場花園的演出資訊，而這次的刊登相較於過往倒是顯得低調許多。

在眾多巨型看板的側邊一隅，有一塊正方型的看板，全黑的霧面底色，上面僅僅寫了「Manuka Landing on Sep. 1st」（麥盧卡在九月一日降臨）幾個黃色大字。

看板擺放了好幾天都乏人問津，直到塞凡官網釋出了王者麥爾斯第三張專輯發行的預告，眼尖的歌迷發現《Manuka》正是第三張專輯的名稱，這幾個字樣便引起了軒然大波，大家都猜測新專輯發行的日期就是九月一日。

隨著紐約時代廣場街道上，好幾天緊鑼密鼓地施工，一個接近兩層樓高的舞台在街道的一側默默形成著，位置就正好在這黑色正方型的看板下方，路過民眾原本以為那是新的廣告看板、裝置藝術，或是市政府在九月第一個星期一舉辦的勞動節活動舞台，甚至有人猜說那與最近ＮＢＡ的廣告活動有關。

直到舞台完工後，舞台牆面包裝全卸下的那一刻，才解開了謎團。

全黑的舞台，背後堆疊著無數個黑色大音箱，還未發出聲響就氣勢驚人，而牆面與圍欄都有印著明顯的金黃色蜂蜜罐圖樣，舞台地面更有著黃色圓型標誌，中間印著斗大的Ｈ，完全就是仿造直昇機停機坪的模樣。

這樣的話題性讓這個舞台變成眾多王者麥爾斯歌迷朝聖打卡的地點，隨著網路的討論與播送，那一塊黑色看板與舞台已成為全球注目的焦點。

由於時代廣場網路攝影機（Time Square Cam）網站，可以即時直播時代廣場的即時動態，全球樂迷們皆掛在網路上，隨時關注以及回報這一個黑色舞台的情況，舞台上多了一個紙箱，看板上停了一隻麻雀，都一一被記錄與討論。

直到塞凡公司官網終於正式宣布，九月一日晚上，王者麥爾斯將在紐約現身，開啟新專輯發佈會，紐約曼哈頓開始逐漸湧入大量的朝聖人潮，市政府預估來訪人數將超越跨年期間的倒數人潮，使得紐約市員警駐守廣場的安排，是正常跨年時期警力的兩倍。

隨著日期的逼近，時代廣場已經擠得水洩不通，各家媒體的ＳＮＧ車更是多到像是紐約的計程車一樣。

夜裡，紐約的高空傳來陣陣聲響，一字排開好幾台黑色直昇機緩緩吊掛在時代廣場上空，群眾高舉著雙手想擁抱天空中的一切降臨，像是期待聖誕老人的禮物，天空轟隆隆的聲響，與廣場上人們的喧鬧聲，讓整個城市像是沸騰到冒著煙。

舞台兩側的巨型螢幕即時播送著天空中發生的一切，首台直昇機門滑開後，一位穿著黑色西裝的人爬了出來，頭上戴著緊實的牛皮紙袋，透過鋼絲的吊掛，緩緩從空中降下，那金黃色的領帶在夜空中飄逸，十分搶眼。

精準地落在舞台上後，透過工作人員的協助，他已經脫離了鋼絲，背起了電吉他。

透過電吉他的效果器，他不斷製造出扭曲的吉他聲，那個吉他迴音聲響詭譎多變，飄忽之中，使得現場馬上增添了迷幻的色彩。

第二台直昇機門口出現了碩大的身軀，穿著與前者相同的黑色西裝與金黃色領帶，身影隨著降落越漸清晰，那顆放射狀尖銳的刺蝟頭出現在眾人眼裡，在螺旋氣流吹拂下，刺蝟頭聞風不動、堅硬無比。

刺蝟頭坐鎮舞台後方，調整好鼓架與銅鈸後，便開始大力地敲擊，震撼的節奏傳出，像是牽動著整個城市的心跳，觀眾隨著節奏拍著手搖著頭。

緊接著降落的身影，脖子前掛著金黃色的領結，黑色西裝上無袖的設計，讓那個圓型刺青顯得注目，那雙逐漸接近舞台的手臂不斷揮舞著向地面的人們致意，姿態顯得親切逗趣。

接著貝斯聲響灌入夜空之中，貝斯手的頭甩動得投入，吉他聲響也改變了彈奏效果，噌噌聲響中含著塑料感，暴躁的破音像是猛獸醞釀戰鬥的低吼，旋律與鼓持續的重擊聲搭配下，摩拳擦掌，蓄勢待發。

緊接著下一台直昇機滑開門後卻看不見人影，只看到一長條繩梯抛了出來，在半空中擺盪著。

直昇機在原地高掛了好一陣子，一直沒有其他動靜，直到繩梯擺盪幅度逐漸變小，才有了一個身軀探頭出來，那個棕髮在直昇機氣流下飄散著，一雙靈氣的目光掃視著廣場，引起觀眾熱烈地尖叫，眾人聲響在街道中此起彼落，密集而強烈，街道像是不斷傳出瀑布聲響的河流，湍流劇烈，聲響碰撞著，交織著，融合著。

金黃色的領帶隨氣旋飛舞，穿著深黑色合身西裝的男子索性伸手把領帶塞進牙齒間咬著，頭髮繼續狂亂飛著，男子緩緩伏在繩梯上緣，隨著鋼絲與繩梯的降落，落到了舞台中央。

主唱隨著音樂節奏甩著頭，接著配合著即將休止的旋律而跳躍了起來，四個人有默契地一起結束了進場的音樂，只留下觀眾的歡呼與尖叫聲。

麥爾斯雙手抓緊著麥克風架，低頭用額頭靠著麥克風，臉像是埋在雙手拳頭裡看不清楚表情，接著麥爾斯緩緩抬起頭露出了堅定的神情，背後的鼓聲隨即落下。

黑色舞台在廣場街道上像是一個巨大的磁鐵，吸引了人潮的聚集，也透過現場直播吸引了全世界的目光，黑色舞台流溢出流暢的旋律，就像不斷噴洩著蜂蜜，透過音符傳到每一個人的耳裡，也滋潤到心裡。

快速的節奏下，吉他尖銳的聲音俐落中跳著顆粒感，貝斯的重低音溫潤著鼓擊，聲響像是不斷滾動的推動力，把這有著哥德式味道的黑暗與重金屬的侵略性發送出來。

Mom always says the future will be great

麥爾斯的喉嚨震動著渾厚有力的黑嗓，用撕裂的聲調唱出了新曲的歌詞，像是有著無窮盡力氣一般，那個嘶啞聲一直越漸強烈。

But the reality tells me tomorrow can't be perfect

這歌聲太過突然，這不如預期的撕裂嗓音讓現場觀眾露出了錯愕的表情，隨旋律舞動的身軀也都像是被這嗓音給震攝住似的，大家皆佇立原地，不可置信。

麥爾斯用力唱著，張嘴咬字之際露出了牙齒，露出了像是吸血鬼大啖鮮血時的表情。

It's time to say you should be a man

鬼魅一般的低鳴，像是地獄來的怒吼，有著魂飛魄散的驚人震撼力，突如其然的轉音，幾乎像是換了一個人聲，清亮的高音突然出現，天使一般的天籟發散在空氣中。

I want to change my voice and just do my way

歌詞也與這聲音的切換有著貼切的呼應，像是一人分飾兩角一般，麥爾斯同時擁有著天使與魔鬼的力量，完全駕馭著這股魔力，將搖滾能量在舞台上揮舞自如。

I don't need the reason, please let me go crazy

那不斷嘹亮的磁性嗓音比麥爾斯過去的任何聲音都更加有穿透力，聲音能量像是細化成催眠的神奇粒子，以音速之姿征服著每一雙耳朵。

觀眾原本的錯愕與驚訝都隨著魔力的歌聲給消散，反而像是被注入了興奮劑一樣，振奮異常，舞台再度被又叫又跳的狂歡舞動給包圍著，搖滾的祭典，在短短的主歌下展開了，而隨著副歌的到來，整座城市更是進入了瘋狂。

Nothing
To be afraid of
Nothing
To be afraid of

馬里諾點著頭，沈浸在音樂聲中，繼續勾勒著他低沉的震動。

Nothing
To be afraid of
Nothing
To be afraid of

伊森閉上雙眼，瘋狂揮舞著四肢，那些敲擊像是本能，像是脈動。

My passionate power approaching the heat
When I walking in the street, everybody's following me

吉他弦垂勾之中，無窮盡的音符不斷湧出，克里斯甩著牛皮紙袋頭、跳動著手指，且刷且點，賣力駕控著手裡的吉他，接著跪坐在地下，抬頭陶醉，吉他聲響發出醉人的嗚叫。

I take a ball to run, and slam dunk
My stature is small, but the heart is strong

麥爾斯弓著身子引吭高歌，蓄積已久的能量一次爆發，時而出現柔和的美聲，時而出現略微沙啞的磁性音調，真假音轉換於無形。

惡魔黑嗓與天使天籟切換下，台下有觀眾開始流淚，不知道是驚嚇還是感動，大家沉浸在音樂聲中，無法自拔。

低聲嘶吼挑起人們心裡壓抑已久的叛逆，高聲吶喊則激起人們心中蘊藏的無限希望，這首歌曲像一個觸媒，將每一個靈魂中的搖滾因子給激發開來。

Just hit the music, I am a king

延長著尾音，麥爾斯緊抓著麥克風，像是一股氣勢要把一切灌注在歌裡，卯足了全力，隨著尾音結束，像是也被觀眾的反應給撼動了，麥爾斯忍不住也落下了眼淚。

他環顧四周，看著舞台下的人群，接著看著身邊的夥伴，發現克里斯的牛皮紙袋已經透出不知是淚水還是汗水的痕跡，馬里諾哭喪著臉，但是仍對麥爾斯擠出了滿足的笑容，伊森專注敲著鼓，心無旁騖，陷在自身的宇宙中，完全沒有發現麥爾斯的目光，這是麥爾斯第一次看到伊森落淚。

Nothing
To be afraid of
Nothing
To be afraid of

現場觀眾已經學會了副歌，一起高聲齊唱，眾人的聲音像是集結了無數的鼓勵，麥爾斯聽著台下的聲響，深受感動，這一刻，他幾乎覺得自己不是表演者，他像是觀眾，站在台上聆聽著大家的聲音。

Nothing
To be afraid of
Nothing
To be afraid of

每一個人都有自己的夢想，每一個人都曾受到過苦難，每一個人都有各自要面對的課題，每一個人都有摯愛的家人，每一個人都有自己的故事。眾人的歌聲重複唱著相同的歌詞，但是卻讓麥爾斯感受到千言萬語，是快樂，是悲痛，是疼惜，是希望。

那一刻，他明白了些什麼，也將從此深信不疑。

Mom always says the future will be great
But the reality tells me tomorrow can't be perfect

麥爾斯唱回了開頭的歌詞，接著歌曲在大家完美揉合下，和諧地落下最後一個音符。

舞台後方的音箱牆隨著歌曲結束後，從中間洩出了光線，音箱像是被切開的蛋糕，從中間分開，緩緩向左右兩側推移。

舞台後方的樂器發出了閃閃金光，那是一組編制三十人的交響管弦樂隊。

樂隊隨著指揮的帶領下開始演奏了同一首歌曲，悠揚的聲音舒緩了大家的情緒，幾乎把整個曲子氣勢磅礴地重複了一遍。

克里斯開始用電吉他上的旋鈕，仿造小提琴的聲音加入了管弦的旋律之中，一起將主歌用巴洛克式奢華的風格演繹，音律短促地律動著，大量裝飾性的音符支撐著，精緻而優美。

緊接著王者麥爾斯接續合奏，依著管弦聲響，用抒情慢歌的方式為歌曲慢慢踩剎車。

Nothing
To be afraid of
Nothing
To be afraid of

管弦的聲響停止了，王者麥爾斯繼續輕柔地延續旋律，接著伊森的鼓聲停止了，貝斯還在跳動著，那些低音越來越輕柔，馬里偌大字形地躺在舞台上，接著用手臂緊抱著貝斯，把弦的震動在拍子內悶掉，吉他還在和絃進行中，節奏持續刷著，從八分音符蛻變成四分音符，接著二分音符，然後刷下最後一個和弦，克里斯把電吉他高高舉起，仰著頭陶醉著……

NaNa
NaNaNaNaNa……

NaNa——

NaNaNaNaNa……

逐漸清柔的歌聲，越來越小聲，麥爾斯改用呢喃的NaNa細語哼唱著，然後閉上眼睛結束了這首歌曲。

時代廣場的時空凍結在此刻，整個曼哈頓像是屏息了幾秒鐘，有著全然的安靜。

廣場夜空中隨即釋放出煙火，聲響震撼打破了那一瞬間的靜謐，金黃色的光芒瞬間讓時代廣場的夜空亮了起來，絢爛而璀璨。

煙火引起的歡呼聲與鼓掌聲開始猛烈地在廣場街道穿梭著，還來不及接受眾人的喝采，王者麥爾斯所有人在煙火釋放當下就迅速地往後台奔去，一起隱身進入了巨型看板後方的大樓裡，留下錯愕與意猶未盡的時代廣場。

原來這算是一場快閃活動，一首歌曲的時間宣告了王者麥爾斯的回歸，還有第三張專輯的到來，這場街頭演出必須短暫，其中原因是這場演出造成紐約市區街頭交通堵塞，塞凡已經承受了巨額的罰單，另一個原因是，他們準備了另一項活動，準備承受另一筆巨額罰單。

眾人不願散去，大家瘋狂地喊安可希望王者麥爾斯再度出現，那些吶喊像是得到應許，舞台旁不起眼的黑色管線，開始噴灑大量的白色泡沫，泡沫上還有蜂蜜甜甜的香味。

剛剛才聽過的新歌旋律又再度出現，但是已經被改編成電音的版本在廣場裡播送著，強力的節奏讓觀眾們歡呼了起來。

街道馬路上充斥著泡沫，空氣中飄著無數的泡泡，停在一旁好幾個黑色貨櫃緩緩開啟，裡頭陳列了大量的金黃色水槍與泡泡機供人隨意拿取，另一旁早已準備好的蜂蜜飲料吧檯攤位、毛巾供應站、臨時急救站的招牌燈紛紛亮起，王者麥爾斯為觀眾精心準備一切陸續登場。

群眾開始歡樂地在音樂聲中打起了水戰，跳進泡泡裡玩耍，一起舉杯喝著蜂蜜飲料，整個時代廣場變成了盛大的嘉年華派對現場，熱鬧的氛圍隨著SNG車的轉播發散到全世界……

「這樣的犯罪後逃逸，將會列在搖滾史上啊，哈哈哈哈！」馬里諾覺得自己的餿主意竟然能夠成真，實在是太不可思議。

「多虧你的方法轉移大家焦點，我們才能順利離開啊。」麥爾斯說。

「走吧，我們的美國巡迴還沒結束唷。」艾瑪燦爛地笑著。

「什麼？我們不是去慶功宴嗎？我餓了！」馬里諾望著大家，接著把目光盯著伊森。

伊森忍不住露出了竊笑。

「嘿，你們都計畫好了？就我一個人不知道？我們到底要去哪？」馬里諾接著望向克里斯。

克里斯頭上還戴著牛皮紙袋，搖著屁股攤著手假裝無知。

一行人通過了幾個通道來到了了大樓一處隱密的停車廣場，兩台巴士停在那兒，正是當時王者麥爾斯在美國巡迴的那兩輛巴士。

卡特在車門旁向大家揮手：「久違了各位，是時候要出發了。」

車門打開後，米莎跳了下來與艾瑪擁抱，安格笑咧著嘴走下來，幾位熟悉的塞凡工作人員也紛紛下車與大家握手，大家洋溢著笑容，只有馬里諾還是一臉茫然。

麥爾斯拍拍馬里諾的肩膀：「放心，這次專輯錄製還有這場演出已經完成塞凡公司要求的使命了，艾瑪幫我們談好條件，接下來所有行程都是艾瑪安排的，沒有波利賽，沒有碉堡，沒有失蹤，沒有阻礙，我們要一起繼續之前未完的旅程。」

「等等，你在說什麼？什麼是碉堡啊？」馬里諾看著大家魚貫地上車，更讓他覺得只有自己被蒙在鼓裡：「還有，我更想問，你們倆是不是談戀愛啊？」

麥爾斯溫柔地望著一旁的艾瑪，兩人相視而笑，然後牽著手一起上了巴士。

「嘿，等等我啊，你們給我說清楚！」馬里諾在後面吶喊著，但是卻不禁笑了出來。

巴士沒有阻礙地駛離了人聲鼎沸以及滿滿蜂蜜味道的曼哈頓，開啟了王者麥爾斯下一段的搖滾篇章。

釀冒險28　PG2104

漫漫搖滾路 LONG WAY ROCK

作　　者　Neo
責任編輯　陳慈蓉
圖文排版　楊家齊
封面設計　智能團
封面完稿　王嵩賀

出版策劃　釀出版
製作發行　秀威資訊科技股份有限公司
114 台北市內湖區瑞光路76巷65號1樓
電話：+886-2-2796-3638　傳真：+886-2-2796-1377
服務信箱：service@showwe.com.tw
http://www.showwe.com.tw
郵政劃撥　19563868　戶名：秀威資訊科技股份有限公司
展售門市　國家書店【松江門市】
104 台北市中山區松江路209號1樓
電話：+886-2-2518-0207　傳真：+886-2-2518-0778
網路訂購　秀威網路書店：https://store.showwe.tw
國家網路書店：https://www.govbooks.com.tw
法律顧問　毛國樑　律師
總 經 銷　聯合發行股份有限公司
231新北市新店區寶橋路235巷6弄6號4F
電話：+886-2-2917-8022　傳真：+886-2-2915-6275

出版日期　2018年10月　BOD一版
定　　價　550元

Printed in Taiwan

國家圖書館出版品預行編目

漫漫搖滾路 / NEO著. -- 一版. -- 臺北市 : 釀出版,
2018.10
面 ;　公分. -- (釀冒險 ; 28)
BOD版
ISBN 978-986-445-278-1(平裝)

857.7　　107015633

讀者回函卡

感謝您購買本書，為提升服務品質，請填妥以下資料，將讀者回函卡直接寄回或傳真本公司，收到您的寶貴意見後，我們會收藏記錄及檢討，謝謝！

如您需要了解本公司最新出版書目、購書優惠或企劃活動，歡迎您上網查詢或下載相關資料：http:// www.showwe.com.tw

您購買的書名：________________________________

出生日期：________年________月________日

學歷：□高中（含）以下　□大專　□研究所（含）以上

職業：□製造業　□金融業　□資訊業　□軍警　□傳播業　□自由業

□服務業　□公務員　□教職　□學生　□家管　□其它_____

購書地點：□網路書店　□實體書店　□書展　□郵購　□贈閱　□其他

您從何得知本書的消息？

□網路書店　□實體書店　□網路搜尋　□電子報　□書訊　□雜誌

□傳播媒體　□親友推薦　□網站推薦　□部落格　□其他__________

您對本書的評價：（請填代號　1.非常滿意　2.滿意　3.尚可　4.再改進）

封面設計____　版面編排____　內容____　文／譯筆____　價格____

讀完書後您覺得：

□很有收穫　□有收穫　□收穫不多　□沒收穫

對我們的建議：________________________________

____

____

____

請貼
郵票

11466
台北市內湖區瑞光路 76 巷 65 號 1 樓
秀威資訊科技股份有限公司 收
BOD 數位出版事業部

（請沿線對折寄回，謝謝！）

姓　名：________________ 年齡：________ 性別：□女　□男

郵遞區號：□□□□□

地　址：________________________________

聯絡電話：(日) ________________ (夜) ________________

E-mail：________________________________